幼き者の殺人

イヴ&ローク55

J・D・ロブ

青木悦子 訳

ABANDONED IN DEATH

by J.D. Robb

Translation by Etsuko Aoki

ABANDONED IN DEATH

by J.D. Robb

Japanese translation rights arranged with Writers House LLC
through Japan UNI Agency, Inc, Tokyo

Published by K.K. HarperCollins Japan, 2023

母とは神の名前
小さな子どもの唇と心には。

——ウィリアム・メイクピース・サッカレー

これは狂気かもしれないが、
そこにも秩序はある。

——ウィリアム・シェイクスピア

幼き者の殺人

イヴ&ローク55

おもな登場人物

イヴ・ダラス――ニューヨーク市警察治安本部（NYPSD）殺人課警部補
ローク――実業家。イヴの夫
ディリア・ピーボディ――イヴのパートナー捜査官
メイヴィス・フリーストーン――イヴの親友。ミュージシャン
リー・モリス――NYPSD主任検死官
シャーロット・マイラ――NYPSD精神分析医
イアン・マクナブ――電子探査課（EDD）捜査官。ピーボディの恋人
ライアン・フィーニー――EDD警部
アーサ・ハーヴォ――鑑識課の毛髪・繊維分析スペシャリスト
アンドリュー（アンディ）・ドーバー――鑑識課の法医学化学者
ディック・ベレンスキー――鑑識課長
ナディーン・ファースト――〈チャンネル75〉キャスター
ジェイミー・リングストローム――フィーニーの名付け子
メアリー・ケイト・コヴィーノ――マーケティング会社勤務の女性
ドクター・ジョゼフ・フレッチャー――医師
ヴァイオレット・フレッチャー――ジョゼフの妻

1

過去

自分で命を絶つと決めると、彼女は心が落ち着いた。すべてが静かであたたかく、やさしくなるだろう。眠れるだろう、ただ永遠に眠るのだ。彼女には支払えない家賃を求めて大家がドアをドンドン叩いてきても、もう暗闇に隠れなくていい。

もしくはまた窓から出て、逃げなくても。また。

食べ物を買うために、どこかの汗臭い男にフェラチオをしなくてもよくなる。あるいは薬のため、彼女には食べ物よりも必要なあの薬のために。

あの薬はすべてを静めてくれる、痛みさえも。

天国にだって行けるかもしれない、聖書の勉強会のときに本で見たみたいに、そこでは何もかもがふわふわした白い雲と金色の光でできていて、誰もがほほえんでいるのだ。

でも地獄へ行くのかもしれない、炎や悲鳴や永遠の破滅のあるところ。命を絶つことは、それが自分の命でも、大きな罪なのだとホレス・グリーンスパン師は言っていた。彼女が最初にフェラチオをした相手だ——彼女がウェイン・カイル・リベットとぴったり唇をつけて、ウェインの手がシャツの下に入っているのを見られたときに、償いと贖罪の苦行として。

そのときの経験で、彼女は十二歳にして、ああいう退屈なサーヴィスに対しては、こっちが償いをするより、金をもらうほうがいいと学んだ。

それでも、旅費やわずかなオキシーのために、どこかの文句たらしいやつにフェラをしてやるより、自殺のほうが大きな罪だ。だから彼女は地獄に行くのかもしれない。

でもここが地獄なんじゃない？

気持ちが悪い、しょっちゅう気持ちが悪い、それに肌が燃えているようだった。ベッドより車の中で眠るほうが多い。クソみたいな町から町へ車を走らせて。

薬と引き換えに、蒸し暑い路地でセックスをして。

暮らしがましになることはない、絶対に。彼女はとうとうそれを受け入れた。

だから薬を飲んだ、静けさがいつまでも続いてくれるぶんの薬を。

でもそうする前に、坊やも道連れにするかどうか決めなければならなかった。この子もそのほうが幸せになれるんじゃない？

バックミラーへ目を動かして坊やを見た。よごれたスパイダーマン柄のパジャマを着て座り、彼女が最後の数ドルで車に給油したときに販売機で買ったフリートスを袋から食べながら、半分眠っている。その菓子があれば坊やは静かにしているし、彼女には静けさが必要だった。

時間がなくて——というか単に考えなくて——この子をベッドから抱き上げたときには何も持ってこなかった。金と——もうほとんど使いきってしまったけど——それに薬は——少なすぎた——バッグに詰めこんでいたが。

どのみちたいしたものは持っていなかったし、持っていたものも何週間も前に、ゴミ袋に押しこんでしまった。子どもの着替えはあと二組あった——どれも清潔ではなかった。でもバーミンガムの〈ウォルマート〉で、この子用のTシャツとジーンズを万引きしようとしたら、あやうく逮捕されそうになってしまったのだ。

逮捕されたら子どもを取り上げられてしまうし、完全に彼女のものなのはこの子だけだった。この子には精一杯のことをしてやりたかった、そうよね？　努力もした、そうよね？　彼女を妊娠させたあのろくでなしに出ていけと言われてから、がんばりつづけた五年間。

彼女は精一杯のことをした、でもそれでは足りなかった。いつも足りなかった。

それに子どももご褒美にはならなかった、そう認めざるをえなかった。いつもぐずってまとわりついて、主もご存じだが、だだをこねてばかりいるから、彼女が薄汚い店で酒を運ぶとか、ストリップをするとかしようにも、ベビーシッターが見つからなかった。

それでもこのやんちゃ坊主を愛していたし、息子も彼女を愛していた。

「喉がかわいたよ、ママ」

喉がかわいた、お腹がすいた、くたびれた、くたびれてない。いつだって何か言う。彼女もかつては、母親であるということが何か神聖なものなのだと思っていた。それがたえまない骨折り、要求、失望だと知るまでは。

それに彼女はちゃんとできなかった、生まれてからずっとみんなに言われてきたように。前のシートから後ろのシートへチェリー・コークのボトルを渡せるくらいにスピードを落とした。「これを飲みなさい」

「それはきらい！　それはきらい！　オレンジのソーダが飲みたい！　あれが飲みたい！　だめなママ！」

「そんなこと言わないの。さあ、そんなこと言わないで。あたしが傷つくって知ってるでしょ」

「だめなママ、だめなママ。喉がかわいた！」

「わかった、わかった！　車を停められる場所を見つけたら飲み物を買ってあげるから」

「喉がかわいた」そのめそめそ声は丸鋸（まるのこ）のように彼女の頭を切り裂いた。「いま喉がかわいてるの！」

「わかったわ、ベイビー・ダーリン。すぐ車を停めるから。一緒に歌を歌わない?」ああ、頭が虫でいっぱいのぐじゃぐじゃなリンゴみたいな気がする。

もし確信が、それで死ぬと絶対の確信が持てたら、対向車に突っこんで一巻の終わりにしただろう。

しかしそうはせず、『バスのうた』を歌いだした。そして息子が一緒に歌うと、つかのま、幸福に近い気持ちになった。

この子の飲み物に薬をひとつ入れるんだ、そうしよう。この子を眠らせてしまおう――これまでも眠ってほしいときには薬を少し与えてきたのだ。でも丸ごと一錠飲ませたら、この子はうとうとするだけで天国へ行けるんじゃない?

子犬も飼えるだろう、一緒に遊ぶ友達もできるだろう、それにほしいだけのおもちゃも持てる。オレンジソーダだって。何リットルも。

ちっちゃな男の子は、きかん気な子でも、地獄へ行くことはない。

ハイウェイを降りて、二十四時間営業のスーパーを見つけた。虫が雲のように群がっている照明からはずっと離れて停めた。

「車の中にいなきゃだめよ。もしいなかったら、ジュースは買ってあげられないからね。いまは車の中にいるのよ、いい?　静かにして、いい子にしてるの、そうしたらキャンディも買ってきてあげる」

「スキットルズがいい！」

「じゃあスキットルズにするわ」

店内の照明がひどくまぶしくて目がひりひりしたが、息子にオレンジ味のファンタとスキットルズを買った。キャンディはバッグの中へひそませてしまおうかと思ったが、疲れきっていてそうする気力もなかった。

残ったのは一ドルにも満たない小銭だけだったが、どのみちこれから行こうとしている場所では、金などいらないはずだった。

車へ引き返すとき、バッグのファスナーポケットから薬をひとつ出した。子犬とおもちゃと彼女のベイビー・ダーリンが、天使たちとくすくす笑っている姿を思い浮かべ、缶のタブをあけて薬を入れた。

こうすることが自分たち両方にとって最善なのだ。

車に戻ると、息子は彼女に笑い――可愛い、可愛い笑顔で――シートの上で体をはずませた。

「愛してるわ、ベイビー・ダーリン」

「ぼくも愛してる、ママ。スキットルズ買ってきてくれた？　ねえ？　ぼくたちまた冒険に出るの？」

「ええ、買ってきたわ、それにそう、そのとおり。これまでで最大の冒険よ。それに向こうに着いたら、天使とお花と子犬がいっぱい待ってるの」

「子犬を飼えるの？　飼えるの、飼えるの、飼えるの？　いますぐ子犬飼いたい！」

「好きなだけ飼えるわ」

後ろの息子を見ると、彼女があけ口にさしこんでおいたストローでジュースをずるずる飲んでいた。彼女の可愛い亜麻色の髪の恋人。彼女の中で育ち、彼女の中から出てきた。この子のためにすべてをあきらめた。

彼女の人生で、この子ほど彼女を愛してくれた者はいなかった。

なのに、それをだいなしにしてしまった。

暑くてむっとした空気へ窓をあけたまま、ハイウェイには戻らず、あてもなく車を走らせた。ルイジアナのどこか。どこかだが、それはどうでもいい。彼女は運転し、湿った風が吹きこんでくるなかをひたすら進んだ。ショッピングセンターから遠くへ、明かりから遠くへと。

息子は歌っていたが、しばらくすると声がいつものように眠たげにくぐもってきた。

「もう眠りなさい、ベイビー・ダーリン。さあもう眠って」

この子だってそのほうが幸せだ、そのほうが幸せ、そのほうが幸せよね？

薬を飲みながら、涙が頬をつたいおりた。

どこか場所を、暗くて静かな場所を見つけよう。残りの薬を飲んで、バックシートに行って息子と一緒にいよう。一緒に天国へ行こう。

神様はベイビー・ダーリンから彼女を、彼女からこの子を引き離したりしないはずだ。この子は天国へ行く、だから彼女も行く。聖書の勉強会での神様は長く白いひげに、やさしい目をしていた。指先から光が流れていた。

あれが天国へ行く道なんだ。

すると暗闇ではなく、光が見えた。それは小さな丘の上にぽつんとある、小さな白い教会の上で光っているようにみえた。まわりで花々が咲き、芝生はきれいにつややかに育っていた。

あけた窓からそうしたにおいがみんな入ってきた。

眠くなり、半分夢心地で車を停めた。ここは天国か、それに近い場所だ。彼女のベイビー・ダーリンには天国同然の。

彼女はやさしい目と白いひげの神への、広げた翼とやさしい笑みの天使たちへの捧げもののように、息子をそこへ運んでいった。

ドアのそばに降ろすと、息子は目をさまし、彼女を求めて泣いた。

「さあお眠り、あたしのベイビー・ダーリン。眠りなさい」

息子が落ち着くまでしばらく撫でていた。この子はソーダを飲んだ量が足りなかったんだ。天使たちと子犬たちのところへ連れていってもらうには足りなかった。でもこれがいちばんよかったのかもしれない。天国の近く、光の下で、まわりに花がいっぱいあって。彼女はキャンディと汗のにおいのする車へ戻った。あの子は眠りこんだときにソーダをこぼしてしまったんだ、とそこでわかった。それにスキットルズが色とりどりの紙吹雪のように、バックシートに散らばっていた。

あの子はもう神さまの手にある。

車を出し、薬でふわふわした頭で走りに走った。いまは幸せで、痛みもない。気持ちが軽い、本当に軽い。息子がもうバックシートにいないことも忘れて、彼に歌いかけた。もう頭も痛くなかった、それに手も震えようとしない。夜風が顔に吹きつけ、髪のあいだを抜けていくから。それに薬がいつもの魔法をかけている。

友達に会いにいくんだっけ？　よく思い出せなかった。

午前中は何の授業があるの？

どうでもいい、何もかももうどうでもいい。

湖と、その水面の月の光が見えると、息を吐いた。あそこだ、もちろん。行かなければならないのはあそこだ。

洗礼のように。天国へ行く途中でのお清め。

胸を躍らせてアクセルを踏み、水の中へ突っこんでいった。車がじわじわと沈みはじめると、彼女はほほえみ、目を閉じた。

現在

わたしの名前はメアリー・ケイト・コヴィーノ。二十五歳で、〈ダウエル・アンド・アソシエーツ〉のアシスタントマネージャーだ。カレッジを出てすぐそこに勤めはじめ、それから出世のはしごを二つのぼった。

いまの仕事が気に入っている。

自分の人生もだいたいのところ気に入っている。たとえろくでなしの彼氏に、まるで何かのキャンペーンのように――綿密に――計画していた、ロマンティックな休暇の直前で捨てられたとしても。

きのうだっけ？　おととい？　はっきりしない。何もかもがぼんやりしていて。今日は二〇六一年六月――六月何日か。

妹がひとりいる、名前はタラ、カーネギー・メロン大学の卒業生。タラは頭のいい子だ。それから兄のカーター、こっちは目はしのきくやつ。兄はロンダと婚約したばかり。

クリオというルームメイトがいて――もうひとりの姉妹のようなもの――二人でロウアー・ウェスト・サイドにある寝室二つのアパートメントをシェアしている。

わたしはクイーンズ育ちで、十一歳のとき両親が離婚したけれど、とても円満な別れだった。両親はどちらも再婚した――相手に連れ子はなし――しかし第二ラウンドはうまくいっている。みんな落ち着いている。

母方の祖父母――グランとポップ――は六歳の誕生日に子犬をくれた。いままでで最高のプレゼント。ルルは幸せな一生を送ったのち、十四歳になってふっと眠りこみ、それきり目をさまさなかった。

わたしはダンスが好きで、お涙ちょうだいのロマンティックな映画が好きで、辛口より甘口のワインを好み、父方の祖母の――ノナの――シュガークッキーに目がない。

メアリーはいまの全部とほかのこと――はじめてのデート、どうしてスキー（最初で最後）で足首を折ったか――を毎日思い出した。一日に何度も。

自分が誰か、どこの出身か、これまでの人生の断片すべてを思い出すことが大事なのだった。

なぜなら、ときおり何もかもがねじれてぼやけ、ちぐはぐになり、あの男を信じそうになるから。

あの男にレイプされるのではと怖かった。でもあいつがそんなふうにさわってきたことはない。そもそもさわってこないのだ――こちらが目をさましているときは。

自分がどうやってここに来たのか思い出せなかった。虚無がぱっくり口をあけているのは、ティーグに捨てられ、さんざんわめき、悪態をつき、半分酔っ払って、落ちこんでバーから家へ歩いて帰ったあとだった。彼の持っているあのくだらないバーに、週に四日、ときには五日も通いつめ、何時間も手伝っていた自分を責めた。

彼のあの死ぬほどすてきな笑みのためだけに。

それから目をさますとここにいて、気持ちが悪いし、頭がずきずきした。暗闇の中で、鎖につながれ――ホラー映画の何かみたいに――寝台がひとつだけの暗い部屋に入れられていた。

やがてあいつが、あの男がやってきた。なまっちろくて本好きの誰かのおじさんみたいにみえた。

男がひとつきりの明かりをつけたので、そこが地下で、窓がなく、床はコンクリートで壁は漆喰塗りの石づくりだとわかった。男はきらめく青い目と雪のように白い髪をしていた。

スープのはいったボウルと、お茶のカップをのせたトレーを寝台に置いて、にっこり笑いかけてきた。

「目がさめたんだね。気分はよくなった、ママ？」

どこかの訛り、鼻にかかった南部訛りで、子どもっぽい抑揚。おぼえておかなければならないのに、その瞬間、彼女は自分がパニックを起こしたことしかわからなかった。

逃がしてと頼み、泣きじゃくり、右手と左足首の枷(かせ)を引っぱった。

男は耳を貸さず、ただ戸棚のところへ行って、服を何枚か出した。そしてきちんとたたんだそれをベッドに置いた。

「気分がよくないのはわかっている、でも僕が面倒をみてあげるからね。そうしたら今度はママが僕の面倒をみるんだよ。お母さんはそうするものなんだ。息子の面倒をみるんだ」

彼女が泣いたり、叫んだり、あなたの目的は何なのと問いただしたり、逃がしてと頼んだりしても、男はただあのきらめく目でほほえんでいるだけだった。

「スープとお茶を用意してあげたよ、僕ひとりで。食べたらきっと気分もよくなる。ずっとママを探していたんだ。やっと来てくれたね、これでまた二人一緒になれた。ママもいいママになれるよ」

何かがその目にあらわれて、彼女は暗闇よりも、枷よりもそれが怖くなった。

「今度はママもいいママになって、本当ならするはずだったように僕の面倒をみるんだ。スープをつくってあげただろう、だから食べるんだ！　でないと後悔するよ」

震え上がり、彼女は寝台に座って、スプーンをとった。ぬるくて薄かったが、ひりひりする喉の痛みをやわらげてくれた。

「〝ありがとう〟って言わなきゃだめなんだよ！　いい子ねって僕に言わなきゃだめ！」

「ありがとう。わたし――あなたの名前を知らないんだけど」

そのとき、彼女は殺されると思った。男の顔が真っ赤になり、目から理性が消えた。こぶしを握った両手が同時にドンと振り下ろされた。

「ママのベイビー・ダーリンだよ。ごめんなさい。そう言って！　そう言うんだ！」

「ベイビー・ダーリン。ごめんなさい。気分がよくないの。怖くて」

「僕も怖かったよ、ママが僕を部屋に閉じこめて、男たちといやらしいことをやれるようにしたときは。怖かったよ、ママがそういうことをやれるよう、僕にいろんなものをくれて眠らせようとしたときは。怖かったよ、目がさめると気持ちが悪くて、でもママはいなくて、暗くて、僕は泣いて泣いて」

「それはわたしじゃないわ。お願い、それはわたしじゃないの。わたし――あなたはわたしより年上でしょう、だからわたしがお母さんになれるわけない。わたしはやってない――」

「嘘をつくなんて地獄行きだぞ！　悪魔と炎の地獄へ行くんだ。スープを飲んでお茶を飲め、でないとあんたが僕を置いていったみたいに、ここでひとりぼっちにしてやる」

彼女はスプーンでスープをすくった。「すごくおいしいわ。上手にできたわね」

照明のスイッチが入ったように、男はぱあっと笑った。「僕ひとりでやったんだよ」

「ありがとう。ええと、ここにはあなたを手伝ってくれる人はいないの？」

「もういるじゃないか、ママ。ずっと、ずっと前から待ってたんだよ。みんな僕に意地悪だったんだ。ママに来てほしくて泣いたよ、でもママは来てくれなかった」

「ごめんなさい……あなたを見つけられなかったの。あなたはどうやってわたしを見つけたの？」

「三人見つけたよ。三はラッキー、正解はひとつ。僕もうくたびれちゃった。もう寝る時間なんだ。ママの具合がよくなったら、僕を寝かしつけてよね、本当なら前にそうしてくれるはずだったみたいに。それからお話を読んで。それから一緒に歌をうたうの」

男はドアのほうへ歩きかけた。「バスの車輪はまわる、まわる」男は彼女を振り返った。六十はとうに超えているのに、子どもの声で歌う男の顔で。「おやすみ、ママ」さっきの激しさがまた目に浮かんだ。「〝おやすみなさい、ベイビー・ダーリン〟って言って！」

「おやすみなさい、ベイビー・ダーリン」

男はドアを閉めていった。錠のかかる音が彼女の耳に聞こえた。

窓のない部屋の、時間のない虚無の中で、別の音も聞こえてきた。声だ。叫んだり、泣いたりしている。その声が自分自身の声、叫びが自分自身の叫びかと思うこともあり、そうでないとわかるときもあった。

しかし呼びかけてみても、誰も来なかった。

部屋の向こう側の壁をドンドン叩く音を聞いたような気がしたが、あまりに疲れていたせいかもしれない。

食べ物に薬が入っていることはわかっていた。でも食べないと、あの男は明かりを全部消して、彼女が食べるまで暗闇に置き去りにする。

ときどき、男が子どもの声や抑揚ではなく、大人の男のそれで話すときがあった。とても理性的で、とても明確な。

ある夜、男はまったくあらわれず、食べ物もくれず、着替えろという命令もなかった。歌やお話をねだることもなかった。

彼女は三組の服を着まわしていた。男がやってきて座り、あのぞっとする笑みを浮かべて、

わたしはここで死ぬんだ、ゆっくり飢えて、ひとりぼっちで、鎖につながれ、閉じこめられて。あの男がわたしのことを忘れたか、車に轢(ひ)かれたかしたから。

いや違う、違う、誰かがわたしを探しているはずだ。友達も家族もいるんだから。誰かが探してくれている。

わたしの名前はメアリー・ケイト・コヴィーノ。わたしは二十五歳。

毎日の祈りを終えると、怒鳴り声が聞こえた——あいつだ。声がうわずっている、動揺したときや怒ったときになるきかん気の子どもみたいに。それに別の声も……違う、と彼女は気づいた。あれもあいつだけど、大人のほうの声だ。冷たく怒った男の声。

それから泣き声、必死で頼む声。あれは女だ。

何を言っているのかはわからなかったが、怒りと絶望の響きだけはわかった。

彼女は壁のところへ行って、体をつけ、聞きとろうとした。あるいは聞いてもらおうと。

「助けてください。助けて。助けて。ここにいるの。わたしはメアリー・ケイト、ここにいるのよ」

誰かが悲鳴をあげた。何かががしゃんと音をたてる。それからすべてが静かになった。

メアリー・ケイトは懸命にこぶしで壁を叩き、助けてと叫んだ。

彼女の独房のドアがバンと開いた。あの男がそこにいた。目は理性を失って怒り、顔と服には血が飛び散っている。手に持ったナイフには、まだしたたり落ちている血。

「黙れ！」一歩近づいてきた。「黙ってろ！」それからまた一歩。

どこからその言葉が出てきたのかわからないが、彼女はこう叫んだ。「ベイビー・ダーリン！」すると男は止まった。「怖い音が聞こえたの、だから誰かがあなたにひどいことをしているんだと思ったのよ。でもあなたのところに行けなかった、ベイビー・ダーリン。あなたを守れなかった。誰かがわたしのベイビー・ダーリンを苦しめたのね」

「あの女は嘘をついたんだ！」

「誰が嘘をついたの、ベイビー・ダーリン？」

「あの女はママのふりをした、でもママじゃなかった。僕をののしって、傷つけようとした。僕の顔を叩いたんだ！　でも苦しめてやったよ。嘘をついたら地獄へ行くんだ、だからあの女は地獄へ行った」

こいつは誰かを殺したんだ、わたしのような誰かを。あのナイフで殺した、だから次はわたしを殺すだろう。

やみくもな恐怖の向こうから冷たく硬い意志がやってきた。生き延びようとする意志が。

「ああ、かわいそうなベイビー・ダーリン。あなたの手当てをしてあげられるように、この……腕輪をはずしてくれない？」

狂気のような怒りがいくらか男の目から消えたようにみえた。しかしある種の抜け目なさがそれに置きかわった。「あの女は嘘をついた、だからいまは地獄にいる。嘘をついたらどうなるのかおぼえておくんだよ。さあもう静かにして。一番は地獄に行った、だから二番はあの汚れを片づけることができる。ママは汚れを片づけるものだろう。あんたは幸運な三番になるかもね。でも静かにしないと、僕の頭を痛くすると、運の悪いことになるよ」

「わたしが片づけてあげられるわ」

「あんたの番じゃない！」

男は足音荒く出ていき、はじめてドアを閉めることも錠をおろすこともしなかった。メアリー・ケイトはできるだけ近くへ行ってみた。ドアには届かなかったけれど、やっとその外が見えた。

一種の廊下――石の壁、コンクリートの床――は照明がぎらぎらしていた。それから彼女の部屋のほぼ真向かいにもうひとつのドア。外からかんぬきをおろされている。二番？　別の女、別の囚人。彼女は呼びかけようとしたが、男が戻ってくる音が聞こえた。

生き延びるのよ、と自分に言い聞かせた。だから寝台に戻って、腰をおろした。男はもうナイフは持っていなかったが、背の高いカップを持っていた。プロテインシェイクみたい、と彼女は思った。それが目の前へ突き出された。薬入りだ。また薬。

「ベイビー・ダーリン――」

「いまは時間がないんだ。あの女がすべてめちゃくちゃにした。これを飲むんだ、栄養が入っているから」

「あなたに何か食べるものをつくらせてくれない？　お腹がすいたでしょう」

男がこちらを向くと、ほぼ正気に戻っているようにみえた。やがて男が口を開くと、その声は落ち着いていて気さくだった。「まだだめだよ」髪を撫でられ、彼女は必死に身震いを抑えた。「全然だめだ。でもいつかそうなると思う。たぶん」

彼女は注射針のちくっとした痛みを感じた。

「時間がないんだ。目がさめたらそれを飲めばいいよ。健康でいてくれないとね。横になって眠って。僕はすごく忙しくなるから」

男がドアへ歩いていくと、彼女は体の力が抜けはじめた。そしてドアにボルトをさす音が聞こえたときには、とけるように寝台に崩れた。

彼には計画があった。いつだって計画を立ててあるのだ。それに道具もあった。

細かく正確なステッチで――彼は細かく正確な男なのだ――偽者の首の傷を縫った。傷の上には幅広の黒いベルベットのリボンを結んだ。

それは、彼の目にはとても魅力的にうつった。

彼女の髪は切っておいた。このステージに――大きな希望を抱いて！――彼女を運ぶ前に。いまはその髪をブラシでとかし、正しくセットするためにスタイリング剤をいくつか使った。

体もすでに洗っておいた。とても念入りに、血の一滴も残らないように。それからこの衣装を選んだ。

作業をしているあいだ、彼はママの歌のひとつを流していた。

「すぐ行くわ～」彼はＰ！ｎｋ（アメリカのシンガーソングライター）に合わせて歌った。「だからパーティーを始めてて～」

彼女に服を着せると、化粧にとりかかった。昔からママが化粧するのを見ているのが好きだった。いろいろな塗るものやパウダーやブラシ。

爪も塗った——手の指も足の指も——明るい、楽しげなブルーに。ママのいちばん好きな色。大きな輪っかのイヤリングも加えたし、ほかのピアスホールもあけておいたので、二つめの穴と左耳の軟骨にスタッズをつけた。

それからへそには小さなシルバーのバー。

ママは高い高いヒールとつま先のとがった靴が好きだった。たいていはテニスシューズをはいていたけれど。でも、店のウィンドウにあるハイヒールを見ているときの様子はおぼえていたし、ときにはそれを試着できるよう二人で店に入ることもあった。

ただのふりよ、ベイビー・ダーリン、とママは言った。おめかしごっこをしてるだけ。

だからママがほしがりそうな靴に足を入れてあげた。ちょっときついけど、たいしたことじゃない。

そして最後の捧げものとして、体に〝パーティー・ガール〟を、ママのお気に入りの香りをふりかけてあげた。

すべてをやり終え、全力をつくしたあと、彼女の写真を撮った。あとで額に入れ、思い出すために遺しておこう。

「あんたはママじゃない、でも僕はママになってほしかったんだ。あんたは嘘をつくべきじゃなかった、だから消えなくちゃならなくなったんだ。嘘をつかなかったら、一緒に幸せになれたかもしれないのに」

二番と三番は眠っている。彼は二番が教訓を学んでいることを願った——みんな自分なりの教訓を学ばなければならないのだ——この混乱を片づけたあとは。

あした、彼女の髪を正しい形に切って、タトゥーを入れて、ピアスをつけよう。そうすれば彼女も、いいママになればいいだけだとわかるだろう。ずっと彼のそばにいて、ずっと彼の面倒をみればいいのだと。

そうすれば二人とも、永遠に幸せになれると。

でも〝偽者のママ〟は消えなければならない。

彼女をストレッチャーにのせて部屋の外へ出し——彼は計画を立てておく人間なのだ——ドアを出てガレージに入った。荷物用のドアをあけると、彼女を——かなり力を入れて——スロープの上へ運んでバンに入れた。

ストレッチャーを固定して——ごろごろさせるわけにはいかない！——それから運転席に座った。がっかりすることではあったが、正しいひとりを見つけるまで、何度もやることになるのはわかっていた。だから彼女をどこへ連れていけばいいのかもわかっていた。ガレージから慎重に車を出して、後ろでシャッターがガラガラと降りて閉まるまで待った。

警察がやってきてあれこれ質問をしてこないように、彼とママがつくる家庭からそれなりに離れたところでなければならなかった。しかし、行くのに時間がかかりすぎるほど離れてはいけない。

事故はつきものだから。

そこは静かで、誰にも見られないところでなければならない。ニューヨークの夜のこんな時間でも、どこが静かな場所なのか知っていなければならない。だからその小さな遊び場は完璧に思えた。

子どもは夜中の三時に遊んだりしない。そうとも、遊びやしない！　因業な大家に追い出されて、車の中で寝なければならないとしても、そんな遅い時間には遊ばない。

彼はできるだけ近くに車を停め、すばやく作業をした。身につけているのは黒いジャンプスーツと、靴に重ねてはいたオーバーシューズ。髪を隠した帽子。手もコート剤をつけていたが、手袋もはめた。むきだしのところはない。いっさい。

ストレッチャーをベンチへころがしていく。いいママたちが日の光をあびながら子どもたちが遊ぶのを見る場所だ。

彼女が眠っているかのようにそこに横たえ、画用紙と黒いクレヨンで作ったカードを、組んだ手の下に置いた。

そこにはこう書かれていた。


だめなママ！

バンに戻って走り去った。ガレージに戻り、家の中へ入った。

彼がこの家を持っているのは、彼女が残してくれたからだった。彼がこの家を持っているのは、彼女が証書や鍵やコードその他を全部くれたからだった。

しかし彼はそのすべてをほしがったわけではない。ほしかったのはひとつだけだった。

僕のママ。

静かな家の中で、彼はパジャマに着替えた。いい子のように、手と顔を洗って歯をみがいた。

終夜灯の光のなかで、ベッドに入った。

彼は顔に笑みを浮かべて眠りに落ち、幼くて無垢(むく)な者たちの夢を見た。

2

夜明けをすぎたばかりの薄い光の中、イヴ・ダラス警部補はバッジを見せて警察の柵を通り抜け、ベンチの遺体を検分した。

背の高い女性、そしてひきしまった体つき、とイヴは細部を把握していった。遺体の姿勢や状態、通りやビルからのベンチの距離。

かすかな風が動かした空気は、朝のうちはひんやりしていて、夏の訪れを思わせた。風はイヴの短く切った、縁なし帽のようなブラウンの髪のまわりをそよいで、ベンチのそばにある花々を植えたコンクリートの樽から、心うきたつ香りを舞い上げた。

今回ばかりはパートナーのほうが先に現場に来ていたが、それをいうならピーボディ捜査官はほんの数ブロックのところに住んでいるのだ。ピーボディはいつものピンク色のコートとカウボーイブーツ姿で、ひとつ息を吐いた。

「うちのすぐ近くなんです」

「そうね」イヴは被害者を二十代なかば、白人女性と判断した。被害者は安らかに横たわり、盛装して、彼女を〝だめなママ〟とみなした子どもっぽいカードの上で手を組んでいた。

「これまでにわかったことを聞かせて」イヴは言った。

「車の停止要請にこたえての最初の現場到着が〇六四五時頃。女性の公認コンパニオン(LC)がその角でタクシーを降りて、自宅のアパートメントへ歩いていたんです」ピーボディは西をさした。「ベンチを通りかかったとき、被害者が目に入った。彼女は路上生活者かと思った、そしてすごくいい夜を過ごしたあとだったので、ベンチに何ドルか置いていこうとした、と供述しています。それでそうしようとしたとき、眠っているのではないと気がついた。九一一に通報しようとして、ちょうどパトカーが曲がってくるのが見えたので、手を振って停めた。彼女の情報はすべて取得したので、ステップ巡査が自宅へ送っていきました」

「被害者の身元はわかった？」

「ローレン・エルダー、年齢二十六。西十七丁目に住んでいました。共同生活者のロイ・マードステンが十日前に失踪人届けを出しています。被害者は〈アーノルズ〉のカウンター係で——西十四丁目のアッパークラスむけのバーです——わたしも行ったことがあります。彼女は五月二十八日の夜、仕事から帰ってきませんでした。四三分署のノーマン捜査官が担当でした」

「まだわかっていません。マクナブが——ほら来ましたよ」

イヴが目を上げると、ピーボディの恋人にして、電子探査課（EDD）の腕利きが小走りにやってくるのが見えた。

力を増してきている太陽も、オレンジ色に照り輝くTシャツを前にしてはものの数ではなかった。その上のだらんとした膝丈のジャケットは放射線をあびたプラムの色で、正気を失ったよちよち歩きの幼児がスプレーペイントしたような、イカレた色のバギーパンツにぴったりだった。

日の光のようなポニーテールはぶらぶら揺れ、イヤリングの輪の森がきらきら光っている。

「このエリアにカメラはありませんね」マクナブは言った。「セキュリティはゆるいし、静かな界隈なんです。残念です」

「せっかく来てくれたんだから、最初に現場に来た警官たちと一緒に聞きこみをして。誰かが彼女をここに置いていったのを見たかどうか調べて」

レコーダーを稼動し、イヴはしゃがんで捜査キットをあけた。「被害者はエルダー、ローレン、女性、年齢二十六、五月二十八日から行方不明と確認。それと、右手首と左足首にある痕からみて、本人の意思に反して拘束されていた。着衣に乱れはないようにみえる。

「死亡時刻（TOD）、死因（COD）は？」

性的暴行があったとしたら、殺人者はもう一度彼女に服を着せたことになる」

眉根を寄せ、イヴはにおいをかぎ、もう少し近くまでかがんで、またかいだ。「香水をつけている」

「しかもフルメイクです」ピーボディが言った。「完璧なメイク、それに髪も乱れていません」

「ええ、マニキュアもされたばかりにみえる。意思に反して拘束された女はふつう、外見のことなんかあまり気にしないものよ。犯人が彼女にメイクをした、そういうこと。だめなママ、か。彼女はママっぽくないんじゃない？　パーッとやろうってタイプのほうにみえるわ。ママっていうのはこの場合、性的なことをさしてるのかも」

また眉を寄せ、イヴは拡大ゴーグルを出し、短くてキラキラ光るトップスのせいであらわになっている胴部のところへかがみこんだ。「この腹の棒（バー）みたいなやつは？　たぶん最近のものね。まだちょっと赤いし。検死官が確認してくれるでしょう、でもわたしには新しくされたものにみえる。なんだってへそに穴をあけたりするわけ？」

「わたしにこんな腹筋があったら……」

イヴはちらりとピーボディを見た。「彼女はこのボディピアスについて選択権がなかった確率が高い」指を一本使って、イヴは黒いリボンをほどいた。「それに喉をかっ切られるのにも」

「うわ、犯人は彼女を縫い合わせたんですね」

「それも念入りに。あきらかに遺棄場所ね。犯人はそういうのを全部、ここでやったわけじゃない。だからCODはわかった」計測器を出した。「TODは二十二時二十分。香水は喉のそばが強い。科研(ラボ)用にサンプルがとれるかやってみましょう」

「髪も何か使われていると思いますよ」コートした指で、ピーボディは被害者の髪にさわった。「やっぱりだ、ジェルを使ってますよ、たぶんスプレーも。このツンツンスタイルを維持するために」

「ハーヴォが必要ね、毛髪と繊維の女王さまが。彼女なら突き止めてくれるでしょう。われらが犯人はたくさんのものを残してくれていってる。化粧品、髪用のベタベタ、マニキュアも特定できるかも。これがすべて本人の服なのかも突き止めましょう、たぶん違うだろうから」

興味がわき、イヴは靴を片方脱がせてみた。「ちょっときついわね。彼女のサイズじゃない。足の指にも同じ色のペディキュア、やはり完璧。それに彼女は清潔そのものよ。一週間以上も拘束されていたら、こんなに清潔でピカピカでいられるわけがない。つまり犯人が洗った。何を使ったかも特定できるかもしれない」

「ほかに傷は見当たりませんね。犯人が彼女を手荒く扱った様子はないです」ピーボディは綿棒を容器に入れ、証拠品袋に入れた。

「彼女をひっくり返しましょう」

二人で遺体をごろりと反転させた。

「タトゥーがある、背中の下側。大きな蝶、青に黄色の点々。これも新しいものよ、ピーボディ。せいぜい数日ってところ。まだ傷が治りきっていない」

「プロがやったようにみえますね。素人がやったものにはみえないって意味ですけど。彼女にしるしをつけたってことでしょうか?」ピーボディが疑問を呈した。「タトゥーと、ピアスと」

「そうかもね。何かのイメージに彼女をはめこんだとか。これが俺の望むものだ、だからおまえはこういう外見にしろ。彼女、ＩＤ写真ではブロンド?」

「ええ、でも髪はもっと長いです、顎より下まで。ＩＤ写真ではするんとしたボブ」

ピーボディは先端を赤く染めた自分の褐色の髪をはらい、手のひらサイズのＰＣ（ＰＰＣ）に写真を呼び出した。「ほらわかります? メイクはもっと薄くて、もっとナチュラルです。この写真には何もないですね。身元が確認できるしるしを探しているんですけど、タトゥーみたいな」

「犯人の頭のどこかにあるイメージよ」イヴは結論づけた。「だから彼女はそれに合わせて調整された」イヴはピーボディのＰＣに表示された詳細を目で追った。「両親か。発見者、共同生活者にあたるわよ、それから通知にいきましょう。遺留物採取班とモルグを現場に入れて、そのあと発見者のＬＣから追加の供述をとる」

イヴは後ろへさがり、その遊び場を見た。のぼるもの、すべり降りるもの、回るもの。

「ここはベラの遊び場になるわね、メイヴィスとレオナルドが新しい家に引っ越してきたら。それにあなたとマクナブも。そうだ、二番めの子もよ、生まれてきたら」

「ええ、さっきも言いましたけど、うちの近くですから」

イヴの目が鋭く細められた。「犯人を殺人の罪で逮捕してやるわ、それにベラの遊び場をだいなしにした罪でも逮捕してやる」

発見者からは何も新しい情報がなかったので、二人は被害者のアパートメントへ車を走らせた。

「ちゃんとしたセキュリティね」イヴは建物をじっくり見てそう言った。ブザーはやめておき、マスターキーを使ってロックを解除すると、小さなロビーへ入った。「清潔。三階に行くわよ」そして並んだエレベーターには目もくれず、階段を選んだ。

「被害者は〈アーノルズ〉で働いて四年になります」ピーボディは階段をのぼりながらデータを読み上げた。「その前はカレッジ、専攻はサーヴィス学。治安紊乱（びんらん）で二度逮捕。カレッジの抗議運動のようです。結婚歴なし、いまが最初の正式な同棲です。両親は——結婚して二十九年——フラットブッシュ在住。被害者が三人の子どものいちばん上でした。

弟たちは年齢二十四と二十。上の弟は大学院に行っていて、下はカレッジです、二人とも第一連絡先は両親のところを登録しています」

三階まで行くと、あちこちの閉まったドアの向こうから朝のテレビ番組のくぐもった音が聞こえてきた。それ以外は、フロア全体が階段と同じくらい静かだった。

イヴは三〇五のブザーを押した。掌紋照合装置（パーム・プレート）なし、玄関の防犯カメラなし、とチェックした。でも、しっかりした錠が複数と覗（のぞ）き穴はある。

覗き穴を人影がよぎるのが見えた。

すぐに錠があけられた。ロイ・マードステンははだしで立って百九十センチ近くあった。スーツのズボンと、まだたくしこんでいないワイシャツという格好で、フェイクコーヒーらしいにおいのするマグカップを持っていた。

ゴールドのハイライトが入った黒髪を短いドレッドにしていて、それがやせて骨ばった褐色の肌の顔の上にのっていた。大きくて奥まった目がイヴの目を見据える。

彼は言った。「ローレンは」

「ミスター・マードステン、わたしはダラス警部補――」

「あなたのことは知っています。法廷で見たことがあるんです。映画も見ました。あなたのことは知っています。ローレン。ああ、ローレン。早く言ってください。お願いだから、早く言ってくれ」

　自分はもう彼の世界を壊してしまった、とイヴは思い、一気に言った。

「お気の毒ですが、ローレン・エルダーは亡くなりました」

　彼の手から力が抜けた。とっさにイヴは手を伸ばし、マグから中身がこぼれる前につかんだ。「中に入ってもかまいませんか？」

「わかっていました。わかっていました、でも希望を持っていたんです。ずっと考えていた、彼女は本当に強くて頭がよくて……でもわかっていた、だって彼女なら絶対に――僕は……」

　彼は背中を向け、こぢんまりしたリビングエリアにある二脚の椅子の片方へ歩いた。リビングは徹底的に清潔で、小さなソファ、いくつかのテーブル、たくさんのストリートアートがあった。窓にカーテンはないがプライヴァシースクリーンがあり、通りに面していた。

　マードステンは腰をおろしたが、まるで自分自身の中へ縮こまっていくようで、それから立ち上がって部屋をぐるぐるまわりはじめた。「だめだ。できない。やらなきゃ……」

「ミスター・マードステン」ピーボディがやさしく話しかけた。「お水を持ってきましょうか？」

「いいえ。いいえ。何もいりません。ローレン。ローレン。彼女は帰ってこなかったんです。

リンクにも出なかった。バディは彼女が二時半に帰ったと言っていました。夜のシフト、彼女は夜のシフトがあったんです。だから僕は眠っていた。そして彼女が帰ってこないことに気がつかないまま朝になっていた。僕は眠ってしまって、彼女は帰ってこなかったんです」

彼は振り返り、その大きくて奥まった目が涙でいっぱいになっていた。「僕は寝ていたんです」

ショックのせいじゃない、とイヴは思った。彼は心のどこかでもう知っていたのだから。それでも悲しみは圧倒的だったのだ。

「座りませんか、ロイ?」

「起きて待っていればよかったんだ」

「それでもどうしようもなかったんですよ」彼の腕をとり、イヴは椅子のところへ連れ戻した。横のテーブルにコーヒーを置いてやり、二つめの椅子にかけた。「彼女が亡くなったことはお気の毒です、ロイ、われわれはローレンに危害を加えた人間を突き止めるために全力をつくします。あなたの助けが必要なんです」

「ここから歩いてほんの数ブロックなんですよ。この家に住んだのは、ほんの数ブロックだからなんです」

「ここに住んでどれくらいなんですか?」ピーボディはすでにデータを見ていたが、そうきいた。

「六か月。僕たち――僕たちは一年前に付き合うようになったんです、一年前の三月に。それから一緒にここに住みました。僕たちは……」彼は目を閉じ、頬を流れ落ちる涙をぬぐいもしなかった。「どうでもいい。大事なのは彼女なんだ。何があったんです? ローレンに何があったんですか?」

「あなたは法律専攻の学生でしたね?」イヴはきいた。

「ええ。ええ。この夏は〈デルロイ・ギルビー・アンド・アソシエイツ〉で働いていて、それとは別に夜の授業を二つとっているんです。秋に学位がとれるように」

「法律のどの分野です?」

「刑法。検察で仕事をしたいんです、犯罪者を起訴してやりたいんです」激しい怒りが涙の向こうから燃え上がった。「いまではこれまで以上に。冷静にならなきゃいけないのはわかっています。質問に答えなければいけないのもわかっています。こういうことが捜査にどう役立つのかもわかっています。でもお願いです、お願いですから、ローレンに何があったのか教えてください」

「こういうことが捜査にどう役立つのか理解しているなら、われわれがまだ捜査のほんの入口にいることはおわかりでしょう。われわれに推測できるのは、五月二十八日の夜にローレンが拉致されたということです。あなたは失踪人届けを出しましたね」

「ノーマン捜査官に」

「ええ、ですから捜査官にはあとで連絡をとります」

「ノーマン捜査官は、ローレンがバディの言ったとおりにバーから帰ったと言いました。二人が最後に残っていて、一緒に店を閉めた。それからバディは地下鉄へ歩いていき、ローレンは家に向かった。バディは彼女に危害を加えたりしませんよ、オーケイ？　彼は友達なんです。それに警察が調べました、地下鉄のカメラや何かも全部調べたんです。でも彼は――捜査官は――そのあと彼女を目撃したという人を見つけられませんでした」

「捜査官からもうきかれたでしょうが、わたしもおききします。ローレンを傷つけたいと思うような人物を知っていますか？　以前の恋人とか？」

「いいえ。つまり、ローレンは前にも付き合った相手はいましたが、僕と付き合って一年以上になりますし、人は変わっていくものです。彼女は何にも、誰にも困らされてはいませんでした。誰かにいやな思いをさせられているとか、見張られているということも一度も言いませんでした。何もありませんでした。あれば僕に言ったはずです」

マードステンはコーヒーをとり、また置いた。「そいつは――そいつらは――ローレンはレイプされたんですか？」

「その点はあとで検死官が判断するでしょうが、彼女はきちんと服を着ていました。ローレンは仕事にいくときに何を着ていました？」

「ノーマン捜査官もそれをききましたよ。〈アーノルズ〉では一種の制服があるんです。だから黒のパンツと、白のシャツです。彼女は黒のローカットスニーカーをはいていました、カウンターの中での立ち仕事でしたから」

「アクセサリーは?」

「ええと……引っ越してきたときに指輪を贈りました。婚約指輪とかじゃないです、まだおたがいそういう気持ちにはなれてなかったから。でもシルバーの指輪、親指用の指輪です。だからそれと腕時計(リスト・ユニット)、向こうのご両親がこの前のクリスマスにいいのをプレゼントしてくれたんです。彼女はそういうものにあまり興味がないんですけど、あの小さいルビーのスタッズはよくつけていました、ハート形の。ルビーは彼女の誕生石で、二十一歳になったときにおじいさんとおばあさんがくれたんです」

「両耳にひとつずつ?」

「ええ。彼女は保守的なところがあって」

「それで、ほかにはピアスも、タトゥーもなし?」

「ローレンが?」かすかな笑みが浮かんで消えた。「まさか。待ってください」彼は立ち上がった。「ローレンじゃないかもしれないんですか? ローレンだってことはたしかじゃないんですか?」

「お気の毒ですが、たしかです」

「どうして？　どうして彼女は死んだんだって意味ですよ？　犯人は彼女に何をしたんです？　僕はもう取り乱したりしません、わかってもらえます？　知らなきゃならないんです」

「彼女の手首の片方と、足首の片方に擦過傷と裂傷があり、しばらく拘束されていたことを示しています。わたしが現場で調べたことからすると、首にあった深い傷が亡くなった原因です」

「犯人は……彼女の喉を切ったんですね」マードステンは目を閉じ、やがて顔をおおった。「少し待って、少しだけ待ってください。家族、彼女の家族に知らせないと。毎日話をしているんです。あの人たちはきっとおかしくなってしまう、なのに僕はそれを知らせなきゃならないんだ」

「彼女のご家族には、わたしたちがここを出たらお知らせします。わたしたちからお知らせするのがいちばんいいでしょう。寝室を見てもいいですか？」

「寝室？　ああ、どうぞ。僕は小さなオフィスも置いているんです。クローゼットといったほうが近いですが、そこも見てもらってかまいません。コンピューターもお見せしますよ。役に立つなら何でも見てください」

「助かります」

マードステンは目をこすった。イヴは彼の肩が震えてからこわばるのを見ていた。

「上司に連絡しないと。ローレンが行方不明になったとき、プライヴェートの連絡先を教えてくれたんです。僕は出勤できないことを知らせないと」

「けっこうですよ」

「いつローレンに会えますか？　いつ僕たちは——彼女の家族と僕は——彼女に会えるんですか？」

「許可が出しだいご連絡します。ロイ、検死官のことですが。その人以上にローレンをよく扱ってくれる人はいませんよ」

「映画でおぼえています、それに法廷でも彼を見たことがあります。誰がこんなことをしたのか突き止めてください。ローレンをこんな目にあわせたやつを見つけてください」

家を出たときには、イヴは被害者についての感触をかなりつかんでいた。ローレン・エルダーは家族と強い結びつきがあった。さっきの壁にあったストリートアートのいくつかは母親が描いたものだったし、ローレンは家族の写真をチェストに飾っていた——背景からするとビーチでの休暇旅行——その中では全員がカメラに向かって変な顔をしていた。

彼女は服を——少しコンサバ寄りですね、とピーボディが確認してくれた——同棲相手と共有していたクローゼットにきちんと整理していた。フリルの多いのや、あまりキラキラするのは趣味ではなかった。夢はいつか自分のバーを持つこと。スクラップブックに写真を貼っていた——家族、友達グループ、同僚たち——とても情に厚くて感傷的。

自分の収入の範囲で生活し、チップの記録を几帳面につけていた――かなりの額で、イヴは彼女が有能だったのだろうと思った。

持ち物の中にネイルはなく、化粧品も最小限。

犯人がローレンを誰にしたかったにせよ、彼女の内面はそのイメージに合っていなかったのだ。

「いい家でしたね」ピーボディはブルックリンに向かうため、また車に乗った。「家具の大半は家族のおさがりだとわかりますけれど、二人で住み心地のいい家にしていました。彼はもうあそこにいられないんじゃないでしょうか。耐えられませんよ」

「彼はローレンがいなくなってからずっと、わたしたちがドアをノックするのを待っていた。覚悟ができていたわけじゃない、できるわけないんだから。それでも彼はわたしたちを待っていた」

ローレンの家族もできていないだろう、とイヴは思った。

「ノーマン捜査官に直接詳細を伝えて、彼の事件ファイルをもらって。バーのスタッフたちとも話をしなきゃね、だからその手配ができるかやってみましょう。ともかく最初はバディよ、ローレンを見たとこっちでつかんでいるのは彼が最後なんだから」

「バディは本名ですね。バディ・ジェームズ・ウィルコックス。誰が自分の子どもに相棒なんて名前をつけるんでしょう?」

「バディの両親でしょ。彼女は毎日決まった行動パターンをとっていた」イヴは続け、このろのろ動いているミニをさっと迂回した。「ロイが言ってたでしょう、彼女はこの八か月、七時から閉店までのシフトだった、って。二人は六時ごろ一緒に夕食をとるようにしていて、それから彼女は六時四十五分に仕事場へ向かう。ロイも同じ頃、夜間の授業へ行く。ただし日曜日は二人とも休みで、彼女は月曜、彼は土曜も。土曜は彼がバーに来てしばらくいることもあったけれど、たいていは勉強していた。仕事のある夜は、彼女は二時十五分から二時半のあいだに帰宅した。同じ道を通って。北へ三ブロック、東へ一ブロック」

「その途中でさらわれたんですね」

「犯人がラッキーだったのか、それとも彼女の行動パターンを知っていたのか？　犯人は知っていた、わたしはそうみている。彼女は犯人の求めていたタイプだったのよ。ドクター・マイラに意見をきいてみなきゃならないけど、それならつじつまが合う。ローレンの年齢、肌や髪の色、体格。彼女の何かがぴったりはまった。あとは服やタトゥー、髪で何とかできる」

「犯人は彼女を十日間、監禁していました」ピーボディが言い足した。「そういう調整をするにはたっぷり時間がありましたね」

「タトゥーは、少なくとも、十日たっていないわね。たぶん」

「かなり大きなタトゥーですよ、細かいし」ピーボディが指摘した。「二時間はかかったでしょう」

「緻密な仕事ね、プロかも。でもああいう針で肌をつつかれているあいだ、彼女はおとなしくしている?」

それを想像しただけで、イヴは背中の筋肉がぞわぞわした。

「縛っておいたかもしれないけど、意識があったら動いたはずよ」

「わたし、タトゥーを入れるつもりなんです」

反射的に、イヴはブレーキを踏んでしまいそうになった。「はあ? どうして? 何?」

「いますぐにじゃありませんよ。〝何を〟と〝どこに〟を決めないと。ほんの小さなやつですけど」ピーボディは親指と人差し指を広げて、数センチのサイズを示した。「肩の後ろか、足首に入れたいんです。たぶん何かガーリーなのを」

「何かガーリーなのを、生きている皮膚に彫りこむわけ。永遠に」

「だからまさにぴったりのシンボルかイメージにしなきゃだめなんですよ」

「小さい針で体にインクを入れるんでしょ。そのためにお金を払って。わざわざ」

「アザミかな――スコットランドのシンボルだし――マクナブのために。でも虹にするかもしれません」

「虹を二つにしたら。お尻の丸いところにひとつずつ」

「三日月に小さい星とか」ピーボディは動じずに続けた。「いまのところそういうのが競い合ってますね。重大決心ですから」

「ええ、お金を払って肌にインクを注入してもらうのは重大決心よね。さあ、自発的自傷行為から、殺人事件に戻りましょう」

「自己表現ですよ。ボディアート」

「何でもいいわよ」この会話そのものが混乱させられるばかりだった。殺人なら、少なくとも、イヴは理解できた。

「エルダーの毒物検査で何が出るかみてみましょう。でも十日間のあらかた、薬を与えられていたのは確実だと思う。それでも、さっき言ったことを全部やるには、人目につかない場所が必要よね。移動手段も」

「個人宅、もしくは集合住宅でもすぐれた防音設備のあるところ。集合住宅だと、専用の入口が必要ですね。車を置いておく場所も。私有のガレージなら全部クリアできるかも」

「彼女は犯人を知っていたのか？　バーの関係者、昔のご近所、いまのご近所とか？　犯人は車で近づく――〝ヘイ、ローレン〟」

「バーテンダーはたいていフレンドリーなタイプですよ。それも仕事のうちですから。でも、家からほんの何ブロックかそこらのところなのに、彼女が自分から車に乗る理由がありますか？」

「彼女が消えた夜の天気を調べて。あるいは、犯人が彼女をおびきよせたのかもしれない。

〝ヘイ、ローレン、これを見てみて〟。もしくは彼女の通勤ルートに車を停めておき、何かで助けが必要なふりをするとか。またはただだましたか。彼女を車に押しこんで。現場で目視できる傷は頭部にはなかったけど、犯人が彼女を殴った傷は治ったのかもしれないし、それはモリスが見つけてくれるでしょう。彼女に薬を注射した、そのほうがありそう。薬を打つ、車にのせる、走り去る」イヴは頭の中でそれを映画のように再生した。「三十秒もかからなかったでしょうね」

「五月二十八日、ところによって曇り、降水なし、最低気温は十六・七度」ピーボディはPPCをおろした。「二ブロックのために車に飛び乗るような夜じゃありませんね」

通勤ルートを歩いてみよう、とイヴは思った。遺族への通知が優先だったが、ローレンの足跡をたどって、彼女が目にしたものを見てみたかった。

「顔見知りでなかったなら、犯人はどうやってローレンを選んだの？　犯人が彼女をほしがるなら目にしていたはずだし、彼女を選ぶならほしくならなきゃならない。バーでだったのか？　近所の人間なのか？　たとえば犯人がローレンを見つけ、観察し、彼女に決めるとする。犯人は彼女の通勤ルートに車を停めはじめるかもしれない、見慣れてくれるように。とくに何とも思わなくなるように」

イヴはその考えを頭の中でころがしながら橋を渡ってブルックリンに入った。

「〝ママ〟って誰？　それが問題になりそうね。性的なことをあらわしているなら、犯人の男は彼女をレイプするでしょう。犯人が女でも、レイプする。〝ママ〟が文字どおりママなら、確率は半々」

「うわ」

「〝タコ（オクトパス）〟にはママっぽいのがいなかった？」

「〝オクトパス〟ですか？　タコが母ダコとヤっているとは思いませんけど。母親がわかるんですかね？　どうやって知るんですか？」ピーボディは考えこんだ。「みんなヘンテコな頭と触手がありますよね」

「違うわよ、コンプレックス持ちの男で、母親とヤって、目が」

「オイディプス（ギリシア神話のテーバイ王。母親とまじわり父親を殺した罪でみずから目に針を刺した）ですよ。たしか。オイディプスだと思います」

「オクトパス、オイディプス、みんな気味が悪い。で、犯人はママとヤりたいのかもしれない、でもママにその気はない、だから犯人は代わりをつくる。あるいは、ママはその気だった、それで犯人の人生はめちゃくちゃになった、だから代わりを。または何かほかのママをさしていて、犯人は彼女とヤりたくない」

「彼女をつくりあげたのに、なぜ殺すんですか？」

「本物じゃないから。それにちゃんと犯人とヤろうとしない、もしくは犯人の必要なものを与えようとしないから。彼女は元（オリジナル）になった人物じゃないのよ。犯人はずっと彼女を殺すつもりだった」

「どうしてそう思うんです？」

「犯人が底抜けに狂ってるからよ、ピーボディ。底抜けに狂っていなければ、こんなことはしない。十日間、十か月、何でもいいけど、最後には狂気が自制心を突き破った。タトゥー、ピアス、化粧品、髪、服を完璧に揃えたこと。それは自制心であり、緻密さよ。だから犯人にはそれがあるんでしょう、でもその下では？　底抜けに狂ってるのよ」

そしていまの理屈をたどりながら、ピーボディはイヴのほうを向いた。「犯人はまた次の代わりが必要になりますね」

「ええ、だからそいつがすでに代わりを見つけていないことを願いましょう」

ダッシュボードのコンピューターの指示に従って進んでいくと、きれいな家と庭がならぶブロックの、きれいな庭付きのきれいな家に着いた。

「父親は整備士――自分の店を持っています」ピーボディが言った。「母親はアーティストです――被害者のアパートメントに作品がいくつかあったでしょう。地元でギャラリーを経営しています。きょうだいは両方とも夏休みでカレッジから帰ってきているんじゃないでしょうか。たぶん誰かが家にいますよ」

「たしかめましょう」

イヴは車を降りて、誰かの世界を壊す覚悟をかためた。

終わる頃には、感情の過負荷が頭痛を起こし、頭のてっぺんをドリルで突き破ろうとしていた。イヴはコーヒーをプログラムし、自分はブラック、ピーボディにはレギュラーにした。

「うちの家族を思い出しました」ピーボディはため息をついた。「フリー・エイジャーではないですけれど、あの家族は結束が固いですね。きっと乗り越えるでしょうが、まったく元どおりに戻るものはひとつもないでしょう」

「あの人たちが教えてくれた元カレ二人を調べてみて。何もなければ、その線は行き止まり。次はバーに行ってみましょう。そこからあなたは別行動をして、元カレたちを調べるの。調べる価値があるかどうかはわからないけど。わたしはモルグへ行く。向こうに着くころには、少なくともモリスは検死を始めてくれてるはず」

「その線は閉じなきゃなりませんよね」ピーボディは同意した。「でも教えてもらった元カレたちは両方とも違うんじゃないですかね。年長者を探したほうがいいと思います」

イヴも同じ意見だったが、パートナーに目をやった。「なぜ？」

「さっき言っていた自制心と緻密さです。二十代や三十代はじめの人間には持てないというわけじゃありません、それに、これまでもっと若くて緻密な殺人者の相手もしてきました。でもその自制心と緻密さが、まず間違いなく必要な、人目につかない場所とか車とかに加わるとなると。それに犯人は女かもしれません。娘だって母親との問題は抱えているものです。彼女は抵抗するか、もしくは意識のない女性を車に乗せられるくらい力がなければならない。犯人がチームでないかぎり。それもありえます。きょうだいということだって」

「きょうだいか」イヴは考えてみた。「二人とも母親に対して強迫観念を持ち、深刻な怒りを抱えているか、もしくは性的に惹かれている？　ありえなくはないわね。面白いし。二人いたほうがさらうのも運ぶのも簡単。でも見たところでは、一回切りはらっただけで殺されていたのよ。それを言うなら、二人めが縫合したのかもしれないけど。縫合と、傷を隠していたリボンを後悔のサインと考えると、あのカードはそれを否認している。カードは子どもが書いたみたいだったわよね、それにあれを使っていた」

「クレヨン」

「そう。子どもの使うものよ。母親を美しくした——もしくは犯人の男か、女か、複数人から見て美しい姿に。母親をドレスアップさせて遊び場のそばに置く——遊び場も子どもの使うもの。〝ママ〟って誰？　彼、彼女、または彼らのママよね。その人はまだ生きているの、もう死んだの？」

「〝ママ〟はあんまりファッションセンスがなかったんですね」ピーボディが意見を言った。「彼女の服はほんとに悪趣味って意味です」

「安物ね。たぶんもっといいのを買う余裕がなかったんでしょう。ジーンズは破れてた」

「うちのおばあちゃんが脚にいくつも穴のあいたジーンズをはいてる写真を見たことがありますよ。おばあちゃんがもっと若かったときの」

「フリー・エイジャー独特のものなの？　あなたたちってみんな裁縫をするんじゃなかった？　おばあさんは穴をふさぐとかしなかったの？」

「わかりません。流行だったのかも。調べてみます。でもあのトップス――すごく短い――いっぱいのスパンコールと、あの靴――すごく凝っていて、悪趣味で、流行遅れです――を変てこなジーンズと合わせる？　ちょっと尻軽な感じになってますよ、とくにあのやりすぎのメイクと合わせると」

ファッションはイヴの得意分野ではないかもしれない――まったくダメだ――それでもピーボディの言っている意味はわかった。

「〝ママ〟はちょっと尻軽だったのかもしれないわね――それが問題の一環なのかも。あるいは、犯人である彼もしくは彼女もしくは彼らは〝ママ〟をそういうふうに見ている。あるいは彼もしくは彼女もしくは彼らは〝ママ〟に尻軽でいることを望んでいる。これは本当にドクター・マイラと話さなきゃならないわ。底抜けに狂っている人間の中に理屈を見つけなきゃならないんだから、頭の医者が必要よ」

マネージャーの協力のもと、二人は〈アーノルズ〉で被害者の同僚たちを聴取するのに一時間をついやした。またしても涙、新しい情報はなし、それから被害者はしっかりした満足のいく生活を送り、仕事も仲間付き合いも楽しんでいたというイヴの印象を裏づけた。バーもしっかりした店にみえた。少々お高くとまってはいるが、ここはカウンターで一杯やりに来る気軽な近所の店ではなく、デートの相手を感心させたり、小さな鉢植えにほのかな明かりがまたたくテーブルで、高級なグラスにそそがれた高級な酒を顧客にすすめるための店だった。

そこではオーガニックのカボチャの花や山羊のチーズのトリュフといった、ひと口サイズの凝ったものを出していた。イヴはいくら腹が減ってもそんなものを口に入れることなど想像できなかった。

バーを出たときにそう言うと、ピーボディは頭を振った。

「すごくおいしいんですよ、それにパンチェッタのチップスは本当にすごいんですから。警部補も満足しますよ」

「あなたが満足しなさい。あとでよ。セントラルに行って、元カレたちを調べて、ノーマン捜査官に最新状況を知らせて、わたしがマイラに会う時間をとっておいて。わたしは被害者の通勤ルートを歩いて往復してからモルグに行く」

二人は分かれ、イヴはまださほどあたたかくはない晩春の陽ざしの中を歩いた。いつも歩道の歩き方がわかっていないような観光客たち、さまざまな手押し車にのせられた子どもや赤ん坊たち、大きなドブネズミといっても通りそうな、小さくて毛のない犬を二匹散歩させている男が目に映った。

犬たちはキャンキャン吠えまくり、通りすぎざまに彼女のブーツに突進してきて、男が甘ったるい口調で彼らを叱った。

「こらこら、シュガーにスパイス、いい子にしなさぁい」

よく手入れされた住宅、整然としたビル、繁盛している店、常連客たちが春風に吹かれながら外の席に座り、飲み物を飲んだりランチを食べたりしているレストランもあった。何軒かの家には前庭があり、機能より見た目重視のフェンスで歩行者から隔てられていた。玄関階段には花が咲き乱れ、鉢からこぼれたりしている。三人組がメゾネット型アパートメントの窓を手際よく掃除している。女がひとり、買い物バッグを二つ持って、別の家のドアへいそいでいた。

車の列はほとんど楽しげに流れている。

春のニューヨークには勝てない。イヴにとってはいつであっても勝てないのだが、春には陽ざしも加わるのだ。

ふたたび被害者のアパートメントの前で立ち止まった。ロイはまだプライヴァシースクリーンを稼働していた。彼の階下の部屋では、女がひとり窓枠に腰をかけ、忙しそうに窓を掃除していた。

そうするのにぴったりの日に思えた。

引き返しながら、そこそこいい車なら、通勤ルートに停まっていても人目を惹かないだろうと思った。おんぼろの車なら、いまとなっては人目を惹くかもしれない。でも、そこそこいい車で、きれいにしてある車に、誰が目を留める？

それに被害者の住んでいたブロックは——とくにそのブロックは——夜は静かになるだろう。人家のほとんど、それにレストランもシャッターを閉め、ベーカリーやデリも閉店している。

夜の徒歩五分は、ぶらぶら歩きならもう二分延びる。走れば短くなる。

自分のホームグラウンド、慣れている。心配などしない。

しかしほんの数秒で——わずか数秒しかかからなかっただろう——すべては変わった。

それもすべて、とイヴは確信していた。被害者が誰かにそこそこ似ていたためだ。

〝だめなママ〟に。

3

イヴがモルグの長く白いトンネルを歩くと、ブーツの足音が反響した。頭にあるのは被害者のこと、それから彼女が最後に家へ歩いていたときのことだった。少なくともちょっと疲れていただろう、だから足早に歩いていた可能性が高い。若くて、慣れた界隈にいて、治安のいいご近所が静まっている真夜中に、家へ向かっている。

計画をととのえていた人間には楽な獲物だ。

でも、疑問は残っている。なぜこういう計画を？　なぜ彼女なのか？

イヴがモリスの領土に通じるドアのひとつを押しあけると、彼が被害者の胸腔にコートを処理した手を入れているのが見えた。

音楽がささやいている。たくさんの低音の金管楽器と、失われた愛について女が歌っているものだ。

彼は顔をあげ、ほほえんだ。「きみにとっては早い一日の始まりだね、そして彼女にとってては非常に早い終わりだった」

モリスは青いスーツを着ており、そのあざやかな色は彼が上機嫌だとイヴに教えていた。彼はそのスーツに熟れた梨色のシャツと、その二色をうっすら渦巻きにしたネクタイを合わせていた。長い褐色の髪は何やら複雑な模様に編んでいて、それがうなじに輪をえがいていた。

彼は内臓をひとつ、無頓着な手際のよさで重さを量った。

イヴは近くへ寄り、いまや裸になって開かれた遺体を見おろした。

「彼女の終わりは、いろいろな意味で、五月二十八日の夜に起きたとわたしは思ってる」

「手首と足首に裂傷と打撲傷。その日時に合うものもあるだろうし、もっと新しいものもある。拘束具をつけられていたね、それに手の枷は四・四センチ幅だろう。ほかにも小さな打撲傷がある、きみにも見えるだろう——反対側の足首、両膝、両肘」

「反対側の足首のは、拘束具に食いこんだからでしょう」

「そう。それからほかの傷、小さいものもだ、さっき言ったように。暴力とは合致しない。犯人は彼女を殴らなかったし、レイプもしなかった。性的暴行、もしくは合意のセックスの痕跡はないよ、最近のものは」

モリスはシンクへ歩いていって、両手の血を洗い流した。「彼女はとても清潔だった。髪も、体も、最近念入りに洗われている——髪はスタイリングされているね。メイクも、見てのとおり、非常に念入りにほどこされている」

「犯人にはイメージがあったんでしょう、だから彼女は人形みたいなものだった、わかる？」

モリスはうなずき、小型冷蔵庫のところへ行って、イヴと自分用に缶入りペプシを出した。「わかるよ、それにわたしもそう思っていた。彼女はマネキンであって、犯人はそのマネキンを使って自分の望むイメージをつくりだした。メイクもヘアスタイルも時代遅れだね、服も同じだ」

「そうなの？」

モリスは今度はにやりと笑い、缶をあけてひとつをイヴに渡した。「そんなにいい服を着ている人間にしては、ファッションとその歴史についての知識はおおざっぱなんだね」

「ロークがしょっちゅうクローゼットにあれこれ詰めこんでくるのよ。どれくらい時代遅れなの？」

「今世紀の変わり目だね、たぶん、もしくはその最初の数年。でも確実な時間枠をつかむのはむずかしいことじゃないだろう」

「犯人はどこでそれを手に入れたのか？　すでに持っていて、彼女がその体格、サイズにぴったりだったのか？」眉根を寄せ、イヴは遺体のまわりを歩いた。「たぶんそうね。だいたいは合ってるけど、靴は小さすぎだから」

「そのとおりだね。被害者は犯人にはかされた靴のサイズ七・五より、八に近かったんだろう」

「靴のサイズをはかるのは服のよりむずかしいわよね、たぶん。ジーンズも少しきつかった。食いこんでいたところがわかるでしょ」

「それもちょっとサイズが違っている」

「つまり犯人はすでに服や靴を持っていた、もしくは単純に彼女に望みのサイズになってもらいたかった」

「あるいはね。わたしに言えるのは、被害者は死んでしまったこと以外は健康だった。違法ドラッグの乱用、アルコール乱用の徴候はなし。最後にとった食事は、ＴＯＤの約五時間前に摂取されていて、内容はグリルしたチキンが百グラム弱、ブラウンライスと豆が少々」

「それじゃ犯人は彼女に食事を与えつづけていたわけね」

「それに水分補給も。彼女はお茶を飲んでいるよ」

「拷問の形跡はなし」

「ないね、でも内容物をラボに送っておいたから、じきに毒物検査の結果が出るだろう、たぶん。タトゥーと腹部のピアス、二つめの耳のピアスと耳軟骨のピアスは最後の七十二時間以内にあけられている。そのときには生きていたんだ。だが爪は？　これはマニキュアもペディキュアも塗ったばかりだ。爪は形をととのえられて間がない。死後のものだね」

葬式や追悼の場で遺体を扱う仕事の人物かもしれない。弔問客たちのために、遺体がただ眠っているかのようにととのえる人物。

そうかも。

「〝だめなママ〟――犯人はそう書いて、被害者の上に置いていったのよ」

「ああ、わたしも記録で見た」

「彼女はふつうの〝ママ〟のイメージと違うんじゃない？」

「母親の形とサイズはさまざまだよ」

イヴはうわのそらでペプシを飲み、一瞬だけ自分の母親のことを考えた。ふつうにはほど遠い。「そうね。もし被害者が代用品だったとすれば、わたしたちはこの体格、こういう髪や肌の色、タトゥー、ピアスをしていて、だいたいこのくらいの――もしくはそうみえる年齢の――人物で、世紀の変わり目頃にいた誰かを探すことになるわ」

イヴは反対方向へまわりだした。

「あるいは犯人はただ人形と遊びたかっただけで、ファッションセンスが時代遅れなのか」

彼女は足を止めた。「首の傷と修復は」

「ためらい傷はない。一度きりのすばやい攻撃だ。なめらかで、鋭い刃物。長さ約十センチ。わたしなら折りたたみナイフを探すな。質のいい、鋭い小型ナイフだ」

今度はイヴの目が細くなった。「小型ナイフ」

「なめらかで、短くて、まっすぐな刃。ぎざぎざなし、角度もついていない。犯人は彼女の正面から殺した。左から右へ切っている、だから右利きだね」

イヴはうなずき、それを頭の中で再生してみた。「すじが通ってるわね。なんだって犯人はナイフを――鋭いのを――持って、本人の意思に反して監禁されている女のそばでぶらぶらしてるわけ？　小型ナイフだなんて」

イヴは自分のナイフをポケットから出し、ボタンを押して刃を飛び出させた。「でも犯人はそれを持ち歩いていて、彼女はもう用ずみになった、だからただナイフを出す。その一瞬のことね。彼女は何かをするか言うかする、もしくは何かをしなかったか言わなかった。犯人は腹を立て、さっと刃をはらう。終わり」

「切りつけたのは一度きりだ、ためらい傷はなし。だからそうだね、その一瞬のことだったんだろう。さて、縫い目は緻密だ、彼のそのほかの仕事のように。ていねいで非常に細かい。ラボに糸を送ったよ。室内装飾用の糸じゃないかな――たとえば、ボタンを縫いつけるときに使うものより強くて太い。それから針も同じだろう、太いし、ふつうの裁縫用の針より長いようだ。わたしがY切開を閉じるときに使うもののような」

「医療レベルの質の糸ではないけれど、犯人に何らかの医療技術はあるかもしれない？」

「もしくは縫製技術が。もしくは――〝もしくは〟ばかりで申し訳ない」モリスは笑った。

「時間をかけてやっているか」

「そうね、もしくはあれ、もしくはこれ。もしくは犯人は単に偏執狂的に緻密。セックスはなし、暴力なし、拷問なし。犯人は彼女に何を求めてたのか？　彼女と何をしたかったのか？　自明のことね。〝ママ〟よ」

モリスは被害者の肩に手を置いた。「彼女がそれになろうとするかどうか、決めるチャンスは二度とない」

「ええ、ないわね。彼女には家族がいるし、同棲相手もいたの。みんな彼女に対面したがるでしょう」

「用意ができたら、わたしから連絡するよ」

「オーケイ。ペプシをごちそうさま」

「いつでもどうぞ。ダラス？　彼女はあの家のそばの遊び場に置き去りにされていたね――われわれの友人たちが住む家だ」

「ええ。その件はわたしがやる」

「頼りにしているよ。われわれは自分たちのものになった人たちの面倒を毎日みている。だから家族の面倒もみる。もしメイヴィスに必要なものがあれば、わたしが駆けつけるからと伝えておいてくれ」

「そうする。メイヴィスはイメージに合わないわ。もっと小柄だし、彼女の髪がいつどんな色になるかは誰にもわからないでしょ。それに妊娠中。でも妊娠しているとママってことになるわね」

「でも犯人は別の誰かのママをほしいわけじゃない、だろう?」

「そうだと思う。それでも、その件はいまやっておくから」

というか、あとでやる、とイヴは外に出ながら自分に言い聞かせた。セントラルへ行って、事件ボードを設置して記録ブックを作らなければ。考えるの。ドクター・マイラにもききたいことがいくつもある。

ラボに寄ることも考えた。ベレンスキーの尻に火をつけて、ハーヴォをつつくとか。

まだ早すぎる、とイヴは認めた。彼らには二十四時間与え、それから火をつけてつつくことにしよう。

セントラルへ車を入れたとき、ピーボディが連絡してきた。

「警部補がこちらへ戻ってくるところなら、マイラはすぐあなたを詰めこんでくれるそうですよ」

「もう戻ったわ」

「いまならほんの少し時間があるそうです、でなければ――」

「いまにする」イヴは駐車スペースに入った。「わたしからドクター・マイラにこれまでの説明をする。あなたはあとで彼女に報告書を送って」

「彼女の業務管理役にあなたがいま向かっていると言っておきます。ヘイ、赤ちゃんのことをきいてくださいよ」

「赤ちゃんって？」

「業務管理役の新しい孫です。感じよくして」ピーボディはイヴが反論や不平を言う前に言った。「そうすれば次にマイラに時間をあけてもらいたくなったとき、彼女も感じよくしてくれるかもしれません」

「馬鹿らしい」イヴはぶつぶつ言いながらエレベーターへ向かった。「赤ん坊なんて殺人にもプロファイリングにも関係ないじゃない。赤ん坊がやったんでないかぎりね、それに今回は違う」

「いいからやってみてください。ばちは当たりませんから」

「あなたがそう言うなら」イヴは通信を切ってエレベーターに飛びこんだ。

いまというのはいましかないと判断したので、イヴは警官や技師や誰だかわからない者たちがぎゅうぎゅうに乗ってきても、そのまま乗っていた。

マイラのフロアに着くと、乗客たちを押し分けて降りた。清潔な空気を吸いこみながら早足でマイラの待合室へ、それから例のゲートを守るドラゴンのところへ行った。

マイラの業務管理役はデスクを前にいつものように尊大に座り、イヤーリンクをつけて何だか知らないがいまやっている仕事をしていた。

彼女は氷の視線を上げ、その視線でイヴを刺した。

「ドクター・マイラは二十分しかお時間がありません」

「手短にするわ」イヴはそのまま入ろうとしたが、そこで心の中でぐるりと目をまわし、歯ぎしりをした。「それはそうと、お孫さんのことはおめでとう」

氷がとけて夢見るような靄になった。「ありがとう」デスクから額に入れた写真を持ち上げる。「きれいな子でしょう?」

イヴは鱒と、非常に機嫌の悪い、おそらく便秘の老人との奇妙なつながいから生まれたようなものを見て言った。「ワォ」

「本当に可愛くて。二十分ですよ」業務管理役は繰り返したが、夢見るような靄は残っていた。

イヴが入っていくと、マイラはデスクの向こうに座って、キーボードを叩いていた。彼女は指を一本立てた。「これに返信するのにあと一分いるの。座って」

まだ座る気になれていなかったので、イヴはただ立ったまま、マイラの記念品、賞、写真を置いてある棚をじっくり見た。赤ん坊や子どものものはもっとあったが、どの子もあの魚のような生まれたての顔はしていなかった。

「ごめんなさい」マイラはしばらくして言った。「もう仕事が始まっているの」

「かまいませんよ、都合をつけてくださって助かりました」

「あなたは必要でなければ頼んでこないでしょう」マイラは立ち上がり、完璧に料理したサーモン色の、例によって高くて細いヒールでオートシェフのところへ歩いていった。

ハイヒールはスーツとお揃いで、膝すれすれのスカートが優美な脚を引き立たせている。ペールブルーの石のついた三連のチェーンをつけており、それがスーツのジャケットのボタンと完璧に合っていた。

誰かがそういうコーディネートを、とりわけシャーロット・マイラのように常に変わらずやってのけることに、イヴはいつも驚き、困惑した。

てっきりマイラの好む、かすかに花の香りのするお茶が出されると思っていたが、上等の強いコーヒーが出てきた。

「コーヒーですね」イヴはため息のように言った。

「飲まないといられなくて」マイラはほほえむと、イヴにカップを渡してから、いつものスクープチェアに座った。「さっきも言ったように、もう仕事が始まっているの。あなたも仕事が始まっている。遺体、とピーボディは言っていたわ。あの新居のそばの遊び場に残されていたそうね。メイヴィスにはもう話したの?」

「まだです。リストには入っていますが」

「長いリストでしょう」

「たしかに。外回りから戻ったばかりなので、まだ報告書を書いてないんです」

「それなら話してちょうだい」

「女性、白人、二十六歳、バーテンダーで、閉店後に家までの数ブロックを歩いていた」

イヴが立ったまま、これまでのあらましを話しているあいだ、ＮＹＰＳＤのトッププロファイラーはじっと耳を傾けていた。

イヴはリンクを出し、犯罪現場の記録を呼び出して、マイラに遺体と残されていたメッセージを見せた。

「クレヨンで書いてあるようにみえるわね」

「ラボで確認してくれるでしょう」

うなずき、マイラは画像をじっくり見た。

「この外見だけど。犯人が彼女に着せた服と、スタイリングのことよ。わたしが子どもだった頃のうちの母の姉妹――わたしのおば――を思い出すわ。あの時代のおばの写真を。彼女はね、うちの母に言わせると、ちょっと奔放だったの」

「モリスはその服装は時代遅れだと言っていました」

「そうね。わたしにもそうみえるわ」

「あなた方二人が言うならたしかでしょう」

笑みを浮かべると、マイラはミンク色の髪のウェーヴを後ろにはらった。「これは……ワルっぽくみえるわ、もう一度言うけれどわたしにはね。このメイク、ヘアスタイル。とんがっているとか、過剰にセクシーというよりはワルっぽい。伝統的もしくは古典的な母親っぽくないのはあきらかね。同時に、何から何までとても手がかかっている。この外見をつくりだすにはたいへんな労力がそそぎこまれているわ。この外見は大事だったのよ。彼女は――犯人の男もしくは女がもう一度つくろうとした女性は――大事だったの。憎しみと同じくらいたくさんの愛がある。それ以上かもしれない」

「犯人は被害者を十日間拘束していました。彼女を選び、その基本的な生活パターンを知らなければならなかった。すべてが時間と労力を要します」

「そうね」マイラは同意した。「彼女はおおまかな条件に当てはまっていた、身体的なところか、もしくはライフスタイルが。彼女はバーで働いていた、たぶん彼女が身代わりとなった人物がバーで働いていたんでしょう。あるいは夜の商売だったか。被害者の何かが、彼女をさらい、手元に置き、元(オリジナル)になった人物につくり変えようという欲求に火をつけた」

「母親ですか」

「犯人の母親もしくは母親的人物なのはほぼ確実ね」

マイラはまた椅子の背にもたれ、コーヒーを飲みながら言葉を選んだ。

「性的な攻撃やレイプはなし、拉致(らち)と致命傷以外には身体的暴力もなし。タトゥーとピアスがされたときには、薬を与えられていたに違いないとわたしも思うわ――それにそうしたしるしづけはオリジナルを反映しているんでしょう。女性ね、十中八九、少なくとも七十代後半よ――それなら犯人が選んだファッションに合致するし、もっと上という可能性もある。彼女は死んだか、犯人との結びつきが壊れているんでしょう。母親だとすると、犯人は少なくとも五十代後半のはず。自制心、忍耐力、系統だてられた行動、じゅうぶんな成長を見せている。

これが犯人の最初の殺人だとしたら、それにあなたも類似犯罪を調べるでしょうけれど、きっかけがあったはずよ。母親的人物による裏切り、彼女の死、彼女に捨てられたこと、再婚。代わりを据えて新たにつくり直そうという欲求に、犯人を駆り立てた何かが」

「彼女は基準に達しなかった――被害者のことですよ。もしくは、犯人はオリジナルを罰するために彼女を殺した。なぜならオリジナルは、犯人の頭の中では基準に達していたから。致命傷を縫ってリボンで隠したのはなぜですか？」

「何もかも非常にきちんとしているでしょう」マイラは付け加えた。「ワルな外見、でもとても清潔で、とても完璧。後悔はあるかもしれない。でもわたしには、開いたままの傷を残しておくのは不完全で、だらしがなくて、縫い目ですらそのイメージをだいなしにしてしまうからじゃないかと思える。犯人は彼女に怒りを持っている――彼女はだめだから――だけどそれでも彼女は母親をあらわしているの。犯人は緻密で、自制心があって、完壁主義者で、綿密に計画できるほどじゅうぶん成長している。でもあのカードの文字は?」

「子どものみたいでした。緻密じゃなかった」

「犯人の中の子ども——怒っている子ども——が声を荒らげてしまったのよ。成長がすべてをまとめていたのに。精神を病んでいて、母親への執着があり、それが犯人を——心の中で——母親殺しに駆り立てたの」

「犯人はまた殺しますね」

「ほぼ確実に。その愛情と憎悪、怒りと欲求は、すべて満たされなければならない。犯人は少なくとも五十五歳になっている男もしくは女ね、わたしは少なくとも六十歳じゃないかと思う。そして母親的人物は白人で、犯人が再現している時期にはブロンドだった。それから体格は被害者とほぼ同じ。その人物はパーティー好き——というか犯人はそういうふうにみていた、記憶していた、子どもの頃からそんなふうに。犯人はその人物をめちゃめちゃにしてやりたいのと同じくらい、取り戻したいの。犯人は被害者に結婚指輪を与えなかったわね」

「つけない人もたくさんいますよ」

「つけるほうが多かった、ずっと多かったのよ、犯人が再現していると思われる時代には。未婚の女性、夫を亡くしたか、もしくは離婚した女性かしら。父親は犯人にとって重要ではない。母親だけ。母親と自分だけ。犯人にきょうだいはいないでしょう。もしくはいても関係がなかったか、いまでは亡くなっている。他人と関係を持たず、ひとりで暮らしている。技術職についているかもしれないわ。もし実際に犯人が男性だったら、アセクシャルか不能ね」

「わたしは男だと思います」

マイラはコーヒーを横に置き、脚を組みなおした。「なぜ?」

「わたしがこれまで見てきたことからすると、母親と娘のあいだには――だいたいにおいて――母親と息子とは違った種類の力学があります。男のほうが、わたしからみると、母親的人物を神聖化もしくは悪魔化するようです。もし犯人が娘なら――もしくは自分をそういうものとしてみているのなら――被害者に対して何らかの暴力がふるわれただろうという気がします。ほら、〝あんたのせいであたしの人生はだいなしよ、このビッチ〟って。それに被害者を、ええと、きれいにみせるためにあんなに労力をつぎこまなかったんじゃないでしょうか」

マイラは椅子にもたれた。「完全に同意するわ。でもわたしなら女性を排除しないわね。そして、犯人をよく知っているであろう人々が、柔和で出しゃばらず、おとなしくて、勤勉だと言うような人物を探すわ。

どちらの場合にしても、今回の犯人は子どもの頃に傷を負い、その傷を抱えたままで、そして――もう一度言うけれど、これがはじめての殺しだとしたら――最近になってきっかけ（トリガー）となることがあった人物よ」

「オーケイ」話し合っているうちに、イヴには人物像がみえてきた。くっきりと正確なものではまだないが、ひとつの像ではある。「あとで報告書と、記録と、ラボの結果も入りしだい送ります」

「とても興味をそそる事件だわ。かかわった人たち全員にとって悲劇だけれど、興味をそそる。母であることのパワーね、よくも悪くも」マイラはやわらかいブルーの目でイヴの目を見た。「あなたならわかるでしょう」

「ええ。わたしは自分の母親の再現なんかまっぴらごめんですけど」イヴは立ち上がろうとして、そこでやめた。「その女性は子どもを――犯人を虐待しなかった。もしていたなら、犯人は彼女に仕返しをしたはずです。仕返しをした形跡があったはずです。身体的虐待か、性的虐待の」

「虐待は、それがあてはまるのならだけど、感情的なものだったんじゃないかしら」

「ええ、そんな感じですね」今度は立ち上がった。「時間を割いてくださってありがとうございました」

「わたしも時間をつくれてよかった。この事件は興味をそそるわ、イヴ。行方不明の女性をほかにも探すんでしょう？」

「リストに入れてあります」イヴは答えた。

息をする空間と考える時間がほしかったので、グライドで上に向かった。被害者の外見や、犯人が彼女をつくるのに踏んだ手順を、細部まですべて調べる必要がある。失踪人、女性、安全をとって二十から三十歳のあいだ、と考えた。ここ一か月で、それをすべてカバーするもの。まずは被害者の基本的な身体的特徴を使って調べよう。〝母親(ママ)〟、つまりオリジナルのほうを探すのは、最優先事項のひとつにしなければ。それについてはどう手をつけるか、いくつか考えがあったが、時間がかかりそうだった。

もし犯人がすでに別の身代わりをさらっているなら、時間がない。

そして個人的なレベルでは、メイヴィスに話をする必要があった。

殺人課に入ったとたん、ブラウニーのにおいがした。

彼女の大部屋(ブルペン)では、有能な部下たちが——彼女のパートナーも含めて——ブラウニーをがつがつ食べているいっぽうで、ベストセラー作家にしてオスカー獲得の脚本家、よりこちらに関係のあるところでは、数々の受賞歴のある〈チャンネル75〉のレポーター、ナディーン・ファーストが、形のいい尻をピーボディのデスクにもたれさせていた。

「ニューヨークの人々は、観光客も訪問者も全部含めて、健康でぴんぴんしているようねえ」

古参の部下であるジェンキンソンが、原子イエローのネクタイからブラウニーのかすをはらった。イヴは、そのネクタイの上で飛びはねているにやにや笑いの緑のカエルのどれかが、そのかすをとろうと舌を出さなかったのを意外だと思ってしまった。

「ほんの短い休憩だよ、ボス。ダブル・ファッジなんだ」

「休憩はおしまい。ナディーン、あなたにあげる時間はないから。

ピーボディ、わたしのオフィスに来て」

ピーボディがあわてて後を追ってきたが、ナディーンの摩天楼のようなヒールも軽快にコツコツとついてくるのが聞こえた。

「忙しいの」イヴは振り返りもせずに言った。「警察官に賄賂を渡した罪で告発する前にいなくなって」

「一分だけちょうだい――それに鼻先でドアを閉めないでよ。一分でいいの、それでもあなたが望むならいなくなるから。いずれにしても、あなたのためにとっておいたブラウニーはあげる」

チョコレートの香りはどんな屈強な精神でも弱らせただろう、しかし秤（はかり）にかかっているのは友情だった。友情は存在していた、なぜならナディーンは犬がウサギを追うようにネタを追うけれど、真実を重んじるからだ。

「ブラウニーを拝見」

ナディーンは〝止まれ〟の赤信号色をした、ブルックリンくらい大きなバッグに手を入れ、小さいピンク色のベーカリーの箱を出した。イヴは箱をあけると、中のブラウニーを見てうなずき、デスクに置いた。

「一分よ、時計は動いてる」

「メイヴィスよ。あの遊び場のまさにあのベンチにあなたと一緒に座ったわよね、メイヴィスがあの大きくてだだっ広くて、奇妙で、すばらしい家を案内してくれたあとに。彼女とレオナルド、ベラ、それから生まれてくる子と家庭を築く家。ピーボディとマクナブの家庭にもなる家。犯人はあのベンチにあの女性の遺体を置いていった。ベラがこれまで遊んで、これからも遊ぶベンチに。

みんなわたしの家族でもあるのよ」

その言葉には真実がある、とイヴにはわかった。まぎれもない純粋な。

「オーケイ。それじゃ出ていってわたしに仕事をさせて」

「何か教えて。放送はしないから」ナディーンは急いで言った。「今朝あの報道を見たの――ちなみにわたしの復帰初日よ、ブックツアー後の――だから追加報道ができるくらいのことは知っている」

だからか、とイヴは思った。いつでもカメラに映れる格好をしているのは。念入りにスタイリングされたメッシュ入りのブロンドの髪、完璧なメイク、ぴしっとした白いスーツ、赤と白のストライプのハイヒール。

「わたしなら役に立てる。役に立てることはあなたもわかっているでしょう。いいと言われるまでは全面的にオフレコにしておく。一対一のインタビューをしたいの、適切なときが来たらね、だからやらせてくれるまであなたを追いまわすわよ。だけど、これはネタのためじゃない。わたしが探れるものを何かちょうだい。うちのチームに調べさせられるものを。わたしたちは有能よ、あなたもそれは知っているでしょう」

イヴはデスクの角に寄りかかった。「これからあるタトゥーの写真をあなたに送る。犯人が殺害の二日前に被害者に入れたの。わたしたちはこれからその場所にそのタトゥーのある女性を探す——二十歳から三十歳の女性で、白人、ブロンド、約百六十五センチ、五十七キロ。被害者のID写真も送るわ。似ているところがあるはず。タトゥーは二十世紀最後の十年かその後に入れられた可能性がある」

「何なの、そのタトゥーは？」

「蝶」

「それだけ？　ちょっと、ダラス、どれだけ多くの人間が蝶のタトゥーをいれるか知っているの？」

「楽をしたいの、それとも力になりたいの？」

ナディーンは息を吐いた。「写真を送って。取りかかるわ」

「彼女はへそにもピアスをしているはずよ」イヴは言い足した。「左耳に三つのピアス、二つは耳たぶで、ひとつは軟骨部分。忘れないで、被害者は多少なりと似た外見、体格、肌や髪の色をしていた確率が高いの。年齢範囲も同じ」

「わかった、それは役に立つ。かなり運がよくないかぎり、すぐにはつかめないでしょうね、でもみんなでがんばるわ。あなたは犯人がおおよそのところ、誰かの複製をつくっていると考えているんでしょう。メイヴィスは身体的に被害者には全然似ていないわ」

「ええ、でもどのみちメイヴィスには話しておく」

「オーケイ。わたしは〈チャンネル75〉に行って、追加調査をやらないと。うちのチームにいまの件を始めさせる。わたしもやる」ナディーンはピーボディを見て、ほほえんだ。「すてきな家よね。独創的で——というか、あなたたちが作業を終えたら、きっとそうなる」

「わたしも夢中なんです」

「そうなるのも無理ないわ。また連絡する」ナディーンはイヴに言い、出ていこうとした。

「ナディーン?」イヴはひと呼吸置いた。「ありがとう」

「家族のことにお礼は不要」

ピーボディはナディーンが帰ったあと、こほんと咳払いをした。「わたし、ブラウニーを半分しか食べられませんでした、ゆるいズボンのためです、それと、彼女が手伝いたいと言ったところで、ブルペンのほかの連中がどっと群がってきたんです」

「わたしの教えた情報だけで、ナディーンがオリジナルの〝だめなママ〟を見つけたら奇跡よ。でも彼女ならやってのけるかもしれない。こっちでも探すけど。あなたは失踪した女性を探してちょうだい、被害者をテンプレにして。二十歳から三十歳まで広げて、この一か月内。それからノーマンに連絡して」

「しました。ノーマン捜査官はこっちに来て、じかに話をしたがっています。事件のファイルを持ってくるそうです」

「了解だと伝えて。わたしは類似犯罪を調べてみる、でも犯人が以前にもこんなことをニューヨークでやっていたなら、こっちも知っていたはずよ。ほかの場所でやった可能性もなくはない、だからそれを突き止めましょう。犯人は被害者に食事を与えていたわ、ピーボディ。殺しの数時間前、彼女はちゃんとした、健康的な食事をとっていた。性的虐待や拷問の形跡はなし」

　事件ボードを設置し、記録ブックを作らなければならなかったが、イヴは母親と娘、母親と息子について考えた。でも実際、自分が何を知っているというのだろう？　観察はしてきた、でも個人的な経験はない。自分の母親がモンスターだった場合、個人的な経験は参考にならない。

「あなたのお母さんのことを表現してみて」イヴはピーボディに言った。「身体的なことじゃなくて。いちばん先に思い浮かぶ言葉は何？」

「愛です。母は愛してくれます。わたしたちも母に愛を返します」

「次の言葉は」

「ええと。強い。母は愛情深い人です、ええ、でも強いんです。必要とあればタフになります」

「三つめで最後の言葉は」

「寛容」ピーボディの肩が上がってから落ちた。「寛容はフリー・エイジャーであることの基本要素です。強さの埋め合わせですね。われわれ子どもたちのたわごとは受け付けない、でも他者に害をもたらさない個人的な選択については寛容です」

「いまの三つと同じ言葉は、その順番で、お父さんにもあてはまる？」

「愛が最初で、寛容は次ですね。それに父は強いです、たしかに、でも上位三つに入るかなあ？　わたしならたぶん茶目っ気と言いますね。父はほんとに……可愛いんです。これが何か役に立つんですか？」

「方針を決めようとしているだけ。男か女か。わたしはドクター・マイラと同じく、犯人は男というほうに傾いてる。もしかするとアセクシャルか不能。あなたはお父さんよりお母さんと喧嘩したでしょう」

「そうですね、ええ、たぶん。ええ。つまり、ほら、口紅とマスカラは悪魔の道具じゃありません、それに十三歳では——」

「全部言わなくてもいい。あなたの兄弟たちはたぶんお父さんのほうと喧嘩してたでしょう」

「たぶん。つまりですね、フリー・エイジャーでしょう、だから議論はいつも死ぬまで話し合われるか、もしくは瞑想(めいそう)か和解で解決されます。でもそうですね、うちの兄や弟は、父が姉やわたしより自分たちに厳しいとよく文句を言っていましたし、わたしは母が姉とわたしのほうに厳しかったと証明できますよ――つまらないことでですけど」

「だからもしブルペンで調査をしたら、そのパーセンテージも裏づけになるでしょうね。百パーセントとはいかなくても、それがより一般的な力関係」

オーケイ、もういいわ、仕事にかかって。ノーマン捜査官が来たら知らせて」

ひとりになると、イヴはまず類似事件がないか検索をかけた。それをやっているあいだに、残りの作業ができる。次にヤンシー捜査官、イヴがもっとも買っている似顔絵作成係に打ち合わせを依頼した。

最後に事件ボードをセットアップし、モリスの報告書が入ってくるとそれを加え、遺留物採取班の報告書も加えた。それからそうした目で見る資料をもとに、記録ブックを作りはじめた。

それを終えると、コピーをマイラと部長に送った。

やらなければならないのよ、と自分に言い聞かせ、リンクを出して、メイヴィスに連絡をした。

　今日のヘアスタイルは、やわらかい感じのラヴェンダー色と狂ったようなカールだった。まじりけのない喜びがスクリーンごしに飛びこんできて、イヴの口にキスをしたかのようだった。後ろのどこかで誰かが大きな音をたてた。のこぎりがブィーンといっている。

「ヘイ、ダラス！　いろいろ始まってるんだよ。ロークがあとで来られるようにやってみるって。あんたもおいでよ」

「そうね。メイヴィス――」

「トリーナがさっき寄ってくれたんだ。ベラミーナが自分の部屋を見せてるの。大工が何人か、ピーボディとマクナブの家のほうに行ってる。あっちでもいろいろ始まってるんだ。これって、すっごい（マガ）、すてきな（マグ）、同時進行（ミューチュアルハプニング）」

「でしょうね。メイヴィス――」

「深刻な顔してんね。そっちでも何か始まってるんだ、それはいいことじゃないんでしょ」

「今日はニュースを聞いてないのね」

「こんな状況なのに、そんなことしてる時間がある？　これこそ本当にすばらしいことだよ。その悪いことって何？」

「あなたを心配させたくないんだけど」

「やーだ、やーだ、あたしと二番ちゃんは座ったほうがよさそうだね」

「これは単なる用心よ、オーケイ？　女性がひとり殺された、そして遺体が遊び場のベンチに残されていたの、あなたの近くのあの遊び場」

「そんな、まさか。いつ？」

「ゆうべ――ううん、今日の未明。わたしの担当になったの、メイヴィス、だからピーボディとわたしは全力でこの件にかかる。ナディーンにも調査をしてもらってるから」

「かわいそうに」メイヴィスの濃いパープルにした目がうるんだ。「近所の人だったの？」

「〈アーノルズ〉で働いていて、住んでいたのはそこから数ブロックのところ」

「そのバーは知ってる。高級なところだよね」

「犯人はあるタイプを好んでいる、それにまたやりたがると思うの。あなたはそのタイプじゃないわよ」イヴは最高に恐ろしいスタイリストのトリーナを思い浮かべた。「トリーナも違う、しょっちゅう外見を変えているにしてもね。でもあなたたちは用心してほしいの。ベラをあの遊び場には連れていかないで、もっとこの事件の手がかりをつかむまで。それとコンサートで使ってる警護をつけてもいいわね。優秀な人たちだし。単なる用心よ」

「犯人はその女の人に何をしたの？　いや、言わないで」メイヴィスは目をつぶり、深呼吸をした。「あたしは二番ちゃんのことを考えなくちゃ。悪い波動はだめ。うちにはマクナブとロークが考えてくれた最高のセキュリティがあるもんね、でもあとでロークが来たらきいてみるよ」

「いいわ、それでいい。ただ……散歩には出ないでね、いまはあなたとベラの二人きりで」

「犯人がこのへんに住んでると思ってるの？」

イヴが恐れていたパニックではなく、氷のような怒りだった。

「わからない、でも犯人はその界隈でじゅうぶんな時間をかけて、被害者を棄てる場所を選んだ。それにさっきのバーと被害者の家もそれほど離れたところじゃない。この事件を調べるには少し時間が必要なの」

「だったらあたしのことは心配しないで。しちゃだめ。あたしたち、用心するから。誰もあたしのベイビーたちにはさわらせないし、二番ちゃんはどこへ行くときもあたしと一緒、だよね？　そいつをつかまえてよ、ダラス」

「まかせといて」

「そうする。できたら寄ってよね。一日じゅうここにいる予定だから」

「なるべくそうするわ。それと、できるだけ状況を知らせる」

メイヴィスの顔にかすかな笑みが浮かんだ。「犯人はマジで失敗したよね、あたしたちの遊び場を使うなんてさ。ダラス警部補を怒らせるなんて」

「ほんとにそうよ。あとでまた話してあげる」

「じゃ（チャ）ね」

イヴはしばらく座ったまま、メイヴィスが動揺しなかったことにおかしなくらいほっとしていた。そして、いちばん古い友達が警告をすべて受け取ってくれたことに、同じくらいほっとしていた。

リストから消去、と思った。

それから立ち上がり、肩をまわした。コーヒーをプログラムし、ふたたび腰をおろした。

そしてブラウニーをかじり、コーヒーを飲みながら、事件ボードをじっくり見た。

4

過去

　彼女は自分がどこにいるのか、どうやってそこへ来たのかわからなかった。何ひとつ覚えておらず、地面の上で目をさますと、木々にかこまれ、日の光が厚い葉の天幕をつらぬいてさしこみ、お湯に濡れそぼった毛布のように自分をおおっていた。

　それに震えていた。息苦しいほどの熱の毛布があるのに震えていた。

　どこもかしこも痛い。それに頭が尋常でなくずきずきするうえに、胃がむかついた。四つんばいになって起きようとすると、ずきずきする頭がまわり、胃が反乱を起こした。

　汗で肌がじっとりし、胆汁を吐いた。

　すすり泣きながら、這いずって遠ざかり、それからボールのように丸くなって死ぬのを待った。

　でも死ななかった。

さむけがひどくて歯がかたかた鳴り、やがて、それが終わると、また汗が噴き出し、川のように体を流れ落ちた。吐き気が戻ってきて、やがて何もなくなり、彼女は疲れきって、喉がひりひりしたまま横たわっていた。

そしてどうやってか眠った。

熱で焼かれるように目をさまし、さむけに襲われ、今度は死にますようにと祈った。意味も目的もなく、どうにか立ち上がって、よろよろと何歩か歩いた。倒れると、また吐き気がやってくるのを待ったが、痛みとあの恐ろしい熱だけだった。

だからもう一度立ち上がった。自分がどこにいるのか、どこへ行くべきなのか教えてくれるものは何もなかった。だからやみくもに歩いた。

どれくらい歩いたのかわからなかった、何度も立ち止まって休まなければならなかった。自分がぐるぐると歩き回っているだけなのではないかと怖かった。鳥や、リスや、茶色の水から突き出している握りこぶしのような木々が見えた。それからそこで音もなく泳いでいるいろいろなものが。

でも人間はいなかった。

自分が人間であること、若い娘、女であることはわかっていた。でもそのほかに自分をつなぎとめるものは何もなかった。

湖に車で突っこんだこと、突然ひどいパニックになって、沈んだ車から必死に脱出したこと、水を飲んだこと、手足をばたつかせて水面に出たこともおぼえていなかった。ひとけのない教会の前で、幼い少年が眠ったままひとりで置き去りにされたことももちろんおぼえていなかった。

彼女はひとりぼっちで、具合が悪く、疲れすぎていて、以前のことは思い出せなかった。また眠りに落ち、目がさめると今度は暗くなっていて、凍えるようだった。

空気は——ひどくむっとしていて——肺がつまりそうで、息がぜいぜいした。そしてそのぜいぜいは、恐ろしいほど長く続く苦しい咳になった。

まわりで虫がぶんぶん飛び、噛みついてきて、やがて肌がどこもかしこも熱くかゆくなった。血が出るまで掻きむしっていると、その血がまた虫を引き寄せ、噛みつかれた。

声をあげようとしたが、その声はかすれ、せいぜいカエルくらいの大きさにしかならなかった。

歩いては泣き、歩いては泣いた。そして最後にはただ歩き、ゾンビのように足をひきずり、何か音がするたびにびくっとした。

フクロウのホーホー鳴く声、葉のカサカサいう音。彼女は暗闇から何かが飛び出してきて、自分が食べられてしまうのを待った。

何か別の、何か聞きおぼえのある音が聞こえた気がした。

車だ。

この世界に車があることは知っていた。自分が赤いスニーカーを、泥まみれのスニーカーをはいていることも知っていた。撫でつけたことがあったから、髪を短くしていることも知っていた。でも自分自身の姿を心に思い浮かべることはできなかった。

鏡を持っていたら――鏡が何かは知っている！――自分のことがわかるだろうか？

車の音が聞こえたと思った方角へ歩こうとした。誰かが助けてくれるだろう。誰か人を見つけたら、助けてくれるだろう。水、その人が水をくれるだろう。こんなに喉がかわいているのだから。

彼女は時間の、距離の感覚を失っていた。

わずかな月の光をたどっていった。

月のことは知っていた、太陽、花、建物、木も――どうしてこんなにたくさん木があるんだろう？　猫と犬と手と足も知っている。

足が痛くてたまらない。頭は月ぐらいに大きくなっているような気がして、痛みでずきずきした。

錯乱した状態で、おぼえていることをあれこれつぶやき、あやうく水のかたまりに落ちそうになって、それをあらわす言葉を見つけた。

沼。

そこの水を飲みたかったが、沼にはああいうものが泳いでいることは知っていた。

ワニ、ヘビ。

反対の方角へ歩いた。どうでもいいんじゃない？　死ぬまで歩いていこう。

するとやがて、奇跡のように、道路へ出た。

道路が何か、そしてそこを車が走ることは知っていた。

いまでは足をひきずりながら歩いていた、靴が足の水ぶくれにこすれるからだ。でもその道路は一台の車も通らなかった。この世界に残った人間は自分だけなのかもしれない。核戦争があったのかも。それが何かも知っていた、多少は。何もかもが吹き飛ぶのだ。でも道路はまだあるし、木々もあった。

夜が明けようという頃、彼女はあきらめ、疲れに負けて、ただ道路に倒れた。丸く体を縮め、あの暗闇が来るにまかせた。

救急室の深夜勤務から家へ帰る途中、ドクター・ジョゼフ・フレッチャーは車のルーフをおろし、大音響でラジオをつけていた。どちらも、長く厳しい夜のあとに注意力を保つためだった。

彼は自分の仕事を愛していた、昔から医者になりたかった、そして救急医療を選んだ。

それでもなぜ両親の言うことをきかず、個人開業にしなかったのかと思う夜もあった。

もちろん、理由はわかっている。しゃれた診察室で一週間に助けたかもしれない患者の数より、どんな日でももっと多くの人々を、それも大抵は絶望的な容体の人々を助けられるからだ。

冷たいシャワーをたっぷり浴びて、大きくてやわらかいベッドで眠ることを考えながら自宅手前の最後のカーブを曲がったとき、道路に倒れていた人間を轢いてしまいそうになった。

ブレーキを思いきり踏み、ハンドルを切らなければならなかった。学位をとったときに自分への褒美で買ったＢＭＷロードスターのコントロールを、もう少しで失うところだった。路肩にぶつかり、タイヤの下から砂利が飛び散って、車の尻が大きく振れたが、どうにか溝に突っこまずに停まることができた。

診療バッグをつかみ、数秒で車を降りて走りだした。

倒れていた女のそばにかがみこんだとき、フレッチャーは最悪の事態になったのではないかと恐れていたが、脈はあった。それに傷はないかと調べはじめると、彼女がかすかに動いた。

彼女のあけた目は充血して腫れ、ショックでぼうっとしていた。

かすかなその声はしゃがれていたが、彼には聞こえた。

彼女は言った。「助けて」

現在

イヴは被害者の毒物検査報告書を読み、最後の数時間の全体像をつかんだ。それをコピーしてドクター・マイラに送り、自分の記録ブックと事件ボードに追記したとき、ピーボディが内線で連絡してきた。

「ノーマン捜査官が来ましたよ、警部補」

自分のオフィスや、尻に噛みつくひとつきりの客用椅子を考え、ノーマンには手加減してやることにした。「ラウンジにしましょう。わたしもすぐ行く」

最後にもう一度ボードを見てから、オフィスを出た。

「一秒だけ、警部補」サンチャゴが小走りにやってきた。「これにサインしてもらえると、カーマイケルと俺で終わりにできるんだけど」

イヴはある殴殺事件――死んだのは配偶者――の容疑者と彼女の自白についての報告書にざっと目を通した。

「ブラウニー休憩のあいだにちゃんと仕事をしたようね」イヴはサインを書きなぐってまた歩いていった。

ピーボディとノーマン捜査官は最低のコーヒーを持ってすでにテーブルについていた。

ほかの警官たちもぱらぱらいて休憩をとっているか、ここの静かなスペースを使って仕事をしていた。

ノーマンは若くみえた。イヴは前もって彼のことを調べておいたので、自分の部下で最年少のトゥルーハートよりほんの二歳上なだけだと知っていた。なめらかなゴールデンブラウンの肌、くぼんだ褐色の目は、アジア系のDNAが入っていることを物語っていた。髪は短く刈り、黒にかすかにゴールドが混じっていた。黒いスーツの中にはやせた体があり、鈍いグレーのネクタイを長い首の付け根で結んでいる。若くみえるのと同じくらい、打ちひしがれているようにみえる、とイヴは思った。

イヴは腰をおろした。「ノーマン捜査官、セントラルに来てくれてありがとう。ダラス警部補です」

彼は長くほっそりした手をさしだし——その手でがっちりと握手をした。「警部補。ローレン・エルダーのファイルは全部持ってきました。この件ではマールバロ捜査官とあたっていたんです——彼女のほうが先輩です——でもいまは休暇中なので」

「オーケイ、それじゃ経緯を説明してくれますか」

「わかりました。ロイ・マードステン、エルダーの同棲相手と名乗る人物が、五月二十九日の午前中に彼女の失踪を届け出てきました。マールバロ捜査官と僕が担当になりました。まだ失踪から二十四時間経過していませんでしたし、エルダーは成人なのですが、マードステンが緊急だと言ったんです。エルダーがリンクに応答しないし、彼女の同僚たち——ファイルの中にリストがあります——と家族にもきいてみたのだと。彼はエルダーの友人たちにも連絡し、地元の病院にも連絡していました」

ノーマンは言葉を切ってコーヒーを飲んだ。「マードステンに聴取しましたが、彼とエルダーの関係がうまくいっていなかった様子はありませんでした。これは近隣住民、同僚、家族への聴取でも裏づけられました。最後にエルダーを見たのは彼女の同僚のバディ・ウィルコックスで、〇二三〇時頃、二人が働いているバー、〈アーノルズ〉を閉めたときです。出入口のカメラがその時刻に二人が出ていったのを裏づけています。彼が言うには、エルダーはまっすぐ家に帰るつもりだった、悩んでいる様子はいっさいなかった、それどころか閉店時にはジョークを言っていたそうです。二人はしばらく歩道に立っていて、彼の供述によれば、立ち話をしていたと。それからエルダーは自分の家の方向へ歩いていき、彼も自宅へ帰る地下鉄に乗ろうと反対の方向へ進んだ。彼が列車のプラットホームにいる防犯カメラ映像は入手しました、時刻表示は〇二三七時です、それから二分後に列車に乗るところのも」

ノーマンは長く息を吐いた。「われわれはエルダーが職場と自宅のあいだで拉致されたと判断しました。夜のシフトで働くとき、彼女の行動パターンはいつも同じでした。同じ道を歩いていたんです、だいたい〇二二〇時から〇二三〇時のあいだに」

「誰かがその行動パターンに気づくことは可能だったと判断したわけね」

「ええ。以前の恋人たち、バーの常連客、近隣住民にも聴取し、エルダーの通勤ルートで聞きこみをしました。問題は、警部補、何もなかったことなんです。財務関係も調べました、彼女の家族や、同棲相手のものもです、でもこれが身代金目当ての犯行だったとしても、そんな金は全然ないんです。同棲相手の家族は少し持っていますが、なぜ彼女をさらうんでしょう？　エルダーが同僚と別れたあと、姿を見た者はひとりもいない。彼女の痕跡は見つけられませんでした。うちのＥＤＤは、彼女のリンクをバーから西十七丁目一六までたどりました」

「彼女のアパートメントから半ブロックね」

「はい。そこで消えました、ただ消えたんです。なのでＥＤＤは、誘拐犯がリンクを使用不可能にしたのだと結論づけました。でも犯人はそれを捨ててはいない、あるいはもし捨てたとしても、われわれが事件に気づく前に誰かが拾ったんです。いえ、すみません、マードステンがその通勤ルートを歩く前ですね。彼は翌朝目をさまして彼女が帰宅しなかったと気がつき、連絡しても返信がなく、つながることもできないとわかったときにそうしたんですから」

「頭がいいわね。家の近くか。彼女はそれだけ家の近くまで来ていれば警戒をゆるめていたでしょう」

「マールバロもそう言っていました。エルダーは若くて美人だった、だからわれわれは売春業のために彼女をさらったという推理で捜査を進めました。その方面を追いかけ、それで、本当に、思いつくかぎりの線を追ったんです。マールバロはエルダーが売春業には少々年がいきすぎていると——連中はもっと若いのをほしがると——考えたんですが、われわれはそのまま進めました。マールバロは休暇をとる前に言いました、たぶん死体は見つからないだろうと」

ノーマンは自分の手に目を落とした。「でもあなた方が見つけた。すみません、殺人事件ははじめてなんです。ずっと願っていました——確率はご存じでしょうが——いずれ彼女はふっとあらわれると。自分たちにはもっとできることがあったんじゃないかと、ずっと思っているんです」

「わたしは殺人事件ははじめてじゃないわ、捜査官。だから言う、あなたたちはできることはすべてやった」

彼は細い顔の中の、大きくて表情ゆたかな目を上げた。「なぜなんですか？　なぜ彼女だったんですか？」

「その〝なぜ〟はおそらく、彼女のおおまかな身体的外見と年齢範囲、それからその行動パターンでしょう。犯人は運よく彼女に出くわしたんじゃない。つけ狙っていたの」

「われわれもそこは調べました。聴取をした人で、あの地域で見慣れない車を目撃した者はいません。彼女が後をつけられているとか、迷惑行為をされていると言っていたと供述した者もいませんでした」

「犯人はたぶん、あのバーに一度か二度行ったことがある。常連になるほどではなく、目に留まるほどでもなく。彼の車はおそらく目立たないけれど、高級車ね。だからあの界隈にとけこめた。犯人は彼女に対して準備をととのえていた、そしてじゅうぶん知識があったから、彼女のリンクをただ捨てるのではなく、機能を無効化した」

計画だ、とイヴはまたしても思った。自制心と計画。

「犯人はリンクを奪った」彼女は続けた。「痕跡は残さない。エルダーが犯人を知っていた可能性はある、でもわたしたちがこれまでつかんだことからすると、その可能性は低い。犯人は彼女に薬を与えた。彼女を殺した夜にすら、精神安定剤――主として鎮静剤――をお茶に混ぜた。彼女を動けないように、おとなしくさせておいた。

あなたは自分の職務を果たしたわ、捜査官」

「僕にできることはありませんか？　殺人担当でないのは――というかまだそうでないのは――わかっていますが、足を使う仕事や事務作業があれば、自分の時間にやれます」

ノーマンは事件を手放すべきだ、とイヴは思った。しかし、最初の事件を手放すのは本当にむずかしいものなのだ。「うちのファイルをコピーしてあなたに送るわ。これからほかの失踪者を調べ、類似した外見や年齢の女性を調べる。おたくの副署長が許可すれば、そこを手伝ってもらってもいい」

「副署長から連絡してもらいます、ありがとうございます」ノーマンは封印したディスクをイヴに渡した。「これに全部あります。マールバロには連絡していません。彼女がほぼ一年ぶりに家族と過ごす、本当の意味での休暇なんです。でも、もしあなたが――」

「彼女の意見が必要だったら、あなたに連絡する」

「オーケイ。ありがとう。もう帰ったほうがよさそうですね」

イヴはノーマンが出ていったときもその場に座っていた。

「彼、がんばればいい警官になるわね」イヴはピーボディに言った。「いずれにしても、誘拐場所はわかった、それは新しい情報。そこをもう一度見てみましょう、でもヤンシーに来てもらうことになってるの」

「ヤンシー?」

「ええ。歩きながら話すわ」イヴは立ち上がりながら言った。「失踪人のほうを続けて進めて、さしあたっては。わたしはノーマンのところの副署長に話を通して、彼にあのエリアをあたらせてみるつもり。だけどマクナブに連絡して、リンクの機能を無効にするだけでまったくあとをたどれないようにできるのかきいてみて。それと、それがどういう仕組みなのかも」

「わかりました」

「っていうのは、そこが問題だから。あの通勤ルートにはリサイクル機がいくつもある。なぜそのそばに車を停めて、被害者を動けなくして、リンクをほうりこまなかったの？　きっとリンクは夜明け前に壊されたのよ。それに、もしそうでなくても、警察が捜査を始めたときにはもう壊されていた」

「犯人は彼女と知り合いで、リンクで連絡したのかもしれませんね」

「その可能性も捨てるわけにはいかない。でも犯人が彼女と知り合いで、連絡先も知っていて、なおかつ彼女が彼の必要条件すべてに合致する確率はどれくらいある？　そんなラッキーな人間がいるなんて思えないわ。彼女の通勤ルートにあるリサイクラーがいつ稼動して、中身がいつ回収されたかも調べましょう」

殺人課の向かいにあるエレベーターからヤンシーが降りてくるのが見えた。褐色の巻き毛と映画スターのような顔のせいで、警官というよりアーティストにみえる。イヴは彼がその両方であることを知っていた。

「いいタイミング」

「最短で抜け出してきました」ヤンシーは言った。

「助かるわ」ブルペンに入ると、ジェンキンソンと目から涙が出てきそうになる彼のネクタイがこっちへやってきた。

「デューボイス殺しのとっかかりをつかんだみたいなんだ。女が署に来て、全部すっかり見ていたって言ってる。それに、保護と免責と引き換えにしゃべるって」

「彼女はこの三日間どこにいたの？」

「隠れていたんだと。ライネケが彼女を調べた。元高級LCだったんだが、標準の違法ドラッグスクリーニングで不合格になって解雇されてた」

「彼女が何を知ってるか調べて。万一を考えて、すぐ検事に連絡できるようにしておいたほうがいいわ」

「それはもうやった。兄貴が彼を殺ったんだ、ダラス、直感でわかる。でもあいつはなかなかしっぽをつかませない悪党だ。彼女はかなりおびえてる感じがする。だから俺たちがもっとしっかりあいつをつかまえておけるものをくれるかもしれない。もしそうなら、彼女には避難先が必要になる」

「それは許可する。ひきつづき連絡して」

イヴは自分のオフィスへ入った。「金持ちでやり手の男が、自分の高級ペントハウスで二十回も刺されて死んだの——専用エントランスとエレベーター付き。防犯カメラの映像は持ち去られた。押しこみ強盗が失敗したように見せかけられていた、でもその見せかけの失敗が失敗だった。それに、ジェンキンソンははじめから被害者の兄のしわざだとみていた。ただし、そいつにはしっかりしたアリバイがあって——それで自信たっぷりだった。アリバイはそいつの妻とほかのクソ野郎が二人。いずれにしても」

イヴは両手で髪をかきあげた。「ピーボディ、コーヒー」

「あなたはどうします、ヤンシー?」ピーボディがきいた。

「本物なら、ブラックがいいな」

「これがわれわれの被害者」イヴは事件ボードをさした。「犯人が入念に髪と顔をととのえたのが見てわかるでしょ——それは死後にされたの。わたしたちは犯人が被害者をさらい、十日間拘束したのちに殺し、それから誰かほかの人物のかわりになるようつくりあげたんだとみている。彼もしくは彼女の母親、または母親的人物よ」

「それにしてはずいぶん若いですが」

「ええ、だからかなり昔の母親ね。ドクター・マイラが、被害者の服装は今世紀の変わり目あたりか、その数年後と特定してくれた。ファッションに対するピーボディとモリスの意見の裏づけにもなってる」

「オーケイ。ありがとう」ピーボディがコーヒーのはいったマグカップを渡すと、ヤンシーはそう言い添えた。「それで、その線でいくと、ママは八十歳かそれくらいになりますね」

「まだ生きていたらね、ええ。その線を追うために、母親的人物をもっと確定しなければならないの。彼女の身元を突き止めれば、犯人の身元を突き止めるのに強力な武器ができる」

「この被害者をベースにして、八十歳くらいに老けさせて、もっともなっていそうな姿にしてくれってことですね。それで顔認識ができるとは約束できませんよ。ありとあらゆる変動要素があるんですから、ダラス。彼女は整形したかもしれないし、傷跡が残るような人生を送ったかもしれない」

「あるいは六十年前に死んでるかもしれない」イヴは言葉をはさんだ。「でなければその当時から現在にいたるまでのどこかで。わたしは現在のイメージを使って、その年齢範囲であてはまりそうな対象者を割り出そうとしているの——でもそれはユニヴァーサルＩＤ以前の話になる。運転免許、パスポートを使わなきゃならない——だから骨折り仕事になるわ。彼女はどっちも所持したことがないかもしれないし」

「タトゥーがあるでしょう」

「それも誘拐後に入れられたものよ、だから母親的人物にはその識別マークをつけておく。わたしがほしいのは、もしあなたにできればだけど、年齢再現分析なの、十年ごとに、この時点から現在までの。いちばんありそうなのを」

「ふむ」コーヒーを飲みながら、ヤンシーはボードに近づいた。「面白い。もっと写真がいります。違う角度からの。映像があるといいですね。被害者をいくらか若くしてみるのも悪くないんじゃないかな。それでも、しばらく時間がかかりますよ。それをＣＧでたくさん作成して、三百六十度のホロで作業することはできる、でもそれを処理して、顔認識で使えるように精度をあげなきゃならない。そうしても……だけどいちばん似ていそうなものを提出しましょう」

「もっと写真を、映像も手に入れるようにするわ。ピーボディ」

「遺族に連絡します、同棲相手にも」

「彼らが持っているものは全部、わたしとヤンシーに送ってもらって」

「すぐかかります」

「しばらくってどれくらい？」ピーボディが出ていくと、イヴはヤンシーにきいた。

「いま終わらせなければならないものが二つありますが、たぶんシフトが終わる前にはとりかかれます。一週間必要ですね——詰めても三日——そちらが望んでいるものをすべて渡すには。それも僕のデスクにほかのものが積まれすぎなければの話です」

「いちばん上のやつ、いちばん高齢のバージョンから先にやるのはどう。まだ類似犯罪はひとつも見つかっていないし、これと一致するものもない。ドクター・マイラはトリガーがあったと考えている。母親的人物が犯人を見捨てた、裏切った、あるいは目の前で死んだ。だからこのイメージで彼女を元に戻そうとしているんだろうと」

「若くて、ちょっと魅惑的な」

「魅惑的？」

「子どもにとっては、でしょう？　これが本当のママだとしたら彼は子どもだったはずですよ——彼女の年齢、それにどれだけ昔だったかを考えれば。こういうキラキラしたもの——トップス、靴、メイクとかいろいろ。子どもならそういうものを魅惑的と考えるんじゃないですか。高級で。きらびやかで」

イヴは母親の化粧品で遊んだことを思い出した——さまざまなきれいな色、キラキラ光っていた——そして、そのせいで死ぬほど殴られたことを。

「そうね、わかるわ。わたしはもっと低い年齢範囲で作業を続ける、あなたは高いほうで始めて。それと、作ってくれるものは何でもありがたい」

「わくわくする仕事ですね。こんなのはやったことがない」ヤンシーは、いつもの夢見るような笑みを浮かべて、からになったコーヒーマグをイヴに渡した。「いま抱えているものを終わらせてとりかかります」

ヤンシーが出ていくと、イヴは腰をおろしてさっき頭をよぎった記憶のことを考えた。

自分はいくつだっただろう——四歳、五歳、六歳だろうか、ステラが最後にリチャード・トロイのもとを去ったときには。はっきりとはわからなかった、あの頃の記憶はぼんやりしたままだったから。それでも、ステラをきれいとか、魅惑的と思ったことはあっただろうか？

たぶん。ほかに比べられるものがあった？

ステラはキラキラ光る服を持っていたか？

たぶん。

イヴはさまざまなにおいをおぼえていた――セックスと煙草――それにいろいろなパウダーや塗るもののにおい――キャンディみたいな。香水。

あの遺体は香水のにおいがした。

だから犯人もにおいをおぼえているのだ。子どもの頃にかいだにおいを。

犯人はその女性とずっと暮らしていたのか、それとも彼女はステラがイヴにしたように、犯人を見捨てていったのか？

イヴは立ち上がり、細い窓へ歩いていった。

ニューヨークだったのか、それともほかのどこか？

〝だめなママ〟。ステラはイヴにとって長いあいだ、母親というもののテンプレではなかったか？　ステラやそのあとにつづく何人もの養母たちは？

〝だめなママ〟とイヴも判断しただろう。

犯人は里親システムの中にいたのだろうか？　新たな線ではあるが、もっと時間の範囲を狭められなければ飛びこむこともできない線だ。それにイヴはダラスで人生を始めた。犯人と同じように、最終的にニューヨークにたどりついた。

しかし、犯人の道のりがどこで始まったのか、知るすべはない。

次の案が浮かんで、オフィスを出た。

「EDDに行って、フィーニーに情報をもらってくる」とピーボディに言った。

「いまノーマンと話しているところです」ピーボディがリンクを振ってみせた。「基本的な条件に合う失踪者が二人いそうですよ」

「データをつかんでおいて、そうしたら戻ってきたとき一緒にあたりましょう」

グライドに乗り、進みながらイヴはさっきの案を考えた。また見こみの薄い賭けかもしれない、でも押してみる価値はある。

それを軌道にのせたら、また外回りに戻って、ほかの失踪女性たちを調べ、被害者と関わりがあったところ全部にあたろう。ヘアサロン、ヘルスクリニック、歯医者、行きつけの店。誰かが何かに気づいていたかもしれない。

イヴはEDDのイカレたカラフルな世界へ入った。ジェンキンソンのネクタイにステロイドを打ったようだった。

マクナブが自分の仕切りで体をはずませているのは見えなかったが、同じようにブッ飛んだ服装をしたほかの連中がおおぜい、仕事をしながらはずんでいたり、腰を振っていたりするのは見えた。

茶色とだぶだぶのおだやかさがあるはずの、フィーニーのオフィスへ足を向けた。

誰もいなかった。

「やあ、ダラス」

振り返ったが、もう少しで彼だとわからないところだった。一瞬の空白が生じたのは、目がくらむような紫のバギーパンツと、シャツで爆発しているオーロラのせいかもしれない。

彼は髪を後ろで短く縛れるくらいに伸ばしていて、ブロンドに春の草色のグリーンのメッシュを入れていた。

ジェイミー・リングストローム、フィーニーの名づけ子であり、しかもこの子（キッド）は――まあ、いまはもう大学生（カレッジ・キッド）だが――イヴの知るかぎり、ロークの家のセキュリティを――ほぼ――突破した唯一の人間という栄誉を手にしていた。

「ここの空気には何かあるんじゃないの?」イヴは疑問を口にした。「色を核兵器に変えるものとか」

「エナジードリンクだね」

「なるほど。ここで何をやってるの?」

「夏のインターン。単なる下働きだけど、はじめの一歩だよ」ジェイミーは楽園に踏みこんだかのようにEDDを見わたした。「ローテーションでやってるんだ。週に二日はここ、三日はロークのところ。来週はその逆になる」

「ローク? ロークのところでインターンをしてるの?」

「下っ端だよ、でも超サイコーなんだ。どっちの世界でも最高のところだから」

イヴは彼を見つめた。「どっちでも一歩先んじておくわけね、どっちに転んでもいいように」その戦略はほめないわけにいかなかった。「賢いじゃないの」

「どこに旗を立てるべきかは実際にやってみなきゃわからない、でしょ？　それで、警部(キャップ)を探してるんなら、マクナブと外回りに出てるよ。何か僕にできることが――」

「カレンダーは」イヴは一緒に仕事をしたことのある顔見知りの捜査官を指名した。

「彼女はいま手いっぱい」ジェイミーはわずかに重心を移して、イヴの行く手をさえぎった。「僕はちょうどキャップに言われた作業を終えたところなんだ、だからあなたが持ってきたものを引き受けられるよ」

イヴは自分のやってもらいたいことが、下働き中の下働きである事実を考えた。見習い働き蜂の仕事。

彼ならぴったりだ。

「ここのサーカスであなたのリングはどこなの？」

「そこの先」ジェイミーは迷路の先に立って進み、滝のような青い三つ編みの女とこぶしを突きあわせ、指を振り合い、仕切りのひとつに入った。そこはあまりに小さくて狭く、もしイヴが彼と一緒に体を押しこもうとしたら、不適切行為の罪で自首しなければならなくなりそうだった。

「長期間にわたるＩＤサーチをしてもらいたいの」

「あなたの命令に従うよ」

「間接的にね、だからフィーニーが戻ってきたらこの件で彼の許可をもらって。女性、白人種、現時点で年齢範囲はなし。識別マークがひとつわかっている。そのデータを使って、犯罪記録を調べてちょうだい。二〇〇〇年までさかのぼって。いえ、一九九〇年にして」

彼の目が大きく開いた。「マジで？」

「マジで。ニューヨークから始めて」

「始める？」

「そう。市内から始めて、それから自治区、それから州。当たりがなければ、移って」

「どこへ？」

「ほかの州」イヴは自分のPPCを出し、目当ての写真を呼び出した。「あなたのコードは？　いえ、ここで、自分でコピーして」

ジェイミーはイヴのPPCを受け取った。「ダラス、彼女は完全に死んでいるようにみえるんだけど」

「死んでるのよ。わたしは彼女を探しているんじゃない。犯人にとって、彼女が代役をしていた人物を探しているの」イヴはためらったが、すぐに自分はフィーニーよりも、アリスを通してジェイミーと関わった姉を思いだした。

彼の姉、殺されてしまった姉を。

だから今回の事件のあらましを説明した。

「蝶のタトゥーか、それは有力だね。オーケイ、全力でとりかかるよ、また連絡する」イヴが思いつくより早く、ジェイミーは写真を自分のユニットに転送した。

イヴが思うに、ジェイミーはこの任務の不可能さに暗くなるどころか、かえって奮起しているようだった。

「フィーニーの許可をもらって」イヴはもう一度言い、ＰＰＣを取り返した。

「問題ないよ。これは僕が引き受けた」「ロークによろしく」

「ええ」イヴがここのカーニバルから逃げ出そうと背中を向けたときにはもう、ジェイミーはビートに合わせて体をはずませていた。

5

　ブルペンに戻り、ピーボディのデスクに行くと、イヴは二人の失踪女性のデータを細かく見た。アンナ・ホーブ、年齢二十四、独身、カラオケバー〈マイクス・プレイス〉で働いていた。ロウアー・ウエスト。ひとり暮らしで、仕事場から六ブロックもないワンルームアパートメントに居住。

　失踪して七日間、とイヴはみてとった。仕事場にあらわれないうえに、リンクがつながらず、同僚が管理人を説得して部屋に入ってみたところ、誰もいなかったので、マネージャーが届け出た。

　ベッカ・マルドゥーン、年齢二十五、ロウアー・ウエスト・サイドのストリップ店〈ハニー・ポット〉のダンサー、失踪して八日間。独身で、届け出たのはルームメイト。

「わたしたちはホーブを調べましょう、ノーマンにマルドゥーンをやらせて。彼女の仕事先と住居をあたる。ファイルを転送しておいて。五分待ってて」

　自分のオフィスへ入り、記録ブックにいくつかメモを書き足した。ホーブの写真をプリントアウトし、それをエルダーの隣に並べてみた。同じ髪と肌の色、顔だちも似ている。それにデータからすると、体格も似ているようだ。

さて、マルドゥーンは、とイヴはプリントアウトを見ながら思った。こっちのほうが〝だめなママ〟に近い。でもそれは彼女のＩＤ写真の化粧のせいだ。

ざっと検索してみると、マルドゥーンのソーシャルメディアにのっていたプロによる写真が見つかった。もっとグラマーで、間違いなく胸が大きい。

犯人はそちらのほうに調整しているのだろうか？　イヴは考えた。

どちらにしても、この二人はターゲットになりそうだった。

二人の写真をピンで留め、ジャケットをつかんだ。

「行くわよ、ピーボディ」ブルペンを通り抜けながら言った。

「ノーマンはもう出かけました」ピーボディが教えてくれた。「彼はマルドゥーンの件の担当主任に連絡をとって、ストリップクラブで会うことになっているそうです。八日ですよ」ピーボディはそう付け足した。「犯人が彼女をさらったなら、もう残っている時間は少ないです」

「マルドゥーンのほうは確率が低いと思う。ええ、犯人はいつだって予備を、代わりを用意しておきたいでしょう。でも、ひとりさらってすぐまた次をさらう？　マルドゥーンのほうがアリかもしれない――たぶん――なぜなら、彼女のほうが犯人のつくったものに近いから――顔はね。だけど体格は違う。彼女では、犯人がエルダーに着せたものが入らないでしょう」

「彼女に合うものを買う」

「ええ、まあまあ簡単よね。マルドゥーンはもうタトゥーを二つ入れている。蛇が――コブラよ――左のヒップを降りているの、それから右のおっぱいにトンボ。犯人はそれをどうするか？ ほうっておくか、消すか、ただ隠すか？ 犯人が彼女をストリップクラブで見たのなら、タトゥーのことは知っている。でも、そのいっぽうで、彼女はへそにピアスをつけている、それも彼女が仕事をしているときに見えたはず」

「わたしには、ホーブより彼女のほうが、犯人がエルダーにやったものに似ている気がしました。でもホーブのほうが、犯人が手を加える前のエルダーに似ていますよ」

「たしかに。犯人が求めているものは何、ピーボディ？」イヴは自分の車へ駐車場のフロアを歩きながらきいた。「いいママ、それともだめなママ？」

ピーボディは車に乗りながら考えた。「犯人はだめなママを殺します、だからいいママを求めているということになりますよね。それだとマルドゥーンよりホーブでしょう」

「わたしもそうみてる。もしこれが単に罰ということなら、犯人はエルダーに危害を加えたでしょう。手荒に扱ったり、殴ったり。犯人は望んだものを手に入れた。それに、さらったのは彼女を観察し、行動パターンを監視して、計画を練ったあと。もし別の誰かをすでにさらっているなら、同じようにやったはず」

車を走らせ、車の流れの中を強引に進みながら、イヴはそのことをじっくり考えた。

「犯人が自分のレーダーに、一度に複数をとらえていないとは言えない。もし別の誰かをさらっているなら――それにもしさらっていなくても、いずれやる――しばらくは彼女を何かの基準にあてはめようとしたと思う」

「犯人はほぼそうせずにはいられないんですよね？　もしこの二人のどちらもうまくいかなくて、犯人がまだ誰かをつけまわしている段階なら、それはそれでです。でもこの二人のどちらか、もしかしたら両方ともターゲットなら、犯人は彼女たちを選んで、しばらく観察していたはずですよ」

「それに犯人はどうしてこの二人を選んだのか？　目に映らないものを選ぶことはできない。わたしたちはまだパターンがつかめてない、仮定しているだけ」仮定するのは不本意だったが、イヴの直感はひきつづきそうしろと要求していた。

「メイヴィスはパターンにあてはまりませんよ――その仮定したパターンには。彼女と話したんです」ピーボディはそう付け加えた。「彼女はあなたとも話したと言っていました、それからいつもの警護をつけるように言われたって。メイヴィスはつけたそうです、それに死体遺棄場所からアパートメントや家への近さを考えたら、いいアイディアだって。でも彼女はあてはまりませんよ、ダラス。彼女のほうが小柄ですし、色も――髪と目の話ならですが。メイヴィスはあちこちに出没します。事実上の行動パターンもありませんし、どこへ行くときもいつもベラか、ベラとレオナルドか、トリーナが一緒です。でなければわたしとマクナブが」

全部そのとおりだ、とイヴは思った。それにその全部が頼もしい。けれども自分は暗いほうに立って考えなければならない——殺す側のほうに。

「犯人はあの遊び場を知っていた。衝動であそこを死体遺棄場所に選んだわけじゃない。彼はあそこを探し出した、もしくはあの近辺に住んでいるか、仕事をしているかで知っていた。ママってことも加えて。メイヴィスはもうママでしょう」

「ベラがいますからね、それに彼女はもう二番ちゃんのいることが見てわかるようになってきてます」

「犯人は彼女を——彼女たちを——あの遊び場で見たことがあるかもしれない」そう思うと胸苦しくなる、とイヴは認めた。どんどん胸が苦しくなる。「犯人の求めているものは何か？　いいママよ。メイヴィスもそこはあてはまる。すごくいいママだもの」

「オーケイ、いまの話でわたしの心配レベルも上がりました。マクナブとわたしでぴったりくっついているようにしますよ」

「ぴったりくっついて、でも心配レベルは抑えるようにね。メイヴィスはあてはまらない。これはただ……友達ってやつは厄介なときが半分以上ね」

「おや」ピーボディはにっこり笑った。「それじゃああなたが二年前に考えていたことより減りましたね。あの頃は八十パーセントだったんじゃないですか、半分じゃなくて」

「半分以上、って言ったの。八十だって半分より多いじゃない。ホーブのアパートメントの管理人に連絡して、彼もしくは彼女からホーブの部屋に入る許可をもらって。バーを調べたら、ホーブの通勤ルートを歩いてみるわよ」

「もう歩いてきました。ほらね？　友達って便利でしょう」

イヴは角を曲がりながらちらっと目をやった。「友達は〝パートナー〟の下にきそうね。パートナーにはだいたい四分の一の時間、いらいらさせられる」

イヴは〈マイクス・プレイス〉から一ブロックほどの荷積みゾーンに駐車スペースを見つけ、時間をかけてほかを探すより、さっさとそれを押さえることにした。

〝公務中〟のライトをつけた。

「なかなかいい界隈ね」車を降りて言った。「エルダーのところほど静かでもないし、高級でもないけど」

「もっと人が多いし、薄汚れてますよね」ピーボディは同意した。「家にもそれほど近くないです」と付け加えた。

「エルダーの家からはけっこう歩くわ、でもこのエリアで狩りをしているなら、ここはぴったり」イヴは横断歩道で足を止めたが、車の列は強引に通りすぎ、歩行者たちがどっと進んだ。

「バーもその一部なのかも。パターンがあるとしたら、バーはその一部なんじゃないでしょうか。母親がバーで働いていたのかもしれません」

「バーで働いていた、か」イヴはうなずいた。「あるいはバーで飲んでいる時間が多かった」

信号が変わり、二人は人の流れに加わった。

「報告書によれば、ホーブは十二時五十分まで働いた、もしくは十二時五十分にタイムレコーダーに退勤を記録していた。それから同僚と数ブロック歩いた――彼女のアパートメントに様子を見にいったのと同じ人物よ。同僚は別れたあと、半ブロック南の自宅へ進んだ。雨が降っていた、だから二人は早足で歩いていた。ホーブのいる建物には入口のカメラがない、でもコードを入力する必要があった。彼女は入力しなかった」

イヴは〈マイクス・プレイス〉の正面入口で立ち止まった。あざやかな赤いドアと、ネオンでいっぱいの幅広いガラス窓があった。バーの店名と、マイクを持って腕を高く上げた人物。その下には、こううたってあった。〝カラオケ！　毎晩！〟

イヴはカラオケバーで働くのと、サメに食われるのとどっちがいいだろうと考えた。サメのほうが勝ちそうだった。

中に入ると、〝毎晩！〟がまだ始まっていなくてほっとした。

あざやかな赤いカウンターのスツールには、いくつかの尻がおさまっていた。光る銀色のテーブルにもぱらぱらと人がいた。イヴには主としてショッピングにくたびれた観光客にみえた――たぶん、地元でもごく簡単に見つかるものを買って。

ステージには――すべて銀と赤――ありがたいことに、まだ誰もいなかった。

清潔だ、とイヴはみてとった。そして夜にはおそらく満員になるのだろう。自分は歌がうまいと思っている者や、友達に歌わせて恥をかかせてやろうとする者、何杯か飲んだらマイクに抵抗できなくなる者たちで。

ひとりきりのウェイトレスが赤いハイヒール、短い黒のスカート、白いシャツ、赤い蝶ネクタイでテーブルのあいだをまわっていた。彼女はテーブルのひとつに、まっとうにみえるおつまみと、白いワインのカラフェを置いた。

イヴはカウンターへ行った。〈マイクス・プレイス〉とあるTシャツを着たひとりきりのバーテンダーが、生ビールをついでいた。

「いらっしゃい」彼はなめらかな褐色の肌、肩まである三つ編み、心を奪うような笑みの持ち主だった。イヴは彼のチップを引き寄せる力はそうとうなものだろうと思った。「お好きなテーブルを選ぶか、スツールを二つ持ってきてくれれば、僕がお相手をしますよ」

お手柔らかにいってあげよう、とイヴは目立たないように手の中のバッジを見せた。

心を奪う笑みが消えるのが見えた。

「まさか。アンナのことですか？　彼女を見つけたんですか？　無事なんですか？　いったい――」

「ミズ・ホーブはまだ見つかっていません。ここに来たのは、その未解決案件を追跡捜査するためです」

「もう何日もたっているんですよ。もう、ええと、一週間です」

「彼女が失踪した夜はあなたも出勤していたんですか？」

「ええ。つまり、僕は十一時くらいまで仕事をしてました。彼女はそれからさらに二時間のシフトだったので、僕が帰るときにはまだここにいました」

「お名前を教えてもらえますか？」

「いいですよ。ボー――ボー・カーティスです――Kで始まる。あの、アンナと僕はこの四年間一緒に働いてました――僕はこの店で六年になります。何年か前にはデートみたいなこともしました。あまりうまくいかなかったし、ほら、僕たちのどちらもぴんとこなかったんです。ただそのことをはっきりさせておきたくて。僕たちは友達なんです」

イヴはスツールに座り、彼に通常の質問をした。彼が答える前にもうわかっている質問を。

「主に誓って言いますが、彼女はただふっといなくなったりするはずありませんよ。ここで働くのが好きだったんです。歌もうまかったし、常連さんの誰かとあのステージに上がることもありました。ニューヨークの暮らしが好きだったんです。この仕事につく少し前にここへ出てきて――州の北部から。この街での暮らしが本当に好きで、自分のアパートメントも気に入っていたんですよ。小さいけど、気に入っていました。友達もいました、ええ」

「交際相手は？」

「いまはいません。つまりですね、たしかに、デートはしていました。彼女はただ人が好きだったんです。真剣なことにはなっていなかった。ほかのお巡りさんたちにも話しましたけど、誰かが彼女を悩ませていたなんて、見たことも聞いたこともありません。ここはそういう店じゃないんですよ、それにマイクは、そうですね、彼はそういうクソにはがまんしないでしょう。お客さんは酔っ払いますよ、ええ、でもトラブル目当てでカラオケバーに来たりしません」

「マイクはどこに？」

「奥にいます。ずっとこのことを気に病んでて。呼んできましょうか？」

「ええ、そうしてもらえますか」

「ちょっと待ってて。カウンターのあっちでお客さんが合図しているので。八時までは忙しくないんですが、常連さんを楽しませないと」

ボーは歩いていき、またさっきの笑みを見せた。新しい飲み物を出しおえると、彼はカウンターの横にあるドアの中へ入っていった。

ボーと一緒に出てきた男は、ボーの二人ぶんありそうだった。

セコイアなみに幅広い肩の、ラインバッカーのような体格をしており、剃りあげた頭と、やさしく心配げな青い目の持ち主だった。淡いグレーのスーツにオープンカラーの白いシャツを着ていて、さしだしたその手はイヴの手を握って――呑みこんだ。

「俺がマイクだ、マイク・ショトスキー。何か力になれることはあるかい、刑事さん？」

「警部補です。ダラス警部補とピーボディ捜査官。われわれが追っているのは――」

「待ってくれ」彼は分厚い手の片方を上げ、目の心配はさっと警戒に変わった。「あんたたちを知ってるぞ。あの本、映画。なんてこった、あんたたちは殺人を捜査するんだろう。アンナは――」

「ミスター・ショトスキー、まだアンナは見つかっていません。ミズ・ホープの失踪と別の事件につながりがあるかもしれないのを追っているところなんです」

「今朝のあの遊び場の若い女性か。ずっと耳を皿にしてるんだよ、あれから……すまん」

彼はひとつ息をして、はためにも自分を立て直しているのがわかった。「テーブルに座ろうじゃないか。何を出そうか？」

イヴは彼にはもう少し落ち着く時間が必要だと判断したので、ペプシを頼んだ。

「わたしのはダイエットペプシにしてください」ピーボディが答えると、マイクはテーブルのひとつをさした。

「今朝はしばらくニュースを見てたんだ——最初はあの女性の名前を聞きそびれたんだ。画面に彼女の写真が出たとき、ちょうど速報が入ったのを見た。彼女はちょっとアンナに似ているよ。じっくり見たら、アンナじゃないことはわかった、でもあの小さな速報だろう?」

彼は顔をそむけ、頭を振った。「心臓が止まったよ」

「ボーが話してくれましたが、彼はアンナが姿を消しそうな理由は何も思いつかないそうです」イヴは話を始めた。「彼女が何かや誰かのことで悩んでいた様子もなかったと」

「そのとおりだ。ありがとう、バンディ」マイクは飲み物——彼にはスパークリングウォーター——を運んできたウェイトレスに短く笑ってみせた。「アンナはここで働くのが好きだった。誰かがただだらだらと働いているだけのときはわかるもんだが、彼女はそうじゃなかった。それに誰かに嫌な思いをさせられていたなら、心配ごとがあったなら、俺に話してくれたはずだ。俺じゃなくても、ライザには話しただろう」

「ライザ・リズマンですか? 彼女と一緒に店を出た同僚の?」

「そうだよ。二人は仲がよくてね——ここで働いてるやつらはだいたい、すごく仲がいいんだ、わかるだろ。俺は楽しい店をやってるんだよ。ヘイ、ボー、ライザに連絡して、店に来てこのお巡りさん方と話をしてくれるよう言ってくれ。時間の節約になるだろ」彼はイヴに言った。「彼女はほんの二ブロックのところに住んでるんだ、それにすごく心配してる。俺たちみんな」

「助かります」

「これまで警察に話した以上のことを話せるかどうかはわからない。あの夜のことは何度も何度も思い返して、何かわからないかやってみた。俺はいつも店に出ているわけじゃないが、忙しくなったときはだいたい出てる。アンナとライザは一緒に帰った、ちょうど一時ごろに。うちは水曜は一時に閉めるんだ――週のなかばだし、客も少ないしな。二人は家が近いし、俺も夜のそんな時間にどっちもひとりで歩かないとわかっているほうがいいんで、二人のスケジュールを合わせるようにしてる」

「二人が帰るのを見ましたか？」

「帰る直前にアンナは見た。雨が降ってたんで、傘は持ってるのかってきいたんだ。彼女はただ俺をぽんと叩いて、溶けるわけじゃないと言ったよ。そのときはウォーキングシューズをはいていた」

「ウォーキングシューズ？」

「女の子たちはハイヒールと短いスカートをはくんだ――チップがよくなるから」彼は肩をすくめた。「そういうものなんだよ。彼女たちはたいがい、ここに仕事用の靴を置いてるんだ、奥にね。それで出勤してきたときにはきかえて、帰るときにはそれを脱ぐ。彼女はウォーキングシューズと、短いスカートをはいてた。そんなに強い雨じゃなかったから、俺も無理にとは言わなかったんだ」

マイクはなめらかな丸天井のような頭に手をすべらせた。「ずっと考えてるんだ、もし俺がそうしていたら、アンナが傘を持っていたら、それを使ってやつを追い払うとか何とかできたんじゃないかって」

「やつ？」

心配げな目がイヴの目と合った。「彼女をさらったやつだよ。直感でわかるんだ。アンナみたいな——満ち足りていて、しっかりしている——人間は、何もかもを置いていきなり消えることなんてしない。誰かにつかまえられているんだ」

「彼女は誰かの車に乗ったりしたでしょうか、自分から？」

「アンナが？　いいや、絶対にない。彼女は気さくだし、人あたりもいいが、馬鹿じゃないんだ、わかるかい？」

「誰か彼女の知っている人だったら？　〝ヘイ、アンナ、家まで乗っていかないか？　雨が降ってるじゃないか〟と」

「ないと思うね、それにそのことは俺も考えてみたんだ。ライザと別れたあと、アンナはほんの数ブロック歩くだけだった。仕事の夜にはおきまりの順序があったんだよ。歩いて家に帰る、ジャムに——パジャマのことだよ——着替える、ベッドを引き出す、少しスクリーンを見てリラックスする。たいていの晩はリラックスしたあと二十分で寝入ってしまう、ってよく言っていたよ。この店が大好きで、仲間とくだらない話をするのも仕事をするのも歌うのも生きているのも大好きで、でもそのあとには自分の小さな巣と静かな時間が必要なんだ、って言っていた」

「誰かと車に乗ったら、その巣と静けさが先延ばしになってしまう」

「ああ、だから乗ったりしないと思う」

イヴは彼にもう一度話をきき、それからライザが駆けこんでくると、同じことをした。そのおかげで失踪した女性の人物像がよくわかり、同時に非常にいやな予感がした。

「もし強盗なら」イヴはピーボディとアンナの通勤ルートを歩きだすと言った。「あるいはレイプか、その両方だったら、いまごろはもう死体が見つかっているはずよ。その確率が高い」

「雨のおかげで犯人はいっそう隠れやすくなりました」ピーボディが意見を言った。「犯人が彼女をさらうのを待たなかった、もうひとつの理由かもしれませんね。でも同時に二人閉じこめていたとしたら？　言うことを聞かせなきゃならないのが二人、食べさせなきゃならないのも二人になりますよ」

「犯人にはスペースが必要ね。おたがいが競争できるように二人ほしかったのかもしれない、そうすれば犯人はどちらがぴったりなのか、もしくはよりいいかを判断できる」イヴは頭を振り、ライザがアンナと別れ、自宅へ歩いていったと思われる場所で足を止めた。

「ライザはアンナより背が高くて、筋肉もついている。褐色の髪が一メートル弱あって、混合人種。犯人の好みには合わないわね。アンナ・ホーブは？　ローレン・エルダーの写真がスクリーンに出たとき、マイクがはっとした理由はわかるでしょう。同じタイプだもの。ほっそりしていて、若くてブロンドで。バーで夜に働いて、遅い時間に徒歩で帰宅するほっそりした若いブロンドが二人、たった数日の間隔をおいて失踪したなんて、偶然のはずがない」

「犯人につかまったんですね」

「それに、おたがいに歩いていける範囲よ。ええ、なかなかの距離ではある、でもたった六ブロックくらいでしょ。

ここが犯人の狩り場なのよ」イヴはホーブの住む建物から半ブロックのところでまた立ち止まった。「ほら車を停めて、待ち伏せするのにうってつけの場所がある。街灯と街灯のあいだで、雨の中。彼女は頭を下げて、早足で歩いている。彼女を殴ったか、即効性のドラッグか——さっと一発——そのほうが簡単だし、汚れない。すばやくやったはずね。彼女はええと——五十二キロだっけ？　それなら彼女を抱えて車にのせ、走り去る。でもそのあと、意識のない女を車からおろして、家に入れなきゃならない」

「できれば、プライヴァシーがほしいですね」

「ガレージかな」イヴはまた歩きだして言った。「彼女を車で市外へ運んでいって監禁し、遺体を棄てにまた戻ってくるとは思えない。リスクが増すもの。リスクを冒す人間の行動って感じはいっさいしないし。欲求と怒りよ、でも犯人はつかまりたくない。スリルを追いかけているわけじゃない」

イヴはホーブの住む建物をじっくり見た。まずまずの感じだが、その崖っぷちにきている。地上階の入口は、内側からロックを解除するか、コードをスワイプする必要がある。マスターキーがなくても、自分なら——ロークの指導に感謝だ——二分足らずであけられるだろう。

そうしたい気持ちはあったが、イヴはマスターを使った。「管理人に連絡して」

「いましています。ホーブの家は四階ですよ」

イヴはひとつきりのエレベーターに疑惑の目を向け、ドアを押しあけて階段へ行った。

「管理人は向こうで合流してもらってもいいし、われわれが入る許可を口頭で出してくれてもいいわ」

階段は最低ではなかったが、それに近かった。尿や大便のにおいはしない——イヴの〝最低〟ラインだ——しかしよどんだ、すっぱいにおいはあった。それに防音設備がないので、誰かがキーボードを弾こうとやってみて——失敗していたり、どこかの子どもが〝マンゴー、いますぐ！　マンゴー、いますぐ！〟とほしがって叫んでいたり、誰かのスクリーン――コメディだ、とイヴは推測した――の大音響がヒステリックな爆笑を流しているのも聞こえてきた。

「管理人はいま上がってきます」ピーボディは言い、ブーツが階段でどすんどすんと音をたてた。「自分でも探ってみたいって感じです」

「がっかりでしょうね」

二人は四階に出た。キーボードの音もなく、叫ぶ子どもの声も、ヒステリックな笑いもない。しかし誰かがドアの向こうで話している――リンクだろう、とイヴは見当をつけた。会話が一方通行だから――強いブルックリンなまりの声で、マージという相手に、シルヴィーという、どうやら女王クラスのビッチについて。

「わたしはアパートメントで暮らしても平気だったわ」イヴは思い出した。「あなたもアパートメントに住むのは平気でしょ」

「ええ、でもあそこはしっかりした建物で、清潔ですし、防音設備もいいですから」

「それでも、同じ共同スペースで、たくさんの人間が息をしたりおならをしたりセックスしたりしていることを考えはじめてしまう。わたしのご近所さんはパイで夫に毒を盛ったのよ、食べちゃだめよと言ったら夫が食べるとわかっていたから。そういうこと」

「いままでそんなことはちゃんと考えませんでした――ありがたいことに――それにあと数か月すれば、息や、おならや、セックスや、毒を盛ることと関係なく暮らせると思うと、感謝の念が高まるばかりですよ。

どんなパイだったんですか？」

「シアン化合物のクリーム。それが効いたの」

エレベーターがはっきりとギーギー、ガタガタと音をたててからキーッと開き、イヴは階段を選んで正解だったと思った。

降りてきた男はとがった顔にまだティーンエイジのにきびが散らばっており、茶色の髪がたくさん額にかかって目に入っていた。ピタピタの白いTシャツと黒いスキンパンツを、分厚い隆起した筋肉の上に着ている。

「あんたたちがお巡り？」

「わたしたちがお巡り」イヴはバッジを上げてみせた。男の目はついさっきゾーナーを少々楽しんだことを語っていて、その煙が甘ったるいボディスプレーのように、まだ彼の服にまとわりついていた。

「前に来たお巡りじゃないじゃん」

「違うお巡りだからよ。中に入れてちょうだい、でなければ令状をとってもいい。二つめの選択肢を選ぶなら、あなたの家用にもうひとつ令状をとるけど」

「何でだよ？」

「わたしたちがお巡りで、あなたがゾーナーの煙をぷんぷんさせたままここに上がってくるほど馬鹿だから。それやら、打ってるステロイド剤やらで、今日いっぱいあなたの一日はだいなしになるでしょうねえ。さあわたしたちを中へ入れて、どこかへ行ってなさい、そうすればわたしたちの時間も、市の労力も無駄にしないですむ」

「手を貸そうとしてるだけだよ」男が玄関ドアのロックをはずし、ドアをあけようとすると、イヴが止めた。

「ここからはわたしたちがやる」

「家賃の支払期限なんだよ、こっちは彼女の荷物をここから運び出してもいいんだ」

「やってみなさい、だいなしになるのは一日じゃすまなくしてあげる」

彼は険しい目でイヴを見たが、やがてきびすを返して大股で歩き去った。しかしその威力は失われた。エレベーターのドアがまたきしんで閉じてしまっていたのだ。彼はどすどすと階段へ歩き、その後ろでドアがバンと閉まった。

「間抜けねえ」イヴはそう言い、玄関ドアをあけた。

すえたにおいがした――階段のとは違い、使われていないせいだった。薄いほこりの層がドアわきの小さいテーブルをかすかにおおい、そこにある花瓶の花はしおれて枯れていた。

ダークグリーンのカウチがあり、どうやら開くとベッドになるのだろう、その向かいに大きな壁面スクリーンがあった。引き出しのついた台が二つ、カウチの両横にひとつずつあり、ランプが置かれていた。

長く低いキャビネットがスクリーンの下にあり、いくつもの写真、飾りものの鉢、小さなピンクのクマのぬいぐるみがのせてあった。ホーブは食事をするエリアを狭いギャレーキッチンの外側につくっていた――カフェスタイルのテーブルがひとつ、椅子が二つ。三本組のキャンドルが真ん中にある。

アートはおもに音楽アーティストたちのポスターで、その一枚からメイヴィスが踊りながら飛び出していた。近づいてよく見ると、本人のサインがしてあった。

大声で歌って、アンナ！
メイヴィス・フリーストーン

「あー」ピーボディが息をもらした。「そういうのがあるとつらくなりますよね？」

「当たってなくもないわ。彼女はポスターやサインを集めていたみたいね。みんなサインがある。自分の巣をきちんとしていた、何もかも定位置があり用途がある。バスルームとキッチンを調べて。もうやってあるけど、わたしたちでもう一度見るの」

ハウスリンクなし、それに担当した主任捜査官がすでにベッド横の引き出しで見つけた一台きりのタブレットを、自分の署のEDDに持っていったのは知っていた。服と、ネイルキット、コンサートや映画の半券の入った箱、イミテーションアクセサリーのささやかなコレクションがあった。

イヴの見つけた寒冷気候用の服は別にされ、きちんと並べてあった。アンナ・ホープが二度と着ることはないかもしれない服。

部屋を調べていき、このスペース全体でもわたしの家の仕事部屋より狭い、という思いが浮かんだ。

でもここは彼女のものだった、とイヴは思った。彼女はここを使いやすく、心地よいものにつくりあげていた。

「月々のバースコントロール」ピーボディが声をあげた。「どこかのドラッグストアブランドのスキンケアとヘアケア製品、同じく化粧品。高級品はありません。本当にきれいにしてますね。まあ、いまはちょっとほこりっぽいですけど、タオルはたたんであるか、吊るしてあります。シンクにキャンドルがありましたよ。違法ドラッグなし、処方薬もなし」

「片づいている」イヴはピーボディがキッチンに入ると言った。「彼女は自分のスペースを気に入っていて、その大半をつくりあげるやり方を心得ていた。ベッドサイドの引き出しにはコンドーム。箱はほぼ満タン」

ここには何もない、とイヴは思った。わたしたちに〝どこ〟、あるいは〝どうやって〟

を教えてくれるものはない。ここにあるのは中断された生活だけ。

「食洗機なし、シンクや水切りラックにも食器なし。すべてしまわれています。冷蔵庫には残り物の中華が少々、チーズ少々、スナックフード、水、最低のコーヒー、コーヒー用クリーム、白ワインの開封ずみボトル一本。オートシェフ（AC）は壊れています、だから彼女は使っていなかったんですね」

ここには何もない、イヴはもう一度そう思った。

「近隣の人と話してみましょう、それから地元のテイクアウトやデリバリー店をあたってみる。最初の捜査官がききだせなかったことを呼びおこせるかも」

時間を見た。「そのあと、あなたをあの家に送っていくわ。マクナブに知らせておいて」

「わたしたちでメイヴィスにくっついていますよ」

イヴはポスターに目を戻した。「ええ。犯人が彼女をほしがることはないでしょう、でもそうして。ぴったりくっついていて」

外に出るとき、マーケットの袋を二つとひまわりの形の巨大なバッグを持った女が入ってきたので、ピーボディはドアが閉じないよう支えた。

「ありがとう」

「ここに住んでいるんですか？」イヴはきいた。

女は自分の入館スワイプキーを振った。「きいてるあなたは誰？」

イヴはバッジを持ち上げてみせた。

「あら。ええ、ここによ。何かあったの？」

「アンナ・ホープと知り合いですか？」

「ええ、少し。上の階に住んでて、〈マイクス・プレイス〉で働いてるんでしょ。彼女がトラブルにあってるの？　ねえ、これ重いんだけど」

「お手伝いさせてください」ピーボディが袋のひとつを持った。

「オーケイ、いいわ。アンナがどうかしたの？」女は言いながら自分の部屋の玄関へ行き、残りの袋とバッグの持ち方をやりくりしてキーをスワイプしてからデッドボルトをあけた。「あたしはハーイと言う程度の知り合いだけど」

「ミス・ホープは六月一日の未明から行方不明なんです」イヴは答えた。

「ええっ？」女はドアを押しあけながら振り返った。琥珀色のサングラスが鼻をずり落ちた。「どういう意味、行方不明って？」

「誰も彼女を見た者がいないということです」イヴは部屋の中に――そして色とりどりのカオスの中へと踏みこんだ。

花柄のトートバッグが狭いキッチンの外の、小さな四角いテーブルに置かれていた。キャリーケースはあいたままで、スカイブルーの地に赤い花のカバーのカウチに中身が散らばっている。バスルームのあいたドアの前にある布バッグは洗濯物であふれていた。

「留守にしていたんですね」とイヴは判断した。

「ええ――だから散らかっててほんとにごめんなさい。ゆうべすごく遅い時間に帰ってきたの――あたしたちの飛行機が遅れたのよ――おまけに今朝は仕事に戻らなきゃならなくて、だから荷ほどきというか、まあ、何もする時間がなかったの」

彼女はマーケットの袋を短いキッチンカウンターに置き、ピーボディから受け取った袋も同じようにした。

「出発したのはいつでしたか、ミズ……」

「ラメリズ。ジョスリン・ラメリズ。出発したのは一日。友達同士のグループで、コスタリカのビーチにあるヴィラを借りたの。もうほんっとに最高だった」彼女はいろいろな食品を出しはじめた――代用乳製品のコーヒー用クリーム、模造卵ミックス、バナナが二本。

「これまでニューヨーク市警察治安本部（NYPSD）の人間は誰も、ミス・ホープについてあなたにお話をきいていないんですね」

「ええ、はじめて聞いたもの。行方不明だなんて」ラメリズは手を止めて、日に焼けて濃淡のついたブラウンの髪を後ろで束ねていた紐をほどき、それから両手で髪をわしゃわしゃとほぐした。「彼女は失踪するようなタイプにはみえないわ、でもそういうタイプってどんなものか、自分でもはっきりとはわかってないと思う。アンナとはハーイって言う程度の知り合いだったの、さっき言ったように、それに遊び友達のなかには、二、三週間ごとに〈マイクス〉に行く人もいる。楽しい店なの。彼女はただどこかへ行ったのかもよ」

頭を振り、ラメリズはまた髪をわしゃわしゃとやった。「でも考えたら、どこかへ行くタイプにはみえないわ」

「彼女はどんなタイプにみえます？」

「わからない。ふつうかな」休暇旅行で日に焼けた、美しくて鋭い角度のついた顔にゆっくりと疑念があらわれた。「やだ、彼女に本当に何かあったと思ってるわけじゃないわよね？」

「ミス・ホーブが最後に目撃されたのは、六月一日の午前一時頃に勤務先から帰るときでした。それ以来、誰も姿を見ていませんし、アパートメントにも帰らず、リンクはつながらなくなっています。ええ、わたしたちは彼女に本当に何かあった可能性を調べているところです」

「オーケイ、ねえ、悪かったわ」ラメリズはうなじをかいた。「職場に戻った日って、長くて変な感じなのよね、体がまだ旅行先の時間になってるの、だからこっちだとまだちょっとぼんやりしてて。最後に彼女を見たのがいつかはわからない、それに――あ、そうだ、そうだ、わかったわ」

彼女はさっと指を立てた。「ここの地下に、ほんっとに最低のランドリールームがあるのね。出発の二日前、あたしたち二人ともそこに行ったの。すれ違ったって意味よ――アンナは入ってくるところで、あたしは出ていくところで――その最低のところについて話したの。あたしがコスタリカに行くんだって言ったら、彼女は、わあ、楽しんできてとか言ってくれた。それだけだけど」

「すれ違ったとき、何か困っているとか、誰かに悩まされているとか言っていましたか?」

「ううん、あたしには。つまりね、あたしたちはそれほど会うことはなかったの、それに彼女はたいがい夜に働いてたじゃない」

「あなたは一日に出発した、その前の晩はどうでした? 午前一時頃は何をしていました?」

「いつもなら寝ちゃってるだろうけど、旅行だったから、まだパッキングしてたわ、だいたい。それに神経がたかぶってたの、わくわくしてたからね、それに飛行機に乗るときは神経質になっちゃうのよ、それに絶対に持っていかなきゃならないものを何か忘れる、ってわかってた。だから……」

ラメリズは息を吐いた。「オーケイ、ここでは煙草を吸っちゃいけないの――まるでゾーナー中毒の管理人が気づくみたいじゃない。でもあたしは神経がたかぶってた、だからハーブのやつに火をつけたの、気分が落ち着くから。窓をあけた。雨が降っていたけど、ちょっと気持ちがよかった。少し涼しかったな、雨でね、だから、ほら、しばらく窓枠に座って、気分を落ち着けてたの」

「それじゃあけた窓に座っていたんですね。何かに、誰かに目が留まりましたか?」

「ううん。つまりね、目が留まるものなんてある? 雨が降ってるのは気がついたわよ――どしゃ降りとかそういうんじゃなくて、でも降ってた、だからあしたは太陽さんさんで暑くなるし、通りじゃなくて海が見えるのよって思った。雨の中で馬鹿みたいに突っ立ってる男じゃなくて、可愛い猿やオウムが見えるのよ、って」

「どんな男?」イヴは話をさえぎった。

「知らないわ。どこかの男よ」

「窓を見せてください」

ラメリズは後ずさりした。「うちの寝室の窓を見たい? 何もかもすっごい散らかってるのよ、だって――」

「わたしは旅行すると、荷ほどきをして、全部片づけるには何日もかかっちゃうんですよ」ピーボディは同情の笑みを心がけた。「楽しかったら楽しかったほど、時間がかかってしまいますよね」

「でしょ?」ラメリズは笑った。「だから責めないでね」短い廊下を進んでいくと、バスルームにつながっていて、寝室はその左だった。窓は建物の裏側の通りに面していた。

6

イヴは床にあけっぱなしの大型のキャリーケースや、そこからあふれている服には目もくれず、まっすぐ窓へ行った。

窓の角度のおかげで、かなりはっきり外が見えた。

「その男のことを話してください」

「ただの男よ。あたしはあっちのほうを見おろしていた感じだったし、彼が車から降りてきたときに見えたから気がついただけだもの」

「どんな車？」

「知らないわ。ほんとに。バンだったかな、でなきゃ全地形型車(ATV)。暗かったし、雨が降ってたし、それにその人が車から降りて、歩いていって歩道に立ったから気がついただけだと思う」

「彼の顔を見ましたか？」

「ううん。フードをかぶってたかも。でなきゃ帽子か。でなきゃ帽子とフード。注意して見てなかったのよ、思っただけ、ほら雨の中に突っ立ってるあのお馬鹿さんを見てごらん、ってね、そしたら――そうだ、そうだ、ダーリーが連絡してきたの。彼女もパッキングしていて興奮しちゃってね、だからしばらくおしゃべりして、おたがいに落ち着かせあいながらパッキングを終わらせたのよ。そのあとベッドに入ったわ」

「窓はあけたままでしたか?」

「いいえ――そんなことしちゃだめよ。ベッドに入る前に窓は閉めて鍵をかけた」

「あなたが窓を閉めたとき、その男はどこにいました?」

「いなくなってた。そうよ! そう、いなくなってた。絶対たしか。その車だかバンだか何だかも、たぶん。気がつかなかったし」

「お友達が連絡してきたのは何時でしたか?」

「えー、わからないわ。あたしはハーブのやつを吸ってたし、それに、オーケイ、一杯飲んでたの。ただ気持ちを落ち着かせるためによ、だって――」

「リンクを見せてもらえますか?」

「ええと、ええ、いいわ。たぶん」疑わしげに、ラメリズは尻ポケットからリンクを出した。「あたしは、ほら、あの晩にさかのぼるだけよ、オーケイ」

ラメリズは戻る方向にリンクをスワイプしながら、そわそわ重心を変えたり、しかめ面をしたりした。「ああ、あった。ダーリーが連絡してきたのは十二時五十三分。真夜中すぎね、だからあたしたちが出発する日。彼女、あたしがまだ起きてるだろうってわかってたのよ、だって――」

「どれくらい話してましたか？」

「えーと……わ、二十六分半もだ。そんなに長いと思わなかった」

「話しているあいだは窓に座っていましたか？」

「ううん。ハーブが終わるところだったから、消して、それでしゃべりながらパッキングをやってしまえるようにリンクを置いたの。それから〝じゃもう少ししたらまたね、イェイ！〟みたいになって、あたしはベッドに入った」

「見たのが男性なのはたしかですか？」

「男性（メイル）？　ああ、男（ガイ）ね」ラメリズは唇を噛み、ぎゅっと目をつぶった。「そうね、わからないけど、男だと思ったわ」

「車はどうですか？　前に見たことはあります？　その開いた窓に座っていたときにとか？」

「正直言って、わからない。乗用車か、バンだったかもしれない、たぶん黒。その男――たぶん男よ――に気がついたのは、そいつが雨の中に立っていたからってだけだもの」

イヴは何か細かいことを引き出せないかと、もう一度最初から彼女にきいてみた。同情的な、甘い言葉のピーボディにもやらせてみた。

引き上げる頃には、ぼんやりと頭が痛くなっていたが、犯人が自分の（十中八九自分の）乗用車かバンかATVを停めていた場所はわかった。それがたぶん黒か、単に暗い色であることも。

「思っていたよりあの建物のそばね」ラメリズが見当をつけたエリアで足を止めると、イヴはそう言った。「タイミングは？　犯人は車を停め、彼女を待ち伏せするために。そして待っている。ホーブがシフトを終える直前、彼は車を降りる。彼女を待ち伏せするために。フロントガラスごしに見張ることもできた、でも雨を通して見るにはワイパーを動かしておかなければならない。用意をしておくために車を降りたところだったのかも」

「ラメリズがあと何分か居場所を変えないでいてくれたら、さらったところも見えたかもしれませんね」

「ええ。暗かったし、雨や、距離はあっても、何かこっちのとっかかりになるものを見たかもしれない。でも彼女は見なかった。制服を何人か、もう一度この建物の聞きこみに、それから別に何人かをこのエリアにあてましょう。最初の聞きこみではつかめなかった誰かが、外の雨を見ていたかもしれない。ノーマンに知らせておいて」

「手配にかかります。ねえ、ダラス」一緒に歩きながらピーボディが続けた。「午前一時は二時半とは別世界ですよ。もし雨が降っていなかったら、もし天気のいい夜だったら、もしかしたら――きっと――もっと人が外出して、もっと多くの窓があいていたでしょうね」

「ええ。選択その一、犯人は天気を利用して予定を繰り上げ、〈マイクス〉が早く閉店する夜にホーブをさらった。選択その二、犯人はあえてリスクを冒すくらい彼女を手に入れたかった。それから両方を組み合わせた選択は？　ローレン・エルダーのほうは彼の考えていたようにはうまくいっていなかった。ひとつはっきりしていることがある。犯人はホーブをさらった、そしてすでに一週間拘束している」

もうシフトの終了時刻をすぎていたので、イヴは家に仕事を持ち帰ることにした。回り道をしたあとに。

メイヴィスの風変わりな新居へ車を走らせ、ゲートががっちり閉まっているのを見てほっとした。

「そうだ！」シートではずまんばかりにして、ピーボディはリンクを出し、コードを入力した。「セキュリティが完備されたら、あなたの車が入れるように識別タグをつけましょう」ゲートがゆっくり開くとそう言った。「ロークのはできませんね、彼は何十億台も持ってるから」

最初にイヴが気づいたのは、ほったらかしにされて、何だかわからないものが伸びすぎてもつれあっていた地面が、きれいになっていることだった。ドライブウェイの両側で、重なったわらのようにみえるものから緑の新芽が突き出ていた。

「造園業者が芝生の種をまいたんですよ、伸びすぎていたものをきれいにしたあとに。木も何本か——枯れているのだけ——抜かなきゃなりませんでしたが、これから別のを植えるんです、それももっと、それに裏には野菜畑もつくるんですよ。レオナルドは乗用芝刈り機を買いました」

「乗用芝刈り機」

イヴはあのファッションデザイナーがいつものきらきら光る三つ編みとひらひらした服で、畑をたがやしている珍妙なイメージを思い浮かべた。

「メンテナンスのためです」ピーボディは説明した。「芝を刈って、葉を吸いこんで。それにわたしたち、あの小さな物置小屋を大きくするつもりなんです。それにほら、ほらね？　もう正面ポーチのフローリングをはがしてやりなおしてくれたんですよ。あぶなっかしかったんです。次は裏にかかってくれます、たぶん」

家はイヴから見てまだ風変わりでまとまりがなかったが、どこか都会のジャングルの中に生えてきたようにはみえなくなったので、それほど風変わりではなかった。

車を停めたとたん、開いた玄関からベラが走り出してきた。

ベラはピンクのオーバーオールを花柄のTシャツに重ね、小さなピンクのワークブーツをはき、安全ヘルメット——もちろんピンクだ——を広がる金色の巻き毛の上にかぶっていた。

「ダス！　ピー・オディ！」

「〝ピー・オディ〟？」

「だんだん近くなってるでしょう」ピーボディは車から飛び降り、ベラを抱き上げてハグし、空中にほうりあげた。

　メイヴィスも飛び出してきた――イヴは彼女が髪をしばらくいまのパープルにしておいてくれることを願った。万一のために。メイヴィスはぴったりした白いTシャツを着ており、そこには〝二番ちゃん(ナンバー・ツー)！〟とあって、矢印が彼女の妊娠で小さくふくらんだお腹をさしていた。ワークブーツではなく、ブルーのスキッズに、イエローのカーフ丈のスキンパンツをはいている。

「来てくれたんだ！」メイヴィスはイヴの腕に文字どおり飛びこんできた。「芝生ができたよ！」

「ええ、見えるわ。緑やいろいろね」

「中へ入ってよ、見にきて！」イヴの手をつかんで前へ引っぱった。「ロークとマクナブも来てるんだ。二階にいて、セキュリティとか通信とかエンタメとかの何かをやってくれてるの。午前中に検査官が来ることになってる」

「あら！　準備はできてます？」

「みんなできてるって言ってるよ。そうだよね、親方(ジョブ・ボス)？」

ベラがにっこり笑って、自分の安全ヘルメットを叩いた。「オス！」

「バ・バ・バ・ボス」

「ババババ！　オス！」

「われわれはひきつづきそれに取り組みまぁす」メイヴィスが言うと、ベラは頭がおかしくなったように笑い、イヴのほうへ駆けだした。

そして両手でイヴの顔をつかみ、猛烈な勢いでしゃべった。

「興奮してるんだよ」メイヴィスが説明した。

「そうでないときがある？」

「ベラが興奮してるわけは……タ・ダ・ディ・ダ！」

メイヴィスはベラの両腕を広げ、くるくる回った。

イヴは壁が何か所か壊されて――もっといいことに――あのおぞましい壁紙も、見えるかぎりではすべてなくなっていることに気づいた。あとで再建される壁もあるようで、骨組みの内側にはセキュリティやら何やらを走らせる新しい中身が入っていた。

「前より大きくみえるわ。前から大きかったけど」

「広々して、もっとオープンになったんだよ。ここはコンピューター機能の中心にもなるんだ、完成したら。またサンプルが来てるよ、ピーボディ」

「見たい！」

ベラが身をよじって降りて駆けだし、イヴの記憶では前は迷路で、いまは――そう、広々して、もっとオープンになった中を先に立って進んだ。そして忌まわしい悪夢のようなキッチンだったところへ入った。

ロークが言った。〝修繕（ガット・ジョブ）（はらわたを抜く仕事という意味もある）〟はすでに完了したようだった。いまはきれいになった裏庭に続く壁のほとんどがガラスになっている。

「アコーディオンドアも設置してくれたんだよ！」

メイヴィスはまたダンスを踊った。「サプライズ！　それにこれも見て！」

彼女が自分のリンクにコードを入力すると、ドアが音もなく折りたたまれて消えた。

「ボイスコマンドにもなるんだ、全部できあがったら。それってサイコー（フロステッド）とか何とかじゃない？」

「最高にイケてる（フロスト・スプリーム）」ピーボディは同意し、メイヴィスの手をとった。「最高にすばらしい庭にしましょう。いっぱいアイディアがあるの」

「それに向こう」メイヴィスが指さした。「〝プレイ・タウン〟だよ。ケンがね、ベラミーナの下の副ジョブ・ボスで、あの子に首ったけなんだけど、この壮大で凝りまくったプレイ・アドベンチャー・ハウスを考えついたの。ロークはオーケイを出したよ、だからこれから建設にかかる」

「ロークが？」

メイヴィスはイヴを振り向いた。「彼は〝全面監督（スーパーバイザー・オブ・オール）〟だよ」

「オーク」ベラが恋する女のように息を吐いた。

「こっちはね、みんなが集まるエリアになるの」メイヴィスはキッチンをぐるぐる回った。「それからそこは、リラックスするような場所、朝食をとるとか、それからこっちは……ロークは執事の貯蔵室って呼んでる。うちは執事を置くつもりはないけどね、サマーセットじゃなければ」

「進呈するわよ」

メイヴィスは笑ってイヴを振り返った。「またまたぁ」

「いいえ、本気。彼をおたくへの新居祝いのプレゼントにするから。わたしはそういうことをするものなんでしょ、ねえ?」ピーボディにきいた。「プレゼントをするんでしょ?」

「新居祝いのプレゼントはふつう、人間じゃありませんけど」

「サマーセットが人間かどうかの議論はしてもいいけど、いずれにしても、例外をもうけるわ」

「クソッタレ（サムシット）」ベラが言い、イヴは彼女にうなずいてみせた。

「そのとおりよ、おちびちゃん」

「このサンプルを見てみてよ、ピーボディ、それであんたの意見を聞かせて。トリーナの意見はもう聞いたんだ、でもほかの人の意見も聞きたいの」

「あなたたちはそれをやってて。わたしは探しにいくから……オークを」そしてタイルのサンプルから逃げ出そう。

「裏階段を使って」メイヴィスが言った。「あれはそのままにしておくつもりなんだ。あたし、裏階段があるってすっごく気に入ってるの」

イヴは二階に行くと、おぞましい壁紙が消え、ここでも壁が間柱だけになっていることに気がついた。

その間柱の向こうに、何かのポータブルマシンで作業をしているカラフルなマクナブと、本人の世界では作業着とおぼしきもの――青と赤のストライプのゆったりしたシャツをブルーのバギーパンツの上に着ている、そびえ立つようなレオナルドと、あいかわらずビジネス世界の王様然としたスーツ姿のロークが見えた。

もしくは、〝全面監督〟というべきか。

ロークはあの長い器用な指で、開いた間柱の内側にあるものに何かをしていた。「さあやってごらん、イアン」

「っと、できた！　やっとグリーンになった！　ウヒョー！　やったぜ！」彼はロークにハイタッチをして、それからレオナルドとは腰の高さでタッチしようと手のひらをむけた。

「このシステムで上も、下も、横も、内側も、外も、ガツンといくよ」

「そうしたらこの家も、敷地も、僕の女の子たち（ガールズ）も、みんな安全になるんだね」

「なるよ、うん」ロークはレオナルドの肩を叩いた。「約束する」

「大事なのはそこね」

ロークは間柱と、奇妙な電線の向こうからこちらを見てほほえみ、イヴをあのすばらしく野生的な青い目のとりこにした。「それ以上に大事なことはないよ。警部補」

「犯人がメイヴィスに目をつけることはないわ」歩いていきながらイヴは言った。「彼に関する情報をつかんだの、そしてメイヴィスはそれに一致しない。ただ用心は怠らないでいたい」

レオナルドはイヴのところへ歩いてきて抱きしめた。「彼女たちは僕の世界そのものなんだ」

「彼女たちはわたしの世界でも本当に大きな部分を占めてるのよ。犯人をつかまえるまで、あの遊び場には近づかないで」

「そうするよ。ベラはこの家が大好きなんだ、あそこはいまやあの子の遊び場だよ」

「〝親方(ジョブ・ボス)〟ね」イヴはそう言って、彼の目から心配が消えることを願って笑った。そのとおりになった。

「ショーをとりしきっているのはあの子だよ。ワインがあるんだ。一本あけてくる」

イヴは丁重に断ろうとしかけた。家に帰って、仕事に戻りたかった——でもロークと目が合った。

「いいわね。わたしたちも帰る前に一杯いただくわ。あちこちで音が反響してる」

「ときどきメイヴィスが歌いながら歩きまわるんだ。すばらしいよ。自分たちがここにいるところがもう目に浮かぶ。もうそれが見えるんだよ」

イヴは歩くスピードをゆるめて、レオナルドとマクナブの後ろになるようにした。「ほんとに長くはいられないのよ。ほかにも失踪した女性がいる、それに犯人が彼女をつかまえているの」

「長居はしないよ」ロークはイヴの手をとった。「彼らにはこれが必要なんだ、きみとここで過ごすほんの少しの時間が」

イヴはギアをチェンジするべくベストをつくした。「あなたにはもうさっきのが見えてるの？」

「じつを言うと、見える。カラフルで、クリエイティヴで、びっくりするくらい機能的な家になるよ」

「それから安全で」

「うちと同じくらい安全だ。その点は信用してくれ」

「してる」

キッチンエリアに行くと、マクナブが使い捨てカップにワインをそそぎ、レオナルドがメイヴィス用に何かのスパークリングドリンクをつくっていた。

「家族である友人たちをわが家に歓迎することに」レオナルドがベラを腰にのせて、幼児用カップを渡した。

「それに全部終わったら」メイヴィスが続けた。「レオナルド、ベラ、ピーボディ、マクナブ、それからあたし？ みんなですんごいパーティーをやろうね」

イヴはベラがカップの横にある小さな突起に吸いつき、目をうっとりさせるのを見た。

「それには何が入ってるの？」

「水だよ」レオナルドは娘に鼻をすりつけた。「ビタミン炭酸タブレット入りのね」

会話はタイルのサンプルと、シンクと、そしてイヴには奇妙に思えたが、ドアノブをどれにするかに移った。メイヴィスが外へ行こうと引っぱってきたときには、異論はなかった。

「いそいで帰らなきゃならないんでしょ」

「ええ、でもあなたがすんごいパーティーをやるときには、意志の力で、ひと晩だけはあらゆる殺人、自殺、不審死を禁止するから」

「あんたならやりそう。あたしのことは心配いらないよ、ダラス。あしたは晩のアトランタでのギグに出発するから。警護チームがついててくれる」メイヴィスはそう付け加えた。

「おまけにそれでもレオナルドがちょっと神経質になってるから、一緒に行くって」

「彼を怖がらせちゃって悪かったわね」

「この頃じゃあたしの爪が割れても神経質になるの。ハニーベアはあたしを愛してるんだ。だから謝らないで、彼も行くならベラも行くってことだし。それならあたしも二日も会えなくてさびしがらなくてすむ。でも、これを見られなくなるのはさびしいなあ――この家、大工さんたち、この盛大で超ステキなごたごたに。あたしってばすっかり夢中だよ。誰がそんなこと予想しただろうね？　でも、そもそもあたしがここを手に入れてこんなに入れこんじゃってるのは、ギグのためでもあるからさ。気分はすっかりすっきり落ち着いてる」

彼女はイヴに顔を向け、にっこり笑った。「それも、誰が予想しただろうね」

「あなたにとってはいいことみたいね」

「文句なくそう」

メイヴィスが腰に腕をまわしてくると、イヴはその時間を受け入れた。そしてそのままでいた。

そのひとときがすぎると、友人たちをタイルのサンプルとドアノブのところへ残していった。

イヴが進捗状況をチェックできるよう、ロークが家まで運転してくれた。

「ほかに目撃者はあらわれてないわ」リンクに顔をしかめた。「ホーブのほうでひとり見つけたのはラッキーだった」

「ホーブというのは失踪した女性かな」

「ええ。ローレン・エルダーの失踪届けが出されたとき、彼女のケースを担当した捜査官と協力したの。彼とピーボディに、該当する年齢グループでほかの被害者がいないか調べてもらったのよ、基本的な身体的特徴をもとに」

ロークは常にすぐれた相談相手になってくれるので、イヴはことのはじめに——あの遊び場のベンチにあった死体に——戻ってから、いまの状況まで追いついてもらった。

「〝だめなママ〟のメッセージか。それはメディアには隠したんだね」

「ええ」

「そしてそれが鍵だと」

「そのはずよ。ナディーンを引き入れたの、それで彼女は元の人物(オリジナル)を見つけようとして、深くもぐっているところ」

「そのオリジナルが、今世紀の変わり目かそのすぐあとに、その年齢範囲で、その身体的特徴をそなえていたと思っているんだね」

「ファッションをもとにするとよ——犯人が彼女に着せた服やヘアメイクってこと——モリス、マイラ、ピーボディの意見では」

「長い喪だな、あるいは憎しみか、はたまた執着か」

「ええ、そうね」

イヴは観光客の小さなグループを見た。自分たちの気分が〝I♥NEW YORK〟Tシャツとぴったり合っていることを高らかに告げ、エアトラムをぽかんと見上げていて——そしてスリが彼らのあいだをバターのようにするすると抜けていく。

「僕が車を停めて、きみが降りる頃には、彼はもう二ブロック行ってしまっているよ」ロークが言った。

イヴが振り返ると、スリはすでに角を曲がってしまっていた。「ええ。みんなこう書いたTシャツを着たらいいんじゃないの、〝I♥Pickpockets（スリのこと）〟って。それはそうと。マイラはもっと最近に心理的なきっかけのようなものがあったと考えているの。ママがそれをつくったのか、彼を刺激したのか、それとも何かがただぱちんとはじけたのか」

ロークは車の流れ——きわめていらいらする流れ——のあいだを、イヴが運転した場合よりもずっとおだやかに進んでいった。

「それにどちらの女性もバーで働いていた——深夜まで。だからきみは、犯人の母親も同じようにしていたと推理するだろう」

「それはありうる。というか彼女たちの仕事、それにタイミングのおかげで、さらうのが簡単だったのよ」

「犯人はまず最初に彼女たちを探し、自分の具体的な要求に合う候補を見つけなければならなかった。しかし、少なくともその二人の女性については、犯人は同じく深夜まで働くほかの女性たちには目を向けなかった。公認コンパニオンにも、年中無休の店や、ビルの警備やメンテナンスやその他もろもろで働く女性にも。それは……」ロークは彼女に目をやった。「きみはもう織りこみずみだろうね」

「織りこんだわ、だから母親がバーで働いていた、もしくは頻繁にバーに行っていた可能性は高いと思う。だからって、犯人が殺す前にアンナ・ホープを見つけることに近づけるわけじゃないけど」

「五時間前は、ローレン・エルダーを誘拐し、監禁し、殺したのと同じ人物によってアンナ・ホープがさらわれ、監禁されていることに誰も気づいていなかったよ」

「犯人はエルダーを殺す前に十日間監禁していた。ホープを手に入れてもう七日たってる」

じきに八日になる、とイヴは思った。

「犯人はわたしたちが彼女を見つけるであろう場所にエルダーを置いていった、それもすばやく。彼は車を持っている。遺体を市外へ運んで、埋めてしまうこともできたのに。彼は女性たちを閉じこめておけるような、人目につかない場所を持っている。手足を切断して、アルカリ液のバスタブに放りこむこともできた。くそっ、彼女に重しをつけて、川に棄ててしまうことだって。遺体を廃棄する方法はいろいろあった、少なくとも殺しから発見までの時間を延ばす方法は。でも、そうはしなかった。

犯人はわたしたちに彼女を見つけてほしかったのよ。メディアが報道するのを見たかったの」

「ホープは十日もたないと思っているんだね」

「犯人はスケジュールを早めて、エルダーのすぐあとにホープをさらったと思う。雨のせいかもしれない、いい隠れみのになるし。犯人がひとつの箱に卵を全部入れたくなかったからかもしれない。エルダーがすでに思いどおりにいっていなかったからかもしれない」

「ひとりより二人のほうが閉じこめておくのはむずかしい、だから何らかの必要か理由があったということには僕も賛成だ。卵を入れておくのはかごだよ、箱じゃなくて」

イヴはシートに座ったまま顔を向けた。「箱に卵が入ってるのを見たことあるわよ。小さな……」彼女は手で宙にくぼみをえがいてみせた。「卵を支えておくやつがついてて」

「雌鳥(めんどり)から卵を集めるときにはかごに入れるだろう」

「どうしてわかるの？　あなたが最後にニワトリから卵をかっぱらったのはいつだった、大物さん？」

「それは〝一度もない〟の向こう側だな、でもいとこがアイルランドの農場で集めているのは見たよ」

「怒らないの？　ニワトリがよ。ほら、〝ちょっと、それはあたしの卵よ、このバカ野郎〟

って。アイルランド語で〝バカ野郎〟って何ていうの？」

「〝バカ野郎〟はありとあらゆる言語に通用する。若きショーンが教えてくれたんだが、ニワトリはたいていの場合、卵を抱きたがる（ゴーブルーディ）――なぜかはきかないでくれよ――でもしばしばそれをいやがって、こっちを見逃してくれるのもいるんだ」

「わたしだって落ちこむ（ブルード）わよ、がんばって卵を生んだのに、それを誰かにとられてオムレツを作られたら。とにかく、いまわたしが考えているのは、卵が正確にはどこから来るのかってこと、だからいまの会話は全部、わたしのメモリーバンクから消去しないと」

ロークがほほえみながらカーブを切ると、家のゲートが開いた。

家はたたずんでいた、城のように非現実的に、サマーブルーの空を背景に大小の塔をストーングレーにして。あざやかな色のものがみずみずしい緑の芝生に散らばっていた――巧みに配置された花壇、花の咲いている潅木や低木だ。木々はその静かな夕暮れの影を広げている。

イヴはまたメイヴィスを思った。巨大ではないが、あっちはあっちで同じくらい非現実的になりそうな家に彼女がいるところを。そして彼女もこんなふうに感じるだろうと思った。ギグから帰ってきて、自分でつくりあげた家を目にしたときに。

あたたかく迎えられ、感謝する気持ち。

それからイヴの心は、エルダーとホーブが仕事から歩いて帰るときに感じたであろうことに移った。ひとりは晴れたときに、ひとりは雨のときに、それぞれ自分がつくりあげた家へ向かいながら。

「彼女たちはもうすぐ着くはずだった」

ロークは車を停め、彼女を見た。

「犯人は彼女たちがいちばん油断しているとき、もうすぐ帰れる、家について今日あったことは頭から追い払おうって考えているときにつかまえた。ていうか、二人の場合は夜かしら。犯人はそのことを計算に入れていたのか？　わたしはそうだと思う。彼は馬鹿じゃない。多くの、もしかしたらほとんどの犯罪者は馬鹿だけど。石の入ったかごくらい間抜けで。この犯人は違う」

ロークは石の入った箱（頭の悪い人のこと）だよと言おうとしたが、話が長くなると気づき、ほうっておくことにした。

「きみもこのゲートを抜けるときにはそう思うのかい？　家に入って今日あったことは頭から追い払おうって？」

「場合によるわ、たぶん。だってもし事件にとりくんでいるときだったら、追い払うのにしばらくかかることはたいていわかってるし。あなたは違うの？」

「僕もそうだよ」ロークは自分がいちばん先に思うのはいつも、〝彼女はもう帰っているだろうか？　無事だろうか？〟であることは言わなかった。

イヴがそんなことを聞く必要はない。

一緒に家に入ると、サマーセットがやせた体に黒ずくめの服を着て、太った猫を足元に連れて立っていた。ギャラハッドははねるようにやってきて、イヴの脚のあいだとロークの脚のあいだをくねくねと歩き、また戻っていった。

「遅くもならず、ご一緒とは」サマーセットが言った。

「メイヴィスの家でちょっと内部を調整していたんだ」ロークは答えた。

「ああ。あちらは予定どおりですか？」

「そうなってるよ、うん。また行ってみるといい」

「そういたします。

ご意見は、警部補？」サマーセットはイヴが階段をのぼりかけるときいてきた。

「何？　あの家のことで？　あのおっかない壁紙と悪夢のキッチンがなくなって前よりよくなったわよ」

「意見の一致点がございましたね。カレンダーにしるしをつけておきましょう」

今回はやられた感じ、とイヴはそのまま階段をのぼりながら思った。しかし家と仕事のことを考えていたので、彼に一発お見舞いしてやることは頭になかったのだ。

また次回。

「事件ボードと記録ブックをセットアップしなきゃ」

「わかった」猫が二人のそばを走りぬけた。彼もわかっているのだ。

「それと、ラボの報告書がいくつか来てるんじゃないかと思うの。あの化粧品や、ヘアケア製品、それに彼女は香水をつけていた。においがしたもの。それから犯人がつけたアクセサリー。それにタトゥー」

仕事部屋へ一緒に入りながら、イヴはちらりと振り向いた。「忘れてた、ジェイミーにタトゥーをあげたんだった」

「すまないが、いま何て？」

「ＥＤＤの新しいパートタイム・インターンなのよ。パートタイムなのは、あなたがうまいことあの子を言いくるめて、自分のところでもパートタイムのインターンをさせてるから。成功の見こみは薄いの、ナディーンが母親的人物のＩＤを見つけることと同じように。でもそれならあの子を忙しくしておけるでしょ」

「記憶が正しければ、彼はあした僕の本社のサイバーセキュリティ部門で仕事をするはずだが」

「あなたの記憶はいつも正しいわ。サイバーセキュリティか。賢いわね、警察の仕事に近いものにしておける」

「それにその部門長は、僕がもうすでに知っていたことを教えてくれているよ。彼が正真正銘の天才だとね。彼が僕の若い頃の道に踏み入らないと決めてくれてよかったよ。もし彼と僕があの頃に戻って手を組んだら？　あぁ」ロークはセンチメンタルなため息をついた。「その可能性たるや」

「ここに警官がいるんだけど。ここにはまだ警官が立っているのよ」

「ダーリン・イヴ、想像したからって人を責めるわけにはいかないよ」

「わたしがあなたを逮捕して、手錠をかけるところを想像してごらんなさい」

ロークはにやりと笑い、彼女をつかんだ。「まったく違う想像だね」

イヴは何とかキスから逃げた――しばらくしてから。「その想像はピンで留めておいて。わたしは仕事があるの」

「もちろんそうだろう、だからそれにかからせてあげて、僕はいくつかのことを終わりにしてくる」ロークは歩いていって、イヴの小さなバルコニーへ通じるドアをあけた。「そうしたら一緒に食事をとろう」

彼は光が流れこむ開いた戸口にしばらく立ち、やさしい風、あたたかい風がその黒い絹の髪にたわむれていた。ぼんやりしている、とイヴは思った。長身で引き締まった体をいつもの完璧なスーツにつつみ、片手をポケットに入れて。

わたしのボタンをさわってるんだ、とイヴは気がついた。ロークはあの馬鹿馬鹿しいボタンを、魔法のお守りのように持ち歩いている。

それから彼が振り返り、あの野生的な青い目が彼女の目と合った。彼の唇が――あのみごとに彫刻された唇が――カーブをえがいた。

「何だい？」

「あなたを逮捕したでしょうね」イヴは言った。「もしくは、逮捕しようと必死にがんばったでしょう。最後にはあなたを逮捕したと思うわ。でも、ああもう、あなたに夢中になったと思う。あなたに夢中になって、そしてやっぱり逮捕したでしょうね。それであなたに人生をめちゃくちゃにされたでしょう」

「もしきみに逮捕されていたら――その点はおたがいに意見が強く対立するところだね――僕の人生のほうがずっとめちゃくちゃになっていたと思うよ。とくに僕もきみに夢中になってしまっただろうから」

彼は引き返してきて、両手でイヴの腕を撫でおろし、また肩へ戻った。「すてきな運命のいたずらじゃないか、二人とも自分たちの手腕をそのテストでふるわなくてすむときに出会ったなんて？」

「出会ったとき、あなたは殺人事件の容疑者だったわ」

ロークは頭を振り、彼女の顎のくぼみに指を走らせた。「きみはそうじゃないとわかっていたじゃないか。あれだけの手腕を持っていて、しかも僕が犯人じゃないこともわかっていた」

「ええ、そうだった。泥棒相手には夢中になるかもしれないけど、冷酷な殺人犯は別。だからほかのいろいろなことであなたを逮捕したら、人生をめちゃくちゃにされただろうってこと」

彼はほほえみ、イヴに軽くキスをした。「ありえないよ、警部補さん」そう言って離れていった。

ありえたわ、とイヴは思った。たぶん。五分五分かもしれないけど。もしそれを一生の任務にしていたら。

しかし彼女はもう、殺人犯をとらえることを一生の任務と決めていた。コマンドセンターへ歩いていき、オペレーションを開始して、中断していた任務にとりかかった。

7

バーテンダーとマイク、ライザの聴取報告書を書き上げ、記録ブックの自宅用コピーを更新した。コーヒーをプログラムし、事件ボードにアンナ・ホーブと、時系列の出来事を加えた。

ラボがまだ報告書を送ってきていなかったので、ブーツの足をコマンドセンターにのせ、ボードをにらみ、コーヒーを飲んだ。

類似事件なし、と考えた。だからといって、犯人が別のときに誰かをさらい、試していないことにはならない……。

合わない。単純に合わない。正確すぎるし、精密すぎる。

あのタトゥー、ピアス、服、メッセージ。

でも……。

「犯人は母親を殺したのかも」ロークが戻ってくると、イヴは言った。「彼は母親をさらい、殺して、その遺体を処分したのかもしれない。それで今度は母親を元に戻そうとしている」

「心が浮き立つ推理だね」彼女のように、ロークもボードをじっくり見た。「エルダーとホーブは少し似ているところがある、でも目を凝らさないとだめだ。どんなタイプかのほうがずっと可能性があるんじゃないかな。美人のブロンド、二十代はじめ、それから、ここに挙げてある身長と体重からみて、基本的な体型が同じ」

「もうひとりいるのよ、ストリッパーで、行方不明なのが。彼女はノーマン捜査官にまかせたの、でも違うと思う。おっぱいが三倍大きいし、お尻も大きい」

「胸とお尻については、プロとしての理由だけじゃなくありがたく思うんじゃないか、彼女が知ったら」

「彼女はLCだったこともあるの、でもスクリーニングにパスできなかった。使う習慣があったのよ、いまでもあるのかもしれない。エルダーとホーブはその点、クリーン。犯人はクリーンなのを求めていると思う。〝だめなママ〟は依存症、そうよね？　犯人はそうみていたんじゃない？　わからないけど、そうだと思う。それでも、彼女を見つけたいわ」

イヴはデスクのコンピューター上の空白を見つめた。「ラボからは何も来てない。ハーヴォに連絡して、彼女をつつこうかな」

「警部補さん、晩のこの時間じゃ、彼女はもう家に帰っているか、友達と出かけているかだよ。おいしい食事を味わっているんじゃないか。僕たちもそうしていていい頃だ」

ロークはキッチンへ歩いていった。猫はイヴの寝椅子で大の字になっていたが、ぱっと起き上がり、飛びおりて、ぶらぶらと——やけにさりげなく——ロークのあとをついていった。

イヴが半分耳をすませていると、ロークが猫に、おまえがもう夕食を食べたことはよーく知っているんだぞ、と言うのが聞こえた。訓練を積んだ捜査官として、いずれロークが折れてギャラハッドに猫用おやつをひとつかみあげるだろうと推理した。

彼はドーム形の蓋をかぶせた皿を二つ、窓のそばのテーブルへ運んだ。

「犯人はどこかで化粧品を手に入れなきゃならなかった」ロークが戻ってきて壁のキャビネットからワインを一本選びにかかると、イヴは言った。「あれは、ほら、全部盛りだったわよね」顔の前で手を振ってみせる。

「現場の写真からは、僕も同じ意見だな。それにやりすぎだ」

「ええ。服はたぶんヴィンテージもの。ラボが確認してくれるはずだけど、誰もがあれは流行遅れだと言うなら、そうなんでしょう。化粧品ってどれくらいもつもの？」

ロークはコルクを抜いた。「さっぱりわからないな、でも半世紀ももつかは疑問だ」

イヴは彼に指を向け、立ち上がってボードのまわりをまわりはじめた。「わたしもそう思う。犯人はパキッと折れて、母親を殺したのかもしれない。大きく折れて、母親を元に戻すというこの狂ったアイディアを計画したのかも」

「母親は、きみのいまの推理にしたがえば、八十歳くらいになる——あるいはもうなっているんじゃないか?」

「ええ、でも犯人はそのママはほしくないの。彼がほしいのは、自分が子どもの頃の記憶にある母親よ」うわのそらで、イヴはさしだされたワイングラスを受け取った。「自分の面倒をみてくれて、食事をとったり、服を着たり、いろいろちゃんとするようにしてくれた母親。あるいは彼女が虐待していたか、混乱していたのなら、犯人が理想化したバージョンね。彼の求めていた母親。そしていまも求めている」

ロークはイヴのあいているほうの手をとり、彼女をテーブルへ連れていった。

イヴは皿と、手に持ったワインを見て眉を寄せた。いつも悩む服のことを思った。「あなたっていいママなんじゃない」

「足を踏みこむ場所には気をつけるんだよ」

ロークはドーム形の蓋をとった。

イヴの目に、ちょっとカリッとしていると同時にしっとりしているようなチキンの何かと、ハーブの入ったひとすくいのライスが映った——ロークはそこにこっそり豆を入れていた。それにあのおかしな——それでいておかしなほどおいしい——紫色のニンジンも。

「いまのは一種のほめ言葉だったかも。一種のほめ言葉よ」彼女はそう言って座った。

「いらっとこないときには」

「それだときみが子どもで、思い出させたり、ときにはなだめたりしないと食事をしないことになるだろう。ランチには何を食べたんだい？」

「ブラウニーを食べた」

彼の眉が上がった。「本当に？」

「おいしいブラウニーだった」イヴはチキンを切り、味をみてみた。そして気づいた、うん、これはすきっ腹にぴったりだ。「これ、面白い味がする」

ロークがお説教を始める前に、手をのばして彼の手をぎゅっとつかんだ。「ありがとう」

「そこがきみのずるいところだね」

「ええ、でも本音でもあったのよ。あなたはランチに何を食べたの？」

「シェフズサラダ」

「なんでシェフズサラダっていうの？　シェフって誰？　あなたはサラダをつくらないでしょ」

ロークは彼女に向けてフォークを振ってみせた。「話題を変えるには弱い方法だね」

「そうかも。彼女はわたしをつかまえた、エルダーはわたしをつかまえたの。でも問題は場所だった。あの遊び場だったのよ、ローク。わたしは何週間か前に、ナディーンとまさにあのベンチに座ってたの。メイヴィスやほかのみんながこれから住むところから、歩いてたった二分。あそこに座って、子どもたちが走りまわってた。どこかの間抜けな泥棒を追いはらって、わたしの友達の子が遊んでいるところにもう一度あらわれたりしたら、ケツを蹴飛ばしてやるって警告した。本気で。今度の件のほうがよっぽどひどいわ」

「わかるよ」今度はロークがイヴの手をぎゅっと握った。「彼女はあれをホワイトセージするつもりだよ」

「何？　誰が何を？」

ロークはまたほほえんだ。「メイヴィスはきみに話さなかったようだね。彼女はピーボディに――フリー・エイジャーとして実績があるから――あの遊び場をホワイトセージしてくれるよう頼むつもりなんだ、きみが犯人を見つけて収監したら。彼女は疑ってないんだ、これっぽっちもね、きみが必ずそうすることを」

「でもそれはどういう意味なの？　その何とかセージって」

「浄化の儀式みたいなものだろう。負のエネルギーを追い払うんだ」

「そんな、バ――」イヴは言葉を切った。「わかった、いいわ。メイヴィスのためになるなら何であろうと」ライスを少しすくい、考えた。「それって合法？」

「合法じゃない理由はないと思うよ」

「それならいい」でもあとで調べておこう。「それで、ジェイミーだけど。あの子にいくら払っているの？」

「フィーニーのところでインターンをしてもらうものの三倍」

「なるほど」イヴは笑い、ワインを飲んだ。「あの子は警官になるわよ」

「きみの言うとおりになる確率は高い、でも民間企業のうまみを味わえば、変わるかもしれない。それでもなお、彼が警官の人生を選んだら、それが自分の天職(コーリング)だとわかるだろう、違うかい？」

「ずるいのは誰かしら」

「おたがいにそれが僕の仕事(コーリング)だと言っていいと思うよ。それで、僕に何ができるか話してくれ」

彼はいつだってきいてくれる、とイヴにはわかっていた。そしていつだって本気だと。

「およそ六十年前に存在したかもしれないし、しなかったかもしれない女性の身元を突き止めて」

「やりがいがあるね」

「まあ、まじめな話、もうジェイミーとナディーンに調べてもらってはいるの——二人に幸運があればいいけど。自分でも掘ってみるつもりよ、でも……もしその女性が実在していたら、そしてもし彼女に前科があって、その当時にあのタトゥー——識別マーク——があったとしたら、突き止められるかもしれない。そうしたらそこから調べるべきことが出てくるでしょ。子どもはいたのか？　その子どもは誰で、どこにいるのか？　それに、彼女は生物学上の子どもを持たなかったのかもしれない。里親になったか、何か別のやり方で母親的人物としての役目をしていたのかもしれない」

「だいたいの場合、真実はシンプルなものだよ。あらゆる角度と可能性に目を向けることは必要だが、いちばんシンプルなのは、犯人が再現しようとしている女性は彼の母親である、もしくは母親だった、ということだろう」

「あなたは二年前までメグが自分の母親だと思っていたんでしょう」

「また別の真実だ」ロークはイヴと食べながらそのことを考えた。「彼女には恐怖と不満しか感じなかったし、彼女を再現しようとしなかったことはたしかだね。なんで僕が、僕の人生をみじめにすることに最大の喜びを味わっているとしか思えなかった女を取り戻したいなんて思う？」

「それじゃ、あなたの真実は実在するかもしれないし、しないかもしれないこの女性――もういいわ、彼女は実在したのよ――は、そんなことをしなかったということね」

「第一に、僕たちは彼女が実在していたということで一致している。人は幽霊や幻のために、エルダーにやったようなことはやらないよ。いちばんシンプルな答えは、少なくともある時点で、犯人は彼女に依存していたということだ。彼女を愛していたんだ、子どもが母親を愛するように」

「それは愛じゃない」

「人によっては、愛は簡単に憎しみに変わる。それに執着にも。犯人は自分の持っていたもの、もしくは持っていたと思いこんでいるものを求めているんだと思わないか？」

「思う。もしくは、犯人は自分が持てて当然だったと思うものを求めている」

「ああ」ロークはワイングラスを乾杯のしぐさで持ち上げた。「真実の響きがあるね。シンプルで、ありえないほど複雑で、そして真実だ」

「わたしには真実のように思える。彼はあなたが持てて当然だったものを盗んだ――パトリック・ロークは。彼はあなたが幼すぎておぼえていられなかったころに、あなたを愛していたお母さんを奪い、殺し、かわりにメグを据えた。〝だめなママ〟を」

「やつはそうした、そして主もご存じだが、メグはこれ以上ないほどひどかった。きみは犯人が再現しようとした女性は、彼から奪われたか、あるいは彼のほうがその女性から奪われたと思っているんだね」

イヴは自分のワインをとり、じっと見てから少し飲んだ。「世間では〝子どもを育てる〟って言うじゃない。わたしには変な感じがするの、だって〝農作物を育てる〟とも言うじゃない、でしょ？　でもその言葉はそういうものなのよね」

「たぶん自分が植えて、世話をして、守って、それに自分が世話をしているものの成長を見守ることにプライドを感じるからだろう」

「オーケイ、ええとね、メグのような、ステラのような人間は、何かや誰かを育てることに興味がないの。自分より弱いものを虐待するのが楽しみってことよ。育児放棄、それが第二の天性（セカンド・ネイチャー）（後天的な習性のこと）。なぜ第一の天性じゃないの？」イヴは顔をしかめた。

「育児放棄と虐待は彼女たちの天性、だから第一の天性よ」

ロークはイヴの頭の働きが大好きだった。「お好きなように」

「もし彼女が――今回の母親的人物が――犯人を育てたとしたらって、考えてみたわ。もし彼女が犯人を育てたとしたら、犯人にとって、大人になるまでの人生の大部分が彼女だったなら、なぜ若い女性たちを狙うの？　もし彼女が最近になって死んだ、もしくは二人が何らかのかたちで仲違いしたのなら、もし――犯人には確実にできるからだけど――犯人がオリジナルを殺したのなら、なぜ若い母親を再現するの？」

イヴは開いたドアから深まりゆく空を、日暮れを見た。

「可能性はある、たしかに。犯人が子ども時代の無垢な存在に返りたいと願っていることはありうる、それにわたしはそこへ戻ってしまうの。だけどもし時系列が正確なら、犯人の用いたあの外見と服が、単なる気まぐれや手近にあっただけのものでないなら、犯人はエルダーとホーブが自分の子どもであってもいいくらいの年齢のはずよ、その逆じゃない。けれども、もしわたしたちの想定している時系列の中で犯人が彼女を失ったのなら、もし彼女が死んだか、消えたか、刑務所へ入ったかして、犯人が引き離されたとしたら？」

「犯人は彼女を偶像化するかもしれない」ロークが締めくくった。「あるいは自分の抱いている彼女のイメージは完璧だと主張するか。きみはそっちに傾いているんだね」

「かもしれない。ええ」イヴは立ち上がってまたボードのところへ行き、ベンチの上の遺体と、背景にぶらんこや遊具がある現場写真をトントンと叩いた。

「これ。犯人は彼女をどこに残していってもよかった。犯人は彼女を棄ててはいなかった。彼女を置いた、それはここだった。彼女を配置したの、とてもきれいに、このベンチに、この遊び場に。彼はここで遊ぶ子どもたちを見たことがあるのよ、あなたのそのぴちぴちしたアイルランド製のお尻を賭けてもいいわ、それに子どもたちを見守る母親たちも見た。幸せな場所、家族の場所。犯人はこういう幸せな家族の場所を持てるはずだった、もしかしたらしばらくは持っていたのかもしれない。彼女はこんなふうにベンチに座って、彼を見守るはずだった。わたしにはわからないけど、彼があの棒や何かにぶらさがったら、ほめてくれるはずだった」

ロークは立ち上がり、ワインをとった。そしてボードのところでイヴと並び、グラスを渡した。「続けて」

「犯人は彼女を殴ったり、拷問したりしなかった――というか、肉体的にはね。十日間も枷につながれるのはかなりの拷問だから。でも犯人は彼女に食事を与えた、薬を盛って――それにもあなたのお尻を賭けていいわ――だけど飢えさせはしなかった。彼女にしるしをつけた、それにそう、彼女の中に侵入した。ピアスのことはそういう見かたもできるでしょ。けれどもレイプはしなかった。彼女を母親につくりあげた。

そして結局は、彼女が自分の理想を、もしくは病んだ欲求を満たさなかったときに殺した。でも手早くやった——だらだら引き延ばしはしなかった。鋭い刃物を使った、それでも怒り狂って彼女を突き刺したり、切り刻んだり、手足を切断したりはしなかった」

「きれいな殺しだ」

「ええ、きれいよね。それから傷口を縫った。ここを見て」イヴは首の傷の検死写真を叩いた。「モリスは室内装飾用の針と糸じゃないかと思ってる——ラボに確認してもらうわ。でも、どれだけていねいで、正確な縫い目か見てよ。雑なところは全然ない。そうするには時間と細心さが必要だった。それから彼女の体を洗い、服を着せ、髪をととのえ、化粧をし、香水をつけた。傷はリボンで隠し、アクセサリーをつけた。ネイルも塗った」

「いかに犯人が彼女のことをおぼえているか、それに、どんな彼女がいちばん美しくみえると思っていたか、じゃないか?」

今度はイヴは彼の胸を指でつついた。「そうよ。まさにそのとおり。あのカードは? 子ども用の画用紙、クレヨンは? そこにはいくぶん怒りがみてとれる。あれはきちんとしていない、子どもっぽい字よ」

「きみは犯人を、ひとりの人間に二つの面があるものとしてみているんだろう」

「まったくそのとおり。犯人は底抜けに狂ってる。わたしたちがつかまえたら、おそらく精神に障害のある人間用の、最厳重警備施設に入るでしょうね。わたしはそれでもいい。でも犯人は失敗をするはず――みんな必ずするから。だけどその失敗までホーブに時間があるかどうかわからない。犯人が失敗するまでに、どうやって彼を見つければいいのかわからない。またはその女性を見つけるまでに、母親ってことよ、彼が求めている」

「犯人がその失敗をするまで、もしくはきみたちが母親的人物を見つけるまで、ホーブが犯人を満足させ、自分を利用させておく方法を見つけることはありうるんじゃないか？」

「もちろん。ホーブがものすごく賢くて、さらに冷静でなきゃならないでしょうけど」

もう頭から追い払いなさい、とイヴは自分に注意した。しばらくは。

「お皿はわたしが片づけるわ。ううん、わたしがやるから」ロークが反対しようとするのを見て、イヴは主張した。「それで頭をすっきりさせる時間ができるでしょ。いまの話のいくらかをドクター・マイラにして、彼女がどう考えるか知りたい。ピーボディにもラボで合流するよう言わなくちゃ、それからハーヴォにメッセージを残しておくわ、わたしが出勤したら、朝一番に答えがほしいって」

「もう一度言うが、僕に手伝えることはあるかい？」

「財務は、少なくとも現時点では関係ないの」

「それは残念だ」

「犯人は家を持っているはずね。彼はあの遊び場を知っていた、ということはあのエリアに住んでいるか、働いているか、不動産を所有または賃借していると思う。あそこに目をつけるくらいの頻度でそばを通るほど近くに。そこそこ人目につかない家が必要よ、この女性たちをさらい、閉じこめておけるところが」

イヴはボードのまわりをまわった。「犯人はずっと彼女たちを薬で眠らせたり、さるぐつわをしたままにしてはいない、そうよね？　そんなことをして何になる？　それに、エルダーに食事を与えていた。彼女は殺される前、食事をとるくらいには意識があった。犯人はあの二軒のバーを知っていた——彼女たちをほしがるには、彼女たちを見つけなければならないもの。ロウアー・ウエスト、トライベッカ、チェルシー、たぶんリトル・イタリーかも。たぶん。あのエリアは広い。彼は車を持っている。所有しているとはかぎらないけど、使ってはいる」

「だったら僕は建物を探しはじめるべきだね——一戸建て、倉庫、車庫——外部から遮断されていて、犯人が囚人たちを入れておけるところだ。彼女たちは囚人だよ」

「所有か、賃貸か——独身の個人、おそらく男性。あそこは広いエリアよ、それに、くそっ、本人の名前では所有も賃貸もされていないかもしれない、でも目を向けるべきところではあるわね」

「それじゃ僕がやろう」

「職場かもしれないわ、犯人がそこを経営しているならだけど、それから人目につかない、閉鎖された区画がある。あのエリアは広いのよ」イヴはもう一度言った。

「ではとりかかろう」

イヴは皿を片づけ、それで頭をすっきりさせて考えを整理する時間ができた。コーヒーをプログラムしたあと、コマンドセンターに座って、その考えと、質問をいくつかマイラに送った。ピーボディとハーヴォにも連絡メモを送った。

それから壁面スクリーンに地図を呼び出し、それぞれの地点をハイライトした。

エルダーのアパートメント、彼女の職場、あの遊び場。ホーブのアパートメントと職場。

犯人には縄張りがある、とイヴはもう一度思った。そしてイヴ自身の縄張りもそこに入っていた。かつて自分が住んだ場所、いまは友人たちが住んでいる場所。自分が働いている場所。

犯人はわたしの昔のアパートメントのある建物のそばを通ったり、デカ本署（コップ・セントラル）の前を歩いたりしたのだろうか？　以前わたしが行ったのと同じ店で、料理をテイクアウトしていたのかもしれない。

あるいは、とイヴは認めた。犯人は、日常生活の場所からじゅうぶん離れたところに、自分のささやかな場所を持っている。

小さな断片、それがイヴの手にしているすべてだった。だからそれを集めて、ぴったり合うように取り組んだ。

母親、ともう一度思った。すべては犯人の母親をさしている。
母親が鍵だ。

過去

ジョーが彼女の世話をしていたのは、父方の祖父母が亡くなったときに遺してくれた大きな古い家だった——祖父母は同時に亡くなった、六十八年間ともに生きたように。彼の両親はその家に対する愛情はなかったのに、もちろんそのことを嘆いた。彼が自分の教育に一族の金を使ったこと、その後、箔(はく)がつく個人開業医ではなく、ERでの仕事についたことを嘆いたように。
彼女はジョーに、病院へ連れていかないで、警察を呼ばないでと懇願した。彼が同意した理由はおもに、脱水、疲労、風雨にさらされていたことと、化膿した虫刺され以外、彼女の傷がたいしたものではなかったからだ。彼女を自宅で治療する手段も技術もあった。そして彼が同意したのは、彼女があまりにも必死で、壊れやすくみえたからでもあった。彼女は自分の名前も、ほかのこともいっさいおぼえていなかった。弱りきっていて、服以外、身分を示すものも所有物も持っていなかった。

長い距離を歩いてきたことはわかっていたが、どれくらいの長さか、どの方向からかは言えなかった。水分をとって、彼があたためたスープを飲むと元気が出てきたようで、シャワーを浴びた――彼女がそうしたいと頼んだのだ。

それでも、彼はバスルームのドアのすぐ外を離れなかった。

客室のベッドに新しいシーツを広げ、彼女が着るようにと自分のTシャツの一枚を渡した。

虫刺されの手当てもした――この気の毒な女性は体じゅうが虫刺されだらけだった。足のやぶれた水ぶくれも手当てした。抗生物質を与え、アレルギー反応が出た場合にそなえて見守った。

彼女は十二時間眠り、目がさめると見当識がなく、少し熱っぽかった。

身内に緊急の用件が生じたと言い訳をして、彼は五日間仕事を休んだ。

彼女が食べ、眠り、回復するあいだに、ジョーは解離性記憶喪失のことを調べた。やがて彼女が体力的にじゅうぶん安定したと判断すると、基本的なトークセラピー、認知療法をこころみ、彼女に瞑想の技法を指導した。

しかしジョーのやさしい問いかけは何の記憶も呼びさまさなかった。彼女は名前も、過去も、持ち物もないままだった。それに、彼の調べたことが示唆したとおり、彼女のような記憶喪失にはしばしば共通することだが、思い出せないことに満足している様子だった。

「どうでもいいの」彼女はそう言った。

彼女はジョーのシャツを着ており、二人は彼が前からずっと手伝いを雇おうかと思っている庭で、陽ざしをあびながら座っていた。

「きみは自分が誰なのか知らなければだめだよ。何があったのか。どこから来たのか。家族がいるのか」

「どうでもいいの」彼女はもう一度言った。「あなたが見つけてくれたときに人生が始まったような気がするのよ、それにあの前は何もかもが暗くて、つらくて、意地悪だったような。もうそんなのはいらないわ、ジョー。自分がひどい人間だったのか、いい人間だったのかなんて知りたくない。あたしらしい人間が失踪したとか、トラブルに巻きこまれたという報道はなかったって言ってたでしょう」

「そうだよ、でも――」

「あたしを探すほど気にかけている人がいないなら、なぜあたしが彼らを探そうと気にかけなくちゃいけないの？　あなたがちゃんと気にかけてくれたのに」彼女はほほえみかけ、彼の手をつかんだ。「あなたがあたしを助けてくれたのよ。あたしはとてもおびえていて、とても途方に暮れて、とても疲れて、とても具合が悪かった。ひとりぼっちだった。そうしたらあなたが来てくれた」

「記憶が戻ってくるかもしれないよ、いつか」

「どうでもいいわ」

彼女は短くてぼさぼさの髪を後ろへはらい、顔を太陽のほうへ持ち上げた。「こうするとどんな気持ちかわかる？　自由だって気がするの。新しくなった気がするの」頭を後ろへ倒し、彼女は目を閉じた。「安全であたたかい感じがする。あたし、このままいてもいい？」また彼を見た。「せめてしばらくのあいだだけでも。掃除ならできるわ。料理ができるかはわからないけど、やってみる。おぼえられるわ。庭の草むしりをして、芝生を刈ることもできると思う。あなたは仕事に戻らなきゃならないんでしょう、それにあたしは日に日に力がついてるって感じるの。この古くて美しい家の手入れを手伝うこともできるわ」

「もちろんきみの記憶が戻るまで、あるいはただ出ていく用意ができるときまで、いてくれてかまわないよ」

彼女はまた目を閉じたが、ジョーの手を握りつづけていた。

「あなたみたいな人には会ったことがないと思う。会っていたら、あんなに途方に暮れたりしなかったはずよ。あなたがあたしを引き戻してくれた。何からかはわからないし、どうでもいい、でもあなたが引き戻してくれたの。あたしに名前をつけてくれない？」

「いいかい、僕は――」

「あなたがつけてくれる名前を使いたいの、自分はその人だと思いたいのよ」彼女はほほえんだ。顔色もいまではまた健康的になり、皮がむけて赤くなっていた虫刺されも消えはじめていた。「あなたの好きな名前にして、そうしたらその人になろうってがんばれる」

「きみはありのままの自分でいなければだめだよ」

彼女はまたほほえんだ。「ただの名前でしょ。つけてほしいの」

「すみれ(ヴァイオレット)。最初にきみを外へ散歩に連れていったとき、摘んだだろう。きみはきっとあれが好きなんだよ」

「ヴァイオレット。すてきね。完璧」彼女は握手をしようと手をさしだした。「ハイ、ジョー。あたしはヴァイオレットよ。会えてうれしいわ」

現在

メアリー・ケイトはあの男が戻ってきたのを知っていた。頭上でガラガラいう音――最初は雷かと思ったものだ――は男が出ていったか、戻ってきたことを意味する。そのすぐ前やすぐあとには、頭上で足音がした。

あの男は職についている、と彼女は考えていた。だから朝には出ていき、夜には戻ってくるのだ。だからいまは夜に違いない。でなければ夕方。でなければ、くそくらえ、あいつは夜のシフトで働いてきて、いまは朝だ。

いまが一日のどの時間なのかはどうでもいい。逃げることがすべてだった。

その昼の——あるいは夜の、最初のガラガラのあとに呼びかけてみた。ドアを叩き、自分の名前を叫んだ。しかし、向かいにあるドアの向こうに誰かが残っているとは思わなかった、前に誰かが泣いたり呼びかけたりしているのを聞いた気がしたのだけれど。

そこに誰かがいてほしかった。それがどんなに自分勝手なことかはどうでもよかった、ただひとりでいたくなかった。

あの男は朝食を運んできたとき、ランプを持ってきた。彼女の手がまったく届かないところに置いたけれど、男は——浮かれ調子で——それをつけたり消したりするにはただ手を叩けばいいんだとやってみせた。

「やってみてよ、ママ！　やってみて！」

ぞっとしながらも、言われたとおりに手を叩いてランプをつけて消し、またつける。そのあいだじゅう男はくすくす笑っていた。

「スクランブルエッグとトーストと果物の盛り合わせ（フルーツカップ）を作ってきてあげたよ、ママがバランスのとれた朝食を食べられるように。バランスのとれた朝食を食べるのが大事だって教えてくれたらよかったのに」

「教えなかった？」

男は指を前後に振った。「いーや。さあ、食べおわったら、洗面台で顔を洗って着替えるんだ。清潔にするのは大事だからね。あんなに僕を年じゅう汚れたままにしておくのはよくなかったよ」

「ええ、よくなかったわね。あれは間違ってたわ。ごめんなさい」

男の目がきらめき、その様子に心臓が喉まで飛び出しそうになった。「ママはたくさん間違ったことをしたよ、そうでしょ?」

「ええ、だからその全部を申し訳なかったと思っているわ。これからはもっとずっと上手にやるわ」

男は何も言わず、ただこちらをじっと見た。わたしをこんなにもじっくり見ているのは誰なのだろう。小さな男の子のほう、それとも大人のほう?

「いずれわかる」男が言った。「さあ、お茶をいれてあげたし、缶入りの水も二本ある」

男は寝台にトレーを置いた――どれも使い捨てだ、と気づいた。重さのあるもの、とがったものは何もない――それに、力で勝てるかどうかいまでも疑問だった。

しかし、やってみようと体を丸めた瞬間、男の目がさっとこちらに向いた。大人のほうの目だ。狂った男の目、小さな男の子の目じゃない。

「きみにチャンスをあげよう。それを最大限に使わなきゃいけない」

男は後ろへさがり、彼女の手の届かないところへ離れた。「わたしが出すものを食べるんだ、さもないと食べ物なしでやっていくことになる」

「行ってしまうの？　ここにいてくれない？」メアリー・ケイトは強くつばを飲みこみ、無理やり顔に笑みを浮かべなければならなかった。

男はドアのところまで行っていたが、振り返り、またあの硬い目でこちらを見た。

「働かなきゃならないんだ。責任がある」

「わたし……何もすることがないの。わたしも責任を持つべきじゃない？　あなたの世話をするべきよね。あなたの朝食をつくるの。体にいい、バランスのとれた朝食を」

男の目に見えたのが興味の光なのか、別のものなのか、彼女にはわからなかった。

「それはまだスケジュールに入ってない。きみは三番だ。二番が先だ」

「え」両手が震えたが、なんとか前かがみになり、トレーの両横をつかんで膝にのせた。

「一番はどうしたの？」

「あの女はだめだった、罰を与えられなきゃいけなかった。あの女を連れていって、あの女がわたしにしたように、置いてこなきゃならなかった。二番がだめなままだったら、いずれきみの番がくる」

「四番はいるの？」

男は笑った。「まだいない」

「お願い、どうか――」しかし男は出ていき、ドアが閉まった。錠がおろされた。

部屋の向こうへトレーを投げつけたかったが、そうしたらひどい目にあわされることはわかっていた。二、三口食べてみてから、それで気分が悪くなったり、眠くなったりしないかと待った。もしなったら、全部あの小さなトイレに流してしまおう。けれど何の反応も出なかったので、用心深く、一度に少しずつ食べた。力をつけなければならない。お茶はやめておくことにして——薬を入れるのが簡単すぎる——流してしまった。しかし缶入りの水のふたはあけられていなかった。

あの足音、それからあまり間をおかずに、ガラガラ音が聞こえた。

彼女は呼びかけ、叫び、壁を叩いてみた。

前にやったように、何か武器はないかとあらゆるところを探した。恐怖に対抗するため、洗面台で顔を洗い、床にボルトで固定されたベンチの上にある、きちんとたたまれた服に着替えた。

服には必ずボタンが、パンツにはサイドにファスナーがあり、枷をつけたまま着られるようになっていた。

あいつは馬鹿じゃない。

あいつがこの場所をつくったのだ。あの男には目的がある。病的で、頭のおかしいじいさんだが、そう、馬鹿ではない。

わたしも馬鹿になるわけにはいかない。

しばらくのあいだ、壁から金属パイプを引きはがそうとしてみては失敗した。すでに使い捨てのスプーンを使って枷のボルトをまわそうとしたことはあったが、ほとんどすぐにスプーンは割れてしまった。

パイプはびくともしなかった。いらだって、こぶしでパイプを殴った。枷の金属がパイプの金属にぶつかった。怒りがこみあげて、彼女は枷をパイプに叩きつけ、やがて床に崩れて泣きだした。

そのときそれが聞こえた、答える音が。金属に金属がぶつかる。「わたしはメアリー・ケイト・コヴィーノ！ ここよ！ ここよ！」彼女叫び、よろよろと立ち上がった。「メアリー・ケイト・コヴィーノ！」

耳をすませながら、かすかな叫び声が返ってきたのを聞いた気がした。だからもう一度やってみた。「閉じこめられてるの？ あなたは誰？ わたしはメアリー・ケイト・コヴィーノ！」

たしかに何かが聞こえた！ 何を言っているのかはわからなかったが、声が聞こえたのだ。彼女はもっと大きな声で叫ぼうとした。「わたしの声、聞こえる？ 聞こえたら一回叩いて！」

一回だけ叩く音が聞こえて、彼女は目を閉じ、涙が頬を流れ落ちた。「わたしはメアリー・ケイト・コヴィーノ。もっと大きな声を出してくれる？ 名前を教えて？」

それは高く、細い叫び声で聞こえてきて、かろうじて聞きとれた。「アンナ？　あなたはアンナね。イエスだったら一回、ノーだったら二回叩いて。一回ね、オーケイ、オーケイ。アンナ」大きな声で言った。「あなたも鎖でつながれているの？　一回。ああ、神様」水を飲み、咳払いをして、叫んだ。「もうどれくらいここにいるのかわかる？」

二回叩く音。

壁にもたれ、恐怖を追い払おうとした。いくつも問いかけを叫んだ。わからない、という意味で三回叩く音を追加した。

何時間もたったように思えるあいだ——たしかではなかったが——二人はやりとりをした。ときどきはいくつかの言葉が聞き取れた。

アンナもあの頭のおかしい男にさらわれ、同じような部屋に閉じこめられているのだ。鎖につながれ、窓はなく、薬を盛られている。

声がかすれてきて、最後にもう一度、焼けるような喉に無理を強いた。「ごめん、アンナ、もう大きな声を出せない。休まないと、でもわたしはここにいるから」

答えに一回叩く音が聞こえ、メアリー・ケイトは最後の水を飲むと、寝台に手足を広げた。

休んで、考えなければ。

わたしはひとりじゃない。

8

探るべき新しい線が見つからず、同じ結果になる同じ道をぐるぐる回っているのに気づくと、イヴはコマンドセンターから離れた。

単純に、これ以上できることはなかった。心のどこかでは、アンナ・ホープの時間は刻々と減りつづけているとわかっていたが、その時計を止めるすべはなかった。

ラボは、とまたボードへ歩きながら思った。ラボが何か手がかりを、データを、彼女が取り組める何かをくれることを願わずにいられなかった。

そのことがまた頭の中をぐるぐるまわりはじめた。タトゥー、ピアス、化粧品、ヘアケア製品、香水、服、靴。

ラボの連中には法医学上の大きな花束をあげたではないか。返事をくれてもよさそうなものなのに。

ロークの仕事部屋へ行くと、彼は仕事をしながら水に切り替えていたのがわかった。ネクタイをはずし、スーツの上着も脱いでいる。袖をまくりあげ、後ろで髪を縛っていた。

イヴがそれを〝警官モードのローク〟と思っていることを知ったら、彼はどれくらいショックを受けるだろう？

かなり、と彼女は結論を出した。だからそれは、彼をいらだたせたくなったときのためにとっておくことにした。

「何か使えるものはあった？」

「エリアが広いんだ」彼はイヴに思い出させた。「建物が山ほどある、商業用、居住用、その組合せ、賃貸、所有、使用禁止、改修中で、きみの条件に合うのが」

「それをもらうわ」

ロークは彼女に目をやり、すぐにストレスと疲労の両方に気づいた。「だいたいの変数にあてはまるものをきみが詳しく調べていたら、何週間とはいわなくても、何日もかかるよ。精度を上げて、候補のいくつかを排除するには、さらにまた時間がかかる」

「独身の男のはずよ」

「わかっているよ、でも独身の男が、別の名義や仕事上の名義、ダミー会社、もしくはちゃんとした会社として所有したり借りたりしているのかもしれない。独身の男は最近関係を切ったが、まだ所有権や賃貸契約を変更していないかもしれない――あるいは仕事上の名義や、ある関係――結婚もしくはビジネス――で、その所有権や賃貸契約を維持するよう法的に縛られているかもしれない、等々。それにそういうことはきみも僕と同様に知っているだろう」

知っていたので、イヴは窓のほうへ歩き、また戻り、それから二人で仕事部屋を改装したときに彼が置いたなめらかな新しいソファに座った。

ロークはイヴが最初の結婚記念日に贈った肖像画を、コマンドセンターの向かいの壁にずっとかけていた。結婚式の日、花咲くあのあずまやの下にいた自分たち二人を見ると、イヴはちょっぴりセンチメンタルになった。

そこで思いだしてぎょっとした、三度めの――まさか！――結婚記念日がもう数週間後に来るではないか。

それはつまり、何かまたプレゼントを思いつかなければならないということだ。

いつまでたっても終わりがない。

イヴはそうすれば何かアイディアが飛び出して踊りだすかのように、ロークの仕事部屋を見まわした。目にうつるものは何から何までひとしく魅力的で、効率的で、スタイリッシュで、重要だった。

そしてイヴはいままで彼のスペースをこの角度でちゃんと見たことがなかったと気がついた。このソファに座ったこともなかったのだ。

ロークは棚にたくさんのものを置いていた――芸術的に配置して。彼に頼まれて探した写真もあった。アカデミー時代のイヴを写した一枚。ＮＹＰＳＤが彼に授与したメダルもある――民間人への最高の名誉。本も何冊か――本物の本だ、ロークは本物の本が好きだから――ひと組のドラゴンらしいものにはさまれて、まっすぐに立てられている。

さらにそのほかのあれこれの中には、古くみえるものや、値段がつかなさそうにみえるもの、生まれたばかりのロークを抱いている母親の写真があった。

彼女が育てるチャンスを持てなかった子ども。

個人的なものだ、とイヴは思った。すべてが。彼がミッドタウンの大きくておしゃれなオフィスではなく、自宅に置いてあるものは。

自分も何か個人的なものを考えつかなければいけない気がした。

イヴは仕事部屋をもう一度見まわした。当然ながら、彼にとってほかにもここに必要なものがあるとは思えなかった。

「この壁の色は何？」イヴは疑問を声に出した。

ロークは顔を上げた。「ああ、セージの一種だろう、僕の記憶が正しければ」

「わたしたちが今回のクソ野郎を檻にぶちこんだら、ピーボディがあの遊び場で燃やそうとしてるみたいなやつ？」

「僕にはわからないな」彼にできるのは、サーチを自動に切り替えることだった。

「ソファに座ったことはある？　わたしはこのソファに座ったことはないんだけど」

彼は立ち上がり、歩いてきて、座った。「二人ともいま座っているよ」

「あなたの仕事部屋は、セントラルのわたしのオフィスの広さの三倍くらいあるわね」

「かるくね」

「でもここはわたしの仕事部屋より狭い。どうしてなの？」

「第一に、きみの仕事部屋のもともとの目的は、きみがアパートメントを手放して僕と暮らしてくれるように、あの部屋を複製することだったから。そして第二に、僕には、きみがここでよくやっているように警官を何チームも集めて、食事を出し、指示するためのスペースは必要ないから。というか、僕たちが一緒に席について食事をとれるスペースが」

「あなたは警官のチームと一緒でも一緒じゃなくても、あっちでたくさんの時間を使ってくれているわよね。民間人の、専門コンサルタントとして」

「そうだね」

「わたしはここではたいして時間を使ってないわ、コンサルティングにせよ何にせよ」

「そうだね」

「わたしにもそうしてほしい？」

彼はイヴの髪を撫でた。「しないでくれると本当にありがたい」

イヴは短い笑いをもらした。「わたしじゃ土星の輪っか二つに関する取引の交渉を手助けしたり、次世代の必須ウィジェットの設計に意見を出したりできないと思ってるんでしょ？」

「土星の輪を買うとか――ちなみに、売り出されてはいないよ――次世代の必須ウィジェットの設計が、生と死や、法と秩序や、もたらされた正義に関係なくて本当に幸運だと思っているよ。でももし関係があるなら、きみは方法を見つけるだろう」

「いまのはお世辞に包まれた侮辱だと思うけど。もしくはその逆」

イヴは立ち上がろうとしたが、ロークが彼女を引き戻した。「このとてもすてきなソファは、まだ潜在能力を出しつくすまで使われていないと思うんだ」

座っているあいだにいつしかリラックスしていたので、ロークに押し倒されても、イヴは抵抗しなかった。

「うたたねとか?」

「それはまたいつか」彼はイヴの武器ハーネスをはずした。彼女はロークの髪の紐をほどいた。

「寝心地がいいわね。わたしたちの大きなベッドはいまごろ猫に使われているでしょうけど、ここも寝心地がいいわ」

「それに広さもある」彼はそう付け加えて、イヴの喉の脈打っているところに唇をつけた。「照明、二十パーセントで」と命じた。照明が薄暗くなると、彼はイヴを見おろした。「静かだしね。きみと静かな時間を持てるのはうれしいよ」

イヴはほほえみ、頭を持ち上げて彼の下唇を噛んだ。「そう長くは続かないわよ」

「それは挑戦かい、それともリクエスト？」

イヴはもう一度彼を噛んだが、今度はまったく軽くではなかった。「当ててみて」

彼はイヴが望んだとおりに、深く、めまいのする、ドラッグのようなキスでこたえ、それが今日という日を押し流した。たがいのあいだに両手を入れられたなら、イヴも彼のシャツのボタンをはずしにかかれただろう。でもそれはできなかったので、ただ彼に腕をまわした。

静かな時間はあとでいい。イヴは欲求と激しさを、要求と狂おしさをよろこんで迎え入れた。

これが正しいと、これが必要なのだという気がした。固く結ばれたたがいの体、はやくも揃って鼓動するふたつの心臓、すでに絡み合うふたりの欲望意外のすべてを、ただ横に押しやることが。

早く両手がロークのズボンの下の肌へ走っていけるよう、彼のシャツを引っぱり出した。ロークがあっさりとイヴのシャツを破いて肌に触れると、彼女は短い笑い声をあげ、その声はやがてうめきになった。それから彼がイヴに唇をつけ、奪い、力をそそぎ、喜びを与えた。イヴの中のすべてがもっと多くを求め、彼につけた体をそらし、中心と中心をこすりあわせた。

原始的。狂気の中の論理をみつけようとあがいた一日のあとで、イヴは原始的なものを求めていた。

ロークももっと多くを求め、彼女のハーネスを押しやり、破れたシャツを肩から脱がそうとした。しかしイヴは頭を上げ、またしても口で彼の口を奪い、彼の血を燃え上がらせた。

ロークはアイルランド語で何かつぶやいた。すべてを忘れ、イヴの中に、その感触に、味わいに、彼女から放射されて彼の中にとどまり、広がり、焼け焦がすほど広がった欲求に、すべてを忘れて。

ロークが彼女のベルトを引っぱり、イヴは彼にされたようにそのシャツを破った。なかば理性を失い、なかば着衣のまま、二人は服ごと抱き合い、いそぐあまり床に転がり落ちた。ロークが先に落ち、イヴは彼にまたがった。すでに息を切らしながら、彼を受け入れた。

深く、深く、速く、狂ったように。まるで命がそのバランスにかかっているかのように、腰をはずませる。

ロークが彼女を満たした、これまでに本当に多くのからっぽな場所を満たしてきたように。窓の外では、街の明かりが、イヴが守り奉仕すると誓った世界を語っていた。でもここ、ここは、これは二人だけのものだった。

ロークは体を起こし、イヴにされたように彼女に腕をまわした。飢えて、二人の口がふたたび重なる。イヴが体をそらし、羽ばたくのをロークは見つめた。やがて彼女の体が震え、ロークの名を叫んでみずからを解放すると、彼もイヴの名前を呼び、ともにいった。

二人は服を、もしくはその残骸をからみつけたまま横たわっていた。イヴはまだブーツを片方はいたままで、パンツの片脚がそこからひきずられていた。彼のほうは、と見ると、おしゃれな靴を両方とも、それにズボンもどうにか脱いでいた。

「たぶん当たっていたんじゃないか」いまのセクシャルな靄の中にいても、彼には笑わされる。「すごく大きなヒントをあげたもの」

「たしかにね、それにきみは僕を好きにできるよう、あのソファへ誘い出しただろう」

「うまくいったでしょ、好きにしたのはおたがいさまだけど。これ、すごくいいシャツだったのに。あなたのも」

「まだいくらでもあるよ。でも、たしか僕たちには大きなベッドがあるはずなんだ。ギャラハッドは場所を譲ってくれるべきだよ」

「あっちのソファではまだやってないわよ」

「また挑戦しよう、近いうちに」

イヴはごろりと体を回して、ズボンを引き上げた。「証拠を隠滅しなきゃ」

「証拠？」

「破れたシャツよ。ただどこかに捨てるわけにはいかないじゃない」

ロークはイヴが実際にボタンを――彼女のシャツに残った二つのボタンを――かけると、おかしなくらいいとおしさを感じた。

「サマーセットに見つかっちゃう、だからずたずたにしないと」

ロークはイヴにもう片方のブーツを渡してから、自分の服を拾った。「彼はとがめたりしないと保証するよ、そのことを口にも出さないのと同じように」

「でも気がつくでしょ」

イヴへの愛がこみ上げ、ロークは彼女を抱き上げてエレベーターへ歩きだした。

「あなたはまだ裸じゃない。裸でぶらぶらするのが気にならないの？」

「ぶらぶらしているんじゃない、妻とベッドに行くんだ」

「証拠を隠滅したあとでね」

名前のないその子どもは、母親がきれいになるために使っていたさまざまな美しい色をとろうとして、椅子の上に膝立ちにならなければならなかった。自分も美しくなりたかった、なぜならやせっぽちで馬鹿でみにくかったから。きれいになれたら、母親はやさしくしてくれるだろう。

少女はブラシをピンク色のパウダーに突っこみ、頬にはたいたり刷いたりした。笑い声が出た。

きれい！

少女はきらきらするものをいくつか手にとり、まぶたに塗ってみた。楽しくなった、それに楽しいことがめったにないので、ほかの色もつけてみた。その名前を全部は知らなかったが、ものに名前があることは知っていた。

自分にはないけれど。

自分が何歳なのかも知らず、そもそも年とか年齢というものを知らなかった。痛みというものは知っていた、母親や父親に叩かれるときには痛いから。それに彼らが食べ物をくれることを忘れたときや、少女が悪い子なので食べ物をくれないときには、飢えというものもわかった。

悪いということも理解していなかった、自分がそうで、しかもとても悪い子だということ以外。

恐怖というものも知っていた、その中で生きているから。

でも父親がくすぐって笑わせてくれるときもあった。そのくすぐりが痛かったり、怖くて気持ちが悪くなったりするときもあった。

もしきれいになれたら、きっといい気持ちだろう。いい気持ちなのはお腹がすいていないとき、親たちに暗闇に閉じこめられていないとき、彼らに何かを与えられて目がさめると変な気分で、具合が悪くて、別の場所にいたりしないとき。

きれいなときには、みんなやさしくなる。母親がすごくきれいになって、父親が笑ってこんなことを言ったときみたいに。ステラ、おまえはすごい美人（ノックアウト）だ！

自分もこのきれいな色をつけたらノックアウトになれるかもしれない。

口紅の細長い筒を回すと、中身が出たり引っこんだりするのがわかって、しばらくのあいだそれで遊んでいた。おもちゃというものは知らなかったが、この遊びが気に入り、やがてべたべたするスティックを唇に塗った。

赤だ！　少女はその色を知っていた。赤、赤、赤！

おかしな味がしたが気にしなかった、だってきれいだもの！

そのとき母親が入ってきたので、少女は得意になって鏡の中でにっこりした。とたんに恐怖がやってきた。母親の目にあったものはいいものではなかった。

母親は悪いという意味の言葉をわめいた。**このガキ、ビッチ、あばずれ**。激しい平手が、やせたピンクの頬に打ちつけられ、頭がのけぞった。痛みが燃えあがり、二発めの平手で少女は椅子から落ちた。頭が床にぶつかり、痛みが母親の叫び声のように大声をあげた。

少女は憎しみというものを知らなかったが、腕をつかまれ、爪が食いこんできたとき、母親の目にそれが見えた。

少女はゆすぶられ、ゆすぶられ、やがて自分が飛んでいるような気がした。泣くことしかできずに泣きながら、激しく着地したとき、少女はどこか別のところにいた。

外だ。でも外に出ることは許されていない、ひとりでは。それにこれまでもほとんど出たことはなかった。外のことは知っていた、窓の外にあるから。色のついた何かに腰かけると、それは床のように硬くはなかった。

名前は知らなかったが、ぶらんこやすべり台や、おかしな動物のついたばね、登り棒やメリーゴーラウンドが見えた。夢中になり、少女は痛みを、恐怖を忘れた。赤く塗った唇の端から血がしたたっていたけれど。

立ち上がり、その弾力のある安全な表面をはずみながら、ぶらんこへ行った。ぶらんこを押し、それが前へ後ろへと揺れるのをながめた。

すべり台のはしごも見えた、それを何というのかは知らなかったけれど。歩いていき、のぼって、しばらく立っていた、次にどうするのかよくわからずに。好奇心がわき、腰をおろした、そして姿勢を変えると、体がすべりはじめた。たちまち訪れる恐怖、それからスリル。少女は弾力のある表面にお尻で着地し、すぐにまたやろうと立ち上がった。

もう一度着地したとき、そこに女の人がいた。少女はすくみあがったが、逃げようとは思わなかった。逃げても必ずつかまえられ、何度も何度も叩かれるのだ。

でもその女の人はしゃがみこんだ。

「わかったでしょう、ね？　もうわかったでしょう」

その人の目には意地悪さはみえなかった。悲しみがみえた。それから自分も。自分の目も。

「あなたは戻らなきゃならない、そのことはごめんね。わたしには止められないの」イヴはその子に、自分自身に言った。「いずれにしても、いまはまだ」

少女はしゃべらなかった。母親や父親以外の誰ともしゃべってはいけないのだ。絶対に。

「あなたは生き延びるわ、そして大丈夫になる」

「リッチーに説得されたからって、おまえをはらんだりするべきじゃなかったよ」

イヴは立ち上がり、振り向いて、ステラとかつての自分だった子どものあいだに割りこんだ。「あなたの失敗よ、でもそれをいうなら、あなたはろくに考えもせず出ていった。あの男がわたしを殴ってレイプするままにしていった」

「あいつは負け犬だとわかったからね、おまえとそっくり同じにさ。あたしはおまえの口に食べ物を詰めこんで、汚いおむつを換えてやったんだ。おまえはあたしに何をしてくれた?」

「何も」おかしいではないか、奇妙ではないか、とイヴは思った。ステラが着ている服はすごく似ている――まったく同じではないけれど、とても似ている――ベンチの上のあの死んだ女性の服に。

「生まれる前からおまえが憎かったよ。それにおまえみたいなやせっぽちのガキが、リッチーの皮算用したような金づるになったはずないさ。あたしはすぐにそれがわかったんだ。それにあたしはあたしで生きていかなきゃならなかった」

イヴはベンチの遺体をさした。「誰かが彼女の喉をかき切ったのよ」

ステラは振り向き、肩をすくめた。「たぶん自業自得だろ」

「違うわ。あなたもいずれ同じ最期を迎える、頸静脈を切られて。自業自得だと言う人もいるでしょう、でもわたしには言えない。そうは言わない。あなたは檻に入れられるべきだったのよ、その中で長く生きるべきだった」

「おまえはあたしに死んでほしがった。できるものなら、自分であたしを殺しただろうよ、リッチーをやったように」

「その点はあなたが間違っている、でもあなたにまつわることはすべてが間違っているものね。もう一度すべってらっしゃい、おちびちゃん」イヴは自分の後ろで凍りついたように立っている少女に言った。

「一緒におうちに連れていってくれる？」

「まだだめなの、ごめんね。この人はあなたの人生をもうしばらくは地獄にしつづける、だからまずもう一度すべってらっしゃい」

少女がはしごへ走っていくと、イヴはもう一度ステラのほうを向いた。「いまわかったことがある。結局はすべてが起きるのよ、殴られるのも、苦痛も、レイプも。だけど少なくとも、さらにことを悪くするあなたはいなかった。あなたは出ていくことでわたしに恩恵をほどこしてくれた」

「くそ食らえ」

少女がすべり台をおりながら喜びの声をあげたとき、イヴは裏拳が飛んでくるのが見えた。

イヴはそれが来るにまかせ、夢から自分を叩き出させた。

ロークが片腕をまわし、あいているほうの手で彼女の顔を撫でていた。「戻ってきたね」彼がささやき、猫がイヴの体の横に頭をぶつけてきた。

「平気よ。わたしは大丈夫」けれどもロークの肩に頭をあずけると、彼が抱き寄せてくれた。「そんなに悪くなかったわ。いつもの悪夢じゃなかった」

「僕をだませるとでも。僕たちを」彼はギャラハッドが二人のあいだに体をねじこもうとしたので、正してやった。そして体を引いて猫の居場所をつくってやり、イヴの顔を見つめた。

イヴが悪夢につかまっていると気づいたとき、すでに明かりを十パーセントで指示してあった。いまそれを二十パーセントに上げた。

「眠りながら泣いていたよ」彼が指先で涙をはらってくれた。

「わたしじゃない。というかわたしだけど、子どものわたしだった」

「話してくれ。水を持ってくるから、そうしたら話してくれ」

「ええ。服を着てるのね」彼が水をとりに立ち上がったとき、イヴは気がついた。「まだ暗いじゃない、なのにもうスーツを着てる。いま何時？」

「もうすぐ五時半だよ。じきにプラハとホロ会議があるんだ」

「プラハね、なるほど、さもありなん」

「時間を変更するよ」

「いいえ、だめ。そんなにひどくなかったから」イヴは水を受け取った。「ほんとよ」

「話してくれ、そうしたら会議に出るか、時間を変更するか決めるから」

「オーケイ、いいわ。今回の母親がらみのことがきっかけになったのよ。ステラの夢だった」

あの目、あの輝かしい青い目に、イヴは罪悪感と悲しみと怒りをみてとった。

「今度のことがあれを呼び起こすと気づくべきだったよ」

「あなただって何もかもを解決できるわけじゃないでしょう。わたしは何歳だったかわからない。ベラよりは年上だったけど」イヴは言い、彼に話した。

「結局はね」話しおわると言った。「わたしの潜在意識にとって、理解したのはいいことだったの。なぜなら結局は真実だったから、わたしが彼女に言ったことが。彼女はわたしを置いていったことで恩恵をほどこしてくれた。もし彼女がとどまっていたら、もっとひどいことになったでしょう。彼女がとどまっていたら、わたしは逃げられなかったかもしれない」

「きみは自分自身をあの遊び場へ連れていったんだね」

「ええ。象徴としてのすでに死んだ母親、喉の切り傷、ベンチの上。それにステラ、彼女は同じような最期を迎えた。すじが通っているでしょ」

イヴが話しているあいだに罪悪感と怒りはおさまり、昔のイヴだった子どもへの悲しみが残った。ロークはイヴの額に唇をつけ、ただそのままでいた。

「自分にもう一度すべり台をすべらせてあげたのか」

「ええ。まあ、わたしはあれからどうなるのか知っていた、だから少しくらい楽しんでおいてもいいでしょ？　プラスチックのチューブをすべり降りるのが何で楽しいのか、あんまり理解できないけど、あの頃は楽しいものだったんでしょうね」

イヴはしばらく後ろによりかかり、飲みほしてしまった水が奇跡のようにコーヒーになってあらわれたらいいのにと思った。

「たぶんわたしは彼の——犯人の——母親が、彼が子どもの頃に死んだか、彼を見捨てたというほうに傾いてきてるのよ。そっちに傾いてきてるのは、あなたのお母さんが亡くなって、わたしの母親が出ていったからだと思う。でもそれは横へ置いといて、事実と証拠に取り組まないと」

イヴは立ち直ったようにみえたけれど、ロークは彼女の髪を撫でた。彼女に触れずにはいられない気がした。

「きみの直感は事実や証拠と同じくらい、すべてにいたるまで価値があるよ」

「いつもなら直感も同じくらい貴重だと同意するところだけど、今回は少し距離を置かなきゃ。あなたは仕事にいかなきゃならないんでしょ、なのにネクタイをしてないのね。いつもしているのに」彼女はロークのシャツの前を撫でおろした。「わたしは大丈夫」反対されるとわかっていたが、そう付け加えた。「下のジムに行って、汗でいまのを出しきってくるわ。プラハを買いにいってらっしゃい」

「買う気はないよ」ロークはかがんで彼女に唇を重ねた。「一、二箇所の区画だけだ」

彼はイヴに駆け寄ったときに落としたネクタイを拾い、シャツの衿の下に通した。「ベラが化粧品で遊んでいるところにメイヴィスが来たら、どうすると思う？」

「笑うわね。それからベラを手伝って、もっと塗りたくる」

「そんな感じだろうな。僕は一時間で終わるよ」

「ちょうどいいわ」

イヴはさらに一分ベッドにいて、猫を撫でた。

「ねえ、おまえとロークにはさまれて、しっかり者のママ二人についててもらうことになっちゃった。侮辱じゃないわよ」そう言い足し、猫をかいてから立ち上がった。

猫に餌をやったり、さらにあぶりツナで甘やかしてしまったとしても、ギャラハッドはそれに値することをしてくれたのだ。

ショートパンツと、サポートタイプのタンクトップを身につけると、エレベーターでジムへ降りた。たっぷり汗をかこう、と思った。じつを言うと、子どもの自分自身――どうすることもできない欲求、どうすることもできない恐怖を目にしたことで、心が乱れていたのだった。

八キロの障害物ランをプログラムし、それから、ふと思いついて、プラハの街にしてみた。走り終え、汗を流して満足すると、さらにウエイトトレーニングやバーベルリフトを十五分やってから、ストレッチをした。

はじめは泳いで終わりにするつもりだったが、気がつくと道場に向かっていた。

瞑想は好きではない。それどころか、いつもいやになるほどいらいらした。しかしあれこれ考えて、またやってみることにした。

マスターとの五分間をプログラムし、マットに座り、足を組んだ。

息をして、指導されたとおりに緊張を吐き出した（もしくは、吐き出そうとした）。頭の中でマントラをとなえた、それは――自分だけの秘密だが――**くそったれ、くそったれ、くそったれ**、だった。

何もないスクリーンを思いうかべた。いつもならそれがせいぜいで、頭が事件や、書類仕事や、なぜチョコレートは主要な食品群に入っていないのか、などへさまよいだしてしまうのだ。

しかし、何もないスクリーンがやわらかい青に変わり、やさしくさざ波が立ちはじめた。イヴはそこに浮き、ただぷかぷかと浮いていたが、やがて鐘の音がした。

「よくできましたね」マスターが言ってくれた。「いまの落ち着きと澄んだ気持ちで一日をお始めなさい」彼は心臓のところで両手を合わせ、礼をした。「ナマステ」

イヴも礼を返した。「ナマステ」

エレベーターを降りると、ロークが入ってきた。

「ぴったりのタイミングだね」

「わたしもプラハに行ってきた。八キロ走ったの、障害物で。わたしが走ってきたところをいくらか買ったか、もう持ってるかなんでしょ。シャワーを浴びてくる。ああ、そうだ」バスルームへ歩きながら髪をかきあげた。「瞑想をしたの、ええと、五分くらい。オーケイ、たぶんそこへたどり着く前に三分ね、でも前にやったときより二分五十秒も伸ばしたんだから」

バスルームへ入り、後ろへ呼びかけた。「それから猫には餌をやったわ。あの子にだまされないで」

ロークはギャラハッドに目をやった。「警部補は復調したようだね」

イヴが戻ってくると、ロークは腰をおろしていた。壁面スクリーンには株価情報が無音で流れ、手にタブレット、膝には猫がのっている。朝食が、彼が何を選んだにしても、ドーム形の蓋をかぶせてテーブルに置かれていた。

コーヒーをそそぎ、それから蓋をあけてみると、ロークは完全なアイルランド式朝食にしてくれていた。

「わたしがまたランチをすっ飛ばすと心配しているんでしょ」

「もしそうなっても」彼は猫を床におろした。「きみはたっぷりした朝食を体におさめていることになる」

「わたしたち、来月にアイルランドの人たちに会いにいくんでしょ、そうよね？」

ロークは顔を上げ、彼女と目を合わせた。「そうしたいね」

「わたしはいいわよ」イヴは腰をおろしてベーコンにとりかかった。「あのときコップをつかまえにちょっと行っただけじゃ、全然数に入らないでしょ。ほかのところは？」

彼はイヴの腿を撫でた。「きみはどこへ行きたい？」

「あなたはもう頭の中に何かあるんでしょう。いつだって何かあるんだから」

「きみはギリシャなら楽しめるんじゃないかと思ったんだ、遺跡で観光客ごっこをして、それからコルフ島にヴィラがある。太陽に洗われたビーチ、オリーヴの林、ブドウ園」

「ほらね、いつだって何かあるじゃない。あなたのヴィラなの？」

彼はほほえんだ。「まだ違う。きみがどれくらい気に入るか見てみよう」

「そうね、ギリシャのヴィラのあら探しをするわ。何の仕事をしていたの？　そのタブレットで」

「仕事じゃない。メイヴィスのスタジオの最終設計を見ていたんだ」

彼はタブレットをとり、設計を呼び出してイヴに見せた。

「ほんとに？　見たところだと……」

「プロフェッショナル？」

「ええ、そう。うん、これはどこもかしこもメイヴィスっぽいわ。色が――たくさん色があって……ここはラウンジか休憩エリアかしら」

「エナジー、とメイヴィスは言っているよ」

「あの子、それから次の子用のプレイエリア」

「キッチンエリア」ロークは画像を呼び出した。「フル設備のバスルーム、ハーフバスルーム、着替えのエリア。そこは彼女が衣装をつけたくなったときのためのものだ。でも機器は、まさにスタジオだよ――最先端だ。それに実際、彼女は自分の技術をとてもよく磨いてきた」

それほど驚くことじゃない、とイヴは認めた。メイヴィスはカラフルでお馬鹿さんなところと、ものすごくしっかりしているところが混ざっているとわかるのは。

「昔は、彼女が本気だなんて思いもしなかったわ、〈青いリス（ブルー・スクイレル）〉で働いていた頃は。全然本気な感じじゃなかったし。いまとは違うわね」

「オーディエンスに合わせ、自分に注意を向けさせる。彼女のスタイルはいまでもとても独特だよ」

「ホープはメイヴィスのポスターを持ってたわ、サイン入りで、彼女個人にあてたものを壁に貼っていた。メイヴィスにはそのことは言ってないの」

「言う必要もないだろう？」

「ええ。メイヴィスは〈マイクス・プレイス〉に行ったことがあるかもしれない、彼女が楽しくやりに行きそうな店だから。どこかでホープに会ったこともあるかもしれない、でもそれはつながりにはならない。だから彼女に話す意味はない」

「今日じゅうに可能性のある不動産のリストが出せるよ」

「それはいいわね。ラボも何か出してくれると思う。まずまず早く始めれば、ハーヴォか誰かがほかのことにかかる前にラボに行ける、そうしたら、必要とあればその線に片をつけられる」

イヴは卵をあらかたたいらげた。「例のストリッパーのことをノーマンにきいてみなくちゃ。彼女は当てはまらないけど、犯人が合わせられないとは言えないでしょ？　何か引っぱり出して、結びつけられるものがわたしには必要なの」

「まだ二十四時間たっていないだろう」

「ホープにとっては違う」

イヴはコーヒーをつぎたし、それを持って自分のクローゼットへ入っていった。あとからロークも来て、彼女の選んだものに目をむくだろうとなかば期待していたが、彼が猫にやめろと警告しているのが聞こえた。

ブラウンのズボン、ネイビーのジャケットを選び、それから両方の色の針のように細いストライプが入ったシャツを見つけた。

これなら彼でも文句をつけられないんじゃない？

ブラウンの紐を通したネイビーのブーツにしたが、これは前の日にはなかったはずだった。

武器ハーネス、バッジ、そのほかのものをとりに出てくると、彼はイヴがジャケットに袖を通すまで待った。

「すぐにも仕事にかかれそうだね、警部補さん」

「もう準備ができているもの。さっきの八キロ走でエンジンがかかった」

「瞑想のほうかもしれないよ」

「でないといいけどね、もう一度さっききみたいにできるとは思えないから。思うにあれは、何ていうんだっけ、逸脱だったのよ。さっき言ってたサーチでわかったものは何でも送って。それを絞りはじめることはできるから」

「引き受けた」彼は立ち上がり、さりげなくテーブルのほうへ歩きだそうとしたギャラハッドに指を向けた。それからイヴを抱きよせてキスをした。「僕のお巡りさんの面倒を頼むよ」

「引き受けた」

9

家を出るのが早すぎて広告飛行船も飛んでいなかったので、イヴは比較的静かなののしりあいと鳴り響くクラクションをぬって走った。窓はあけておいた、一日がさわやかに明けていたから。

グライドカートたちはすでに威勢よく仕事を始めており、そのコーヒーを、とぼとぼ出勤する歩行者たちが飲んでいた。エアトラムも多くの乗客をのせており——これから行くのか、あるいは帰る人々なのか——それは常にのろのろ進むことしかできないようにみえる大型バス（マキシ）も同様だった。

デリやベーカリーはもう店をあけていた。イヴはふと思いついて、ベーグルとペストリー、それからカートで売っていた人工卵のエッグポケットを買った。

ドッグウォーカー二人、角のところで信号待ちをしながら足踏みしているジョガー、エアボードに乗ったビジネススーツの男が目に留まった。そして、リンクに目を落としている女も。スーツの男がとんでもなくいい反射神経を持っていなかったら、目の前に歩いてきた彼女を轢いてしまっていただろう。

女が彼の背中に中指を立てると、イヴは頭を振った。

「あなたが悪いのよ。歩道で血を流していないのをありがたく思いなさい」

ダウンタウンの車の列のあいだを強引に抜けていくとき、この日最初の広告飛行船が頭上を飛んでいった。

飛行船はビーチウェアのセールを宣伝し、イヴはギリシャの太陽に洗われたビーチを思い浮かべた。

「あなたは生き延びるって言ったでしょ」夢に出てきた、かつての自分であった少女を思い、そうつぶやいた。「いずれ大丈夫になるって言ったでしょ。でもいつか悪いやつらを刑務所送りにするあいまに、ギリシャのヴィラでのんびり過ごすようになるとは教えてあげなかったわね。

人生ってほんとに奇妙なものよ」

シフト交替の直前にラボに着いたので、最善のアプローチを考えてみた。ベレンスキー――ラボの主任――を叩いて、化粧品やほかのものについてうるさく攻めようか。でもぐずがディックヘッド(ディックヘッド)なのには理由があるのだ、それに賄賂が必要になるかもしれないが、考えてこなかった。

まずハーヴォにあたろう、そうすればどのくらい進捗があったか見当がつく。

ハーヴォはちょうど自分のワークステーションで仕事を始めるところだった。パープルの髪にはグリーンのハイライトが散っていて、たぶんグリーンの紐のついたパープルのローカットスニーカーと合わせているのだろう。彼女はそのカラーテーマをパープルのパンツとグリーンのTシャツにまで広げていて、Tシャツの背中には、華麗な紋章にえがかれた真っ白な42の文字がついていた。

「ヘイ、ダラス、来るだろうと思ってた。きのうは案件がどっと入ってきたのよ、でもわたしは髪にとりかかったわ、それに服も引き受けた」

「そうじゃないかと思った。何か出た？」

「まだ調べているところだけど、彼女の髪が死亡時刻（T.O.D）から十二時間以内に切られたことは言える。切ったばかりよ、はさみとかみそりの両方で。スタイリングジェルとヘアスプレーの下に、シャンプーとコンディショナー。ブランドが知りたいでしょ、だからそれも調べている。彼女はライトナーを使っていたわ、それにハイライトを入れていた、でも約二週間はやっていない」

キャスター付きのスツールに座り、ハーヴォはステーションの反対側へびゅーんと移動した。

「ジーンズのブランドは〈ホット・ショット〉の〝ディーヴァ〟シリーズ、ウルトラローライズでサイズは四ってことも言える。ちなみにメーカーは〝ディーヴァ〟シリーズを二〇一五年に打ち切ったことも言える。〈ホット・ショット〉は――あきらかに下品ね――二〇二四年に完全に倒産した。ジーンズは洗濯されてるってことも言える、〈キープ・イット・グリーン〉のオーガニック洗剤を使ってるわ」

「ずいぶん教えてもらえたわね」

「あら、まだあるわよ。トップスはポリエステル混、ブランドは〈セクシー・レディ〉――それはプライヴェートブランドよ、というかプライヴェートブランドだった、二〇〇二年から二〇〇六年までね。それが倒産したのは、女性オーナーが恋人を撃ったあと。その恋人が浮気していた相手のセクシーレディはオーナーの妹であり、恋人くんの最初の元妻だった。二〇〇五年のテネシー州グリーンヴィルでは大スキャンダルだったの。店舗はひとつきり」ハーヴォは付け加えた。「ナッシュヴィルの南四十キロほどにある小さいショッピングモールよ」

「テネシー」

「もともとはそこで買われたはずよ、昔に。もっとずっと最近になって、誰かがゆるんだスパンコールを修復して、元どおりに縫いつけている。糸のデータをとってあるわ、でもふつうのものよ。オリジナルより修復のほうが腕がいい」

「犯人は裁縫ができるのね」

「そうだと言わざるをえないわ。それと、古着屋はどこにでもあって、そういうところならこういう品物を見つけられるってことも言わざるをえない。あなたのおばあちゃんの屋根裏部屋でもそうかもよ、でも犯人はそれを手に入れたあと、修復したの。あの黒いリボンは」ハーヴォは続けた。「ベルベット、黒、どこの手芸店でも布地屋でもある」

「テネシー」イヴは繰り返した。「あそこからここまでは長い道のりよね」

「ええ、でもあのトップスはその旅をしたわけよ」

何かが美しい電子音をつづけざまに鳴らした。

「いい子ね！」ハーヴォはカウンターの反対側の端へさっと戻った。「映して、ベイビー。さあ行くわよ。シャンプーは〈パール・ドロップス〉、オーシャン・ブリーズの香り、コンディショナーも同じ。ドラッグストアむけのブランドで、二十世紀後半から出回っている。スタイリングジェルも同じ時期、〈ローウェルズ〉の〝スーパー・ホールド〟、ヘアスプレーも同じブランドよ」

ハーヴォは椅子をくるりと回してイヴと向き合った。「けっこうよくて、値段が手ごろで、どこでも買える。でも特別なところはない、残念ながら」

「何であれ積み重ねになるわ。靴はどう？」

「靴は新婚のデジの担当なの。わたしもちょっと見てみたし、彼からもっと情報が出るでしょう、でもやっぱり昔のものよ、ジーンズとトップスみたいに。それもデザイナーレベルじゃない」

「彼に確認するわ。化粧品は誰が?」

「わたしの部下のドーバーでしょうね。彼がきのう取り組みはじめたのは知っている。ねえ、炭酸が飲みたいわ。彼の洞窟は自販機に行く途中にあるから、連れていってあげる」

「助かるわ。あなたが野球ファンとは知らなかった」

「違うわよ」あきらかにとまどったふうで、ハーヴォは首をかしげた。「なんで?」

「42って」イヴはハーヴォのシャツを指さした。「ジャッキー・ロビンソンの背番号でしょう」

「ああ、42ね。いいえ、42はこの宇宙のあらゆる問いに対する答えよ。『銀河ヒッチハイク・ガイド』にあるじゃない」

イヴがヒッチハイクと、42という数字と、宇宙の問いに共通なものは何だろうと考えていると、ピーボディのブーツのどすんどすんという音に気がついた。

「よ、ピーボディ」ハーヴォは挨拶した。「改修の国の調子はどう?」

「やってますよ、ボス。見にきてください」

「そうする、この何日かはずっと残業ばっかでね。ヘアケア製品と服は突き止めてあげたわ。あとで報告書を送る。ドーバーくんと化粧品のもとへ行くところよ。頼りになる法医学化学者なの。彼がまだ突き止めていなかったら、その残業でやってたことのせい」

ピーボディはあとについてきた。「なるほど、ダグラス・アダムス(『銀河ヒッチハイク・ガイド』の作者)のファンなんですね」

「そうじゃない人がいる?」ハーヴォは答えた。ひとつ角を曲がり、また曲がった。それから小さい研究室の外で足を止めたが、そこにはこざっぱりと刈った白髪の男が立っていて、両手を腰に置き、スクリーンの公式のようなデータを見つめて何やらぶつぶつ言っていた。

「ヘイ、ドーブ・マン」

ドーバーはハーヴォが自分の領域に入ってきたことで、一瞬、うろたえたようにみえた。それから〝ちょっと待って〟の動きで宙で指を回してみせ、頭を傾けて言った。「破けるままにしておいて、エセル」

彼はスクリーンにうなずき、振り返った。

あいまいな笑みをハーヴォに向ける。「話し相手を連れてきてくれたのか」

「ダラスとピーボディよ」

「ああ、知っている。きみたちの事件で何度か証言したことがあるよ」

イヴは彼に見覚えがあった。ベテランの鑑識員で、法廷でも持ちこたえるしっかりした仕事をしてくれる。真っ白なスニーカーをはき、アイロンのきいたカーキ色のズボン、ペールブルーの衿つきシャツに、白衣をはおっていた。

「化粧品と香水についてのデータが必要なんだね」

「残業のことは説明しといたわ」

彼は静かな笑みをみせた。「みんなとても忙しかったんだ。でも部分的な結果はいくつか出した。正午には完全な報告書を出せると思う」

「いま出ているものは何でももらっていきますよ」

「もちろんどうぞ」

「わたしはもう行くわ。炭酸を飲まなきゃ。誰かが希望するなら戻ってくるけど」

「わたしの弱みを知ってるね、でもけっこうだよ」

ハーヴォはにやりとした。「〝ドーバーのルール〟なの。彼の洞窟では飲食禁止。チャ、みんな」

「もし――」ドーバーがみなまで言わないうちに何かがビーと鳴り、彼の注意を惹いた。

ドーバーはカウンタースクリーンへ歩いていき、うなずき、またうなずいて、かがみこみ、顕微鏡で何かを見た。

「うん、うん、それで合う」

彼はまた体を起こした。「すまないね。まだいくつも特定しなければならない製品があるんだ。きみが香水の――実際にはオー・ド・トワレだが、においに気づけたとはすばらしいね。それにあれを保存しておいてくれて助かったよ、もちろん。ほんのわずかなサンプルしかなかったし、かなり消えてしまっていたが、一致するものを見つけた。〝パーティー・ガール〟というものだ。香水ではなく、さっき言ったように、オー・ド・トワレだ。香水に比べたら価格も安い」

「どこでも手に入ったものですか？」

「そうだね、うん、たしかに。わたしのデータでは、一九九〇年代から二〇〇〇年代初頭にかけて香水として発売されていたが、いまはもっと控えめな価格のオー・デ・コロンのみで、おもにティーンエイジからヤングアダルトをターゲットにしている。香気はベルガモット、ヴァニラ、パチョリからなる。さて、ファンデーションについてはたったいま、完全な分析が手に入った——顔全体用の化粧品だよ」

彼はカウンタースクリーンのほうを示した。「実際には色をつけた保湿剤だ——ひとつで二つの効果がある——ブランド名は〈トゥート・スウィート〉——たぶん、フランス語の言葉遊びだろう」彼は肩をすくめ、笑った。

「ドラッグストアブランドですか？」イヴはきいた。

「まあ、ドラッグストアの化粧品売り場にもあるよ。ほかでもあるだろう、ええと、フードマーケット、美容用品店、もちろんオンラインでも。日焼け色（ブロンザー）にするクリームも一致する、同じブランドの〝サンキスト〟色だ。しかしチークカラーは〈ベティ・ルー〉だよ、〝ポップ・オ・ピンク〟だ」

「ああ、それってわたしがいちばん最初に買ったチークカラーですよ。あれは〝ピーチイ〟でした――わたしにはその色だったんです――でも〈ベティ・ルー〉でした」ピーボディはささやかなノスタルジーのため息をついた。そして、イヴににらまれると背すじを伸ばした。「値段が手ごろで。手に入れやすいんです」

「そうだな」ドーバーが確認した。「アイメイク用品とリップスティック――リップ・ダイではないとはっきり言えるよ――の件が終わったときには、それも同じということになるんじゃないかな。広く手に入れられて、定評のある製品で、値段が手ごろ。しかし評判がよくて人気があるというのは」彼は続けた。「値段が安くて信頼できるからだ」

イヴは大すじがつかめてきた。犯人は今回の化粧品をどこでも買えた。その品物に特別なところ、独特なところは何もない。

「犯人を見つけたら、そうした製品も見つかるでしょう。いま手元にあるサンプルが、いずれわたしたちの見つける製品のものだと立証できますよね？」

「もちろんだ。まだハイライト、セッティングパウダー、アイブロウ、アイシャドウ――四つの異なる色を混ぜてある――アイライナー、マスカラ、リップライナー、リップスティック、ネイルカラーが残っている」

ドーバーはまたさっきのあいまいな笑みを浮かべた。「正午というのはかなり楽天的だったかもしれないな、でもベストをつくすよ」

「何かわかりしだい教えてください、いろいろありがとう」

「それがわたしたちの仕事だからね」

イヴは靴に関して何かつかめるとは期待していなかったし、新婚の担当鑑識員のところへ行っても、やはり同じパターンに行き着いた。有名ブランド品ではなく、サイズは七・五、クリーヴランドで大量生産され、全国のディスカウント靴店で販売された。二〇〇二年から二〇〇四年にかけて。

まっすぐセントラルへは行かず、イヴは通りの向こうを指さした。「ドラッグストアよ。陳列品を見てみたい」

「ああいうチェーン店はたいてい、化粧品とヘアケア製品を大量に扱っていますよ」ピーボディは一緒に交差点を渡りはじめるとそう言った。「トリーナが、ほら、ヘアケア製品は家族割引をしてくれるんです。だからふだんはスキンケア製品や化粧品はたいていコスメのショッピングセンターに行くんですけど、それでもぶらぶらしてまわって、たいていは何か買っちゃうんです。だって、ほら、わからないじゃないですか」

「何がわからないの？」

二人は信号のところで群衆に加わった。会社員らしい人々は退屈そうだったり、うんざりしているようだったが、早起きの観光客たちは目を丸くしていた。

「もし完璧なリップ・ダイとか、夢のようなアイシャドウパレットを見つけたら、って」

「ええ、わたしはいつもそれを探してるの」イヴは通りを渡りながら、ピーボディに警告の一瞥(いちべつ)を投げた。「何も買わないわよ」

「完璧なリップ・ダイを見つけたら、製品名を書きとめて、あとで買います。それだとこれから何時間か、たぶん一日かそれ以上、わたしの唇は完璧にはなれないってことですけど」

「警官に完璧な唇は必要ない」

「必要かもしれませんよ——可能性の域を出ませんが——わたしの完璧な唇があんまり悪党の目をくらませるので、そいつが回復する前に手錠をかけて、逮捕して、搬送していくことができるという」

「そうなったら、自腹で一生ぶんを買ってあげる」

「記録に残しておきます」店のドアを押しあけて中へ入りながら、ピーボディは言った。

「こっちです」彼女は手で示し、先に立って通路また通路を進んでいったが、イヴはそこにある商品は薬(ドラッグ)とは何も関係ないじゃないのと思った。キャンディをドラッグと考えなければ。

　ドラッグなのかもしれないが。

　おむつやベビー用品、掃除や洗濯用品も。

　店の奥には、あなたの見た目や、においや、肌ざわりをよくします、とうたった医薬品の巨大なコーナーがあった。棚、回転ラック、端(エンドキャップ)にある陳列棚は、その約束をしてくれる商品でいっぱいだった。

「足用だけでまるごとひとつコーナーがある」

「足の見た目や肌ざわりがよくなれば」ピーボディがきっぱり言った。「本人も見た目がよくなって気分があがるんです」

「それで透明な靴が出たわけ？　足用の製品をつくってる人間と取引してるの？」

「あれはあきらかに一時の流行ですよ。つま先をぶつけたり、水ぶくれがひとつあるだけで、見た目がだいなしになってしまいますし」

　得意分野に来たので、ピーボディはリップ・ダイをひとつ選び、パッケージをざっと見て、それをつけた自分の画像をじっくり検分した。彼女はほほえみ、唇をすぼめて、頭を振った。

「これは完璧なリップ・ダイじゃありません」それを横へ置き、回転ラックからパウダーチークをとり、もう一度同じことを繰り返した。「これはとってもいい色です、でも完璧（ペルフェクト）ではないです」

「もうやめなさい」

　イヴはざっと製品を見ていき、ドーバーが教えてくれたブランドの名前をいくつか見てとった。女がひとり、別のテスターコーナーにいるのが目に入った。彼女はおむつやベビー用品をカートに山のように入れていて、胸に留めたホルターには赤ん坊そのものを入れていた。

女は疲れた目でピーボディを見た。「あたし、これつけたほうがいいかしら？　人間らしくみせてくれてる？　人間らしくみえるようにしたいの。もう六週間も夜、まともに眠れてなくて」

ピーボディは場所を移し、スクリーンをじっと見た。「これはきれいな色、ハッピーな色ですよ、それに、いいことを教えてあげましょうか？」アイシャドウをひとつとり、ざっと見て、それがスクリーン上の女のまぶたにのるように持ち上げた。「わたしは眠れない夜が続いたとき、こういうのを使います。ちょっと顔が明るくなるんですよ、でしょう？」

「本当ね」

「自分にもご褒美をあげてください。あなたのやりとげたことを見て。こんなに可愛い赤ちゃんが」身を乗り出し、ピーボディは甘くあやす声を出した。

「息子のことはすごく愛していて、胸がはりさけるくらいよ。ただ……夫とディナーに行こうとしてるの――もし二人ともそれだけの時間起きていられたらだけど。母がジョーナをみていてくれるって」

「ジョーナ」ピーボディはもう一度甘い声を出し、すると女が彼女の腕をつかんだ。

「前はこういうものの使い方がわかってたわ、でもいまのあたしは赤ちゃん浸け脳なの。

手伝ってもらえない？　おしゃれしたのなんてずっと前なんだもの。何か新しいものがほしいの、でも脳がくたびれきってて、どこから手をつければいいのかわからない」

「ええと、そうですね……」ピーボディはイヴに視線を送った。イヴはただ手を振って、通路をぶらぶら歩いていった。

「ピーリング、それからブライトニング・フェイシャル・マスク。それでまず下地をととのえましょう」

イヴはハーヴォとドーバーが特定したヘアケア製品を見つけ、犯人がローレン・エルダーに使うために選んださまざまなアイテムを見つけると、ざっといくらくらいになるか、頭の中でやってみた。

ぶらぶら歩いたり、目をこらしたり、計算したりしながら、通路を歩いているほかの人々を観察した。彼女のようにただぶらついている者もいれば、目当ての品にまっしぐらな者もいる。スクリーンで試してやめる者や、その商品をカートや買い物かごに入れている者もいた。

もうじゅうぶんと思って振り返ると、ピーボディが慰めてあげていた女とハグをかわし、その彼女がカートと子どもとともに遠ざかっていくのが見えた。

「楽しかった！」ピーボディがブーツではずむようにやってきた。「ロンダとだんなさんは二人とも教師なんだそうです。ハネムーンで妊娠したんですよ。二人は全然その予定はなかったんですが、生むことにした。ジョーナが生まれてから、カップルで出かけるのは今回がはじめてで、三年前にはじめて正式なデートをしたイタリアンレストランに行くつもりだとか」

「彼女はそれを全部あなたに話して、しかもあなたが買うように言ったものを全部買ったわけ？　知り合いですらないのに」

「彼女は探していただけなんですよ、ほら、背中を押してくれる人を」

イヴはそのことを考えながらわき目もふらず外へ出た。「男が二人、あのコーナーに来てたわ――ひとりは髪用のものを、もうひとりは肌につけるものを探してた」

「ああ、男性もいますよ――やはりまだ女性のほうが多いエリアですけどね、たぶん、でも――」

「何でもかんでもカートに入れる男はそう見ないと思うわよ、あなたの新しい友達が今日やったみたいに。肌用と髪用のベタベタ、顔用のベタベタ、目と唇用のベタベタ、においのするもの。男がそんなことをしたら目立ったでしょうね、ふつうじゃないから。あなたの新しい友達を目に留める人はいるかもしれない、なぜなら彼女はカートにたくさん入れていたし、赤ん坊のものもあった。でも男がああいう製品でカートをいっぱいにしていたら、絶対に注意を惹いたはず」

「ああ、なるほど」ピーボディはそのことをじっくり考えながら、またイヴと通りを渡った。「それじゃもし犯人が実店舗で買い物をしたなら、一か所で全部は買わなかったでしょうね。こっちで少し、あっちで少し。より時間がかかりますが、ビタミン剤や風邪薬を、アイパレットやリップスティックと一緒に買っている男性がいても、誰も目を留めませんよね？」

「あなたがさっきやっていたスクリーンの何か。あれはオンラインでもできるの？」

「もちろんです、あの機能があって製品を扱っているサイトに行って、それを呼び出して、ヴァーチャルで試してみるだけです」

「写真はどう？　写真でやってみるのは？」

ピーボディは車に乗り、シートベルトをつけた。「そうか、それは賢いですね。エルダーの写真を手に入れて――たぶん事前に。彼女のソーシャルメディアから一枚いただくか、彼女をストーキングしているときに自分で撮るか」

「それを使って、彼女を母親にいちばん似せられる製品を選ぶの」

「むかつくほど賢いですね。犯人は全部をそういうふうにオンラインで注文したかもしれませんね、あるいは大半をそうして、いくつかはほかの場所で」

「ラボから全品目のリストをもらったら、全部を扱っているサイトを探しましょう、お試し機能付きのやつを。これは手堅いスタートになる。服のほうは、リサイクルストアや古着屋、ヴィンテージストアを」

イヴはハーヴォの報告書のあらましをピーボディに伝えた。

「犯人は裁縫ができるのよ」と最後に言った。

「ええと、全然違いますよ。彼は修復ができるんです。継ぎ合わせ」ピーボディは自分の首を指でなぞってみせた。「もしくは、とれかけたスパンコールの縫いつけ、たぶんボタンの縫いつけも。本当に初歩的なことですよ」

「わたしはボタンの縫いつけ方なんて知らないわ。ほとんどの人がそうよ」もしわたしが知っていたら、とイヴは思った。ロークとはじめて出会ったときに彼女のスーツから落ちた、あのグレーのボタンを彼が持ち歩くことはなかっただろう。

「初歩的なことです」ピーボディが言い張るあいだに、イヴは最後の信号を走りぬけ、カーブを切ってセントラルの駐車場に入った。「犯人は修復が上手です――縫い目が緻密ですし。でも何かを作ることとは別の話ですよ。たとえばあのトップスは？　やることがわかっていれば、スパンコールのついた布を買って、あのシンプルなパターンなら一時間くらいで縫い上げられます。リサイクルショップでも見つかりますし、作ればもっとコストがかかるでしょう。でもヴィンテージショップに出た場合には、作るコストの三倍になりますよ」

顔をしかめ、イヴは駐車スペースに入った。「どうして？」

「ヴィンテージショップでは華々しさと、奇抜さと、コストが加わるんです」

「ヴィンテージショップは華々しさと、奇抜さと、ほかの誰かが手放したものを――着たあとに――買ったコストを加えるってことね？　古着と言わずにヴィンテージと呼ぶ場合には」

「そうですね、ずっと昔のものの場合は」

イヴはしばし座ったまま、いまの話を頭の中でぐるぐるまわしてみた。「犯人は別の衣装が必要になるわ、エルダーがうまくいかなかったんだから」

車のドアをあけ、ピーボディとエレベーターへ行きながら、そのことを考えつづけた。

「おばあさんが亡くなったら――」

「ああ、そんなこと言わないでください」

「あなたのじゃないわ、ピーボディ。誰かの。そしてその誰かのおばあさんが昔の服を山ほど持っていたとする。それを処分するとき、あなたならどこへ持っていく？」

「わたしなら――わたしじゃないですけどね、うちのおばあちゃんは永遠に生きるんですから――感傷的な理由で何かはとっておいて、それから形見がほしいという友人や身内にあげます。そのあとはシェルターに寄付するでしょうね」

「スパンコールのついた下品なトップスと、いかした〝わたしをヤッて〟な靴もシェルターに寄付する？」

「あ。なるほど」考え直しながら、ピーボディはイヴとエレベーターに乗った。「服がまあまあの状態だったら、誰かさんは——わたしじゃありませんよ——売ったり、ヴィンテージショップで委託販売に出せるかもしれませんね。少しはお金になるし、なかなかの額ってこともあります、場合によっては」

「あのトップスはテネシーからここへたどり着いた。最初の持ち主もそうしたのかも」

「ヴィンテージものはオンラインで買えますよ」

イヴは「くそっ」と言った。それが事実だからというだけではなく、ほかの警官たちがエレベーターにぎゅう詰めになってきたからだった。

「でも」ピーボディは続けた。「それって一種の賭けですよね？　それがぴったりかどうかはわからないじゃないですか。実際に手にとるまでは、どんな感じかわからないし。つまり、みんな年じゅうオンラインで服を買います、だって返品が簡単だから。でもヴィンテージショップの多くは返品できないか、もしくは返品条件が厳しいんです。だってみんな——」

イヴが次の停止階で人をかきわけて降りていったので、ピーボディは話をやめ、いそいでついていった。

「みんながヴィンテージのイヴニングドレスを買うとしますよ、ね？　でもどこかにそれを着ていって、そのあとで返品しようとするんです。だから専門店に返品するのは、考えるほど簡単じゃありません。このセーターはちくちくする、とか、バストのところが小さすぎる――じゃあ返品しよう、とは」

「あのジーンズはエルダーにぴったりだった」

「ジーンズはぴったりではきたいですよ」

「いいえ、ウエストが彼女には小さかった。ウエストはここまで下がっていた」イヴは手の横で腰を叩いてみせた。「ハーヴォがあれはローライズだと言ってたわ。いや、ウルトラローライズだ。その食いこみ跡が残ってた、犯人が無理にボタンをはめたから。彼女はほっそりしていた、でもあのジーンズのはき方、あんなに腰へ下げてはくと、少し小さかった。靴も同じ、でもそれほどじゃない。犯人はどうしてエルダーのサイズを知ったのか？　たまたま母親のサイズとほぼ同じだっただけ？」

「エルダーは彼にさらわれたとき、靴をはいていたでしょう」

「そのとおり」イヴはグライドの上でピーボディに体を向けた。「犯人はあとであの靴を買ったのかもしれない――そしてわずかに小さすぎるものしか手に入れられなかったのかも。ほかの服もそうかもしれない、でもジーンズのサイズが合わなかったのははき方のせいだった。ウエストは腰より細いものでしょ」

「犯人がこの二週間に服を買ったのなら、売り手を見つけるチャンスは大きくなります」

「ええ、そうね、だからそこに取りかかる。まずは市内のヴィンテージショップから始めましょう。犯人はただ服を探しているだけじゃない、特定の時期、特定のサイズのものを探している。検索して、半分はわたしに送って。まずはリンクで作業して、続きは外でやりましょう」

「これが突破口になるかもしれませんね。再現したい、正確にやりたいという犯人の欲求が。それで犯人の選択肢が限られますし、こちらの検索も狭められます。さっそく取りかかります」

ピーボディはまっすぐ自分のデスクへ行った。イヴはジェンキンソンとライネケの席がからっぽなのに気づいた。「ネクタイはどこ？」とバクスターにきいた。

「事件があったんだ。押し入りらしいもののさいちゅうに女性が殴り殺された」

「サンチャゴとカーマイケルは？」

「そっちも事件。男がミッドタウン・サウスの十階の窓からまっさかさまに落ちて、配達トラックに着地した」

「トラックが歩道に駐車していたから？」

バクスターはにやりとした。「そうじゃない、ボス。トラックは西五十七丁目の縁石に停まってた。だから、物理学と重力の関係で、そいつは助走をつけて飛んだか、投げ飛ばされたかのどっちかだ」

「少なくとも歩行者の上には着地しなかったわけね」

イヴはコーヒーを求めて自分のオフィスへ行き、ラボのデータで事件ボードと記録ブックを更新した。通信が入ってきたのをいそいで見ると、ドーバーが彼女の言葉を額面どおり受け取って、つかんだ情報を送ってくれたのがわかった。

ボードとブックにハイライトとセッティングパウダー、色、ブランドを追記した。

エルダーの母親か同棲相手に連絡することも考えたが、友人と同僚にあたることにした。痛みも少しは少ないだろう、たぶん。

通信を終えたときにピーボディが入ってきた。「リストが出ました。市内だけでも思っていたよりありますね――ほかの自治区や郊外もあたればもっとずっと多くなりますよ。でも、もっとふつうの古着屋にもヴィンテージコーナーのあるところがありますし、だから――」

「ええ、それも入れたいわ。エルダーだけど。サイズは四ないし六、カットによる、と同僚は言ってる」

「すべてはカットしだいですよ」ピーボディは同意した。「たとえば、もしわたしが何かウルトラローライズのものを試着したくなったとしたら？　そんなこと考えたくもありません。またあのスタイルが流行しても、わたしは絶対お断りです。調べてみました、そうしたらあれは三〇年代の二年間ほど流行していました――でも脚の部分がワイドなんです、膝から下が広がってて、だからまったく同じじゃありません」

「ええと、それは……信じられないくらいみっともない感じだけど」

「わたしも同じ意見です。それにわたしの体型だとどうか？　それも考えたくありませんね。それぞれ十ありました」ピーボディは言い、そこで開いた戸口からノーマンが入ってきたので振り返った。

彼はきのうのスーツにネイビーのネクタイをしめていた。

「お邪魔してすみません。ベッカ・マルドゥーンが元気であらわれたことをお知らせしたかったんです。いまそれを確認して、彼女の供述をとってきたところです。駆け落ちしてたんですよ。客とラスベガスへ行って、結婚して、ギャンブルをして、パーティーをして。今朝帰ってきて、これから離婚訴訟を起こすそうです。いや、起こさないのかな。それは、彼女いわく、状況しだいだと」

「オーケイ。元気だったのは何よりよ。こちらの状況を話すわね」イヴはコンピューターがアラート音を出したので、話をやめた。「ちょっと待ってて」

通信を読み、両手で髪をかきあげた。

「またひとり、失踪女性が見つかった、身体的特徴が一致する。メアリー・ケイト・コヴィーノ、年齢二十五。マーケティング会社で働いているけど、ふつうの時間。バーやクラブや酒場じゃないし、夜の仕事でもない。でも……」

「エルダーの姉妹になれそうじゃないですか、ダラス」

「ええ、彼女はタイプにぴったり合う。ノーマン、もし手があいていたら、ピーボディの出したリストに取りかかってちょうだい。わたしたちは手始めにコヴィーノのルームメイトに話をききにいくけど、このリストをあまり長くほうっておきたくないの。これが突破口になるかもしれないから」

「手をあけますよ」

「あとで詳しい説明をする」イヴは立ち上がりながら言った。「それとあなたをそっちの署まで送るわ。それからコヴィーノの件はひきつづきあなたにも連絡をする、いずれにしても」

「彼女もマルドゥーンみたいになるって希望はありますよね」

「希望はある」イヴは同意したが、そうは思っていなかった。

10

過去

ヴァイオレットは赤ん坊に乳をやりながら、娘の頬を指で撫でた。その感覚はあまりにすばらしく、奇妙なほどおぼえがあるとしても、そのことを考えないようにした。彼女にかんするかぎり、人生はあの道路で、暗闇の中で目を開き、ジョーの顔を見た瞬間に始まったのだった。

彼がいまや彼女の世界だった。ジョーとジョエラが。彼女の家族。

彼女はヴァイオレット・フレッチャーで、妻で、母親で――それにああ、その両方でいることがどんなにいとおしいか――スウィートウォーター、すなわち二百年近く前に名づけられたこの古い家の世話係だった。

ヴァイオレットをあの路上で見つけてから何週間も、ジョーは失踪女性の報道を熱心にチェックしたが、彼女を探している人間はいなかった。彼女は誰も探したりしないとわかっていた、もちろんだ、だってヴァイオレットはジョーに出会うまで存在していなかったのだから。

心で、頭で、体じゅうのすべての細胞で、彼女はジョーが自分を生き返らせてくれたのだと信じていた。彼は自分の面倒をみてくれ、家を与えてくれ、生きがいを与えてくれた。最初は仕事を、といま考えているあいだも、赤ん坊は乳を飲み、日の光が子ども部屋の窓からさしこんでいた。

以前は客間だった。彼女は回復期のはじめの数か月をここで過ごし、昼も夜も家の中を掃除したり、庭の手入れをしたり、ジョーが仕事をしているあいだに料理をおぼえていた。いろいろなことをおぼえ、一生懸命働き、心の底からジョーを愛してしまったときも、彼のハウスキーパーであることに喜びと満足を感じていた。

彼女はなんでもやり、洗濯、掃除、彼がようやくさせてくれたペンキ塗りでさえ、まっさらな気持ちで取り組んだ。無条件に信じていた、その目的が――ジョーの世話をし、家の手入れをすることが――自分を癒してくれると。

やがて、もうひとつの奇跡、彼に望まれたこと、彼に愛されたこと。彼に愛してもらえるはずがない、もしくは、愛されることはないと思っていたのだ。彼女は空白(ブランク)というラストネームをつけていた、なぜなら彼に救われる前の自分の人生は、まさにそれだったから。

けれどもある完璧な春の日、世話を手伝っていた庭で、彼女は彼の名前をもらい、彼から指輪を受け取り、彼との人生を誓った。

あれこれきかれるのを避けるため、二人は彼女の過去をでっちあげた――不完全なものだったが、用は足りた。しかし過去は何の意味も持たず、いま彼女はヴァイオレット・フレッチャーであり、ドクター・ジョセフ・フレッチャーの妻であり、ジョエラ・リンの母親だった。

赤ん坊は眠り、完璧な口をゆるめてミルクのにおいをさせていて、彼女は自分でやさしく甘いグリーンに塗った子ども部屋のベビーベッドに、子どもを寝かせた。そのホワイトブロンドのふわふわした短い髪を撫でて、自分をここに置いてくれた神様か運命か、あるいは純粋な幸運に感謝した。

彼女はいい母親、愛情に満ちた母親、楽しい母親、がまん強い母親、面倒見のいい母親になると誓った。

「いつもそばにいるわ」彼女はささやいた。「あなたのパパもよ。パパはこの世でいちばんいい人なの」

赤ん坊がうたた寝しているあいだに、夫婦用ベッドのシーツをはがし、新しいシーツを広げ、洗濯を始めた。ジョーは、やさしいあの人は一度ならず、清掃サービスを頼もうと提案してくれた。けれども彼女は家の手入れをするのが好きで、家をぴかぴかにするのが好きだった。

彼女はいまや主婦だった。

夕暮れになり、影が落ちて、スパニッシュモスが樫(かし)の木々からアートのように垂れ下がる頃、彼女は広いベランダにある揺り椅子のひとつに座り、もう一度赤ん坊に乳をふくませた。中では、家が輝き、ローストチキンがオーブンでキツネ色に焼けていた。

彼女は薔薇(ばら)と木蓮(もくれん)の香りをかぎながら、甘いお茶をグラスから飲んだ。そして車がカーブを曲がって家のほうへ走ってくると、ほほえみを浮かべた。

ジョーが車を降りてこちらへやってくると、彼女はただただ胸がいっぱいになってしまった。

「お帰りなさい、ドクター・フレッチャー」

「うちがいちばんだね、ミセス・フレッチャー」彼はかがみこんでヴァイオレットにキスをし、それからジョエラの頭に唇をつけた。「今日、この子はいい子にしていたかい、ママ？」

「これ以上ないくらいいい子だったわ、パパ。少し座らない？　夕食はもう少しかかるし、あなたのグラスを持ってきてあるの」ジョーが座って自分のお茶をグラスにつぐと、彼女は赤ん坊を反対側の乳のほうへ移した。

「今日は何があったか聞かせて」

ジョーはヴァイオレットのほうへ手を伸ばして彼女の手を握り、二人は薔薇と木蓮の香る風の中、ベランダで揺り椅子を揺らした。

現在

メアリー・ケイトは暗闇の中で目をさました。一瞬、このうえなく幸福な一瞬、自分の家に、自分のベッドにいるのだと思った。寝返りをうって、もう一度眠ろうとした。そこで鎖が限界に達し、手首の枷が食いこんだ。

思い出した。

一瞬、恐怖に満ちた一瞬、どうしようもない絶望に落ちた。わたしはひとりぼっちで、時間の半分は自分を子どもだと思っている頭のおかしな男の囚人なんだ。

わたしがどこにいるか誰も知らない、だったら見つけてもらえるわけがないじゃない？

本当はビーチで太陽を浴び、ティーグと海ではしゃぎまわっているはずだった。ママを求めている頭のおかしな年寄りによって、どこかの部屋で鎖につながれているんじゃなくて。

でも違う、そうじゃない、ティーグはわたしを捨てたんだ。あの最低男は。それに彼に捨てられていなかったとしても、一緒にビーチに行っていたとしても、いまごろはもう家に帰っていたはずだ。この悪夢の中に入ってからもう四日以上たつのはたしかだった。四週間のような気がする。四年のような。

もう誰かが探してくれているはずだ。家族も、友達も、同僚もいる、わたしのことを気にかけてくれる人たちが。警察だってもう探してくれているだろう、もちろんそうだ。わたしはただ彼らが来てくれるまでがんばればいい。

思い出し、両手を叩いて、明かりがつくと、長い息を吐いた。朝食が見えた——ボウルに入った何かのシリアル、使い捨て容器入りのミルク、きっと——いつもそうだから——オレンジジュースの入ったカップ、もうひとつのカップはコーヒーだろう——たぶんもうさめている。それはかまわなかった、きつい、苦い味がするので一度も飲んだことはないし、それが薬のせいではないかと疑っていた。

あいつはいつもわたしを起こす——わたしが目をさましていなければ——朝食を持ってきたときに。今回はなぜ違うのだろう？

メアリーは体を起こそうとして、激しい頭痛にうめき声をもらした。

脳が大きくなりすぎたような、何かが詰まっているような気がする。

しかし思い出した、少なくとも少しは。

あの男は夕食を運んできた——チキン・フィンガーズ、何かのフェイクチキンだ、それから大豆(ソイ)フライ、グリーンビーンズ。まあ、グリーンというよりグレーだったけど。缶入りの水、お茶が一杯。

それから男はボルトで固定した椅子に座った。それどころか、彼女によい一日だったかときいてきた。

食べ物を投げ返してやりたかったけれど、彼女は食べて――体力を保たなきゃ！――それをほめることまですると、男はにっこり笑った。

手首の枷が痛いとうったえてみた。しかし男はただほほえみ、彼女が安全でいるためにそれをつけていなければならないのだと言った。メアリーはできるかぎり慎重に、もう少し押してみた。けれども男は目にあの表情を浮かべ、それが彼女に警告をした。

お茶を捨てたかったが、男は座ったまま、座りつづけて、その選択肢を与えなかった。

そしてメアリーは世界がすべっていくのを感じた。

いまは男がお茶に入れたもののせいで頭痛がして、かすかに胃がむかついていた。痛みもあったので、そこに手を当ててみると、鈍い痛みを感じた。へそに銀の球があった。

あいつにピアスをされたんだ！　眠っているあいだに――あいつの薬で何もできずにいたあいだに、体を侵略されてしまった。

怒りで立ち上がると、痛みが悲鳴をあげた。もう少しでその球をつかみ、引き抜いてしまいそうになった。そこで自分を押しとどめ、息を荒らげながら、その場に立ちつくした。自分を傷つけることになってしまう――そのあとあいつにも傷つけられるだろう。あいつはまた球をつけるだろう。

　そこで二つの小さなカップが目に入った――病院で薬を出すときに使うようなカップだ。ひとつには何かの白いクリームが、もうひとつには透明な液体が入っていた。震える手で、その横にあった、ていねいな手書きの手紙をとった。


ママ、背中に羽を広げたきれいな蝶にクリームを使ってね。もうひとつのほうは、新しいピアスを回すときに、ピアスとおへそに使って。やさしくね！

ママがぐっすり眠らなきゃならないのはわかっていたんだ、だから朝食を置いていくよ。いい一日になりますように！　あなたのベイビー・ダーリンより

「ちょっと、まさか、蝶って何よ？」しかし両手は先に耳へいった。男はそこにもピアスをつけていた。いくつも。その小さいスタッズをつかむと、ひりひりするのを感じた。

涙を流しながら姿勢を変えて、両手で背中を調べようとした。できるかぎりなぞってみると、かすかな違和感があった。

「やだ、こんなに大きく。あいつはわたしにピアスをしたんだ、タトゥーをしたんだ。わたしをママにしようとしている」

　でもそうはさせない。あいつに何をされようと、別の人間になるつもりはない。

わたしはメアリー・ケイト・コヴィーノ。

涙が落ち、彼女は自分の家族、友人、仕事は何か、好きなものは何かを口に出すルーティンを最後までやった。そして消毒液をピアスホールにつけ、見えないタトゥーにクリームを塗ろうとがんばった。

それからパイプを叩き、叩いて叩きつづけて、ようやく返事を耳にした。

ひとりじゃない。

イヴはまずルームメイトをあたることにした。誰かと暮らせば、おたがいにいろいろなことを知るものだ。ときには家族も知らないかもしれないことを。

いい建物だ、と彼女はみてとった。ここもロウアー・ウェスト・サイド。間違いなく犯人のテリトリー。見るからに修繕のいきとどいた赤レンガの建物には玄関カメラと、ブザーを押した客のためのインターコムがあり、それ以外の手段で入るためにはスワイプキーとコードを要求していた。

「彼女は仕事場から地下鉄に乗るか、もしくは十五分ないし二十分の徒歩」イヴは見積もった。「彼氏のバーはほんの二ブロックほどしか離れていない。だから犯人は彼女がバーに行ったり戻ってきたりするときに尾行した。きっと彼女にも一種の行動パターンがあったはず」

玄関へ歩き、マスターキーで入った。「ルームメイトがそれを確認してくれるかどうかやってみましょう」

「六階です、六〇八」

小さなロビーにあるエレベーターは、そのにおいからして最近掃除したばかりで、建物のメンテナンス状況を反映していると判断し、イヴはコールボタンを押した。

「家族はクイーンズにいます。データでは彼女はここに住んで三年――ルームメイトは変わっていません。マーケティング会社で働いていてもうじき四年――カレッジを出てすぐ勤めてます。犯罪でのつまずきはなし」

二人はエレベーター――変なノイズをたてないほう――に乗り、イヴは六階を指示した。ピーボディがデータを読み上げた。「ルームメイト、クリオ・ベティ。〈ペルフェクト〉の副料理長（スーシェフ）。あのバーから一ブロックのところのようですよ――高級店です」

二人は六階で降りた。

いい防音設備だ、とイヴは思った。それともみんな外出中なのか。六〇八のブザーを押した。

「マージったら、あとで知らせるって言ったでしょ――」あくびをしながらドアをあけた女は話をやめた。「ごめんなさい。てっきり二階下の人かと思って。あの、いまちょっとまずいのよ、だから――」

イヴがバッジを見せると、女はまた言葉を切った。「ああ、よかった」女はイヴの腕をつかみ、アパートメントの中へ引き入れた。「彼女を見つけたの？　無事なの？」

「すみません、報告を受けたばかりなんです。ダラス警部補、ピーボディ捜査官です」

「え。わたしは……待って、待って。その名前は知ってる。一緒に映画も見たの。メアリー・ケイトとわたしで。ああ、まさか、あなた方は殺人事件を扱うんでしょう」

「ミズ・ベティ」ピーボディがいつものなだめモードで進み出た。「メアリー・ケイトに何かあったのかはわからないんです。わたしたちは彼女を見つける手伝いをしにきたんですよ。座りませんか」

「オーケイ、ええ、ごめんなさい」ベティはしばらく目を閉じた。背の高い、混合人種の女で、ゆたかな茶色の巻き毛を後ろでまとめている。着ているのはグレーのスウェットパンツ、黒いタンクトップ、そしておびえているようにみえた。

それでも彼女は狭くてとても片づいた、とても女性的なリビングエリアにある椅子を手で示した。「いやになってるの」彼女は続けた。「自分が知らなかったことに。てっきり彼女は……わたし、しっかりしなきゃ」

「最初からやり直したらどうですか」イヴは言ってみた。「はじめから」

ベティは長くほっそりした指とマニキュアなしの短い爪の手を叩き合わせた。「メアリー・ケイトは何日かビーチへ旅行に行くはずだったの。ティーガン・ストーンと。二人は付き合って何か月かになるのよ。彼女はちょっと……オーケイ、彼女は目がくらんでた。彼はセクシーよ、でしょ？〈ストーナーズ〉のオーナーだしね、七番街のバーの。彼女が出かけたときは姿を見なかったの、仕事に行っていたから。夜はたいてい仕事なのよ。彼女がキャリー——スーツケースを——持っていって、あのバーに行って、その晩はティーグと過ごして、次の朝いちばんで出発する計画を立てていたのは知ってるけど」

「それはいつでした？」

「ええと。ええと。六月三日。その夜にメアリー・ケイトがバーに行ったたって意味よ。連絡してこなくてもどうとも思わなかった、だって彼女は目がくらんでいたから。わたしはただ、彼女が楽しんでいて、彼のことしか頭にないんだろうと思っただけ」

「でもそうじゃなかった？」イヴは先をうながした。

「二人は旅行に行かなかったの、それにメアリー・ケイトはあの晩バーに泊まらなかった。ド阿呆のティーグの話ではね。ほら、ゆうべ帰ってくるはずだったのよ——わたしは仕事だったた。帰ってきたとき彼女がいないのを見て、あいつのところに泊まっているんだろうと思った。疲れていたし、そのままベッドに入ったわ。でも今朝、連絡しようとしたら、応答がないの、つながらないのよ。だからティーグにかけてみた。あいつは怒ってたわ、わたしが起こしてしまったから。そして出発するはずだった前の晩にメアリー・ケイトが出ていってから彼女とは会っていない、あんまり厚かましくてべたべたしてくるもんだから別れた、って言ったの。おまけに彼女のむかつくスーツケースはまだ自分のところにある、だから取りにくるように伝えてくれ、取りにこないなら通りに置いとくぞ、って」

ベティの目がうるんだ。「あのド阿呆」

「そのようですね」ピーボディが同意した。

「彼にメアリー・ケイトは戻ってきていないと言ったら、俺には関係ないって。くたばりやがれって言ってやったわ、それから彼女がビーチで予約していたコンドミニアムに連絡した。二人とも来なかったとわかったのはそのときよ、しかも彼女はキャンセルもしていなかった。キャンセルしたはずよ、それに家に帰ってきたはずよ、二人であのド阿呆の悪口を言えるようにね、そうしたらわたしの肩で泣かせてあげられたのに」

「お二人はいいお友達なんですね」

クリオはどうにかピーボディに笑ってみせた。「すごく仲がいいの、ええ。幸運なことに。わたしはこのアパートメントに住みたかった、でも家賃が払えるようにルームメイトが必要だった。ここは仕事場にすごく近いし、いい部屋だし、落ち着いた界隈なの。メアリー・ケイトはルームメイト募集の広告に応えてきたのよ、そうしたらうまが合ったの。ぴったり合った。さっきも言ったように、わたしはたいていの夜は働いているけど、休みが一緒だったり、わたしが夜に休みをとれたときは、一緒に映画を見たり、クラブに行ったりしたわ。〈ストーナーズ〉には飲みにいったの。そうしたらあいつが彼女に取り入って――やり方を心得てるのよ。彼女は週に四日、ときには五日、あの店に行くようになった。テーブルを片づけたり、ドリンクを出したりして――無給でね」

「それで夜も泊まっていたんですか？」イヴはきいた。

「いいえ。一度も。あいつがメアリー・ケイトを上に連れていって――彼はあのバーの上に住んでるのよ――手短にやることはときどきあったけど、泊まりはなかったわ。あいつのルールってわけよ、ね？　彼女は八時頃あそこへ行っては、真夜中に帰ってきていた」

「週に四日か五日」

「そう。わたしは気に入らないって言おうとしてたの。メアリー・ケイトはあいつに利用されてた、でもあれだけ目がくらんでたから」それを描写するために、ベティは顔の両横で手をひらひらしてみせた。「旅行は彼女の提案だったのよ、手配も全部ひとりでやってた。すごく楽しみにしていたわ、そうしたらあいつはあんなふうに彼女を捨てたのよ？　あのド阿呆」

「彼がメアリー・ケイトを捨てたのは、彼女がいつものようにバーで仕事をする夜でしたか？」

「もちろんよ、ええ」

「彼はメアリー・ケイトをここまで送ってきました？」

クリオは鼻を鳴らした。「いいえ」指で目を押さえたあと、顔をごしごしこすった。「わたしが言いたいのは、メアリー・ケイトとこれまでいちばん深刻な喧嘩をしそうになったってこと、わたしがあいつは彼女をくずみたいに扱っているって、それを細かく指摘しはじめたときに」

彼女は両手をおろした。「でも言うのはやめた、何もかもが吹っ飛びそうになったから。どこかのバカ男のために、友達と絶交するなんてまっぴらよ。彼女はただ最後まで行って、乗り越えるしかなかった」

クリオはやっとほほえんだ、少しだけ。「メアリー・ケイトはわたしの知っているなかでいちばん良識がある人だけど、あいつを変える人間になろうとしてそれを封印したの。自分がついていれば状況は変わる、ってね。わたしの言う意味がわかる?」

ピーボディはうなずいた。「ええ。ほとんどの人はそういう経験をしていますよ」

「あいつが彼女に何かしたのかも。つまりね、どうやってかはわからないわ、でも――」

「彼と話をしてみます」イヴは言った。「彼女は歩いて家に帰るときに不安だと言ったことはありますか?　誰かにわずらわされているとか?」

「ないわ。それにメアリー・ケイトは用心深いの。見た目よりずっとタフだしね。ティーグは弱点を見つけたのよ、あんなふうにいいようにされるなんて全然彼女らしくないもの。姿を消したりもするわけない。絶対に。彼女のママにも連絡しなきゃならなかったわ、単に実家に帰ってないのをたしかめるために。念のためね。いまじゃご家族も半狂乱よ。彼女には会ってもいないし連絡もきてないの。メアリー・ケイトがこんなことをするはずない。わたし、彼女のボスにも連絡したの、そうしたらやっぱり誰も連絡は受けていなかった」

「オーケイ。彼女の部屋を見せてもらえます？」

「ああ、どうぞ」

二つの寝室は短い廊下の先で向かい合わせになっており、行き止まりは共同のバスルームだった。クリオは右側の部屋をさした。

きちんと片づき、整理整頓された部屋で、おだやかなパステルカラーや、ペールブルーのカバーにおおわれたベッドに置かれたフワフワでヒラヒラのクッションの山が、やはり女性らしかった。ピーチカラーの薄いカーテンがひとつきりの窓を縁どっていた——装飾用ね、とイヴは判断した。テーブルはベッドカバーと同じブルーに塗られ、窓の前に置かれて、小型のデータ通信ユニットがのっており、イヴが家族写真とみたもの——誰も彼も笑顔で、明かりとオーナメントがいっぱいついたツリーがある——と、パステルトーンの渦巻きの小さな細い花瓶があった。

ペールグリーンの額に入っている楕円形の鏡はペールブルーのチェストの上に立てかけられ、チェストの引き出しはピーチとグリーンで交互に塗られていた。上面には三本組の飾りびん、切り子のガラス箱、小さなキャンドルを立ててある細いトレーがあった。

形跡はない、とイヴは思った。旅行のパッキング、服を考えては投げ捨てたことの。

「彼女の部屋はいつもこんなふうですか?」

「ああ、絶対よ。もしハリケーンが通過していったとしても、M・Kなら一時間もかからずに全部元どおりにするでしょうね」

短く笑うと、クリオは廊下の反対側の、派手であざやかな色彩と楽しげに散らかった部屋を指さした。

「わたしはそのハリケーンだけど。M・Kは——ごめんなさい、メアリー・ケイトと彼女の妹のタラは、わたしの部屋とこの家のほかのところの装飾を手伝ってくれた。彼女たちには想像して計画する力があるの、それにメアリー・ケイトはきちんとしていることと、それから、そうね、きれいになってることが必要なの、息をするのが必要なように」

イヴはメアリー・ケイトがいま現在、息ができない気がしているだろうと思ったが、そうは言わないでおいた。「彼女の持ち物を調べたいんです。プライヴァシーの侵害であるのはわかっています、クリオ」イヴはクリオの心配げな様子をみてとり、そう続けた。「でもどんな細かいことでも彼女を見つけるのに役立つんです。EDDからも人をよこして、メアリー・ケイトのデータ通信ユニットを持っていって、徹底的に調べたいと思っています」

「あれは仕事用よ。つまりね、彼女はその点、本当にきっちりしているの。個人的なことは何であれ、リンクかタブレットを使っていたわ。家のコンピューターからでは、ママにだって連絡しようとしなかった」

「それでもです」イヴは言った。

「オーケイ、ええ。何でもどうぞ」

「ありがとう。ピーボディ、EDDに連絡して、このユニットを取りにこさせて」そう言いながら、クローゼットのドアをあけた。

イヴたちはそこで一時間をついやした、そして現在コヴィーノがいそうな場所や、彼女をそこに閉じこめている人間の正体を示すものは何も見つけられなかったが、イヴはメアリー・ケイトの人物像をさらに肉付けすることができた。

少女趣味で、きちんとしていて、それから――コンピューターをざっと見たところでは――働き者。家族と友達を大事にし、自分より片づけの下手なルームメイトに共有スペースを散らかさせない程度には強い性格。

「このまま歩いていって、彼と話してみましょう」イヴは建物を出ると、そのブロックを見まわした。「この界隈は常にこの建物に目が向いている。ショップ、レストラン、それに天気がよければ、外に座ってコーヒーや何かを飲んだりして。それでも、犯人が彼女をほしがるには、彼女が目に入ったはず」

「バーですよ」ピーボディも横に並んで歩いた。「エルダーとホーブはどちらもバーで働いていました、それにコヴィーノもバーに入りびたるようになっていた、ド阿呆彼氏の手伝いをして。犯人は自分のリストの項目にチェックマークの入る女性を探して、バーめぐりをしているんですよ」

「ということは、犯人は今回の犯行におそらく何か月もかけている、何日とか何週間ではなく。これには時間がかかる。ほかにも予選を通過しない人たちがいるでしょう、でもその人たちをはねて、ぴんとくる人を選び出すには時間がかかったはず」

「ほかにも」ピーボディはうなずいた。「簡単にはさらえないような人たち。誰かと歩いて家に帰ったか、移動手段を使ったか、あるいはステッキを持ち歩いているのを犯人が気づいたか。あるいは……わたしたちが調べている三人のうち、子どもがいる人はいませんでしたね。そう、子どもを持つには若いですけど、持っていてもおかしくないですよ」

「いいところに目をつけたわね。犯人の母親は彼の母親であって、ほかの誰の母親でもないのよ」イヴは外に花のカートを出している店の前で立ち止まり、それからピーボディに合図して、中へ入った。

生活必需品、とイヴは見てとった。少量生産品のコーナー、小さな乳製品コーナーは粉ミルク、卵、大豆製品の棚と並んでいた。

キャンディ、スナック、一般的な家庭用品。

イヴはカウンターへ歩いていった。店員が売り上げをレジに打ち終えた。「いい一日を」

彼女は出ていく客にそう言い、イヴとピーボディに気さくな笑顔をむけた。「何かお手伝いできますか？」

「たぶん」イヴはバッジと、リンクに映したコヴィーノの写真を持ち上げてみせた。「この女性に見覚えはありますか？」

「どうしてです？」

「行方がわからないと届け出があったんです。この人を探しています」

「まさか。違うわ。いえ、そうよって意味です、彼女が誰かは知ってます。M・Kよ、週に何度も来てくれるんです。とっても感じのいい人で。でも、待って、彼女が――たしか先週――に来たときは、ちょっと旅行にいくから、来られなくなるって言ってましたよ」

店員は小柄な黒人の女で、ツタの曲がりくねった枝が片腕の肘の内側から手首へ這っているタトゥーをいれており、安堵のため息をついた。「彼女は旅行に行ったんですよ」

「いいえ」イヴは言った、「行かなかったんです。彼女はここの常連ですか？」

「ええ、ええ。週に一度は必ず花を買いに、それから単にあれやこれやでも。旅行にいかなかったのはたしかなんですか？　すごく楽しみにしていたのに」

「ええ、マァム」

「アイヴィーです、アイヴィーといいます。どう考えたらいいのかわからないわ。あの娘さんに何かあるなんていやですよ。とってもいい人なんだから」

「気になった人はいませんでしたか。彼女が店に入ってきたときに入ってきた人とか？男で、たぶん白人で六十代くらいの？」

「そういうお客さんはいますよ、もちろん、でもとくに気になった人はいません。誰かがそういう目で——たちの悪い目で——M・Kを見ていたら、あたしは何か言ったはずです。やさしい人なんですよ、彼女。わざわざ時間をとってちょっとおしゃべりしてくれるんです。たいていの人は忙しすぎるか、単にそんな気づかいはしません。M・Kはあたしに調子はどうってきいてくれるんです。うちの孫息子は——学校のあとや、あたしが引っぱりこめるときにときどき働いてくれるんですけど——彼女にちょっと参ってるんですよ」

アイヴィーはすぐにぎょっとした顔になった。「ゼルは絶対に——」

「落ち着いて。ゼルはあなたの気がつかなかった誰かに気づいたかもしれないと思いますか？」

「あの子にきいてみます。もちろんきいてみますよ。じきに来るんです。もう来ます」

「わたしたちは近くにもうひとつ行かなければならないところがあるんですが、そのあとでまた来ます。そのときにお孫さんと話をさせてください」

「もちろんどうぞ。あのお嬢さんに何も起きてないことを願ってますよ。彼女のためにお祈りします」

「メアリー・ケイトがあの店を利用していたのはすじが通ってますね」ピーボディはもう

一度外に出ると言った。「それに犯人がメアリー・ケイトを見張って、行動パターンをつかもうとしていたのなら、彼女を追って店に入ったことがあるかもしれません、一度くらいは」

「メアリー・ケイトはいろいろな人に話しかける——あの店員、孫息子。きっと路上でコーヒーを買ったときのグライドカートの店主や、ベーグルやマフィンを買ったベーカリーの店員にも。制服を二人投入して、この周辺の店やレストランをあたらせましょう——彼女の地下鉄利用駅からアパートメントまでと、バーまで。わたしたちは彼女の勤務先から同じように調べていく」

「取りかかります」

ピーボディが手配をしているあいだに、二人は角を曲がってバーへ行った。たくさんの人間が外やまわりにいる、とイヴは思った。カフェを楽しんだり、店舗にふらりと入ったり出てきたり、ただぶらぶらしたり、天気を楽しんだり。

「一年でいちばんいい時季よね」彼女は言った。「犯人は、この天気を待っていたのかしら？　外で座ったり、見張ったり、彼女の後ろをぶらぶら歩いていけるように？　暖かいときに後をつけることができるのに、わざわざ寒い中をとぼとぼ歩く理由がある？」

バーに着くと、イヴはしばらくじっと立ち、店をながめた。

「夜の店、五時まではあかない、そしてそれは仕事帰りに一杯やりたい人たちをつかまえるため。二階を試してみるわよ」

マスターを使ってバーの上のアパートメントへ通じるドアを入った。今回は、グレーのドアにしかめ面の落書きがされている一台きりのエレベーターのことは、一秒たりとも考慮しなかった。

階段を使って三階へ行った。

ストーンのアパートメントのドアには二重の防犯ロックと防犯カメラがついているのがわかった。

ブザーを押し、鼓動いくつ分か待ってから、もう一度ブザーを押し、最後にはただブザーによりかかった。

「留守なのかもしれませんよ」ピーボディが言った。

「カメラのライトが赤から緑に変わった。家にいる」

ドアが二重の防犯チェーンをつけたまま一センチあいた。「何の用だよ?」

「用はこれ」イヴはバッジを持ち上げた。「あなたと話がしたいの、ミスター・ストーン」

「だったら俺が寝てないときに出直してきな」

「喜んでそうするわ、家宅捜索令状を持ってね、そうしたらコップ・セントラルでこの話ができるし」イヴはきびすを返した。

「ちょっと待てよ」ストーンはドアを閉じ、チェーンががちゃがちゃ鳴った。もう一度ドアをあけ、日焼けしたたくましい体を引き立てる黒いトランクス姿であらわれた。ぼさぼさになっているゆたかな髪をかきやり——その髪はミルクチョコレートブラウン色で、太陽にキスされたようなハイライトがたっぷり入っていた。

「まだ目がさめてないんだよ。下のバーのオーナーなんだ。仕事が夜でさ。いったい何の騒ぎだい？」

「メアリー・ケイト・コヴィーノ」

「マジかよ。あのめそめそ女がすねてどこかへ行っちまったからって、俺がハラスメントを受けなきゃならないのか？　コーヒーを飲まなきゃ」

「中へ入れてもらえないかしら、ミスター・ストーン、あなたがこの話を廊下で、あるいはセントラルでしたいのでなければ」

ストーンは中に入れというジェスチャーをして、二人の後ろでドアを閉め、それからトランクス姿のまま、イヴの推測では、コーヒーをいれに離れていった。

エレベーターと階段はつつましいものかもしれないが、とイヴは判断した。ストーンは贅沢(ぜいたく)な暮らしをしている。

おもに茶色と黒のしゃれた家具、なめらかなダブルサイズのジェルソファ、ゆったりとした革の椅子、スクリーンは壁一面に広がっていた。

ダイニングエリアにはつややかな黒のテーブルがあり、凝った装飾の銅の器のようなものが置かれていた。小型のワゴンカウンターにはいくつもの高級なデキャンターが置かれ、その下についたガラスの扉が、きらめくグラスや中身がいっぱいのワインセラーを見せびらかしていた。

ストーンは大きな白いマグを持って戻ってきた。

「なあ、これからする話は彼女のおせっかいなルームメイトにもしたよ。彼女がどこにいるかは知らないし、どうでもいい。いいこと教えてやろうか？　俺の問題じゃないからさ」

イヴはもう一度バッジを持ち上げた。「いいこと教えてあげましょうか？　これからそれをあなたの問題にしてあげる」

11

ストーンは歩いていって、革の椅子のひとつに座った。コーヒーをごくごく飲む。

「だったら彼女がジャージー・ショアに借りた半分クソみたいなコンドミニアムを調べてみろよ。あいつがすてきな愛の巣と思ってたところをさ。たぶんあそこに行って、枕相手に泣いてるんだろ」

「あぁら、わたしたちがそれを思いつかなかったとでも?」イヴは皮肉がしたたり落ちるにまかせた。ストーンはただ肩をすくめた。「あなたは最近まで交際していた女性をずいぶんと見下しているのね」

「交際していたってのは言葉が強いよ。俺たちはときどきセックスしてた、しばらくのあいだ。それが自然と終わって、俺は彼女を追い払った。逮捕してくれ」

「完璧なろくでなしであることを禁止する法律があれば、そうしますよ」

イヴはピーボディのやり返しに眉を上げたが、何も言わずにおいた。

「残念ながら」ピーボディは続けた。「あんまり数が多いもんですから、こっちも入れておくスペースが足りないんです」

「いいか、おねえちゃん（シスター）――」

「捜査官よ」イヴは彼に近づいて相手を見おろした。「ピーボディ捜査官とダラス警部補、それにわたしのパートナーはあなたが特別な人間じゃないと教えただけ。あなたはミズ・コヴィーノと性的な付き合いをしていたんでしょう」

「セックスはした、付き合ってはいない」

「週に何日も、あなたのバーで働いていた」

「手伝ってくれてたのさ――向こうの提案で。そうしたら、そういうことを勘違いして勝手に妄想をふくらませるんだ。俺の問題じゃない」

「でもあなたは彼女と、そのジャージー・ショアの半分クソみたいなコンドミニアムに旅行にいくことに同意したんでしょう」

彼は肩をすくめた。「その場でノーとは言わなかったよ。考えてたんだ。いいとも、そうしよう、予定をあけるよ、って言ったかもしれないな。でも気を変えたんだ、そうしたらあいつはそれを受け入れられなかった。あのバカみたいなスーツケースを俺んとこに引っぱってきて、自分の店みたいにそれを奥に置いて。俺は腹が立った」

「あなたが気を変える前の夜、彼女はバーを手伝っていた？」

「もちろん。俺は忙しかったんだ。人気の店を経営してるんでね。だからしばらくはそのことを切り出せなかった。あまりがっかりさせないようにしようとはした。行けなくなりそうだって言ったんだ、そうしたらむきになってさ。向こうが仕事をほうりだしたのは俺の問題じゃないし、前金を払ってたのも俺の問題じゃない。あいつがそのことで大騒ぎしようとしたのはわかるんだ、だから切った。俺たちはもう終わった、出口はあちら、ってな」

ストーンはまた肩をすくめた。「女ってのはほんとに、いまを受け入れて前へ進むってことができないんだよな。俺たちはちょっとばかり楽しんだ、それだけだ。俺は夜は誰も泊めないって堅いポリシーを守ってるんだよ。そんなことをすると女たちは居心地よくなりすぎるだろ。で、何をするか？　ものを置いていくんだ——スカーフとか、髪につけるやつとか、リップ・ダイとか、何でもいい、また来る口実ができるようにってさ。哀れなもんだよ。俺にわからないとでも思ってんのかね」

イヴはぼんやりと、どうしていやな人間に美しい顔がついていることがこんなにも多いのだろう、と不思議に思った。

「彼女は何時に出ていった？」

「俺が知るわけないだろ？　あいつのタイムレコーダーを打ったわけじゃないんだ。真夜中頃かな」イヴがじっと見ると、彼はそう言った。「あのスーツケースを置いたままでさ」

「彼女がそれをとりにくるよう、連絡しようとした？」

「するわけないだろ――それが向こうの狙いなんだから。一週間待って、そうしたら捨てるんだ――置いていったものは何でも」

「彼女が手伝っていったときにバーで誰かが目についたことはあった？　男性、白人、六十代で、たぶんひとりの？」

「おいおい、そんな客は山ほど来るよ。こっちは人気の店なんだ。トラブルを起こさなけりゃ、年寄りの男にはほとんど注意を向けたりしない。なあ、あいつはただ俺の気を惹こうとしているだけだよ。それが女たちの手なんだから」

「そうなの？　まあ、今回の場合、わたしたちの注意は惹いたけど。ミズ・コヴィーノの荷物はどこ？」

「あいつが置いていったところ。俺がここに持ってきて、あいつに玄関まで来る口実を与えるとでも思うのかい」

「何か服を着て、バーをあけて。荷物はわたしたちが持っていく」

「俺に服を着ろって――」

「完璧なろくでなし（ディック）である罪であなたを逮捕することはできないから、公然猥褻で逮捕したら楽しいでしょうねえ。あなたは腰をおろしてからずっと、本物のあれ（ディック）を見せてるのよ。たいして感心できるしろものじゃないけど、事件にはできる。ズボンをはきなさい。ミズ・コヴィーノのスーツケースは証拠品なの」

ストーンはだらんとしていた姿勢からまっすぐ体を起こした。「あんたにそんなふうに言われるすじあいはない。俺はあんたらの給料を払ってるんだぞ」

「ダラス、警部補イヴよ。苦情を申し立てるのね——でもまずズボンをはいて、証拠を出しなさい」

彼は立ち上がり、寝室の横の廊下にあったクローゼットへどすどすと歩いていき、スーツケースを持って戻ってきた。

「証拠だよ、ほら」

「おかしいわね、ここはあなたのバーの奥の部屋にはみえないけど」

「邪魔にならないようにここへ持ってきてたのを忘れてたんだ。彼女が騒ぎのあとこっそり戻ってきたら、あんたら全員の謝罪を要求してやるからな」

「運がむくといいわね」イヴはハンドルを引き出し、スーツケースを玄関へころがしていった。「時間を割いてくれてありがとう、それとあなたがクソ野郎であることをあかしてくれたことも」

彼女はドアを閉めた。「ルームメイトにわたしたちがスーツケースを入手したことを知らせておきましょう。これはいまや証拠品よ、それにできるだけ早く返す」

「はらわたが煮えくり返ってます」

「忘れなさい」イヴはハンドルを押しこみ、スーツケースを持ち上げて——重い！——階段を降りはじめた。「何の値打ちもないやつよ。完璧なろくでなしを逮捕するには檻が足りない、ってあなたのセリフはうまかったわね」

「ただポコンと出てきたんです。あいつが彼女を貶（おとし）めたやり方ときたら、いえ、わたしたち全員、女性全般をです」

「いずれ彼にも報いが来るわよ。遅かれ早かれ、あのクソなやり方を間違った女にやるでしょう。でもいまは、メアリー・ケイト・コヴィーノのほうがずっと大事」

「彼はスーツケースを運んでいたのに、わたしたちに面倒をかけるためだけに嘘をつきました。頭の中で股間を蹴ってやりましたよ、何度も」

「いい的ね、彼はそこで生きているんだから。別の方法もあると思う。たとえば、以前働いていた女性従業員で、店をやめたかクビになった人を探すの。彼に性的に扱われたせいで店をやめたことについて、何か言いたい人が見つかったら面白いんじゃない？」

ピーボディは三十秒近く無言だった。「ダラス、警部補、サー、あなたはわたしのヒーローですよ。心であなたの口にキスしています」

「頭の中だけにしときなさい、でないとわたしのブーツがあなたのお尻と遭遇するわよ」

「その価値はあるかもしれませんが、現時点では賞賛の気持ちが深すぎて、あなたの怒りを呼び起こすわけにはいきません。いまの件、やってもいいですか、お願い、お願いですから。マクナブに手伝ってくれるよう頼んでもいいです。非番のときに。自分たちの時間で」

「好きにしなさい。彼女はここに何を詰めたと思う?」イヴは通りに出ると疑問を口にした。「重さが一トンくらいありそうよ」

「うわ、わたしったら運びましょうとも言わないで」

「ほんと」イヴはハンドルを引き出し、スーツケースをピーボディのほうへ押した。「車へ運んでいって、封印して、記録して。コヴィーノの上司に連絡して、わたしたちがこれから行くと伝えて。途中でさっきのマーケットに寄って、ゼルがいたら話をしてみる」

彼は店にいた。祖母と同じくらい動転していたが、協力的だった。しかし付け加えることは何もなかった。それでも、イヴは名刺を置いていき、何でも、誰のことでもいいから、思い出したら連絡してくれるよう頼んだ。

次はマーケティング会社にあたった。

改修された倉庫はエネルギーに満ちている雰囲気だった。広いオープンスペースは、工場のような建物の骨組みとはおそらくわざと対照的な色で、飛沫や斜線がほどこされていた。音や動きはEDDと同じように思えたが、ここにいる者たちはサーカス芸人のような格好をしていなかった。

ロビーエリアとなっている場所は、金持ちの家のゆったりしたリビングのようだった。ソファ、椅子、テーブルが会話しやすいように分かれて配置され、バーエリアには水やソフトドリンク、コーヒー、紅茶があり、気どらないもてなしの雰囲気を——確実に狙って——かもしだしていた。

カウンターには男と女がひとりずつ働いており、イヤフォンでぺちゃくちゃしゃべっていた。イヴとピーボディが近づいていくと、女のほうが「少々お待ちください」と言い、自分のイヤフォンをタップした。「ハイ！　どういったご用件ですか？」

イヴはバッジを持ち上げると、女はイヴが何か言う前に飛び上がった。

「M・Kのことで来たんですね。無事なんですか？　スライ！　M・Kの話よ！」

彼女の同僚は目を丸くして通信を終わらせた。「彼女は無事なんですか？」

「ミズ・コヴィーノはまだ見つかっていません。彼女のワークスペースを調べて、直属の上司と話をしたいんですが」

「上にご案内しましょう。これは僕がやるよ、アンディ。僕たち、彼女が行方不明なのはほんの少し前に聞いたばかりなんです」

彼はイヴたちを貨物用エレベーターへ連れていった。イヴは上のオープンフロアに通じる鉄の階段を懐かしげに見たが、エレベーターに乗った。

「ミズ・コヴィーノとはお友達だったんですか？」

「ここではみんな友達なんですよ。僕たち全員、彼女は恋人と何日かビーチに行っているものと思ってました」

「誰かここへ来て彼女のことをきいたり、彼女に会いたいと言ってきた人はいますか？」

「彼女のルームメイト、クリオが今朝連絡してきました、それから少し前に刑事さんがひとり」

「その前は。ここ数週間で？」

「いません。つまり、顧客、取引先、そういうのはってことです。彼女の妹、弟、ご両親はときどき来ます。それからクリオ――彼女のルームメイト――もときどき。リニーは訪ねてくる家族や友達とおしゃべりするんですよ」

エレベーターの扉がガシャンと開くと、広々としたワークエリアがあった。仕切りがないので、スタッフがいりまじって仕事をしている。オフィスはどこもドアをあけていた。

スライは外が見える角部屋へ二人を案内した。

デスクの向こうの女は、赤いスニーカーをはいた足をそのデスクにのせ、四人家族が陽気な朝食を楽しんでいるようにみえるものを映したスクリーンに目を向けていた。

「リニー、すみませんが、警察の方たちをお連れしました」

「映像保留」リニーがデスクから足をおろし、立ち上がると、たっぷり百八十センチはあった。

インクのように真っ黒な髪をぴったりした縁なし帽のような形にしており、鼻の右側にはきらめく小さな赤いスタッズを、両耳には巨大なシルバーのフープをつけていた。

彼女は手をさしだした。「リニー・ダウエルです、来てくださって本当にありがとう。ここは引き受けたわ、スライ、ありがとう。それからドアを閉めていってね」ドアが閉められると、てきぱきした挨拶は恐怖に変わった。「あなた方のことは知っています。メアリー・ケイトは……一気に言ってください」

「ミズ・ダウエル、まだメアリー・ケイトは見つかっていないんです。われわれがここへ来たのは、彼女が誘拐されたかもしれないことが別の事件とつながっているらしいからです」

「彼女は死んでない。あなた方が来たのは彼女が殺されたからじゃないのね?」

「NYPSDは力をあげて彼女を探しています」

「わかった」ダウエルはしばらく目を押さえた。「あなたを見たとき……ローク・インダストリーズはどんなマーケティング会社にとっても聖杯よ、だからあなたがわかったの、それで思った……どうぞ座って。コーヒーか、ソフトドリンクをお出ししましょうか?」

「長居はしませんから」

「わかりました。うちではみんな、メアリー・ケイトがちょっとした休暇旅行に出ていると思っていたんです」

「われわれは追加調査を始めているところです。彼女のワークスペースを見て、彼女の上司と少し話をしたいのですが」

「わたしが全員の上司と言っていいでしょうね、でもあなた方がお望みなのはジム——ジェームズ・モズブリーでしょう。アカウントマネージャーで、M・Kの指導係です。ちょっと待って」

ダウエルはドアへ行き、頭を外に出した。「ヘイ、ナット、ジムを呼んできてくれない？　彼らは大規模な広告キャンペーンをものにしたところなんです」彼女はイヴに説明した。「ジム、M・K、アリスター、ホリーです。ジムはM・Kが加わったときに彼女の面倒をみていました、それに彼はM・Kがかかわっているプロジェクトの大半をひきいているんです」

「会社の外ではどうですか？」イヴはきいた。「何か付き合いは？」

「もちろんあります、それもたくさん。うちはフレンドリーな集団なんですよ。わたしの哲学は、競争（コンペティション）を超えた共同体（コミュニティ）と協力（コーオペレイション）です。人を雇うときには、才能や職業倫理だけではなく人柄を求めます。この人はうちの会社に合うか？　他人を食いものにする人（シャークス）は応募してもらう必要はありません」彼女はほほえんでそう付け足した。

「わたしはある会社で八年働いていました、そこの水槽は鮫（シャーク）でいっぱいでした。毎日毎日、誰かが近づいてきて自分の脚を食いちぎるかどうか、わかったものじゃなかった。わたしはその水槽から出て、財務をやりくりし、銀行を説き伏せて起業ローンを出してもらいました——そしてジムとセルマを説得して来てもらったんです」

「うまくいったようですね」ピーボディが言った。

「うちは小さいけれど、楽しくやっています。ヘイ、ジム。ジム・モズブリー、ダラス警部補とピーボディ捜査官よ」

イヴはリニーを五十代なかばと見積もり、彼女の同僚をその十五歳上とみた。ゆるく流れる白髪が、ふっくらした智天使（ケルビム）のような顔の上にある。だぶだぶのジーンズとロイヤルブルーのポロシャツを、がっちりしたたくましい体の上に着ていた。リニーと同様、彼もスニーカーをはいていた——彼のははき古されていたが。

「メアリー・ケイトは」彼はかすかに母音を伸ばした声で言った。「彼女を見つけたんですね」

「まだ見つかっていないんです」

「わたしにできることはありますか？　わたしたちにできることは？」

「あなたは彼女と近しく仕事をしていたんですよね。彼女が誰かにわずらわされていると言ったことはありますか？」

「ありません。彼女はあのしゃれたバーのオーナーに夢中でした。目に星が浮かんでましたよ、彼女らしくありませんでした」

「どんなふうに？」

「メアリー・ケイトは地に足のついた人なんです。頭がよくて、堅実で。あの彼のことはたんなる一時の気の迷いです。本人には言いませんでしたが。　靄（もや）の中にいるときには、理性的なアドバイスなど耳に入りませんからね」

「彼に会ったことは？」

「彼を、そうですね、多少なりと判断できるように、一杯やりに何度か寄りました。ここではおたがいに目を配り合うんです。わたしたちは家族なんです。彼の様子は気に入りませんでした。他人を利用する感じがありありとしています。今回の旅行で靄が晴れてくれればと思っていたんですが。もし彼がメアリー・ケイトに危害を――」

「それはないと思います。最後に彼女を見た、もしくは彼女と話をしたのはいつでしたか？」

「ええと……六月三日――彼女が休暇旅行に出る前の最後の日です。チームが〈ノルド〉のキャンペーンを終えたので、ちょっと気晴らしにみんなを連れて出かけようとしたんですが、彼女は加わりませんでした。あのバーの男と次の日に出発することになっているし、荷造りを終わらせたいと。そう言っていました」彼は笑って続けた。「聞いてください、メアリー・ケイトのようにきちんとした人なら、何もかも準備万端にととのえていたはずです。なのに彼女は参加しなかった。わたしたちはみんなで一緒に外へ出ました、たしか五時少しすぎだったと思います、そして彼女とは地下鉄の駅で別れました。うきうきしていましたよ」彼は付け加えた。「本当にうきうきしていました」

モズブリーは息を吐いた。「あの男は見かけ倒しだとわかってほしかった。彼女に楽しんできてほしくなかったということじゃありませんよ――楽しむ資格があるんですから。でも彼と別れて戻ってくることを願っていました。これまでずっと。ああ、リニー」

「メアリー・ケイトは賢いし、強いわ。きっと見つかるわよ」

「彼女のワークエリアを見せていただけますか、それからアリスターとホリーとも話をしたいんですが」

「もちろんどうぞ。わたしが案内しましょう。彼女はきれいな人です」モズブリーは二人を連れて部屋を出て、階段へ歩きながら言った。「若くて、きれいで。彼女が歩いて家に帰るのはよくないと思っていたんです、たとえほんの二、三ブロックでも、あのバーから夜遅くに」

「そのことは知っていたんですか、彼女の日々の行動を？」

「知っていました」彼はきびきびと階段を降りていった。よく階段を使う人間らしい、健康的な体つきだ。「彼女はバーでの手伝いや、人に会うこと、ナントカってやつと一緒にいられるひとときを楽しんでいると言っていました」

「ティーガン・ストーンです」

「そうそう」モズブリーはワークステーションと活気の迷路を進んでいき、あるところで立ち止まった。「彼女が夜に泊まらなかったこと、しかも彼が送っていく気遣いもしなかったことについて、ホリーがいくらか言っていたのは知っています。でもメアリー・ケイトは耳を貸しませんでした。あなた方に仕事の指図をするつもりはありませんが、いずれにしろ言わせてもらいます。彼は女性を利用するのとおなじくらい上手に、彼女たちに危害を加えられる男だと思いますよ」

「われわれは彼のことも調べています、ミスター・モズブリー」

「なるほど、オーケイ。ここがメアリー・ケイトのワークスペースです。彼女の人となりがあらわれているでしょう」

「そうなんですか？」

「整頓されていて、能率的で、でも杓子定規ではない」モズブリーは牝牛が三日月を飛び越えている場面が描かれたペーパーウェイトを撫でた。

それとデータ通信センターのほかに、一枚の貼り紙があってこう記されていた。

仕事は賢く、
文句は少なく

「彼女のモットーですよ。それと、ご覧のとおり、彼女は自分のスペースをきれいにしていました——もうひとつのモットーです」

「メアリー・ケイトのコンピューターとデスクにある機器を、分析のためにすべてEDDに持っていきたいんですが」

「それはリニーの許可を得る必要があるでしょう――ボスは彼女ですし――でもあなた方の邪魔をするとは思えません。アリスターとホリーを呼んできましょう。それと、もしほかにわたしにできることがあったら、どうぞ知らせてください」

「助かります。近くにお住まいなんですか？」

「じつはダウンタウンなんです。メアリー・ケイトとはときおり一緒に地下鉄に乗りました。ちょっとお待ちください」

「彼を調べて、ピーボディ」イヴは彼が離れていくとそう指示した。

「ええ、すぐやります。彼はいくつかのチェック欄にマークが入りますね」

二人は同僚たちに話をきき、電子機器の預かりの手配をし、リストに容疑者ひとりを載せて辞去した。

「彼は自分の監督下にいる、孫娘になれるくらい若い同僚にずいぶんと入れこんでるわね」

「それにマークの入るチェック欄も増えました」ピーボディはイヴと車に乗りながら言った。

「ひとり暮らし、エルダーのアパートメントから二ブロックのところ。結婚歴なし、子どもなし。犯罪歴なしです」

「彼の母親のことを教えて」

「いま言うところでした。アダレイド・モズブリー、ローウェン生まれ、この二月に百六歳で死亡。最後の十六年間はロングアイランドにある〈サスキンド・ホーム〉の入居者であり患者でした。引退者と高齢者のケア施設です。完全医療ケア、精神的・感情的なものも含まれています。

その前には」ピーボディは続けた。「彼女は主婦で教会執事で伴侶（ヘルプメイト）──ヘルプメイトと書いてあるんです──彼女の夫、イライジャ・モズブリー師のです──彼は二〇三八年十一月に亡くなっています。夫妻はイライジャが亡くなるまでケンタッキーに住んでいました。それから二年後、彼女はニューヨークに移住しました──ジェームズ・モズブリーの住所に」

「彼女はわれらが第一被害者のような服装をする人じゃなさそうね。でもケンタッキーはテネシーからそれほど遠くないし、あのスパンコールの光るトップスはそこから来た。それに、その司祭と結婚する前は違う暮らしをしていたのかもしれない。彼らが結婚したのはいつ？」

「一九八五年五月に結婚しています。ええと、だから彼女は三十歳くらいでしょう。二十代は違った暮らしをしていたのかも──われわれの被害者は二十代ですけどね、それに誘拐された人たちも」

「仮説だけど」イヴは車の流れの中を進みながら口に出した。「幼いジミーはママが大好き。ママはとっても厳しくて――牧師の妻だもの。彼らは――何ていうんだっけ？――鞭を使って、子どもを支配したのかも」

「鞭を惜しんで、子どもをだめにする、ですよ。いずれにしても、ひどい話です」

「彼はそれをパパのせいにしているのかもしれない、あるいは単に人生はそういうものなのかもしれない。だけどそのどこかで、彼はママがおしゃれやパーティーが好きなのだと知る。彼はそれをどう感じるか？ わくわくするか、あぜんとするか、興味を持つか？ 彼がどう感じようと、中心は母親よ。母親は彼を甘やかして、だめにした――あるいはその反対かもね、ブーツで蹴られるしかないなら、それを好きになる子どももいるから」

「彼は二〇〇四年にニューヨークに出てきています――十八歳で。二〇〇八年までの雇用や住居はざっくりとしかわかりませんね。コミュニティカレッジに入り、夜学も加え、ピザ店らしいところでアルバイトをしていました。マーケティングで学位をとり、副専攻科目は社会学。五年かかっていますよ。〈アドヴァーツ・アンリミテッド〉というところに未経験者として入り、五年間そこにいたのち〈ヤング・アンド・ベスター・マーケティング〉に移って七年。ジュニア・エグゼクティヴまで昇進したあと〈ディグビー〉に転職――そこでダウエルと出会って一緒に働いていますね――昇進を続けて部長になり、退社してダウエルの起業に加わりました。待ってください、空白が二つあります」

イヴはセントラルの駐車場に車を入れた。「何で、どこ?」

「三か月の空白です、いまわかっていることからすると。二〇三一年四月から八月、それからもうひとつは三八年に」

「父親が亡くなったときね。調べてみましょう、でもたぶん父親が三一年に病気になり、手伝うために家に帰ったんでしょう。その後、父親が亡くなると戻った」

「〈ディグビー〉は彼を雇い戻しています、どちらのときも。でもやっぱりわたしが見ているものは何でしょうね? 彼は減給されていますよ。まさに鮫ですね」

「ダウエルが起業したのはいつ?」

「二〇四六年です」

「両親についてもっとよく調べてみましょう、しっかりした全体像をつかむの。彼はこのまま見過ごすには、多くの点で当てはまりすぎる」

「でも?」ピーボディはエレベーターに乗りながらきいた。

「彼はコヴィーノと仕事をしていて、会社の外でもよく一緒にぶらぶらしている。コヴィーノの行動パターンを知っている。なのに最初に彼女をさらわなかった。オーケイ、彼女の旅行の計画が、求めていたチャンスをくれたのかもしれない、でもその計画が吹っ飛ぶとは知りようがなかったはずよ」

「彼女はろくでなしティーグ（ティーグ・ザ・ディック）のアパートメントで夜を過ごしたことはありませんでした。その点はあてにできましたよ」

「ええ、そうかもね」ポケットに両手を入れ、イヴは小銭をチャラチャラと鳴らした。

「タイミングがずれてる気がする。彼の母親はどんな外見だった？　若い頃は」

「上の階に行ったら探します。母親が二十代の当時は全国的なＩＤがなかったでしょうね、三十代でも」

「そうね。そこを掘ってみて。わたしはホーブのほうへ切り替えて、彼女がモズブリーと接点を持つ方法が見つかるかどうかやってみる」

それにロークのリストのほうも催促しなければ。モズブリーの住居がそこに入っていたら、ものすごく好都合じゃない？　またひとつチェック欄にマークだ。

殺人課へ歩いていくと、ジェンキンソンとライネケがはずむような足どりで聴取室から戻ってきた。

「つかまえたんだ」ジェンキンソンはパートナーとこぶしを突き合わせた。「そいつは恋人に教訓を与えるだけのつもりだったんだよ、な？　ちょっと彼女の態度をあらためさせてやろうってだけの」

「そうしたら彼女がどうしたか？」ライネケがあとを続けた。「なんと、その辛辣なビッチは彼を押しのけ、平手打ちまでして、逃げようとした。そうなりゃ彼女にたっぷりお仕置きするしかない」

「そうしてるあいだに、そいつは彼女の頭蓋骨を卵みたいに割って、床の上で血とゲロにまみれて死んでいくのをほったらかし、ワッフルを食いに出かけた」ジェンキンソンは目を天に向けた。「ワッフルだぜ」

たがいに経験を積んだリズムで、ライネケは次を受けた。「戻ってきて、彼女が死んでいるのに気がつくと、罪を逃れようとしてドアを――内側から――ロックし、誰かが押し入って彼女を殴り殺したなんぞと通報」

「そいつは彼女の血のしぶきを靴につけたままだったんだよ」ジェンキンソンが付け加えた。「シャツは着替えたものの、リサイクラーに押しこんだ。おまけにやつのこぶしは傷だらけでね。頬には爪あとが目玉から顎まであって、彼女の爪にはやつの体の一部がついていた」

「で、やつは供述を変えて、自分の家から誰かが逃げ出していくのを見たから、追いかけて、取っ組み合いになったと言いだした。でかいやつで、二メートルくらいあった、ってその間抜けは言うんですよ。おまけに走って部屋に戻ってみたら、恋人が死んでました、って」

イヴは考えこんだ。「それじゃ彼が真実を吐いたのは、あなたがそのネクタイで震え上がらせたからなの？」

ジェンキンソンは唇を閉じたままにんまりし、目玉の飛び出した紫の虫たちでおおわれたオレンジ色のネクタイをひらひらさせた。「こいつも無力じゃなかったが、俺たちの非凡なる聴取の腕でやつを崩したんだ」

「あいつがぼんくら馬鹿野郎だったおかげもありますよ」ライネケがこぶしを出してもう一度突き合わせた。

「それじゃいまは体があいてるのね」

「この子犬ちゃんを書き上げたらすぐに」ジェンキンソンはネクタイを撫でつけた。

「それをやってしまってから、アンナ・ホープのファイルを出して。失踪人で、ローレン・エルダーを十日間拘束し監禁したのち、喉を裂いた身元不明の容疑者（アンサブ）による誘拐のプロファイルにあてはまるの」

「メイヴィスの新居近くのベンチにあった死体か。それにあんたたちの」ジェンキンソンがピーボディに言った。

「そのとおり。もし犯人がホープをつかまえているなら、もう八日になる。彼女の時計は終わりに近づいてる。目を通してみて。新鮮な目がほしいの」

「了解です、ボス」ライネケがジェンキンソンのほうを向いた。「取りかかる準備はできてるか？」

「いつだってできてる」

「できるだけ深く掘って」イヴはピーボディに言った。「該当する年齢範囲の母親の写真を見つけたら送って」

「シャベルをとってきます」

イヴは自分のオフィスに入るとすぐにオートシェフでコーヒーをいれた。それを持って腰をおろし、記録ブックを更新し、おおまかなデータとジェームズ・モズブリーに対する印象を含めて、新しい報告書をマイラに送った。

「ずいぶんチェックマークが入ったわね、ジム」彼女はつぶやき、モズブリーのＩＤ写真をプリントアウトしてボードに加えた。

ボードを更新しおえると、もう一度腰をおろし、外回りに出ていたあいだにロークが送ってくれたリストを呼び出した。

そしてもうひとつチェックマークを入れた。モズブリーの住居が載っていた。

彼はチームをお祝いに連れ出した、とイヴは思い出した。家族のように。それは一回かぎりではない。部の長として、彼が定期的に自分のチームを連れ出していたことは賭けてもいい。

たぶんたいていは会社近くのエリアだろう、でも新しいところへ手を伸ばしたのではないか？　彼自身の近所――〈アーノルズ〉、〈マイクス・プレイス〉、〈ストーナーズ〉を含むところへ。

イヴは彼の年齢の男がひとりではなく、グループで店に来るかとは尋ねなかった。そこは修正しよう。

モズブリーはそんなふうにしてホープを見かけ、彼女に目を留め、狙いをつけたのかもしれない。エルダーと同じ。

母親の世話をしていた、とイヴは考えながら立ち上がって歩きまわった。母親が夫を亡くしたあと、ニューヨークに連れてきて一緒に住んだ。そして、高齢者ケア施設に母親を入れた……？

また腰をおろし、その施設のデータを調べた。

金がかかる。写真からだけでもそれがわかった。二十四時間体制のプロによる介護——体と心と精神の、とその施設はうたっていた。いくつもの庭園、レクリエーションエリア、セラピスト、栄養士。

部屋のオプションを見てみた。

オーケイ、彼はママの介護に金をけちっていない——それも十二年ものあいだ。

ロングアイランドへ車で行く場合にかかる時間を考え、まずはリンクであたることにした。

最初のやりとりをしたあと、あいまいにお茶を濁されるだろうと思っていたが、最終的には所長にたどりついた。

「エリーズ・グロメットです。どういったご用件でしょう、ダラス警部補?」

「一件の殺人と、二人の女性の誘拐事件を捜査しているところなんです。以前の居住患者について基本的な情報がほしいのですが」

「以前の?」

「この二月に亡くなった女性です。アダレイド・モズブリー」

「なるほど。プライヴァシー法はご存じですね——」

「彼女は亡くなっています、ですから今回は、治療についておききするつもりはありません。入所したときの彼女の基本的な状態、死因について知ることが、捜査に役に立つと思われるんです」

「ミセス・モズブリーが心臓疾患で亡くなられたことはお話しできますが」

「心臓が悪かったんですね?」

「いえ、警部補、あの方の心臓はただ脈打つのをやめたんです。百六歳でした。十年以上もここの敷地から出たことはありません、ですから、それを考えますと、あの方があなた方の捜査にどう関係しているのかわかりかねます」

「ほかの点では健康だったんですか? そちらの施設にはずいぶん長年いたようですが」

「〈サスキンド・ホーム〉にはそれくらい長くいらっしゃる居住者の方は多いですし、もっと長い方もいますよ」

「なぜですか？　これはプライヴァシー侵害ではなく、基本的な質問です。なぜあなた方の施設には、十年以上も入居し続ける人がいるんでしょう？」

グロメットはイヴが上品ぶってると思うような口の持ち主だった。小さくて、しょっちゅうすぼめるのでちょっぴり突き出している。

それはいまも突き出していた。

「理由はたくさんあります。もうひとりで暮らすことをお望みでないか、できないのでしょう」

「その人たちがひとりで暮らしているのではなかったら？　あなた方のところへ来る前に、家族の誰かと暮らしていたとしたら？」

「そのご家族の方がもう必要なケアや、求められる世話ができないと感じたのかもしれません。わたくしどもでは両方を提供しておりますから」

「かなりの費用ですね――これは調査ではありませんよ。あなた方のウェブサイトを見ましたが、広大な敷地にあって、経営状態の良い施設ですね。でも、ほら、訪問ヘルパーか、世話係（コンパニオン）を雇うほうがコストがかからないはずですよね。ミセス・モズブリーにはそれ以上のものが必要だったんですか？」

「警部補――」

「二人の女性が意思に反して監禁されているんです。犯人は一度殺した、ですからまたやるでしょう。彼女たちを救うために、たどれる線はすべて追わなければならないんです。あなたの話してくれることが、彼女たちを救うのに役立つかもしれないんです」

長い間のあと、グロメットは咳払いをした。「わたくしがこれから申し上げるのは一般論です、おわかりですね？　わたくしどもに大切な方を託すことが必要になったみなさんにするように、ご説明しましょう。わたくしどもには技術を身につけ、気配りのできるプロが揃っております。大切な方をそれ以上お世話できなくなったとき、ヘルパーではもう無理になったとき、わたくしどもは安全な場所、愛情のある場所、たとえば妄想や暴力的な爆発をしばしば含む若年性認知症のような、たいへんな状態にある方々のお世話をする専門的な場所を提供するんです。大切な方はもうあなたが誰だかわからず、動揺したり苦しんだりします。わたくしどもは病気とご本人の両方のお世話をして、みなさんに安全だと感じていただけるよう力をつくしています」

「オーケイ。そういった一般的な状態では、大切な方は面会を許可されたり、勧められたりするんですか？」

「もちろんです。わたくしどもでは個人セラピーもおこなっておりますし、そうしたご家族の方々にさまざまなグループを推薦することもできます。ご家族は、大切な方がもはやその方々のことがわからなくなったり、思い出せなかったり、あるいは単に一緒だった頃の生活をときどき思い出すだけになってしまった悲しみやいらだちに向き合っていらっしゃるんです。

違法とは思いませんのでつけ加えますと、ミセス・モズブリーは愛情深く献身的な息子さんがいらしてたいへん幸運でした。息子さんにも、わたくしどもの介護職員たちにも、たいへん愛されておいででした」

「ありがとう」

「これ以上おききになりたければ、令状が必要になりますし、当方の法務チームも同じように厳格に対応いたしますので」

「わかりました。どうもありがとう」

「お探しの女性たちが見つかるよう願っていますよ」

「ええ、わたしもです」

イヴは通信を切り、椅子にもたれてボードを見つめた。

献身的な息子。もはや息子のことがわからない、したがってもはや彼を愛さない母親。それって混乱するものじゃない？　そして母親が目の前で死ぬ。

あなたは母親を連れ戻したかった、若くて生き生きして——とあなたにはみえた頃の彼女を連れ戻したかったのかもしれないわね。

それならつじつまが合う。

12

イヴは地図を出し、ロークのリストにあった建物をハイライトしはじめた。モズブリーの住まい——二軒がひとつになっているタウンハウスで、二階建てで、地上階と同じ広さの地下室がある——はどんぴしゃだった。ガレージ付きの独立した一戸建てか、ガレージであればよかったのだが、これでも可能だった。

ほかの建物——タウンハウス、褐色砂岩（ブラウンストーン）の高級住宅、倉庫、個人専用ガレージ、古い改修された教会でいまは個人所有の住宅——も可能だった。

オーナーやテナントを見ていくと、彼女はロークの優秀さを認めた。

全員に可能性があった。

全員がプロファイルされた年齢範囲に該当するだけでなく、ひとり住まいでもあった。

それぞれについて調査にかかり、順番に並べはじめた。ひとりをリストの最後にした——男性、三十八歳、販売幹部、離婚後、五か月前にシカゴからニューヨークへ移住。

ありえなくはないが、確率は低い。

次に取りかかろうとすると、受信音が鳴った。そのデータを取り出す前に、ピーボディのブーツの足音が聞こえた。

「彼女をつかまえましたよ！　わたしって本当に有能！　こんなに有能なんですから、コーヒーを飲んでもいいですよね」

イヴはオートシェフのほうを手で示しただけで、データと写真を引き出した。

「これ、古い警察用の記録写真じゃない。あなた、犯罪歴はないと言ったわよね」

「消去されてたんです」ピーボディはイヴのぶんもコーヒーをプログラムした。「それに八十四年も前、アーカンサスでのことなんですから、基本的には消されてました。八十年も前の、数グラムのコカイン所持での処罰なんて、誰が気にします？」

「所持、使用、それに抵抗もある」

「ええ、ええ、彼女はパーティーをして、酔っ払って、逮捕されて、警官を殴ろうとしました。それで裁判所の命令により治療をしたんです。両親はそれを全部抹消するだけの金と影響力を持っていました」

「どうやってそれを全部つかんだの？」

「当時の記事を見つけたんです――ゴシップの。彼女の父親は市議会議員で、母親の一族が金持ちだったんですよ。とにかく、それが彼女です」

「肌の色はぴったりね。顔の形もまずまず近い。髪は違う。ブロンドだけど、これは何ていうの？　プラチナよ、それに毛の量が多い。おまけに長いし、全体にふわふわしている」

眉根を寄せ、イヴはじっと見つづけた。「特徴になるマークはないわね、タトゥーもなし」

「あとで入れたのかもしれませんよ」

「そうね。彼女はタイプが一致する。一致するといえるわ、でもこの服は、ピーボディ。この写真はエルダーが着せられていた服について見積もった時期より何年も前のでしょう。一九七七年のものよ。当時もこれと同じような服を着ていたの？」

「まさか。わかりません。違うでしょう。オーケイ、でもこう考えてみましょう。犯人が生まれるのはここから九ないし十年先です。彼が記憶を定着させるには、それからさらに数年を加えなきゃなりません。もっと思春期よりの記憶かもしれませんよ、つまり犯人は、女性たち——若い女性たちはこういう服装をすると思っているかのように、母親を思いえがいている」

「すじが通ってるのか、わたしたちがすじが通るようにしようとしているのか？」イヴは写真と、添えられたゴシップ記事をプリントしてボードに貼った。「わからないわ。会議室をとって」

「マジですか？」

「女性それぞれにひとつずつで、三つのセクションをつくりたいの。ロークから不動産のリストをもらったから、居住者を調べてるところ。ジェンキンソンとライネケを外回りに出して、その人たちをチェックさせる。部屋をとって、これを貼り出して」

「わかりました」

「ジェンキンソンとライネケに、捜査に加わってもらうと知らせておいて」

興味をおぼえ、イヴは一九七五年から一九八五年のファッションを調べてみた。

驚いてぽかんと口があいた。

「冗談でしょ？　みんなどうしちゃったわけ？」

目がひくひくしはじめる前に閉じた。

「会議室Bです」ピーボディの声が内線から聞こえてきた。「ファイルを送っておきます」

「すぐ行くわ」

もしかしたらと思い、マイラにメモを送った。

〝お時間があれば会議室Bでブリーフィング中。新しいデータ、新しい疑問あり〟

きびきびとした足音が近づいてきたので振り返り、待っているとカーマイケル巡査が戸口に来た。

「サー。割り当てられた二つのエリアでの聞きこみ結果はのちほど文書にします。ですが、お知らせしておきますと、コヴィーノを見知っている者は多くいましたが、彼女のあとをつけていたり、彼女が店にいるときに何度も来店したりした人間をおぼえている者はいませんでした」

「そう、犯人はその点も用心しているのね――もしくはそうとううまくまぎれているか。ありがとう」

「みんな彼女のことをとてもよく言っていました」

「ええ、そのようね」

「それ以上のことがわからなくて残念です」

「だめだったことも積み重ねのうちよ」

彼はかすかな笑みを浮かべた。「そのとおりですね」

イヴは必要なものを集め、残っていたコーヒーを飲み干し、それから会議室へ向かった。

ピーボディはすでに準備にかかっていて、ライネケとジェンキンソンはものほしげにオートシェフを見ていた。

ジェンキンソンがそのものほしげな目をイヴのほうへ向けてきた。「おたくのコーヒーはここにないんだよな、LT?」

「コーヒーの質を上げると、警官をだめにする」それからイヴは自分がその上等なコーヒーでできていることを考えた。「ピーボディ、オートシェフでいつものあれをやってあげて」

「よっしゃー」ライネケが宙にこぶしを突き出した。「ジェンキンソンが報告書をやったので、俺はコヴィーノの事件のほうを頭に入れてました。彼女がこの犯人の三番めだと思っているんですね」

「ローレン・エルダー」イヴは話を始めた。「最後に姿を見られたのは五月二十八日に〈アーノルズ〉から帰るところ、バーで、彼女の勤務先よ、だいたい〇二三〇時」

イヴはピーボディが準備を続けているあいだに詳しいことを読み上げた。アンナ・ホーブに移り、それからメアリー・ケイト・コヴィーノについて話を始めたとき、マイラが入ってきた。

「空き時間があったの――長くはないけれど。あれはあなたのコーヒー?」

「わざわざありがとうございます。ジェンキンソン、ドクター・マイラにコーヒーをさしあげて」

「座って、座って」マイラは手を振って彼を止めた。「自分でやるから。邪魔はしないわ」

イヴはブリーフィングを終え、最新のデータと供述を伝えた。

「現時点で唯一の容疑者、ジェームズ・モズブリーは、犯人像に合致するけれど、どんぴしゃではない。彼は若い頃に家を出て、それからニューヨーク周辺を、われわれにわかったかぎりでは二年間ふらふらしたのち、さらなる教育とキャリアをめざすことにした。彼がどこでどんなふうにふらふらしていたのかが気になるし、それは本人にきいてみるつもりよ。

コヴィーノに対する彼の愛情は本当に心からのものにみえた。彼女は彼にとって大事な人間なのね。母親に対する愛情は、母親の晩年の十六年間、彼女のケアと住まいに五百五十万ドルも出したことで明らかになっている。もっと金のかからない選択肢を選ぶこともできたのに、そうしなかった」

「もし彼の母親が、施設長がほのめかしたように認知症だったのなら」マイラが言った。「彼にとってはつらかったでしょう。トラウマになったかもしれない。母親が自分を思い出すことも、母から息子への別れの言葉を口にすることもできずに亡くなったとしたら、それが精神的な崩壊を起こした可能性はある」

「そして、目の前には代わりがいた」イヴはしめくくった。「でもなぜコヴィーノを最初に狙わないのか？　それがいちばん引っかかるんです。エルダーは練習台だったのか？　そうは思えない」

イヴはボードの前を行きつ戻りつした。「それからコヴィーノの旅行というタイミングもある。彼女はあの男のところに泊まる予定――希望だけど――でいることを彼には話さなかったのかもしれない。たぶん。でもモズブリーが、彼女が旅行にいく予定であることを知りながら、あの晩まで待っていたというのはおかしな気がする。すじが通らないわ。

それに服。あなたたち、七〇年代後半から八〇年代前半の人たちがどんなものを着ていたか、見たことがある？」

ジェンキンソンが鼻を鳴らした。「俺が何歳だと思ってるんだよ、ボス？」

マイラはただ噴き出した。「写真は見たことがあるわ」

「犯人がエルダーに用いたヘアスタイル、服はその二十年後のものなの――ファッション的には。その頃には犯人の母親は二十代ではなく、四十代だったはず。だから――」

「自分で自分を説得しているのね」マイラが結論を出した。

「わたしは齟齬（そご）に注目しているんです。そう、彼はぴったりの年齢グループ、人種に入っています。母親に深い愛着があり、彼女の病気――長年にわたっていたようですが――と死によるトラウマを受けたのはあきらかです。それに加えて、ひとり住まいで、結婚したことも正式に同棲したこともない。棟割り住宅を所有している。

ピーボディ、地図をスクリーンに出して。

赤でハイライトされているのは三人の女性たちの住居と仕事先。黄色のハイライトは条件に合う住人がいる建物」

「合うのがずいぶんあるな」ジェンキンソンが言った。

「ええ。それから緑のがモズブリーのタウンハウス」

「都合がいいな」ライネケが言った。「ずいぶんとまた都合のいいところですね」

「ええ、そうなの。そこが目を惹くのよ。モズブリーはほかの二人の女性を通りや仕事場で見かけていたかもしれない。近隣の人間だとしたら、ほかの人たちも彼を見なれている。だから何も思わない。

モズブリーは車を持っていない——もしくは自分の名前で登録されたものはない。でも更新ずみの運転免許証は持っている。ガレージはない、そこはがっかりね、でも体つきががっしりしているし、動作もなめらか。五十キロちょっとの女性を、縁石に停めた車から家に夜遅く運ぶことも、ころあいをうかがうこともできるでしょう」

「両親との関係をもっと知りたいわ。きょうだいはいないの?」マイラが尋ねた。

「いません。ひとりっ子です」

「そう、もっと知りたいわ」

「もっと突き止めますよ。それまでは、捜査官たち、ハイライトされている住宅を訪ねてきて。できれば中へ入って、住人がどんな人間かつかんで。三人の女性の写真を見せて、反応を見て」

「了解」

「わたしはモズブリーを引き受ける」イヴは付け加えた。「彼はわたしを知っている、だからこれは追加調査なんだと言えるわ。ロークも連れていく、彼の体があいていたら。ピーボディ、あなたはホーブのほうに移って。彼女の時間はどんどん減っている。わたしたちが何か見逃していたら、それを見つけて。もう一度彼女の同僚と話をして、近所の聞きこみをして。もう何度もやったことだけど、もう一度やって。マクナブの手があいていたら、一緒に連れていって」

イヴは時間を見た。「時間外勤務を許可するわ。いまのことは今夜できるだけやりましょう。ピーボディ、みんなの携帯端末にこの地図を送って」

「もうやりました。マクナブにきいてみて、取りかかります。この会議室は押さえておきますか？」

「ええ、さしあたってはここを押さえておきましょう。狩りの幸運を祈るわ」

ほかの者たちが出ていくと、マイラが立ち上がってボードのところへ来て、イヴと並んだ。

「あなたがなぜモズブリーに目をつけているか、なぜ自分に問いかけているかわかるわ。犯人の条件にぴったり一致はしていない、けれどいつも一致するとはかぎらない。彼には空白がある、だからもっとはっきりした全体をつかむにはそこを埋めないと」

「モズブリーについてあなたの確率はどれくらいですか？」

「うーん、もっと情報がほしいところだけれど、六十パーセントとしておきましょうか」

「ええ、わたしもそのあたりです。ピーボディが母親の写真を見つける前はもっと高かったんですけど。基本的な相似はあるんですが、三人の女性たちは彼の母親よりも、おたがいのほうに似ていますから。いずれにしても、わたしの目から見ると」

「犯人も自分の目を通して見ているのよ。わたしはもう戻らなければならないけど、あなたがモズブリー家の中で話したあとに印象をききたいわ」

「お話ししますよ」

「ロークによろしくね」

「え？　ああ、どうも」

うわのそらで、イヴはボードを見つづけ、さまざまな断片が一列に並ぶのを待った。断片たちがそれを拒否すると、彼女はリンクを出した。

ローク本人が出た。「警部補」

「ヘイ。一時間くらいしたら外回りに出て、ある容疑者に話をきかなきゃならないの。まずここでいくつかのことを片づけてからだけど。興味はある？」

「僕のお巡りさんが容疑者を追いつめるのを見物することに？　いつでもあるよ」

「追いつめるわけじゃないの。まだ。たぶん」

「どちらでもいいよ。一時間後に駐車場で会おう」

「わかったわ。よかった。それと、ある不動産取引について、あなたに相談しようかと思ってるんだけど」

彼の眉が上がった。「いよいよそそられてきたよ。どんな取引なんだい？」

「あとで話しましょう。リストをありがとう」

「どういたしまして。一時間後に」

一時間、とイヴはリンクをポケットに入れて考えた。頭をすっきりさせて、ジェームズ・モズブリーにどうあたるか考えるにはじゅうぶんな時間だ。

作業を終えるのに一時間ちょっとかかってしまい、おまけに最後にデスクを見たときに、コヴィーノの汚れひとつないワークステーションと比べてしまった。

「わたしったら見栄っぱり」イヴはつぶやき、それからファイルバッグとジャケットをとった。

歩きながらジャケットに袖を通した。サンチャゴとカーマイケルが、カーマイケルのデスクで何か話し合っているのが見えた。例の飛び降り、または投げ落とされ事件に取り組んでいるのか、はたまた外回り後の一杯をどこでやるかを議論中か。いずれにしても、イヴは歩きつづけた。

すでに遅刻なのだ。

それを心に留めながらも、エレベーターは無視した。乗ってくる警官たち、家路につく警官たち、あるいは彼女のように外回りへ戻る警官たちもいるとなれば、エレベーターはぎゅうぎゅう詰めになり、全部の階に止まるということだ。

グライドに乗り、隙間を見つけて駆け下りてから、階段で車のある階まで降りた。

ロークは彼女の車に寄りかかり、PPCで何かしていた。

たぶん土星の輪をひとつ買っているのだろう。

「ごめんなさい。長引いちゃって」

ロークはPPCをポケットに戻した。「自分の用事でまあまあ時間がつぶせたから」手を持ち上げてイヴの頬を撫でた。「悩んでいるようだね、警部補さん」

「ちょっとそうかも。何歩か近づけた気がするんだけど、まだじゅうぶん近くじゃない。あなたが運転して、オーケイ？」

イヴは助手席に乗り、モズブリーの住所をプログラムした。

「遠くじゃないね」

「ええ、遠くじゃない。モズブリー、ジェームズ、メアリー・ケイト・コヴィーノの上司でいわゆる指導係。彼女は六月三日から行方不明なの」

イヴはロークがダウンタウンの車列の中を走らせるあいだ、おおまかなところを説明した。

「それじゃ彼女は三人めで、そのモズブリーがきみのプロファイルに合うんだね」

「だいたいは。彼の家はあなたのリストに載っていた。彼女たちもその地域に住んでるのよ、ホーブとコヴィーノも。それはわかってる。あなたが通りに駐車場所を見つけられなければ——」

イヴが言葉を切ったのは、彼が垂直飛行に切り替え、空中できれいに百八十度回転をしてから、小型車とつややかなセダンのあいだのぎりぎりのスペースに降りたからだった。

「いいわね。わたしがこうすると、なんでピーボディはいつもうつろな目になるのかしら?」

「僕にはわからないな」ロークは降りる前にイヴの手を軽く叩いた。「彼は半ブロック先にいるだろう」そして今度はその手をとった。「散歩するのにすてきな晩だ」

「モズブリーが家にいなかったら、近所に聞きこみをするわ、だから散歩になるわね」

この界隈に観光客はあまりいない、とイヴは気づいた。ほとんどは仕事帰りの、家に向かう人々の群れだ。ほとんどが住宅で、きれいなタウンハウスがどれも一列に並び、窓用の花箱や鉢植えの花がある家や、窓に飾り格子のついた家もあった。

モズブリーの家はとくに目立つところはなかった。花があり、紫や赤の花や垂れ下がる緑がたくさん、窓のきらめく銅製の花箱からあふれだしていた。

白色石灰を塗ったレンガは地味な見ためだったが、あざやかな赤のドアとハート形をしたおしゃれな銅製のドアノッカーで埋め合わせられていた。

「掌紋照合装置（パーム・プレート）、コードスキャナー、防犯カメラ、しっかりした錠。窓は片側からしか見えないガラス。彼は外が見えるけど、こっちは中が見えない」

イヴはマットに似せて塗られた玄関階段をのぼった。赤い渦巻き文字でこうあった。


〝いつでも歓迎（オールウエイズ・ウエルカム）！〟


「それについてはいずれわかるわ」彼女はぶつぶつと言い、ベルを押した。「この下には地上階と同じ広さと高さの地下があるの。角の家だし。それにあの窓からは、エルダーが歩いて出勤するのが実際に見られたはず。自分の家でぬくぬくしながら彼女を観察できたわけよ」

「ずいぶん彼に傾いているんだね」

家、位置――それらのピースはぴったりはまる。

「ここでは設備を見ているの、だから傾いてきてる」

モズブリーがドアをあけた。まださっきのだぶだぶのジーンズとポロシャツ姿だったが、家用のスキッズにはきかえていた。顔から希望が輝いた。

「警部補！　メアリー・ケイトを見つけたんですね」

「いいえ、ミスター・モズブリー、われわれも力を入れて探しているところです。少しお邪魔してもかまいませんか。いくつか追加でおききしたいことがあるんですが」

希望は消えても、彼は後ろへさがった。「ええ、もちろんです、どうぞ。やっとお会いできてうれしいですよ」彼はロークに手をさしだした。「すばらしいお仕事をなさっていると思っていたんです、とくに開校したばかりのあの学校は」

「ありがとう」

「おっと」モズブリーは風に乱れた髪をかきやった。「中へどうぞ、座ってください。何か飲み物をいかがです？」

「けっこうです」イヴは答え、コヴィーノが彼と仕事でうまくいっていた理由に気づいた。リビングエリアはシンプルかつ魅力的で、ここに似合わないものはひとつもなかった。独身男らしい散らかりも、がらくたもない。談話エリアには、ペールグレーの半円形のソファと、同じくグレーにかすかなブルーのまじった繊細な柄のふかふかの肘掛け椅子が一対あり、中央の白色石灰を塗った暖炉をたくさんの花とキャンドルがぐるりとかこんでいた。

暖炉の上の細い炉棚にもキャンドルがあり——細くて白い、先が細くなったキャンドルがたくさん、カラフルな吹きガラスのホルダーに入っている——ダークグレーの革の額には、男と女が白い尖塔付きの教会の前で手をたずさえた写真が入っており、それからアースカラーの陶器の花瓶か壺のようなものがあった。

古くて値打ちものにみえるラグがぴかぴかの床に敷かれている。

モズブリーは手で椅子をすすめ、自分はソファの端に座った。

「てっきり彼女を見つけてくれたと思ってしまって。警察がどんなに懸命に働いてくれているかはわかっています。『ジ・アイコーヴ・アジェンダ』はまだ読んでいません――あまりに心が痛む話で――でも今日お会いしたあとにダウンロードしましたよ。まだ、本当に、読みはじめたばかりですが、仕事で非常に腕利きでいらっしゃることはわかります。わたしにお手伝いできることはありますか？」

「メアリー・ケイトとは仲がいいんですね」

「ええ、〈ダウエルズ〉は結束の強いグループなんです。おかげで毎日仕事にいくのが楽しみです」

「そしてあなたは彼女を、それからほかの人たちを、付き合いでよく外へ連れていった――お祝いとかですね、たとえば、キャンペーンが成功したとかの」

「そのとおりです。チームリーダーたちはよくやりますね。うちではチーム全員で親睦会をするようにしているんです――ダウエル・チームで」

「メアリー・ケイト、あるいはほかの人たちを、このあたりの会場、この近所に、そういった交流のために連れてきたことがあるんじゃありませんか」

「ええ、ときどき」

「ここ、あなたのお宅には？」

「ええ。楽しく過ごせる家を持ちながら、ほかの人を締め出すなんて意味がありませんよ」

イヴはリンクを出して、エルダーのＩＤ写真を呼び出した。

「この女性を知っていますか？」

彼はリンクを受け取り、しばらく目を凝らしたあと、あっと息を呑んだ。「この人はあの殺された若い女性でしょう。ニュースを見ましたし、この写真も見ました。あんまり痛ましいので、ニュースは消してしまいましたが」

「ニュースの前に彼女を見たことはありますか？」

「ないと思います」

「〈アーノルズ〉に行ったことはありますか――この近くにあるバーですが」

「ええ、知っています。何度かは、でもあそこは少し……堅苦しいんですよ、言うなればね」

イヴはリンクを受け取り、今度はホープを出した。

「こちらの女性はどうです？」

「知らないと――ああ、そうだ！　ええ、この人は知っています。〈マイクス・プレイス〉でしょう、とてもいい声の。アンか、アニーだったかな？」

「アンナです」

「そうでした。これまでずいぶんたくさんの人を〈マイクス〉のステージに引っぱり上げてきましたよ」モズブリーはそれを思い出して笑った。「あそこは堅苦しいたぐいの店じゃありませんし、楽しくやりにみんなを連れていくところです」

「アンナ・ホープは七日前から行方不明です」

「えっ？」モズブリーはぎょっとした。「まさか！　メアリー・ケイトのようにですか？」

「先週は〈マイクス〉に行かなかったんですね？」

「ええ、ええ、二週間くらい行っていません、少なくとも。例のキャンペーンにかかっていて、家に仕事を持ち帰っていましたから。これはどういうことなんです？　最初の娘さんは……」

彼の顔色が髪と同じくらい白くなった。

「そんな、あなた方はメアリー・ケイトもそうなったのかもしれないと思っているんですか？」

「この女性三人は全員、ここから数ブロック以内に住んでいます。あなたはここに住んでもう長いですよね。みんなあなたの姿を見かけることに慣れていて、とくに何も思わない。そこの窓からは通りがよく見えます」

モズブリーはリンクを持ったまま、イヴを見つめながら手を震わせていた。

「あなたはわたしを……わたしを容疑者だと思っているんですか？　なぜわたしが……わ

たしは絶対に……わたしは——水を一杯飲まないと」

「僕がとってきましょう」ロークが立ち上がった。

「あ——ありがとう。ええと、キッチンは——」

「見つけますよ」

モズブリーはロークが行ってしまうと目を閉じた。息が荒くなり、イヴは少し心配になった。パニック発作や心臓疾患を起こされては困る。

「生まれてこのかた、ほかの人を傷つけたことなどありません」モズブリーはつかえながら息を二つ吸い、吐き出した。「人と対立するのは避けているんです、正直に言って。それに可能なときはつらいニュースも。メアリー・ケイトに危害を加えたりしません。彼女が大好き(ラヴ)なんですから」

「お母さんのことを話してください」

彼の目が大きく見開かれた。「母の？」

「ええ」

「母は——この二月に亡くなりました、長くてつらい病気のあとで。どういうことなんですか——」

「お母さんのことも愛(ラヴ)していたんでしょう」

「もちろんです。わたしの母なんですから」

「お母さんはここであなたと何年か暮らしていましたね」

「ええ。父が亡くなったあと、ニューヨークに来て一緒に住んでくれるよう説得したんです。そのことがどう関係しているのかわかりません、でも何かの助けになるのなら……」

「あなたはとても若い頃に実家を出た、そしてニューヨークに来てから最初の二年間にはいくつか空白があります。それを埋めてもらえますか？」

モズブリーはふたたび目を閉じた。「わたしたちは絶対に逃げられないんですね？　過去の罪から逃げられることなど絶対にないんだ」

彼はもう一度イヴを見た。その目にうつっていたのは、罪悪感や恐怖ではなく、悲しみだった。ロークが水のはいったグラスを持って戻ってくると、モズブリーは座りなおした。グラスを受け取り、ロークにイヴのリンクを渡した。

ゆっくり飲んでから、テーブルにグラスを置いた。

「わたしはゲイなんです」モズブリーはただそう言った。

「オーケイ。それは関係――」

「あなたは空白を埋めることを求めました。あなたにはとりたてて言うほどのものではないのでしょう、わたしの性的嗜好は。でもわたしが、ケンタッキーのＰＫが大人になるときには、そうじゃなかったんです」

「ＰＫ？」

「牧師の子ども（プリーチャーズ・キッド）です。ずっと昔、警部補、もしあなたが歴史をご存じでしたら、同性愛が広く受け入れられていたわけでないことはおわかりでしょう。あの頃、あの土地では、わたしは異常者であり、罪人であり、変態でした。わたしは秘密にしていました——恥ずかしいことですが、本能的に対決を避けたんです。ようやく勇気を振りしぼって両親に打ち明けたとき、二人はショックを受け、傷つき、わたしを受け入れることも、サポートすることもできませんでした。父は……」

モズブリーは炉棚の写真に目を向けた。「父にはひどいことを言われました。あれは恥ずべき、苦しい体験でしたが、その頃は珍しいことではありませんでした。わたしはその恥と苦しみを抱えたまま家を出ました。少しお金があったんです、祖父母のおかげです——母方の——二人はわたしを受け入れてサポートしてくれました。わたしはニューヨークに出てきました——自分の育ったところとは正反対だと思ったんです。金は長くはもちませんでした。わたしは怒り、自暴自棄になり、絶対に故郷へは帰らないと決心していました」

彼はもう一度グラスをとり、また水を飲んだ。「ある男性に出会いました。裕福で、たくさん知り合いがいる、影響力のある人です。彼が経営していたんです……エスコートサーヴィスと言っておきましょうか。そうしたものについては時効になっていることを願いますよ、あんな昔にしたことで刑務所に行きたくありませんから」

「あなたを売春で告発することには興味がありません。いまでは規制されて合法ですし」

「当時は違いました」モズブリーは少し笑った。「わたしはとてもイケメンだったんですよ、それに経験のなさがかえって有利にはたらきました。かなりの金を稼ぎましたが、わたしの中にはまだPKが残っていたので、それでも節約していました。ドラッグを避け、酒もめったに飲まず、飲むときはいつも控えめにしていました」

彼は言葉を切ってまた水を飲み、それからイヴの目を見て、もう一度自分を立て直した。

「祖父が亡くなったことを、葬式の一週間後に知りました。わたしに金を残してくれたことも。それを自分を磨くために使うようにという遺言も」

モズブリーはグラスを置いた。「わたしは祖父母を愛していました、なのに祖父が亡くなったときわたしはそばにいなかった。二人はほかの誰も味方になってくれなかったときに、味方になってくれたのに。祖父がわたしに頼んだことはひとつでした。祖父と祖母は一度もわたしを非難しなかったし、祖父はそのひとつしか頼みごとをしなかったんです」

「あなたは大学に入ったんですね」

「そうです。わたしは自分で自分をマーケティングしていた、それも非常にうまくやっていたことに気がつきました、だからそちらへ進んだんです。それまでの生活を捨てて、教育を受けました。そして卒業すると、故郷に帰りました。両親に会うつもりはなかったのですが、祖父の墓参りをしたかったんです。卒業証書も持っていったんですよ、そう、祖父に見せるために。そこで母に見つかりました。小さなコミュニティなんです、警部補。誰かがわたしを見かけて、わたしだと気づき、母に知らせ、母が来ました。母はわたしを抱きしめ、涙を流し、許しを求めました」

目がうるみ、モズブリーは指で目を押さえた。「それがわたしにとってどんな意味があったのかは言葉にできません。母は一緒に来て、父と話すよう頼みました。父にとってはもっとたいへんだったでしょうが、わたしたちは折り合いをつけました。たがいに和解したんです。父が病気になると、わたしは手伝うために家に帰りました。そしてわたしたちは和解以上のものを見出し、もう一度家族を見出しました。父が亡くなるとき、わたしは祖母のときと同じように、父のそばにいました。

祖母は、すべてをわたしに残してくれました。あの家と土地、生命保険も。すべてを。だから父が亡くなり、わたしのところで一緒に暮らそうと母を説得したときに、貯めておいたお金ともらったお金で、母が居心地よくいられて、わたしたちが家族でいられる場所をつくったんです。わたしが母の世話をできる場所を」

「お母さんにわが家をあげたんですね」ロークが言った。「ここで。あなたとの」

「そうです。母はわたしたちのどちらもが思った以上にこの街を楽しみました。アート、レストラン、公園、ここのスピードも。やがて。やがて病気になるまでは」

またしても、モズブリーは暖炉の上の写真を見た。「はじめはゆっくりでした。あれは忍びよってくる、無慈悲な病なんです。わたしがもう母の面倒をみられなくなったとき──母の心は……体の前に心が壊れてしまうのは本当に残酷なことです。わたしではそれ以上母の面倒をみられなくなったとき、それをしてもらえる場所、思いやりをもってなされる場所を見つけました。母が死んだときはそばにいました、でも母にはわたしがわからなかった」

彼は唇を結んだ。「最後の八年間は、わたしのことがわからなかったんです」

「それはつらかったでしょう」

「母が祖父の墓に来て、わたしに両腕をまわしてくれた日のことを思い出します。一緒に過ごした晩のこと、母の知力が母を裏切る前、ジン・ラミーをしたり、母が言うところの無為に過ごした青春時代の話をしてくれたこと。わたしの父や、祖父母の話。ともに過ごしたクリスマス、お客さんをもてなしたディナーパーティー。いい思い出です」

イヴはリンクにまた別の写真を出し、モズブリーに渡した。

彼は一瞬とまどった顔をし、やがて心の底から喜んだ。「これは母ですか？　ママだ。おやおや、これは警察の記録写真ですね」笑いながらまた涙があふれた。「母は話してくれました、でもわたしは全然信じなくて……牧師の妻でしたからね、それも良い妻でした。頑固というのではなく、そうですね、説教くさいわけでもないですが、それでも牧師のよき妻でした。母は自分の人生を変えたんです。自分を磨いたんです。でもこの母を見てください、こんなに若くて、こんなにめちゃくちゃで、こんなにふてくされていて！」

「家の中を見てもいいですか、ミスター・モズブリー？」

「あなたは——ああ、見るというより調べるんですね。確認しなければならないんでしょう。ご案内しますよ、どこでもごらんになりたいところはお見せします。役に立つんでしたら、電子機器も調べてかまいません、ほかのものも全部」

彼は立ち上がった。「ひとつお願いがあります、確認が終わったら」

「お願いとは？」

「母のその写真のコピーをもらえませんか？　おかしな頼みだとはわかっています——警察の記録写真だなんてね。でもあれは特別な瞬間です——母が逮捕されたことがあること、その理由や、それが人生を変えたと話してくれたとき、わたしは信じませんでした。いまは信じます、だからあの特別な瞬間を持っていたいんですよ」

「確認ができたら」イヴは答えた。「コピーをさしあげます」

13

ロークは歩道に出て、歩きはじめるまで待ってから、イヴのウエストに腕をまわした。

「きみががっかりしているのも無理はないよ」

「がっかりってわけじゃないわ。まあね、オーケイ、ホーブとコヴィーノを助け出せるよう、地下室で見つけられなかったことにはがっかりしてる。ジム・モズブリーが頭のおかしい、マザコン殺人犯でなかったことにはがっかりしていない」

「彼はとてもいい人にみえるよ。まだいくらかは、育った時代とその道徳観による傷をひきずっている」

「ええ、わたしもそう感じる。いったいなんだって、人が単に体のパーツが同じ誰かを好きになったり、結婚したいと思ったり、セックスしたがったりしただけで、そんなに取り乱す連中がいたわけ？」

「これまでも自分とは違う、あるいは自分がふつうと考えるもの以外のことに狭量になる方法を見つけてきた人間はいるし、これからも見つけていくよ」

「まあ、他人の人生を支配しようとするより、自分のことだけ気にする人間が多くなれば、世の中もっとましになるんだろうけど。いずれにしても」と、イヴはその件を終わりにした。「モズブリーを除外できたのはひとつのステップね、でもだからって彼女たちを見つけることに近づいたわけじゃない」

　ロークが彼女をそっと押して先へ進むと、イヴは彼に目をやった。「どこに車を停めたか忘れたの？」

「いや、違うよ。僕たちは春から夏への変わり目の、とてもすてきな晩に一緒に歩いている。モズブリーがずっと昔に、きみや僕とほぼ同じ理由でニューヨークにやってきたことが思い浮かぶよ。僕たちはみんな傷を抱えていた、そしてみんなここへ来て自分の場所を見つけた」

「だけどあそこは」イヴは脇道の先を手でさした。「あれはエルダーの家だったの。いまは彼女を愛していた男がひとりで住んでいる。ホーブはその先、コヴィーノは反対側であっちのほう。ホーブは家族との絆(きずな)は強くなかった、それにひとり暮らしが気に入っていた。コヴィーノは逆。でも彼女たちは交差している、あの女性三人は。たぶん通りですれ違ったのも一度じゃないでしょう。同じ店で同じ時間に並んでいたかもしれない。いまやそのうち二人は、わたしが見当違いをしてないかぎり、同じ理由で同じ男によって同じ場所に監禁されている」

「見当違いじゃないよ」ロークは彼女に角を曲がらせ、そのまま進んでいった。「ジェンキンソンとライネケに出くわすかも」イヴは通りすぎる人々を見た――家に向かったり、ディナーへ向かったり、もう一軒どこかへ向かったり。「二人が当たりをつかむかも。ピーボディとマクナブも聞きこみをしてくれるし……」

イヴは自分たちのいる場所に気がついて言葉を切った。あのピザ店からすぐのところだ。彼女がニューヨークに出てきて最初の日、はじめてピザを食べた店。

「いつだって考えているのね」イヴはつぶやいた。

「きみのことをね」ロークは彼女の頭のてっぺんに軽くキスをした。「僕たちも食事をして、ワインをカラフェ一本飲んで、休憩をとろう。そうすれば家に帰ったとき、きみは事件ボードと記録ブックを更新できる」

店のドアへは向かわず、イヴは彼に抱きついた。

「ありがとう」そしてキスをした。「どうもありがとう」

店に入っていくとさまざまな香りがした――イーストとソースとスパイスとグリルした肉――人々の声のざわめき、子どもの叫び声、皿のぶつかる音――そして首の後ろから緊張がほぐれていくのを感じた。

ウェイトレスが二人のところへ小走りにやってきた。「ハイ。またお目にかかれましたね。ブースはご用意してありますよ」

「先に連絡してたのね」

「いつだって考えているからね」一緒にブースに向かい合わせに座りながら、ロークは答えた。「メニューはいるかい？」

「いらない。ピザのラージ、ペパロニで」イヴはウェイトレスに言った。

「ラージ？」

イヴはロークに笑った。「あなたも食べたかったんでしょ？」

彼も笑った。「ハウスワインの赤をカラフェで、それから炭酸水を一本」

「すぐお持ちします」

ウェイトレスが小走りに離れていくと、ロークは身を乗り出して、イヴの両手をとった。

「さあ、話してくれ、僕は興味津々なんだ、さっきの不動産取引のことに」

イヴは噴き出した。「ただの腹の虫よ」

「僕が大好きな三つの言葉が入っている。不動産取引（リアル・エステート・ディール）」

「オーケイ、そうね、こういう建物があるの」イヴは住所を書き出した。「あなたはまだ手に入れてないわよ――調べたの」

「それならいい。手に入れるべきかい？」

「一階は商業用――しゃれたバーと上品なサロンがある。上はアパートメント。ひとつの階に八つ部屋があって、六階まである」

「床面積、外壁素材、最初の建設年月日、大規模な改修の年月日は？」

「ええと、ちょっと、何から何まで全部質問するつもりなの？」

「数えきれないくらいもっとあるよ、でも僕なら答えは見つけられる」

ウェイトレスが水とワインを持ってきて、それぞれグラスにそそいだ。

「レンガよ」イヴは自分のワイングラスを手に取って言った。「レンガで、都市戦争前ふうにみえたわ。アパートメントの玄関ドアには役立たずのセキュリティ、役立たずのエレベーター――がひとつきり。防音はそこそこ。わたしにわかったのはそれだけ」

「あとは僕が調べよう――なぜきみがその不動産に興味を持っているのかを話してもらったあとに」

イヴは椅子にもたれ、ワイングラスで彼をさした。「あなたがそこを買ったら、そのバーを所有していて、上階の部屋に住んでいるクソ野郎を追い出せるかな、って思ったの」

「僕が？」面白がって、ロークもワイングラスで彼女をさした。「その男は犯罪をおかしたのかい？」

「クソ野郎であることが犯罪なら、ニューヨークの半分をムショ送りにしなきゃならなくなるわよ。それにときには自分も逮捕しなきゃ。そいつはコヴィーノの元恋人なの、ただし、恋人としての基準を満たしているのは彼女の頭の中でだけ。独善的な――まさにその言葉どおりよ――女たらしの、うぬぼれたクソ野郎」

「ああ、彼女は旅行を計画していたと言っていたね。けれどその恋人が、そう呼ぶにはお粗末なやつだが、キャンセルした——彼女がさらわれたその夜に。それがそのクソ野郎なのかな」

「まさに同一人物よ。そいつを調べてやりたくてたまらなかったんだけど、アリバイがあるの、二時までそのバーで働いていたから。プラス、そいつは次のお手軽なセックス相手を探すのに忙しくて、コヴィーノのことなんて気にもしていない。それに今回の事件のようにあれこれ手間隙をかけるには、自分以外の他人に興味がなさすぎるのよ」

「それじゃあ容疑者ではないね」

「ええ。彼女のスーツケースは証拠に入れた。女の子がビーチで着る服やらセクシーなものやらをいっぱい詰めてあってね、スパークリングワインも一本、小さなキャンドルも」

そう言って、親指と人差し指で〝準備完了〟の丸を作ってみせた。

「それで悲しくなったのか」

「かもね。ちょっと。誰もが彼女は頭がよくて、しっかり者で、分別があるって言うの。そいつに関しては違った。いい体ときれいな顔のろくでなしのせいで道を踏みはずすのは、彼女が最初じゃないけど」

ロークがにやりとして、やがて笑いだすと、イヴは頭を振った。「あなたは全然ろくでなしじゃないわよ」

「そんなお世辞を言ってくれたからには、ペパロニピザを進呈しよう」

するとし、彼が完璧にタイミングをはかったように、とイヴは思った。ウェイトレスがテーブルのラックにピザを置いた。そして皿をセットし、二人のグラスに水をついだ。

「さあどうぞ！　何かほかに必要なものがありましたらお呼びくださいね」

ロークは皿にひと切れ取り、それをイヴに渡してから自分用にもひと切れ取った。

「ここがいちばんむずかしいところ」イヴは言った。「口の天井を火傷しないように、そこそこ冷めるまで待つのが」

彼女はさっとまわりを見た。「はじめてここに来たとき、あの窓の前のカウンターに座ったの、何もかもが目新しくて、何でもできそうだった。わたしは自由で、アカデミーに入ることになっていて、凄腕(すごうで)の警官になるつもりだった」

「そしていまやそうなった、凄腕の警官に」

「あなたのことは予想もしてなかったわ。あそこでつかんだのは特大のボーナスだった」

イヴは自分のピザを手に取り、口を火傷しないためにはあと二十秒くらいと計算した。

「それで、メイヴィスの家は検査を通ったの？　何？」彼が首をかしげると、イヴは言った。「わたしはちゃんと聞いてるのよ」

「多くの人が気づく以上にね。通ったよ、ああ、だからこれから壁が入る。造園業者が植えつけを始めた、ただし新しいオーナーと借家人たちはかなりの部分を自分たちでやりたがっているんだ。ピーボディは非常に素晴らしい水場の詳細な設計図を送ってくれて、そのための石やポンプやいろいろなものを注文することについて尋ねてきた。彼女はメイヴィスとレオナルドに対する感謝として、それをつくるつもりなんだよ」

「彼女、本気であの滝みたいなやつをやるつもりなの？」

「そのようだよ。デザインもクリエイティヴで申し分ない」

「わたしは引退間近のギャングのボスのところに行き、わがパートナーは彼の滝を複製する。そしてあなたは彼の建築会社を買うってわけね」

イヴはひと口かじってみて、その熱くておいしい快さが五感を満たすにまかせた。「完璧」そう言って、もうひと口食べた。

家に帰ると、サマーセットが待っていた。

「外での宵は楽しまれましたか？」

「あなたが判断してくれ」ロークは彼に小さなテイクアウトの箱を渡した。「夜食だよ、きっとその価値はあるとわかるだろう」

「ありがとう。そうしますよ」ギャラハッドが後ろ脚で立ち上がって箱のにおいをかいだので、サマーセットは下に目をやった。「おまえはもう食事をしただろう、でもじきに誰かがちょっとごちそうをくれるんじゃないか」

一発かますにはピザで機嫌がよくなりすぎていたので、イヴはそのまま二階へ向かった。事件ボードに記録ブック、と彼女は思った。コーヒーにモズブリーの聴取の書き起こし。部下たちにも状況をきいてみよう。当たりがあればすでに連絡してきているだろうが、それでも連絡するつもりだった。

ボードを更新していると、猫が脚のあいだをくねくね歩いた。

しゃがんでかいてやり、それからナプキンで包んでポケットに入れておいたピザのかけらをやった。

「あげられるのはそれだけよ」

二十分後にスーツをジーンズとTシャツに着替えたロークが入ってきたとき、イヴはボードから記録ブックに移っていた。

「ジムに入っていたのはエルダーひとり」イヴは話しはじめた。「三人は同じサロンに行ってなかったし、同じ銀行や医療提供機関も使っていなかったし、わたしの突き止めた交際範囲でもまじわっていない」

「それでもきみが写真をウェイトレスに見せたとき――それに彼女がほかの人たちを呼んだとき――スタッフはエルダーとコヴィーノをおぼえていたし、ホープにもおぼえがあるようだった」

「おいしいピザは近所で評判になるものよ。彼女たちのまじわる場所がほかにもあるはず。

やっぱり犯人はあの界隈か近くに住んでいると思う。それならつじつまが合うでしょ。でもほかのところで彼女たちを見かけたのかもしれない」

イヴは椅子を回した。「問題はね、コヴィーノがあの界隈で働いてなかったってこと。だから彼女は仕事場のエリアにある店を使っていたんじゃないかな。マーケットは見つけた――彼女が花を買っていたところよ――でもそこの人たちはほかの女性たちにおぼえがなかった」

イヴは椅子から立ち上がった。「化粧品に戻るわ。山ほどある化粧品」

「Tで始まる名前の人にきいてみたら」

イヴは首を振った。「高級品じゃないの。ドラッグストアで買えるようなもの。トリーナは軽蔑するわよ。いずれにしても、犯人はどうやってそれの使い方を知ったのか――あんなにも正確に？　練習したのか？　その分野で働いているのか――劇場とか、エンターテインメントとか？」

「トップスはどうだったんだい――ナッシュヴィルの店の――前に話してくれたのは？」

「ああ、あれね。あとをたどれないのよ。やっぱりヴィンテージショップに戻っちゃったの、でも……」

「その線は終わりにするんだね」イヴのことをわかっているので、彼は二人ぶんのコーヒーをプログラムした。

「犯人は今回のことをきのうの今日で計画したわけじゃない、そうよね？　先週一週間でもない。少なくとも何週間か、もっとありそうなのは何か月か。だから犯人があの服、化粧品、枷を全部、エルダーをさらう直前に買ったとは思わない」

ロークは彼女にコーヒーを渡し、彼女の補助ステーションに座った。「犯人は数日間、三人の女性を手元に置いていた」

「ええ、そのことも考えた、それが気にかかってしかたないの。いま犯人のもとには二人いる。三人必要なのか？　今晩誰かをさらうつもりなのか？　今夜はあのエリアにパトロールを増やすわ、念のため。でも無期限にそうし続けることはできない」

イヴは息を吐いた。「それとは別に、三人の女性を閉じこめておくのは――彼女たちに食事を与え、トイレも与えるのは」立って歩きまわりだした。「マックイーンは、あいつは一度にもっとおおぜい閉じこめていたけど、食事を与えることなんて気にもかけてなかったわ。肝心なのは彼女たちを所有し、レイプし、殺すことだった。今回の犯人には別の目的がある」

「彼は女性たちを一カ所に集めているのか、別々にしているのか？」

「マックイーンは一カ所に集めて、鎖につないで、絶望させ、おびえさせていた。でも今回は違う」

ボードのまわりをぐるぐるまわった。

「犯人は彼女たちを一緒にしておけないよ。そのうちのひとりが自分の母親だと――あるいは母親になるという幻想をどうやって保てる？　彼女たちが一緒にいて、たがいにおしゃべりしたりしたら。犯人は彼女たちを別々にしておかなければならない、あいだに壁をはさんでおかなければならない――彼女たちのために、自分のために。それだけの広いスペースが必要なはずだ」

イヴは振り返った。「よくぞ別の線から指摘してくれたわ。たぶん大きな地下室ね、女性たちを別々の階に閉じこめているのかも。でもさっき言ったトイレがなきゃだめよね。三人の人間を何日も鎖につないでおいて、トイレなしですますわけにはいかないもの。そんなところを掃除したい人がいる？　それに犯人はきれい好きよ。エルダーは清潔だった。体、髪、爪、服。すべてが文句のつけようがなく清潔で」

彼女はまたぐるぐる歩きまわった。「エルダーに脱水症状はなかった。最後にいい食事をとっていた。食べて、飲んで、消された」

もう一度腰をおろした。「計画。ごく短いあいだに三人をさらったということは、少なくとも三人を想定した計画は立てていたのよ。トイレも設置ずみだったかも。そうよ、もう設置していたかもしれない。いや、ひとりはバスルームに監禁しているのかもしれない。窓がなければ。でも――」

「許認可について掘ることはできるよ。リストに載っている住宅で、ここ、そうだな、十二か月以内に追加の配管工事をしたところとか?」

「ええ、ええ、それは名案。それは有望かも」

イヴは忘れていたコーヒーをとった。「犯人は二人の人間ね」と声に出す。

「二人の人間が協力しあっていると思うのかい?」

「ううん、そういうのじゃなくて。ひとりの男の中に二人の人間がいるのよ。計画者、抜け目のない大人、それからひどく貧しい、怒った子ども。どちらも殺人者で、どちらもイカレてる。でも大人は維持する、彼はがまんできる、外見も行動も正常なふりができる。そうしなければならなかった、そうでしょ?」

座ったまま足で床を蹴って後ろへ下がり、ブーツの足をカウンターにのせた。「そうよ、そうしていた。せいぜいエキセントリックってところ、とまわりは思ってたでしょうね。でもそれほどじゃない、なぜなら誰も彼に目を留めないから。犯人はそれに腹を立てるのか、あるいはそれが求めるものなのか?」

イヴはロークが見つめているのに気づいた。「何? ごめんなさい。声に出して考えてるだけだから」

「それが魅力的なんだ。きみは犯人を組み立てているんだね」

「犯人かもしれないものをね。単に〝かもしれない〟が増えてるだけよ」

「僕のために止まらないでくれ。組み立てを続けて」

「そうね、もし犯人がこちらのプロファイルどおり六十代か七十代なら、その年齢と経験という成熟があると言えるでしょう。でもさっき言った内なる子どもには衝動と怒りしかない。大人の男にも怒りはたくさんある、なぜなら彼は自分のほしいものが手に入らないから、失望させられ、虐待されてたかもしれないから。たぶん虐待ね。でも、自制心はある」

ボードを見ながら、イヴは考えが湧いてくるにまかせた。

「モズブリーは失望させられた、それにひどく虐待された。彼は逃げた――たくさんの怒りを抱えて。でも彼には祖父母がいた、そして、自分を磨きなさいというあのメッセージがなければ、つらい道を落ちつづけていたかもしれない。母親が許しを求めたとき、彼はそれを与えた。そして何年もたってから、家族をつくりなおした。

今回の犯人にはそのどれもない。わたしがステラを見て、彼女だとわかったとき――」

「イヴ」

「違うの、罪悪感はない。わたしは絶対に彼女を許さなかっただろうし、関係を結びなおすこともしなかったでしょう。でも死ねばいいとは思わなかった。わたしは死とともに生きていて、死とともに仕事をしている、だから誰かにそれを望むことはない。でも今回の犯人は？　彼は殺さなければならない。彼が殺すのは……またしても自分を失望させるものよ」

イヴは頭をかしげ、目を細くした。「犯人は目にする、想像して手に入れたくなる、だから計画する。すべてのステップを。それには時間と忍耐が必要――それにお金も。彼は投資をしなければならない。観察し、待ち、そして誘拐する」

コーヒーを飲んだ。「犯人は身体的あるいは性的な攻撃はしない――それは……失礼で、無作法だから？　女性たちは逃がしてくれと懇願するはずよ――それが人間性だもの。そしてそれが彼を怒らせる」

「なぜ？」

「母親は子どもと一緒にいるのを望むものだから。それは彼の感情を傷つける――でも女性たちにあたりちらすことはない。だから一人じゃ足りないのよ。彼女たちの誰かはわかってくれるだろう。誰かは変わり、そこにとどまって、彼を愛してくれるだろう」

「犯人は彼女たちを母親に似せられる――体はね」ロークが言葉をはさんだ。「あのタトゥー、ピアス」

「そのとおり、それが大事なの、でも本来の彼女たちまでは変えられないし、別の人間にすることもできない。だから、犯人はまたしても失望することになる」

イヴはボードからロークに視線を移した。

「でもそのすべての下ではね、ローク、彼は母親のしたこと、あるいは母親がしたと彼がみなしていることのせいで、彼女を許していないの。だから彼女を殺す、そして殺しつづけるでしょう」

「きみが彼を見つけるよ。きみが止める」

「わたしたちが見つけるの。わたしたちが止めるのよ。ただ、ボードにある二人の女性を救うのに間に合うかどうかわからない」

イヴは作業をし、ピーボディ、ライネケと連絡をとった。リストにある家で、ランドリーエリアの改修とバスルームを追加する許認可をとったものをロークが見つけると、それをライネケとジェンキンソンに送った。

「捜査令状はとれないわね——根拠が薄弱すぎる」彼女はロークに言った。「でも警官二人が地下室を見せてもらえますかときいたら、住人がどんな反応をするかは見られるわ」

「夜のこんな時間じゃ、その住人は歓待してくれないんじゃないか」

イヴは腕時計(リスト・ユニット)を見て顔をしかめた。「そんなに遅くないでしょ。まだちゃんと二三〇〇時にもなってない」

「十分すぎてるよ」

「ほらね、まだなってないも同然。それに、彼らには今日はこれが最後だと言ったの。ほかのはあしたあたれる。今夜、リストの三分の一をやってしまわなきゃならないの」

イヴは立ち上がり、もう一度ボードへ歩いた。「もしこの不動産のどれも当たりがなかったら、エリアを広げなきゃならない。家については間違ってないのに。オーケイ、オーケイ、もし犯人が家を持っていて、でも自分の名義にしていなかったらどうか？　母親の名前か、家族の名前か、店の名前かもしれない。その組み合わせかも」

「新しいサーチをセットアップして、自動検索にしておくのは賛成だな、きみが今夜はもうおしまいにすると承知してくれるなら」

「ライネケとジェンキンソンから連絡が来たらすぐ終わりにするわ」

「交渉成立」

真夜中に、取引は取引なので、イヴはベッドに入った。「自分がトイレのことで頭がいっぱいになってるなんて信じられない」

「必要なことだろう」ロークは彼女に腕をまわした。「ジェンキンソンとライネケが話をした、地下をメディアルームに改修してトイレをつけた男が理解しているように。うちもメディアルームをつくるべきかな」

「ここでソファに寝そべって映画を見たいわ」

「僕も。だからそのアイディアについて迷っていたんだ。さあ、その容赦ない警官の脳のスイッチを切ってお眠り」

一分たった。もしくは二分。「もし犯人が今夜狩りに出て、パトロール警官が彼を見つけたら――」

ロークは体をまわして彼女の上にのった。「何をするべきかわかったよ」

「セックスがすべての解決になるわけじゃないわ」

「でも多くの問題の解決にはなる。さあもう黙って」彼はイヴに唇を重ねた。

ロークは夢見心地のルートをとった――イヴは彼のさまざまなやり方を知っていた。

そしてそれは効き目があった。

猫がベッドから飛び降りるどすんという音が聞こえ、どうやらぷりぷりして離れていったようだった。それから夢のような心地が全身に広がっていって、猫のことは忘れた。

やさしくゆっくりと、ものうげに甘く、ロークはひとつひとつ、彼女の筋肉の緊張をほどいていった。彼は溶ける必要がある場所、うずきを求めている場所、そういう場所をすべて見つけた。

イヴのナイトシャツを少しずつずり上げていき、やがて頭から脱がせた。

そして彼女も一緒に現実を離れ、体と体をつけ、鼓動と鼓動を重ね、口と口を合わせた。

ロークは彼女が屈するのを感じた。彼にだけではなく、このひとときに。あの容赦ない警官が、人を愛する女へ道を譲るのを。そして同じように、彼もイヴに、このひとときに屈した。彼の肌への愛撫に、彼の口にこたえる彼女の口の熱さに。

イヴの中へ入ると、熱く濡れていて、彼女が下で動くと、ロークは頭を上げて、自分を見つめるイヴを見つめた。

アイルランド語でささやき、それにこたえてイヴが息をもらすのを聞いた。彼女が頰に触れたので、ロークは頭を傾けてその手のひらに唇をつけ、ともに動いた。

ゆっくりとゆったりと、ゆったりとゆっくりと、いそがず、時間もなく、心配もなく。欲望がわきあがり、うずきが広がって、鼓動が速まったときも、二人はこのひとときに、たがいにしがみついていた。

そのひとときがぼやけたときも、その先も、二人はかたく抱き合っていた。

そうしてイヴが眠り、彼女が眠ったとわかると、ロークも一緒に眠った。

イヴは夢を見た。暗闇の何か、暗闇で何かを探していて、助けを求めて泣くいくつもの声が続いた。でも近づくたびに、声は消えてしまった。呼びかけると、声は違う方向から響いてきた。

どこを探しても見つけられなかった。

びくっとして目がさめた、コミュニケーターが鳴っていたのだ。

「くそったれ！」自分を夢からひきずり出し、コミュニケーターをつかんだ。「映像ブロック」と指示したとき、ロークが照明を十パーセントで命じた。

「ダラスです」

〝通信指令部です、ダラス、警部補イヴ。レナード二一番地にいる巡査たちに会ってください。殺人事件の可能性あり〟

はやくも立ち上がり、服を取りにクローゼットへ駆け出しながらイヴはきいた。「死体(DB)は女性？」

〝そうです〟

「了解」イヴはズボンをはいた。「ダラス、通信終了」

シャツをつかんだ。「ちくしょう、ちくしょう、ちくしょう。きっとホーブよ。犯人は彼女をいちばん長くつかまえていた。いま何時？」

「四時半だ」

足をブーツに突っこんでから、ベルトとジャケットをつかんだ。それを手にクローゼットを出てきたときには、すっかり服を着たロークがコーヒーをさしだした。

「どうしたらそんなことができるの？」コーヒーをごくんと飲んでから武器ハーネスに手を伸ばした。

「一緒に行くよ。僕が運転しよう」

「あなたは来なくても――」

「一緒に行くよ」彼は繰り返した。「それに僕が運転する、それから帰る手段を見つける」

そうしなきゃならないでしょうね、とイヴは思った。黒いTシャツとジーンズは、彼の〝ビジネス界の皇帝〟としての基準を満たしていない。

「それにきみはピーボディに連絡して、モリスにも一報を入れるんだろう」

まさにそうするつもりだったので、それ以上議論はしなかった。

ロークは黒の革ジャケットを着た。彼女もそうした。

「少なくとも黒を着ているからってわたしにお説教はできないわよね、あなたも同じなんだから」イヴは必要なものをポケットに突っこんだ。「ちくしょう、ローク、犯人は彼女に十日間与えなかったのよ」

猫も一緒に階段を駆け下りて、まっすぐサマーセットの住居部分へ行き、二人が玄関を出ると、そこでイヴのDLEが待っていた。

「レナード二一番地」

「ああ、そう聞いた」

イヴはライトとサイレンをつけた。

ロークがアクセルを踏んだ。

イヴはダッシュボードのスクリーンに地図を呼び出し、ピーボディに連絡した。

「ピーボディです」パートナーは映像をブロックして応答した。「まさか、ダラス」

「レナード二一番地、女性のDB。犯人はわたしたちがブロックしていたエリアのほんの少し外に出て、死体を遺棄したらしい。起きて、服を着て、そこへ来て」

「了解。すぐ行きます」

次にモリスに連絡した。

彼は映像をブロックする手間をかけなかったので、薄暗い明かりの中でベッドで起き上がるのが見えた。シーツは純白で、イヴが見る必要のない部分を――かろうじて――おおっていた。

眠たげな目を一度まばたきしてから、モリスはたらしたままの長い髪を後ろへはらった。

「死んで今日を迎えたのは誰だい？」

「まだわからない、いま突き止めに行くところ。でもDBは女性で、そのエリアは彼女がエルダーとつながりがあることを示しているの。犯人よ、モリス。あなたに彼女を引き受けてもらいたい」

「彼女を待っているよ。住所を教えてくれ、きみが現場作業を終える頃に搬送できるよう手配しておく」

「助かるわ。こんなに早い時間に連絡してごめんなさい」

「死が相手の警官、死が相手のドクター。われわれに時間は無意味だよ」

モリスがシーツをはごうとしたので、イヴはいそいで通信を切った。「ダラス、通信終了」

ロークが市内を走り抜けるあいだに、イヴはコーヒーを二人ぶんプログラムした。

「ジェイク・キンケイドの裸のお尻を見たわ」

「すまない、いま何て？」

「わざとじゃないのよ。ナディーンがツアーに出ていたとき、彼女に連絡したの――そしたら、彼女がどこにいたにせよ、例の地球の自転うんぬんってやつで、ナディーンはベッドに入ってた。彼と一緒に。わたしはそのときオクラホマのあのろくでなしのことを彼女に調べてもらいたかった――クワークの元亭主のＤＶ野郎を。それで、彼女は映像をブロックしてなかったから、ジェイクがちょうどベッドから出てきて、スクリーンの外へ歩いていくときに裸のお尻が映ったわけ」

「なるほど」

「すごくいいお尻だったわ、オーケイ、でも……そしたら今度はモリス。映像をブロックしてなくて、裸でベッドにいるのはあきらかだった。それにアレがシーツの下にあったのに、そのシーツをはごうとしたのよ。露出狂の変態ってわけじゃない、モリスは――ジェイクと同じように――単に体の一部が裸になっていることを何とも思わないのよね」

ロークは手を伸ばしてきて彼女の手をぎゅっと握った。「きみがお上品になってしまうところが好きだよ」

「お上品になってるんじゃないわ。つまりね、モリスは腿の上側に死神のタトゥーをいれてるの。そんな情報がわたしに必要？　もういいわ」イヴはいつもの手順を踏むことにして、数分後に現場に着くことがマップでわかった。遺留物採取班を呼んだ。

ロークはパトカーの後ろに車を停めた。

制服警官たちが遺体の両側から二メートル弱くらいのところをテープで仕切っていた。ひとりは遺体のそばに立ち、別のひとりは立ち入り防止柵の外の玄関階段に男と座っていた。ティーンエイジの男、とイヴはみてとった。

バッジを持ち上げてみせた。

「警部補。コッター巡査です」制服警官が立ち上がった。がっしりした五十代なかばの混合人種の警官だ。その片手は、ぶるぶる震えながら立ち上がった真っ青な若者の肩においたままだった。「こちらはカイロ・グリショム。遺体を発見して、通報してくれました」

カイロは両手で缶入りの水を握っていた。「僕は困ったことになるんですか？」

「あなたがあの女性を殺したの？」

彼の目がパニックに見開かれた。「違う。僕が？　違うよ。冗談じゃない！」

「だったらなぜ困ったことになるの？」イヴはきいた。

「そのう、だって僕は……その、オーケイ、こっそり出てきたんです。ほら、すぐそこに住んでるんですよ、それでこっそり出てきたんですよ、ほら、彼女のところへ。向こうの親たちは留守なんです、ね？　それで、そのう……ええと。わかるでしょ」

「彼女の家に行くとき、ここを歩いて通った？」

「うん」

「何時に？」

「ええと、真夜中ごろかな」

「向こうの家を出たのは何時だった？」

「ちょうど四時頃。ほら、うちの母親は五時頃起きるんですよ、それから兄貴を起こすんです、二人とも早番で仕事をしてるから。それで母さんは必ず、兄貴と出かける前に僕をさっと起こしていくんです、学校が休みで、僕は弟の世話をしたりいろいろあるから。それで母さんが起きる前に戻りたかったんです」

「あなたの彼女はどこに住んでるの？」

「ドウェインです、ブロードウェイのすぐ横の。彼女は親たちが留守のときは、誰も家に入れちゃいけないんですよ、でも僕たちは、そのう……ええと」

「わかるわよ、カイロ」

「ほら、彼女を困ったことに巻きこみたくないんです。僕だって困ったことに巻きこまれたくない、そうでしょ？　でもあの女の人が目に入って……」

彼の目はもう見開かれていなかったが、体はかき鳴らされた弦のように震えつづけていた。

「あなたは彼女の家から歩いて帰ってくるところで、あの遺体を見たのね?」

「うん、うん、ほら、僕は歩いてて、それで思ったんです、最初はあの女の人がただの、ほら、路上生活者だと思った。でも着ている服がそんな感じじゃなかった。だから酔っ払ってるかラリってるかで、意識がないだけかもって思った。でもなんだかおかしかった。ただじっといつまでも見ているだけで、それで思ったんだ、おいまさか、彼女、なんだか、死んでるみたいだって」

カイロがぎゅっと缶を握ったので、イヴはそれが破裂するのではと身がまえた。

「ただ逃げちゃうつもりだったんです、わかるでしょ? そうなんだ、そうしようとしたんだ、でも……」

「あなたは正しいことをしたわ」

「たぶんね」

「あなたは正しいことをしたのよ、カイロ。遺体にさわった?」

「まさか、しないよ。ううん。絶対(ネガティヴオ・プリュス)」

イヴは腕時計(リスト・ユニット)を見た。「お母さんはもう起きている頃ね。わたしがあなたなら、あったことを正確に話すわ」

「母さんに向こうひと月、がみがみ言われちゃうな」

「おそらくね」イヴは名刺を出した。「これをお母さんに渡して、わたしがあとで連絡して、正しい行いをする息子を育てた功績を祝うって伝えてちょうだい」

カイロの目がまたしても大きく、しかし今度は驚きまじりの喜びに見開かれた。「ほんとに？　マジで？」

「本当よ」

彼はちょっと笑った。「母さんはきっと大喜びするよ。ありがとう」

「家に帰りなさい。あとで連絡するから。それと、協力してくれてありがとう。巡査、カイロを家まで送っていってくれる？」

「はい。さあ行こう、カイロ」

イヴは彼らに背を向けて遺体のほうを向いた。ロークが渡してくれた捜査キットを受け取り、テープの下をくぐった。

14

イヴはアンナ・ホープを見おろした。

暗闇でわたしを呼んだでしょう。そしてわたしは、あなたを見つけるのが間に合わないと、どこかでわかっていた気がする。

彼女は女性の制服警官に顔を向けた。ボウルのようにカットした髪に制帽をきちんとかぶっていて、それが制服時代のピーボディの髪型を思い出させた。

「巡査」

「ピンスキーです、警部補。通信指令部から〇四一九時に連絡を受けて応答しました。サー、われわれはあなたの事件捜査でパトロールを担っていましたが、これは当該地区の一ブロックほど外だったんです」

「そうね」

「はい。われわれが到着したとき、およそ二分後でしたが、発見者はそこの縁石に座って、膝のあいだに頭を落としていました。震え上がっていたんです、警部補、それでわたしのパートナーが彼に付き添い、わたしはDBであることを確認しました。現場を保存し、連絡を入れました」

「周囲にはほかに誰かいた？」

「いいえ」

「オーケイ。パートナーが戻ってきたら、聞きこみを始めて」

「わかりました」

イヴが目を上げると、スチールゲートの入口の上に札があった。

〈探究ステーション〉

「ピンスキー、この場所を知ってる？」

「はい、子どもたちのための体験型の教育複合施設です。よちよち歩きの幼児からティーンエイジャーまでの。面白いところですよ。うちの子どもたちも気に入っています」

「ありがとう」捜査キットを開き、ロークを振り返った。「ホープよ」

「そうだね。それに、ある意味では、ここも遊び場だ」

イヴはコート剤をつけ、遺体に近づいた。

犯人は最初の被害者にしたときと同じように、二人めの被害者を配置していた。今回は広い戸口に。最初の被害者にやったように髪をととのえ、顔にメイクをしていたけれど、イヴにはその微妙な違いがわかった。

目と唇に使った色が違う。

犯人は彼女にスカートをはかせていた——とても短くて、デニムで、片側を花がついたおりている。やはりローウエストだ、とイヴは見てとった。へそのあざやかな赤い球を目立たせるために。シャツは——これも赤で——両肩がのぞいており、乳房のすぐ下で終わっていた。

彼はまたハイヒールを選んでいた、今度は赤で、つまさきがとがっていてオープントゥになっている。ネイルはダークブルー——ほとんど黒——にしていた。

メッセージは白い画用紙に赤いクレヨンで書いてあった。

〝だめなママ！〟

ピーボディが早足で、マクナブが短くはずむように歩道を歩いてきて、ロークが彼らを出迎えるのが聞こえた。

イヴはしゃがみ、身元照合パッドを出して指紋を採取し、正式に身元を確認した。

「被害者はホープ、アンナ。女性、白人種、年齢二十四。六月一日に失踪届けが出されている」後ろにピーボディがしゃがんだ。「コート剤をつけて、ピーボディ」

「つけました」

イヴはメッセージを渡した。

「首のリボンの下を見てみて」そして計測器を出した。

「喉を切り、縫ってあります。緻密な縫い目。エルダーに使われたものと同じ糸、同じタイプのリボンのようです。ラボに確認してもらいます」

感情のない声で、効率的な動きで、二人は仕事をした。

「死亡時刻（TOD）、二〇四六時。打撲と裂傷、右手首と左足首、被害者が拘束されていたことを示している」イヴは遺体のそばへかがんだ。「香水。犯人がエルダーに使ったものと同じ香り」

念のため、サンプルを採取した。

「へそのピアス、複数の耳のピアスはエルダーと同じ。体は清潔。ほかに攻撃もしくは防御による傷は見えない。

彼女をひっくり返しましょう、ピーボディ」

ひっくり返し、イヴは背中のくぼみに羽を広げている蝶をじっくり見た。「同じタトゥー、同じ緻密な仕事、でも……」

コートした指で図柄をなぞった。「まだ少し、ええと、かさぶたになってる。エルダーのときほど治る時間がなかったんだわ」

姿勢を変えて、首の傷を自分で見た。

「角度が違う。わかる？　角度が……後ろからだ」イヴはピーボディの髪を片手でつかみ、頭を後ろへ引っぱってから、もう片方の手で喉をかき切るまねをした。

「今度は衝動じゃない、ひとりめがそうだったとしても。今回は違う。計画していた。後ろから。こっちの端が上がってるのが見える？」

「いま見てます」

「言い争いじゃない、対面じゃない。後ろから近づいて、彼女の頭を狙いやすく引っぱる。さっと切る。彼女にはもう用はない。もう彼女に用はないとわかった。わたしたちがまだ知らない別の誰かをつかまえてあるのか、コヴィーノがいまのところはうまくいっているのか。両方かもしれない」

「エルダーより手首に打撲が多いし、裂傷も深い気がします」

「ええ、そうね。どうしてだと思う？」

「彼女のほうがもっと抵抗したのかもしれません。たぶん……」ピーボディは外回り用のバッグから拡大ゴーグルを出した。「新しいものが多いようにみえます。最後の日かそのあたりで、さらに抵抗しはじめたみたいに」

「どうしてだと思う？」

ピーボディはかかとに体重をかけた。「自分で脱出しないかぎり、生きて出られないと気がついたんじゃないでしょうか」

「もしくは、彼女とコヴィーノがやりとりする方法を見つけたか。希望は人をより強く戦わせる。あるいは脱出する方法を見つけたのか。そのどれかでもありうるし、全部でもありうる」

「モルグと遺留物採取班に連絡しましょうか？」

「ここに来るときにしておいた。モリスに注意しておいて。これを見て？　このスカート、この靴よ？　彼女にはほんのちょっと大きい、エルダーではジーンズと靴が少し食いこんでいたところが。でも犯人は近くなってるわ。近くなってる。

彼女についていて。わたしは九一一の通報者の母親とちょっと話さなきゃならないの。すぐそこに住んでるって」

「オーケイ。その人の母親というと？」

「通報者は十六歳くらいで、こっそり家を抜け出して、恋人とセックスとマリファナをしてた。それでも通報して、遺体のそばにいてくれた、だから母親と話をしてくる」

イヴは立ち上がり、マクナブとロークが彼女の車に寄りかかってコーヒーを飲んでいるのを見つけた。

「ダラス、俺も仕事をしにきたんですけど」

「被害者は電子機器を持ってないわ」イヴはマクナブに言い、トランクに捜査キットを入れて鍵をかけた。「入口にカメラがあるけど、犯人なら妨害しておくくらいの頭はあるでしょう。それでも、ここを運営している人を連れてきて、ドアをあけてカメラの映像をチェックさせてもらって」

「まかせてください」

「わたしは発見者の母親とちょっと話さないと」

ロークが車から離れた。「一緒に歩いていくよ」

慰めるためにイヴの手をとることはしなかった――彼女は望まないだろうから。それでも一緒にそのブロックを歩いているときに、彼女を見た。

「きみはできることは全部やったと思い出させることに意味はあるかい?」

「足りなかったわ」イヴは頭を振った。「それに、できることを全部やっても、それで足りるとはかぎらないのはわかってる。足りるはずがない。わたしはただ、モズブリーのことで間違った方向へ行ってしまった、それで時間を食ってしまったと感じてるだけ」

「間違ってはいなかった。きみは彼を除外したんだ、そうしなければならなかったから」

「そうね。あなたの言うとおり。ああいうことはすぐに調べなきゃならない、そしてわたしは、犯人が一日でも予定を早めたらわたしたちに時間がなくなることはわかっていてそうした。犯人は早めた。わたしたちは早められなかった」

イヴは通りを振り返って現場に目をやった。死体運搬車が停まった。二人の人間が自分たちの玄関から頭を出して見ている。

「パトロール区域のすぐ外。それってわたしが不運だったの、それとも犯人の計画が賢かった？　いずれにしても、ここが終わったらセントラルに行くわ」

「僕は車を呼んであるよ」

「だろうと思った。くそっ、あなたは一晩じゅうあの調査をやってくれてたのよね」

「あとで結果を送る」

イヴはもう一分かけた。「わ、もう――あなたたちは何ていうんだっけ？――五時半(ハーフ・ファイブ)近いじゃない。もう六時になろうとしてる。あなた、今朝ははやくも宇宙を丸ごとひとつ買いそこねたでしょ」

「宇宙のすてきなところはね、まだあるっていうことだよ。僕のお巡りさんの面倒をよろしく」ロークが言ったとき、優美な黒いセダンがすべるように縁石のところに入ってきた。

「それと、彼女に食事をさせてくれ」

「わかった。まかせて」

彼は車へ歩き、イヴはカイロの家の玄関へ歩いていった。

十分後、イヴは大きな、まだほかほかのブルーベリーマフィンを持って、現場へ引き返した。

マクナブが遺留物採取班のひとりとしゃべっていた。イヴがカイロの家にいるあいだに到着したらしい。

「施設長に連絡しましたよ」マクナブは言い、すぐにふんふんとにおいをかいだ。「ベーカリーがあるんですか?」

「いいえ」イヴはこうなるとわかっていたので、マフィンを三つに割っておいた。「発見者の母親が週末に作って、オートシェフにストックしておくらしいわ、息子たちが朝、飢え死にしないように」

「ありがとう。うまい」彼はもらった三分の一を口にほうりこむと、そう言った。「施設長がいま来ますよ。施設の前に死体を置かれたことにすっかりショックを受けています。ほら、子どもたちが」

イヴはピーボディがモルグのチームと話しているほうを顎でさした。「ここには長く置いておかないから」

自分のぶんを食べてみると、マクナブの言ったとおりだった。おいしい。「神々がわたしたちにほほえんで、カメラに何か写ってたら知らせて」

「古いカメラなんですよ、撮影範囲が広くなくて、簡単に妨害できるやつ。でもわかりませんよね」

イヴはピーボディのところへ歩いていって、マフィンの残りを渡した。

遺留物採取班の班長、死体運搬車のドライバーと話し、それから近所の建物から出てきた制服警官二人と短く言葉をかわした。

いまのところ、神々は彼女の膝に目撃者を落としてくれるほどにはほほえんでいなかった。

「犯人は真夜中すぎから〇四〇〇時のあいだに彼女を遺棄してる」イヴは車に乗りこんで言った。「確率の高いのは、真夜中より〇四〇〇時に近いほうね。彼女をきれいにして、服を着せて化粧をほどこすには時間がかかった。プラス、狙うのは午前三時頃、その頃にはほとんどのバーが閉店しているし、ラストオーダーのために残ってたり、閉店シフトで働いてたりした人もほとんどが家に帰ってる。もうベッドに入ってる」

「それでも夢遊病者や、子どもや赤ん坊がいて眠れない夜になった人というリスクがありますよ。もしくは今回の九一一の通報者みたいに、セックスしに会いにいったあと家に向かっている人も」

「そのリスクは計算ずみ。犯人は目的を果たさなきゃならない、でしょ？　ママは彼をこういう場所へ連れてきた、もしくは連れてくるべきだった」

「犯人は化粧品の色を変えましたね」ピーボディが指摘した。

「ええ、わたしも気がついた。ネイルの色が違うし、へそピアスの球も、耳のピアスも違う。犯人は在庫を持ってるのね」

「トップスとスカートについているラベルのサイズはSです。ブランドはおぼえがありませんでした。ラベルはかなり色あせていました」

「古いのね。ほかのものと同じように。それも在庫を持ってるんだわ。服、靴、何もかも。自分の望むものがすぐ手に入ることはないと理解する程度には、事情に通じている。それに手に入れられるまでやりつづける用意はできているの」

「また別の女性をさらってあるのかもしれません。まだ届けが出されてない人を」

「そうね。ノーマンに連絡して。彼にもう一時間あげましょう、そうしたらスピードアップのために連れてきて」

「モズブリーもたくさんのチェック欄にマークが入りました」ピーボディはあくびをして、それを振り払った。「また別の誰かがそうなります。誰かがチェック欄全部にマークが入りますよ」

イヴはセントラルの駐車場に入った。「ロークが夜のあいだに別の検索をしてくれたの、可能性のある不動産を広げて。犯人はあのエリアをすごくよく知っている、知りすぎているから、そこに住んでないはずがない」

車を降りて、エレベーターに向かった。これだけ早い時間に事件にとりかかる利点は、エレベーターに人の体がぎゅう詰めになっていないことだ。のぼっていくあいだに、イヴは自分のトイレ仮説を話した。

「それはいいですね！　犯人は何らかのかたちでバスルームを使わせなければならないし、女性たちを一緒にしておきたくないはずです。おしゃべりしたり、どうやって逃げるかアイディアを出し合ったりしますから。でも化学処理トイレを使うかもしれませんね、キャンプ旅行に持っていくような」

「正気の人間がなんで外で、テントや莢（さや）みたいな家に入って眠りたいわけ？」

「うちでは自分たちでグラハムクラッカーやチョコレートやマシュマロを作りましたよ、それにスモア（グラハムクラッカーに焼いたマシュマロとチョコレートをはさんだデザート）も。楽しいんですよ、キャンプファイヤーのまわりに座って、スモアを食べたり、話をしたり」

「自分たちがでっかい熊より食物連鎖の下にいるところで寝るのはどんなに楽しいか、って話なの？　そいつはこっちをおいしそうだと思うのに」

「ええまあ」

「あるいはそういう楽しい話って、自分たちが眠っているあいだに何かがテントにするりと入ってきて、首に巻きつくことにしたらどうなるかってやつ？」イヴはピーボディに眉を上げた。「そういう話？」

「わたしが子どもの頃、キャンプに行ったときには、みんな幽霊の話が好きでしたね」

「熊に食べられたり、蛇に絞め殺されたりした人たちの幽霊の話をしてあげたらどう、その人たちはテントで寝るのが楽しいと思ってたのよ、って」

「してもいいですね、でもまたキャンプをしても、もうあの楽しみは味わえないと思います」

「成長したのよ。ホープの母親は州北部に住んでる、それから父親はオハイオに。知らせるのはわたしがやるわ。ラボにメモを送っておいて」イヴはブルペンに入りながら続けた。「これは優先にして、って。それからマイラにも追加の見解を頼んでおいて」

オフィスに入ると、イヴはコーヒーを飲んだ。時刻を考え、アンナ・ホープの両親に娘が亡くなったと伝えるのはもう少し延ばしてもいいだろうと思った。

事件ボードと記録ブックに取り組み、報告書を書き、ピーボディからのメモと一緒になるようコピーをマイラに送った。

それから腰をおろし、もう一度ボードを見てから目を閉じた。

モズブリーをあんなに厳しく調べたのは、自分が彼を犯人像に合わせたかったからだったのか？　あるいは、彼が犯人と同じ特性を持っていたからか——というか、自分が積み上げた犯人像と？

犯人の特性ではなく、別のことだ。

該当する年齢範囲、独身、結婚したことも恋愛関係になったこともない。ひとりっ子。両親と不仲、またはそういう過去があった。ひとり暮らし、個人住宅。

収入の多い、責任を伴う仕事を追加しようか？　買ったり維持したりするための金がなければ、どうやって個人用の住宅を買ったり借りたりできるだろう？

相続？

イヴはもう一度目をあけた。

「ママは死んで、大きな家と大金を残してくれたの？」

ありうる、と思った。間違いなくありうる。でもそれなら、なぜ犯人は腹を立てているのだろう？

なぜなら妄想の、欲求の下にあるのは、怒りだから。内なる子どもは腹を立てているのだ。

それに、二十代の女性を母親の代わりにしたいという欲求はなぜ？

「ことの起きたのがそのときだったから。それが何にせよ。ママはその頃にあんたを捨てた、もしくは生活が破綻してしまったから、児童保護サーヴィスがあんたを連れていった。ママは刑務所に行ったか、病気になったか、死んだのかも」

イヴは立ち上がって歩きだした。「もし彼女が死んだなら、なぜこんなに長いこと待ってから腹を立てたの？　そこが噛み合わない。ただし……」

ボードのところへ戻った。「あんたはとんでもなくイカレてる。でもあんたには金があり、手段もある。ねえ、もしかして彼女があんたを怒らせたから、彼女を殺して、そのときに残っていたものが崩壊したんじゃないの。あんたはただママを取り戻したいだけ。幸せだったと記憶している時間に戻りたい」

イヴはまた頭を振った。「あんたがママにああいう格好をさせるのは、幸せだった頃を思い出すためじゃない。あんたは安物の格好、尻軽女みたいな安っぽい格好をさせてるもの。それがありのままの彼女だったのかもね」

もう一度、ブーツの足をデスクにのせ、目を閉じ、いま考えたことが選り分けられていくにまかせた。

ピーボディがどすんどすんと歩いてきて、一歩遠ざかるのが聞こえた。

「考えてるの、寝てるんじゃないから」

「オーケイ。コーヒーを一杯、いただきにきたんですけど」

イヴは手招きして中へ入れた。「犯人は六十から七十五のあいだね。わたしはいまのところ、若いほうだと思ってる。白人の男、あるいは混合人種、こっちには父親のデータがないから。ひとり暮らしで、個人住宅に住み、しっかりした仕事かキャリアを持っている。頭のイカレたやつにしてはすぐれた知性を持っている、それに技能も。彼は緻密よ、きれい好きで、自制心があって、計画を立てるのが好き。一見しても、イカレたやつや殺人者にはみえない。同僚や部下は誰一人、近所の住人も誰一人、彼を短気な人間とは言わないでしょうね。だから、わたしが最初から不思議に思っていたことに戻っているところ。

被害者女性たちは彼を知っていたのか？　名前は知らないかもしれないけれど、彼の顔なら。感じのいい年配の男で、ときどきあのバーにやってきたり、毎日夕方に散歩をしていたり、マーケットやグライドカートで見かける相手」

「見おぼえがある」

「まあまあ見おぼえがあって、害のなさそうな外見で、彼女たちがさらわれる直前に犯人を見たとしても、とっさに逃避反応が起こらない」

ピーボディはいれたてのブラックコーヒーをイヴのデスクに置いた。

「ここまではついてきてます」

「これからもついてきて」イヴは言った。「類似犯罪はなし、何も出てこない。だからドクター・マイラがプロファイルしたように、何かもっと最近のことがきっかけになったのよ。犯人は今回以前に人を殺したことがないだけじゃなく、法を破ったことがないんじゃないかしら。緻密、慎重、そんな感じで。たぶん、その時点までは、一種の規則順守者だった」

「新人にしてはすこぶる優秀ですね」

「時間をかけて、全部練習したのよ。心の中では、彼は傷ついた鼻たれの子どもだけど、別の部分ではどう考え、それをコントロールし、自分の拠点を隠し、時間を確保するか、心得ている」

「もしかしたら、警部補がモズブリーに対して考えたように、犯人は集団にまぎれてバーに行っているのかも」

「かもね、でも……自分ではそこははずしたと思ってる。犯人は一匹狼（おおかみ）よ。核の部分では、一匹狼なの。同僚がいるのなら、それに近所の人とも、それなりに親しくしているでしょうけど、社交的なタイプじゃない。静かな生活をしているはずよ、とくにここ何か月かは。今回のことをすべて計画し、準備をととのえるにはひとりの時間がたっぷりいる」

いろいろな推理を考えながら、イヴはコーヒーを手に立ち上がって、窓へ歩いていった。

「犯人は彼女たちの行動パターンを記録していた、でも彼女たちと知り合いではなかった――純粋に個人的にという意味では。もし知り合いだったなら、あの夜コヴィーノを待ち伏せたりしなかったでしょう。彼女がクソ彼氏のところに泊まるつもりでいたのを知っていたはず、もしくはそれを考慮していたはずだもの。だから犯人は友人じゃない、でもそうね、見おぼえがある」

イヴはボードのところへ戻った。「母親が八十歳、七十歳、六十歳でどんな外見になるか、ヤンシーに予測してもらったものが来たわ――それにいまはもっと若い年代のものに取り組んでくれている。いまのところ、顔認識で当たりはないけど」

振り返り、イヴはデスクに腰をかけてピーボディと向き合った。「そっちはどのみち見こみ薄よ、予測だからというだけじゃなく――ヤンシーがどんなに有能でもね――彼女たちは犯人の母親じゃないから。彼女たちは単にそういうタイプというだけ、身体上のタイプ」

「それでもいい推理ですよ」

「そうね、だからプログラムは走らせておきましょう。だけど母親の身元を特定しなきゃだめ。わたしたちが正しくてエルダーが犯人のはじめての殺人なら、きっかけが起きたのはこの一年以内でしょう。それ以上長いのは理屈に合わない。何が引き金を引いたにせよ、彼が決心したのはこの期間よ」

イヴは死体に残されていた二つのカードの写真を叩いた。「子ども時代。幼児の時代。わたしだって、あれが、そうね、十歳とか十二歳の字じゃないのはわかる」

「四歳か五歳じゃないでしょうか。六歳かも」

「つまり彼の人生のその時期に何かが起きたのよ、母親に。彼はなぜそこに戻りたいのか、大人の自由と選択を捨てて？」

「それが理由かもしれませんよ。幼児期ということは、自分で決断したり、生活のために働いたりしなくていいってことです。誰かほかの人間が責任を持ち、すべての面倒をみてくれる。その人たちが食べさせてくれ、服を着せてくれ、守ってくれる」

「その視点はいいわね、でもその人たちがそのすべてに下手くそだったらどう？　たくさんの親や親的人物が下手だし、もっとひどかったりする。母親が上手でも下手でも、犯人はそこに戻りたがってる。愛情に飢えたその子どもはまだそこにいる、でもこの事件では、彼のほうが食べさせて、服を着せている。大人の部分に従って、彼が決断をしている」

「人格が分裂していると考えているんですか？　多重人格障害（MPD）だと？」

「MPDは珍しいものよ、本当にめったにない、だから彼がその分裂もしくは崩壊以後、仕事を続けていなければ、その説を買うけど。ありえないことじゃない」と付け加えた。「でも彼女を見つけるまで、それはわからないでしょうね」

イヴはもう一度カードの写真を叩いた。

「探しているのは未確認の年齢の、身元のわからない女性で、生きているか死んでいるかもわからず、出生地も不明、現在の住所も、もしあればの話ですが、不明」ピーボディは先端を赤く染めた髪をかきやった。「われらに幸運を」

「幸運なんかくそくらえよ、わたしたちは事件の捜査をしてるの。母親はわたしたちが意味を感じるくらいにはこの女性たち——犯人が作ったとおりの——にそこそこ似ている。彼女が被害者たちと同様に、二十代前半だったと推定しましょう、犯人が四歳から六歳だったときに。となると、生物学的母親なら、生んだ年齢は——十七歳から、余裕を持たせて二十一歳としましょうか。犯人は彼女に売春婦のような格好をさせている、だからそう受け取ることにする。彼はバーをあさる、だからわたしたちはここでも、彼女がバーで働いていたか、あるいは彼の頭に残る程度には頻繁にバーに行っていたと推定しておく。あのタトゥーもあるわ、あれは重要。もし犯人が、母親があれを入れているのを見たのでなければ、なぜ時間と手間をかけてまったく同じシンボルを彫りこむの？」

「昔はあれを売春婦のしるしと呼んでいたんですよ」ピーボディが言った。「調査をしていたときに知ったんです。女性の腰の下側にいれたタトゥーはあの時代にそう呼ばれていました」

「本当？　ずいぶんとまた性差別的ね、でも追うならいい線だわ。だから追うわよ、こっちの手持ちはそれだし。彼女は売春で収入を増やしていたのかもしれない、でももし彼女が逮捕されていたとしても、あのタトゥーの人間はまだ浮かんできてない」

「ずいぶん昔のことですし、管轄区もたくさんあります、それに当時のことすべてがデータベースに入るわけじゃありませんよ」

「その点もあなたの言うとおり」イヴは時間を見た。「わたしは遺族への通告をしなきゃ、そのあと一緒にモルグに行きましょう」

「通告先のひとつはわたしが引き受けられますよ」

「いいえ、わたしがやる。ジェンキンソンにメモを送って、わたしたちが彼とライネケに、不動産の拡大リストをあとで送ると伝えておいて。それから四歳から六歳の――いえ、七歳にしましょう――男の子で、いま調べている期間内に養子に出されたり、捨てられたり、児童保護サーヴィスに連れていかれた子どもの検索を始めて。母親は二十代前半で、白人種。ニューヨークから始めて、全自治区で」

「うわたいへん」

「そうよ、でもそういうことのはずよ。つじつまが合うもの」

「とりかかります。わたしたちが外回りに出ているあいだも検索を続けられるようにしますよ、何か当たりが出たらアラートを送ってくるようにして」

「そうして」イヴは座り、デスクのリンクを稼動した。

アンナ・ホーブは両親と親密な絆を保っていなかったかもしれないが、イヴは二人の人間の心を切り裂いてしまったとわかった。

通告の報告書を書き終えると、両手で顔をこすり、その件はもう考えないことにした。

ブルペンへ入っていくと、ピーボディがさっと手を上げた。「二秒待ってください、これをリモートにしますから。当たりが出ているんです」作業を終えながらそう付け加え、じきに立ち上がった。「アラートをバー勤務者かアルコールもしくは別の依存症、売春取引に絞るようフィルタリングしてるんです。残りは戻ってきたときにやれますけど、そのフィルターが範囲を狭めてくれるかもしれません」

「いい考え」イヴはリスクを冒してまたエレベーターに乗った。「モリスが最初の被害者と違った点を多く見つけられるかは疑問ね、あの大きなやつ以外は。犯人がホーブを背後から殺したこと。コヴィーノのほうが彼をより満足させているのよ、だから彼女のために、そのまま満足させ続けてくれることを願うわ」

「条件に合う新しい失踪者はいません。まだ早いですが、もし彼女が犯人をより満足させているなら、次をさらわないかもしれませんね」

「子どもはたいてい欲ばりなものじゃない？」

「ああ、まあ」心やさしいピーボディはそう言った。「わたしにはそうかどうかわかりませんが」

「そうに決まってるじゃない。分け合ったりとかを教えられるまでは、それが自然の状態でしょ。大人の男は計画し、男の子はほしがる。そしてその子は、どうすれば奪えるか知っている男の内側にいる。コヴィーノが彼を満足させておけるのはせいぜい数日でしょう、だって彼女は〝ママ〟じゃないんだから。でも時間を稼いでくれるかもしれない」

イヴは鳴りはじめたリンクを出した。「ドクター・マイラよ」ピーボディに言い、自分の駐車場階で止まると応答した。「ダラスです」

「あなたの報告書をいま読んだわ。三十分以内にならセントラルに行って助言できるけれど」

「いまモルグに行くところなんです、その次はラボに」マイラはどれくらい前に起きたのだろう、それに髪を完璧にととのえるにはどれくらい時間が必要だったのだろう、とイヴは思った。「一時間以上かかってしまうかもしれません」

「わかったわ。それじゃ――」

マイラは言葉を切った。デニス・マイラが妻の頬に頬をつけて、スクリーンに映ったのだ。そして四方八方に向いた髪でほほえみ、目はまだ少し眠そうだった。イヴは自分のハートがとろけてしまったのを認めた。

「おはよう！」

「ヘイ。朝からお邪魔してすみません」

「ああ、かまわない。僕が下に行って、卵をスクランブルしておくよ、チャーリー」そう言って、彼はマイラの頬にキスをした。

「うれしいわ、デニス。わたしもすぐ行くから」

「働きすぎはだめだよ」彼はイヴに言い、十年以上も早朝を迎えてきたような緑のバスローブ姿で遠ざかっていった。

「セントラルに戻ったら連絡をちょうだい。時間をつくるわ」

「助かります」イヴは車に乗った。「連絡したら、会議室に来てもらえますか？　事件ボードを見て、ピーボディの掘り出したものを聞いてもらったほうがもっと役に立つんじゃないかと思うんです」

「それじゃ連絡して、そうしたら行くわ」

イヴはもう一度礼を言い、通信を切った。駐車場を出て考えた。「まだ早朝よね。モリスに卵を何個かプログラムしてあげて。それとコーヒーも。このことで彼をベッドから引っぱり出しちゃったし」

「いいですね。それじゃ、ええと、わたしもベッドから引っぱり出されたんで、その……」

「わかった、わかった、何でもいいわ——ただし早く食べてよ」

「警部補もいります?」

「わたしはいらな——」そこでロークにあとで食べると言ったことを思い出した。それにマフィン三分の一では食べたとはいえないだろう。「エッグポケット」

15

またしても、イヴは白いトンネルを歩いたが、今回はテイクアウトの箱を持ったピーボディが一緒だった。

「言わせてもらえば、死体が解剖台にのっていたり引き出しに入っていたりする部屋で、どうしてものを食べられる人がいるのかわかりません」

イヴは目を向けた。「あなたはブルペンで食べるじゃない？」

「まあ、そうですけど、でも――」

「仕事は仕事よ。あなたは食べるときに死体を見ない、でもその人たちの味方になっている」

イヴがドアを押しひらくと、モリスがアンナ・ホープの味方となって、彼女のそばに立っていた。

「早起きの鳥は虫をつかまえる（「早起きは三文の得」の意）と言うね」モリスが言った。

「それってその鳥が殺しで一日を始めるってことじゃないの」イヴがそう言うと、モリスは噴き出した。

「そうだね。彼女の一日は今日の夜明け前に終わってしまった、きみたちも知っているとおり」

「朝食のさしいれです」ピーボディは解剖台とその上の遺体を大きくぐるりと迂回して、カウンターにテイクアウト用の箱を置いた。

「気を遣ってくれてありがとう、きみたちとの話が終わったらいただくよ。手首の裂傷についてきみが現場で言っていた意見は、わたしの検査とも一致している。新しい裂傷と打撲が足首にはないことも気づいているだろうね」

「ええ。考えたんだけど」イヴは宙でこぶしを振った。「何かを殴っていたんじゃないかしら、枷をはずそうとしてつけた傷にはみえないし」

「たしかに。バン、バン、バン――枷が手首にぶつかる鋭い動きだな。ドアを叩いたんだろう、あるいは壁を、死亡時刻（TOD）の前の三十六時間に」

「なぜ彼女はあとになってやったの？　それが疑問なのよ。人は最初に殴ったり叩いたりするんじゃない？　〝外へ出して！〟。それからだんだんあきらめるんじゃない？　彼女は枷をこじあけて、手を抜こうとする、痕を見ればわかる、でも彼女はそれをあきらめて何かを叩きはじめたのよ」

「何か推理があるんだね」

「コヴィーノを見つけたら、似たようなものが彼女にも見つかるんじゃないかしら。二人はドアを、壁を、何かを叩いて、おたがいにやりとりしようとしはじめたのかもしれない。犯人は彼女たちを隔離しておかなければならない、でも場所は同じところ。ほかに説明のしようがないわ」

「いい推理だ」ペールグレーの地にもっと明るくあざやかなブルーのニードルストライプのスーツの上に、いつもの防護ケープを着ているモリスは、遺体に目を凝らした。

髪を編んでいない、とイヴは気づいた。時間がなかったのだ――あれはかなり時間がかかるのだろう――彼はすぐ来てくれたから。髪は後ろでなめらかな束にまとめていた。

「彼女はだいたい一九三〇時に食事をとっていた。パスタ・プリマヴェーラ、水を約百二十cc、ジンジャーエールを百八十cc。毒物検査報告はまだ来ていない。サンプルを――化粧品、ヘアケア製品、等々を――ラボに送って、エルダーのときに作業してくれたのと同じ技術員にまわすようフラッグをつけておいた」

「助かるわ。あなたはどれくらい前だと思う、犯人が彼女にタトゥーを入れて、ピアスをつけたのは？」

「五日より前ではないね。これも緻密な仕事ぶりだ、彼女の喉の縫い目と同じように。同じ糸だろうな、でもそのことはラボが教えてくれるだろう。しかし、傷のほうは……」

「後ろから」イヴは左手を上げ、後ろへ引き、右手をさっとはらった。「片手で彼女の頭をそらして狙える範囲を広げ、もう片方の手——右の手で——かき切る」

「そうだね、わたしもその点はきみが現場で言ったことに賛成だ。後ろ、少し上から。犯人はすばやく、そしてここでも、正確な攻撃をした。彼女は抵抗する間もなかった。あるいは、もし犯人が彼女に薬を与えていたのなら、抵抗できなかったかもしれない、犯人は被害者をおとなしくさせておくために薬を与えてるのよ。そんなに近くまで凶器を持って行くなら、彼女の感覚を鈍らせておきたいでしょう——たぶん食べ物に何か入れて。彼女は片手が、右手が自由よね、犯人は片手しか枷をつけなかったから。彼女に抵抗されて、もしかしたら、本当にもしかしたらだけど、あいているほうの手で刃物をつかまれ、自分に使われる危険を冒す理由がある？」

イヴはホーブを見た。「犯人は自分が彼女を殺すことを知っていた、なのに彼女に食事を与えた」

「食事からTODまではせいぜい一時間だ」モリスが同意した。

「それは搬送手段と考えないかぎり無駄よね。ドラッグを入れるため、彼女を満足させておくためのものよ。犯人の中には臆病者がいる。女性たちをその場所に留めておくために手に枷をつけるだけじゃなく、薬を与え、足首にも枷をつける。そうしておけば、彼女たちから手の届かないところにいられるし、パンチを食らう危険もない」

「毒物検査をいそがせるよ。それ以外では健康で、アルコールや違法ドラッグ乱用の徴候はなかったと言える。彼女は爪を噛んでいたね」

「彼女が何?」

「彼女は——最近だ、拉致されて以降——下の肉のところまで爪を噛んでいた」

モリスはアンナの片手を持ち上げ、イヴに人差し指の爪を見せた。「犯人が装着して塗った付け爪をひとつとったんだ——それもラボに送ったよ」

「現場では気がつかなかった」

「緻密かつ完璧にやってあったからね。プロでもあれよりうまくはできなかったんじゃないかな」

「犯人は彼女が爪を噛んでいたことに気づけなかった、だから爪をきれいに見せたかったのね」イヴはこれまで押しつづけていた壁にひびが入るのを感じた。

「犯人はこの一週間以内に、おそらくはここ二日のうちに付け爪を買わなければならなかった。その線を追えるわ」イヴはピーボディに目をやった。「その線を追えるわよ」

イヴに言われたとおり、仕事は仕事なので、ピーボディは遺体に近づき、手をじっくり見た。「ほかの九本は完璧です、それに文句なく自然にみえます。トリーナがこの種のサーヴィスを自分のサロンでしているんですよ。ここまで緻密なものにするには、犯人はサロングレードのものを使わなきゃならなかったはずです。ドラッグストアで買えるネイルチップじゃなくて。わたしもそういうのを以前使ったことがあるんですけど、絶対にこれほどよくはみえないです」

イヴはすでに拡大（マイクロ）ゴーグルをとって、もっと近くで検分していた。

「ただいいだけじゃないわ。完璧よ、あなたが言ったようにね、モリス。これは失敗」イヴは体を起こして言った。「これは大きな失敗よ。犯人は完璧を必要としていたのに、彼女は爪を噛んでいた」

「ほかの付け爪もはがしてみるが、この爪からわかるだろう、犯人は彼女が噛んだところをなめらかにして、それから爪床（そうしょう）に凹凸をつけている」

「ええ、ぴったり接着するためにはそうしなきゃならないんですよ」ピーボディが言った。「それから、少なくとも安いネイルチップ、自分でやるタイプのものだと、接着剤を塗って、ネイルをつけるんです。接着剤が落ち着くまで時間をかけなきゃなりません、それから自分のしたい形につくってカラーをのせるんです」

「オーケイ、わかった、これはラボをがんがん催促しましょう。これは突破口よ、モリス。早朝に彼女を引き受けてくれてありがとう。彼女のご両親からあとで連絡があるわ。二人は離婚してるの、でもどちらもニューヨークに来るそうよ」

「お二人がお別れを言えるように彼女の支度をしておくよ。朝食をごちそうさま」

「あなたはそれ以上のことをしてくれたわ。ピーボディ、一緒に来て」

遅れないよう急ぎ足で歩きながら、ピーボディはモリスに手を振った。「サロングレードってすごく痛いんですよ」

「痛みがあるの？」

「財布に」ピーボディは説明した。「わたしが言いたいのは、ドラッグストアブランドでも用は足りただろうってことです。つまり、彼女がうっかりはがしたりするわけじゃありませんよね？」

「完璧を求め、そのためなら喜んで金を払う。加えて、犯人は気づかれないと考えたのかもしれない。わたしは現場で気がつかなかったし。化粧品、髪用の製品はもっと安かったんじゃない？　彼の母親が使っていたたぐいのものだと思う。たぶん〝ママ〟は爪を噛まなかったから、付け爪を買ってそれを隠したりしなかったのよ」

「なるほど。まずトリーナに連絡して、あれがどこで買えるのかきいてみますね。サロンが常連客にキットを売っているかどうか知らないので」

「ここ数日のはずよ。きっと。エルダーの爪は……」イヴは車のドアをあけ、自分の事件ボードを思い出した。「短めで、きちんとしていて平らだった、犯人が彼女を殺したあとにマニキュアをしていたから。ホーブは長めだった。おかしなほど長くはないけど、長めだった、なぜなら彼が付け爪をつけたり、ほかのこともしなければならなかったから。だから問題は長さじゃない、見た目ね」

ピーボディとトリーナの会話を耳から締め出し、混みはじめてきた車の流れの中を走った。

もう一度車を停めたが、ピーボディは降りるあいだもしゃべり続けていた。

「それはすごいわ、すごく助かる」

「たいしたことじゃないから」トリーナの声がダウンタウンの喧騒に負けずに聞こえてきた。「その人殺し野郎をつかまえてよ、ピーボディ。それからダラスに言っといて――聞こえてるのはわかってるんだから――もう髪を切って形をととのえなきゃだめだって。それから彼女が最後にフェイシャルをしてからもう何週間もたってるの。すてきな顔をしてるんだから、手入れをしなきゃ」

イヴは歩きつづけた。

「そうよね。今週末にでも家で会いましょう。チャ、トリーナ」

前にもしたように、イヴはベレンスキーのステーションを迂回してまっすぐハーヴォのステーションへ向かった。

パープルがまだ一日を支配していたが、ハーヴォはそれをバギーパンツのキャンディピンクと合わせており、パンツは足首から少し上の折り返しがパープルになっていて、ピンクの紐がついたパープルのハイカットシューズを際立たせていた。

彼女は巨大な使い捨てカップからストローで何かを飲み、中へ入るよう手招きした。

「来るだろうと思ってた。お尻が椅子にさわったとたんにこの件にかかったわよ。簡単だった、ヘアケア製品についてはエルダーから基準をつかんでいたから。新しい被害者もまったく同じものよ」

予想どおりだったので、イヴはうなずき、ベルト通しに親指をかけた。「服のほうはどう？」

「スカートはちょっと調べているところ。昔のやつね、それはたしか、でもちょっとかっこいいわ。綿九十五パーセントで、三パーセントがスパンデックス、二パーセントがビスコース。少しストレッチよ、ほらね？　刺繍は機械によるもの、糸はポリネオン。キラキラして、色が飛び出してみえるの。サイズはS。ラベルは再構成しているところ。ほとんど消えちゃってるけど、ブランドはわかるようにできるはず。

トップスはレーヨン九十二パーセント、スパンデックス八パーセント。ぴったりしていてストレッチ。ざっと調べてみたら、当時こういうものは財布への痛みもたいしてなく、わりと簡単に手に入ったようよ」

「比較的安価で、簡単に手に入る」

「それと最近洗濯されている、その点も同じ。サイズはS。ラベルは〈ルールー〉で、それは――こっちもざっと調べたの――〈オールマート〉のストアブランドだった。〈オールマート〉はまだバリバリやってる――郊外とかそういうところにはどこにでもあるわ――でも〈ルールー〉は二〇〇九年に終了した」

「使えるデータだわ、ハーヴォ、それに手早くやってくれた。ありがとう」

「それがわたしの名声だもの。維持していかなきゃ。ドーバーとあのデジのいるところまで案内したほうがいい？」

「いいえ、わかってるから。あらためてありがとう。ヴィンテージショップか」イヴはピーボディと歩きながら話を続けた。「そこをひきつづき押していきましょう。どちらの服も、大衆向けのリサイクルショップや、蚤の市的なところに行きつくには、コンディションがよすぎるようにみえるし」

ドーバーのエリアで立ち止まると、彼は座ってコンピューターでの作業に没頭していた。イヴはこぶしで戸枠を叩いた。

「お邪魔してすみません」

「全然。きみたちに被害者エルダーの完全報告書を送っているところだよ。数がとても多くてね、ほら、それに色も」

「わかります。アンナ・ホーブのほうはもう手をつけたんですか？」

「つけたばかりだがね。この報告書を仕上げるあいだに、いくつか分析を走らせていたんだ。ちょっと待って……」

彼は椅子を回してから、少し押して別のワークスペースへ移動した。スクリーンをスワイプし、キーボードで何かのコードを入力する。それからスクリーンを見つめながら、意味のわからない声をもらした。

「よし、そうだ、わかったぞ。ひとつで二役の色付き保湿製品だ。エルダーと同じブランド、それから、そう、同じ色。どうやら——ああ——なるほど。コンシーラーもある——やはり〈トゥート・スウィート〉だ。被害者の目の下、それに左の頬の鼻わきにそって見つかった。あちこちで血管が破れているね、ほら、ドクター・モリスの撮ったモルグの写真から見ると」

「それを隠すために使われた？」

「そうだ、まさにね、小さな傷や、目の下の隈を隠すために」

「ストレス、寝不足」

「ああ、たぶんね、そうだな、でもわたしはそういうことは確認できなかった。ほかの製品を分析してみるよ」

「あの爪を優先でやってもらいたいんですが」

「あの爪？」

「付け爪のサンプルです。それを最優先にしてほしいんです」

「ああ、わかった」ドーバーは少々とまどったようだった。「いつもはカテゴリーごとに終わらせるんだが、顔用の化粧品を中断しよう」

「そうしてください。あのサンプルについてわかることはすべて、早急に知る必要があるんです」イヴは少し語調をゆるめた。「あなたとハーヴォはいいチームですね」

「ああ、彼女は本当にすばらしいよ、本当にチャーミングだし。その二つの性質がひとりの人間に同居するとはかぎらないからね」

「でしょうね。いろいろやってくれてありがとう、ドーバー」

「きみたちもね、言うまでもなく」

イヴは後ずさりして部屋を出て、靴担当者のエリアに向かった。すると、ベレンスキーが腰に両手を置いて、戸口にいた。

卵型の顔の中で、小さくぎらぎらした目に眉毛が垂れかかっていた。はやしはじめた口ひげは、きゅっと結ばれて両端の下がった口の上にいる、つぶれた毛虫のようにみえた。

「あんたは俺に回避戦術をとって、うちの部下たちを追い回してるのか？」

ベレンスキーの後ろにあるステーションでは、デジが猛烈に顔をしかめて、手をひらひらさせていた。

イヴはぐず（ディックヘッド）と同じく無表情な顔を保った。「回避戦術と言ってもらってもかまわないわ。わたしは毛髪と繊維の話がしたかった、だから女王様のところへ行った、おたくがそもそもわたしを送りこんだところへね。おたがい時間の節約になったでしょ」

「それにあんたはドーバーに無理じいをしてる、デジにも」

デジは手でピストルをつくり、四方八方に撃って、それからはねかえった弾にあたったように倒れた。

「ハーヴァが言ったのよ、ドーバーとデジが証拠のサンプルを持っているって」

「このラボのリーダーは俺だ」ベレンスキーは親指で自分の胸をつついた。

「この捜査のリーダーはわたしよ。死人が二人、それにひとりがほぼ確実に控えにいる」

「俺のところへ来るか、さもなければ報告書を待つんだな」

デジは誰かを絞め殺し、それから自分の首に輪にした縄をまわして、首吊りのパントマイムをやった。イヴは彼が最後にハラキリをするものと確信した。

「そっちの部下たちが苦情を言ってるの?」

「問題はそこじゃない。うちにはシステムがあるんだ。俺がシステムだ。そして俺がホーブのアクセサリーを受け取った、だからあんたは俺が報告書を書き終えて送るまで待つんだよ」

イヴが一歩前へ出ると、ベレンスキーの目が、ほんの少しだが、動揺したのが見えた。

「メアリー・ケイト・コヴィーノ、年齢二十五。失踪して六日。彼女はいま手首、足首に枷が食いこんでるのよ。犯人は十日間エルダーをとらえておき、それから喉をかき切った。ホーブには予定を一日繰り上げた。そっちがその報告書や、この捜査に関係するどんな報告書であれ遅らせるなら、親指で目玉をえぐりだして、風船ガムみたいに食わせてやるから」

「待てよ、待てって。ここじゃ誰も何も遅らせたりしやしない。俺はあんたが割りこみをしたいからって、部下にハラスメントを受けさせるつもりはないんだ」

「メアリー・ケイト・コヴィーノ、年齢二十五。失踪して六日。彼女にはあと六日もない。わたしにおたくの部下と、わたしと同じ街のために働いている人たちと話をさせたくないなら、結構よ。アンナ・ホープの遺体の靴についてあなたが教えて」

「靴はデジがやってる」ベレンスキーはぶつぶつと言った。

彼が顔を向ける直前に、デジは怪物の顔をしてみせるのをやめ、静かに座っていた。

「靴の件はどこまでいった、デジ？」

「ちょうど終わりました、チーフ」

「彼女にいるものをやってくれ。回避戦術は好きじゃないんだ」ベレンスキーはそう言い、イヴに向けて指を突き出すと、どすどすと離れていった。

「あなたって面白（カード）いわね、デジ」

「みんな自分なりに楽しまなきゃ。ヘイ、聞いてくださいよ。ディックヘッドはあんなかもしれませんけど、ここではいろんなことが動いているんです、それで彼が部署を前へ進めているんですよ」

「知ってる。何かわかった？」

「サイズは七・五、オープントゥのパンプス、十センチのピンヒール、底は八センチの厚底、上の部分はポリウレタン、底は合成素材——データは全部報告書に入れておきますよ。型は〝アンドリア〟というやつで、ブランドは〈シティ・スタイルズ〉です。自分たちの靴に名前をつけてたんですよ、ね？　この型は二〇〇二年から二〇〇四年にかけて、この色——ルビー——と黒で売られていました。そんなに昔の靴にしてはかなりいいコンディションです。底が少しこすれてますが、それほどじゃないし。あまりはかれなかったものでしょうね。たぶんものすごく痛いですよ」

「いいデータだわ、ありがとう。それにさっきのショーも」

「ヘイ」イヴが歩きだすと、デジが声をかけてきた。「僕は一週間ずっとここにいますよ（コメディアンがパフォーマンスのあとに言う定番のせりふ）！」

「〝面白い〟って意味のとき、〝カード〟っていうのはどうしてかしら？」イヴは不思議に思った。「カードのどこが面白いの？」

「そうですねえ、たぶん、わかりません。ジョーカーかな。ジョーカーのカード」ピーボディが言った。

「ジョーカーなんて誰も使わないじゃない。きっとホーブは可能なときは薬を捨てたのよ」イヴは続けた。「目の下に隈、ということは薬を捨てることができたなら、寝不足からそうなったのかもしれない。爪を噛んでた——薬で意識がなかったり、ぼんやりしているときには、そういうことはしない。彼女が何かを叩いた、もしくは打ったことを示す徴候」

「それに靴のサイズですが、最初の被害者と同じ、でもゆるかったです、警部補が現場で言ったように。彼女はサイズ七、エルダーは八なんでしょう。ですから〝ママ〟は七・五だったと推測せざるをえません」

「犯人はコンシーラーを使った――彼女は完璧でなければならなかったから。傷ひとつなく。わたしたちが彼をつかまえたときには、マイラやほかの精神科医たちがそいつを相手にお祭り騒ぎをするでしょうね」

ラボを出て車に戻ると、イヴはしばらく座ったままでいた。「いまのを全部、会議室のボードに書き足しましょう。ドクター・マイラにデータを全部持っていてもらいたいの」

車を出し、配達トラックの後ろをゆっくり走って、チャンスを待った。やがてさっとトラックをまわり、アクセルを踏み、信号が赤に変わる一瞬前に走り抜けた。

〝進め〟の信号になる前に渡ろうとしていた二人の歩行者が、イヴの後ろのバンパーに向けてこぶしを振った。

「ディックヘッドのショーのあいだにトリーナから連絡がありました。サロンに卸しているアウトレットのリストが手に入りました。彼女の話では、アカウントを持つ必要があるそうです」

「付け爪についてのデータはまだないわ、でも新しいアカウントのはずよ。この一週間以内のはず。念のために二週間にしましょう。それにとりかかって。わたしはいろいろ用意をする」

駐車場に入った。「付け爪がこの件の突破口になったら、犯人にはひどい打撃なんじゃない？」

車から出るときにイヴのリンクが鳴った。「それに、ロークが追加の不動産のリストを送ってきてくれたわ」

「わたしにもコピーをくれてます」ピーボディが携帯端末を見てうなずいた。「ジェンキンソンとライネケにも送っておきます」

二人はエレベーターに乗り、イヴは頭の中のチェックリストにとりかかった。警官たちやサポートスタッフがのろのろ、あるいはきびきびと降りていった。さっきのリストに取り組みながら、グライドに駆け出すまであとフロア二つぶんは対処できると見積もった。

もう一度扉が開くと、最高にハイになっているジャンキーの理性のない目が見え、小便のにおいがし、それが鼠径部のところに広がる黒っぽいしみと、彼の後ろの濡れた川の説明をしていた。その両脇にいる二人の制服が彼をエレベーターのほうへ歩かせようとしたので、イヴは自分の体でドアをふさいだ。「だめ」

ジャンキーはにたりと笑った。制服の片方が不満げな声で言った。「頼むよ、なあ」

「こいつはおしっこをもらしてるじゃない」イヴは付け加えた。

扉がジャンキーの高笑いを締め出したとき、ほかの乗客たちが拍手喝采した。

うまくやったおかげで、イヴは残りの階をのぼるあいだもエレベーターに耐えられた。

「わたしは自分のオフィスで記録の更新をする、それから会議室で更新をする前にドクター・マイラに連絡するわ。あなたはわたしが会議室へ向かったら、サロンの場所にもう十分とって」

まずコーヒーだ、いつだって。そしてそれを手にメモを書き出し、記録ブックを更新し、それからボードも更新した。時間をとってロークの追加リストをじっくり見て、頭になじませ、それからマイラにメールを送った。

ブルペンを通り抜けざま「十分よ、ピーボディ」と声をかけ、リストにある次のタスクにとりかかるために歩きつづけた。

過去

ヴァイオレットは三人の子どもを持ち、彼らへの愛情の高まりは、しばしば胸が痛くなるほどだった。ときおり娘や二人の息子たちが眠っているところをのぞきこんだ。その日に何回、口げんかに対処したとしても、そういう時間は大きな安らぎをもたらしてくれた。

路上で倒れ、行き場もなく、おびえ、名前をなくして、ジョーに見つけられてから十二年のあいだに、彼女は安らぎを、居場所を、生きがいを見出した。

彼女は自分のすべてで、ジョーは自分を見つける運命だったのだと信じていた。二人はたがいを見つけ、いまの生活を築き、美しい子どもたちを持つ運命だったのだと。

ヴァイオレットは熱心な庭師になり、料理上手になった。家事は週に二度、手伝いが来てくれたけれど、彼女もジョーも住み込みの手伝いはいらないと意見が一致していた。

この家、二人で手をかけ、維持し、修理した家は、自分たちだけのものだった。

いまや末っ子も学校に行きはじめたので、彼女はボランティア活動に多くの時間を割くようになった。毎年恒例のファッションショーを主宰し、利益は困窮している女性たちへまわし、ガーデンクラブの会長をつとめ、それを楽しみ、そこで築いた友情を大切にした。心の底からその仕事に誇りを感じていた。

ジョーはERのチーフレジデントという重要かつ困難な仕事を担っていて、それも彼女にとっての誇りの源だった。家の外で働くことも考えたが、家は、そして家や子どもたちの世話をすることは、彼女に大いなる満足と喜びを与えてくれた。

一家は犬を二匹、猫を一匹飼い、金魚を三匹、地元の祭りで勝ち取り、家族を増やした。

前の年の夏にはヒルトン・ヘッドに別荘を買い、彼女はそこでつくられる思い出の年月を待ち遠しく思った。

これ以上望みようのない生活だった。

ときおりの悪夢以外は。ジョーには話していなかった――震えながら目をさまし、頭がずきずきしていても、彼を心配させたくなかったのだ。

恐ろしい夢だった、はっきりとは思い出せなくても。ただ溺れていく感覚、子どもの悲鳴。わたしを求めて叫んでいるの？　ある感覚、完全に絶望している強い感覚。

でもそれは通りすぎていった、いつも通りすぎていった。そして朝にはすべてが、そうなるべきようになっていた。

ヴァイオレットの生活は、暗闇の中のめったにない瞬間を思いわずらうには忙しく、光に満ちあふれていた。

現在

目をさますと別の部屋にいて、つかのま、メアリー・ケイトは恐ろしい夢から抜け出したのだと思った。でもここは自分の部屋ではない。自分のアパートメントではなかった。

恐ろしい夢はまだ現実だった。

でも、あいつはわたしを移動させた、と気づいた。薬を飲ませて別の場所へ運んだのだ。

やっぱり窓はない、けれどスペースが広くなって、家具が増えている、それに小さいキッチンエリアもある。そこには手が届かない、彼女を壁につないでいる鎖が短すぎて。それでもソファ――ボルトで床に固定されている――へ行くことはできたし、今度は寝台ではなく本物のベッドがあるとわかった。ベッドもボルトで固定されているが。

明かりも増えた――天井にあるものや、ボルトで固定されているもの。天井の明かりは薄暗くなっていた。でも、明かりを最大でと指示しても、何も変わらなかった。手を叩いてみると、三つのランプが点灯した。

コンクリートの床の上にラグがあり、祖父が安楽椅子と呼んでいたソファのように見えるものもあった。棚には本があり、それには手が届いた。

古い本で、多くは経年劣化で黄ばんでしまっている、それと子ども用の本もたくさん。

バスルームエリア――トイレ、洗面台、シャワー。シャワーのことを思うと涙が出てしまいそうだった。一枚きりのタオル、洗面タオル、ボトル入りのリキッドソープ、シャンプー、コンディショナー。

ドアはない、しかし慎み深さという地点はとっくに越えてしまっていた。いずれにしても、シャワーを試すのは、あの男が出ていったのが聞こえるまで待つつもりだけれど。

そして武器を探すのも。

テーブルに何枚も布がたたんで置かれているのが見えたが、階段は彼女の心臓をはねあがらせた。

階段は出口へ通じている。ただ、あの階段まで行く手段を見つけ、このいまいましい鎖を壊してあの階段まで行くための何かを見つければいいだけだ。

鍵のかかったドアがあるだろう、もちろんかかっている、でもそこまでたどりつけたなら、鍵のかかったドアごときに足止めされはしない。

鍵がカチッと開くのが聞こえ、かんぬきがスライドするのが聞こえ、あの男が降りてきた。

男はトレーを運んできた。わたしの朝食だろう。怒りを、恐怖を、希望を抑え、ほほえみかけた。

「おはよう、ベイビー・ダーリン！　とてもすてきなお部屋ね」

「気に入ってくれるってわかってたよ。わかってた！」男は喜びに顔を輝かせて、イージーチェアの横のテーブルにトレーを置いた。「これでもっと長く一緒にいられるし、スナックも食べられるよ！　僕はいまはいられないけど、今夜は一緒に夕食を食べよう。そうしたら僕がベッドに行く前にお話を読んでね」

「ぜひそうしたいわ。長く出かけるの？」

男の目が細くなって、彼女に向けてぎらぎら光り、大人の男が少年を呑みこんだ。「なぜ？」

「あなたがいないと寂しいからよ、きまってるでしょう」

「いろいろ仕事をしてこなきゃいけないんだ、でも帰ってきたらずっと一緒にいられる。おいしい朝食を作ってきてあげたよ」

「本当にやさしいのね」この卑怯者のクソ野郎。

「わたしたちはおたがいの面倒をみなければいけないんだ。ママとベイビー・ダーリンはおたがいの面倒をみなければいけないんだよ」

男は階段へ歩き、のぼろうとして、振り返った。大人の男が彼女を見おろし、ずる賢く笑っていた。「きみは三番めだ、三度めの正直だね」

メアリー・ケイトは鍵がかけられ、かんぬきがスライドする音を聞いた。

そして待ち、待った。男が頭の上を歩いているのが聞こえ、体を張りつめながら、ドアが閉まるのが聞こえた気がした。しかしあのガラガラという音は聞こえなかった。

地下の別の場所なんだ、と判断した。あいつは出かけたのよ、自分にそう言い聞かせた。出かけたのはわかっている。

それでも自分を抑えて待ち、百までを五回数えてから、立ち上がって、手の届く範囲をくまなく調べた。

パイプがあった。はじめにいた場所のものと同じようなもので、手が届いた。手首の枷でそれを叩こうとしたとき、金属部分にひっかき傷が、小さな刻み目があるのを見つけた。彼女がもうひとつの部屋でパイプにつけていたもののような。

「まさか。まさか。アンナ」彼女は叩いて叩いて、叫び、嘆願した。

しかし答えはなかった。

「あいつが彼女も移動させたのよ、だから聞こえないんだわ。それだけのことよ」けれどもパイプに額をつけたときにはわかっていた。

三度目の正直だね、と男は言っていた。

アンナに何かしたんだ。

「キレちゃだめ、希望をなくすのもだめ。がんばるのよ、M・K、とにかくがんばるの」

息をして気持ちを静めた。片手と片足を鎖でつながれたままシャワーを浴びる方法を考えよう。食事もしよう、強くいるために。そして武器を見つけられなかったら、必ず、わたしが武器になろう。

こんなところで残りの一生を過ごすわけにはいかない。こんなところであいつに人生を終わらされるわけにはいかない。

「必要ならあいつを殺す」鍵のかかったドアを見つめてつぶやいた。「わたしはやるべきことをやる」

16

ピーボディが会議室に来たときには、イヴはボードの更新をほぼ終えていた。

「地図を出して」ピーボディに言った。「二つめの現場を加えて、そのままディスプレイに映しておいて」

「新しいアカウントがいくつかヒットしましたよ。ある卸売業者のところでは、この一週間に十四のアカウントができていました。問題はですね」ピーボディは作業をしながら話を続けた。「ちょっとだけ買うことができないんですよ、ほら、ネイルキットひとつとか何とかは。最低購入額があるんです。でも同時に――トリーナのリストによれば――電子取引をしないところもあるんです。認可を受けたサロンオーナーか技術者でなければだめですが、直接行けますし、最低金額もありません」

「ブランドを特定したら注目するのはそこね。許可証を偽造し、店へ入り、必要なものを手に入れる。失敗よね、それも愚かなやつ、でも強迫観念とはつじつまが合っている」

マイラが入ってきたので振り返った。

「質問なんですが」イヴは言った。「緻密さ、完璧さに対する犯人の欲求はどれくらい深いものですか？」

「犯人の精神疾患をあおっているもののひとつよ」

「オーケイ。二人めの被害者は爪を噛んでいました。犯人はサロングレードの付け爪と思われるものを、ぴったり装着しています。非常にぴったりしているので、現場では見逃してしまいました。それを手に入れるためには、彼は許可証を偽造し、それからアカウントを作るか開くかして、そのうえにオーダーを――最低金額はどれくらい、ピーボディ？」

「わたしがたどりついた卸売り業者たちは、初回注文、新規のアカウントで二千ドル、その後は千五百です」

「犯人はそうしなければならなかったはずです」イヴは続けた。「でなければ、最低金額のない実店舗の販売者のところに直接行ったか」

マイラはつまさきとかかとがオープンになっている、カナリア色のスーツと揃いのピンヒールで、ボードへ近づいていった。

彼女のネイルは、とイヴは気づいた。夏空のブルーだ――ジャケットの下にちらりと見えるレースに合わせてある。

「そのキットは百か、百五十ドルくらいするんじゃないかしら、たぶん」

「ブランドやキットのレベルにもよりますが、卸値で九十五から三百五十のあいだですね」ピーボディは言った。

「それじゃ最低購入額を払うのは不経済ね。犯人にとってそんな無駄を受け入れるのはむずかしいでしょう、その最低金額をほかの、役に立つ製品で埋め合わせできないかぎり」

「ほかの製品はすでに手に入れています、でも……ピーボディ、そういう店では安い製品も買えるの？」

「本当にお高いところはだめですが、調べてみます」

「ええ、そこも調べましょう、でも直接行ったほうになりそうね。犯人はあの付け爪については早急に動かなければならなかった、どうやってつけるのか研究する時間も必要だった」

「わたしもそう思うわ。二人めの被害者は爪を噛んでいた」マイラは考えこんだ。「犯人は取り乱したでしょうね。悪い癖、そう思ったでしょう。それに幻想を壊してしまう。そんなささいなことで、彼女を殺してしまったのかもしれない」

「これは失敗ですよ。あなたの言う幻想、それが最優先なんです。あの服、靴――どれもこれも母親のサイズ。靴とジーンズはどちらもエルダーには小さくて、靴とスカートはどちらもホープには少しゆるかった。だから犯人は母親が身につけていたサイズを知っているか、もしくは自分でサイズを決めたんです」

マイラは指を一本立て、イヴに振ってみせた。「それはいいわね、決めたというのは。

本当にそうなのかもしれない。犯人は二人めの被害者を前とは別の、子どもたちのための場所に置いた。彼女は幻想を壊した――資格を得られなかったから、消去されなければならなかった。でも犯人は彼女を、その幻想と一緒に置いていった――親たちが、彼にとっては母親たちが、子どもたちを連れていく場所に」

オートシェフへ歩いていき、マイラはいつもの花の香りのするお茶をプログラムした。

「犯人は彼女を――自分の目には――美しくする、それからどこかの遊び場、子ども用の施設の近くに置く。なぜなら愛情があるから。でもこういったことすべてをやるのは、憎しみもあるからなの、怒りも、痛みも。わたしたちをこの世界に連れてきた人以上に、わたしたちに痛みを与えられる人がいる？」

マイラはお茶をとり、椅子を回して、イヴとボードに向き合って座った。「子どもは愛情を求めている――母親への、そして母親からの。大人の男のほうは怒りと痛みを感じている。犯人は、彼女を自分の求めるように再生するというこの探求を止めることができない。そして犯人がさらう女性たちは、決して彼の求める相手にはなれない」

「コヴィーノにはどれくらいチャンスがありますか？」

イヴと同じように、マイラはコヴィーノのＩＤ写真を見つめた。「彼女は必然の結果を先延ばしできるかもしれない。幻想はしばらくのあいだは持つでしょう、でもいずれ砕ける。そうなったとき、犯人は彼女を殺すわ」

「犯人は母親を再生したいのと同じくらい、殺したがっています。彼は女性を鎖につなぐたび、殺すたびに、母親を罰しているんでしょう」

「そうよ」マイラは同意した。「創造と破壊、それがサイクルなの。大人の男は母親――この年齢の――がどんな人物だったか振り返り、判断することができる。〝だめなママ〟と。犯人がこれまでの人生で経験したどんな失望、失敗、困難も、彼からみれば、それが原因なのよ。何か、それもトラウマになるようなものが、彼と母親の人生のあるときに起きた。そしていま、彼女に、そのことに、彼らに関係した何かが起きて、精神的な崩壊を生じさせたため、彼はその時期に引き戻された。というか、その直前に。トラウマの前よ。今回の二人めの被害者をみれば、パターンは非常にはっきりしているわ」

「あの地図ですが」イヴが手ぶりでうながすと、マイラは座ったまま体をまわしてスクリーンを見た。「ハイライトされた地点は二つの現場、被害者たちの――コヴィーノも含めて――住居と勤め先です。点線は彼女たちの通常の通勤ルート――もしくは、コヴィーノの場合は地下鉄ですが。

コンピューター、ロークの作った最初のリストにあった不動産にハイライトして、消えたものにマークをつけて。条件に合致する個人住宅やほかの不動産がわかるでしょう」彼女はマイラに言った。「独身男性により所有、賃貸、または居住されているところです。われわれは戸別訪問をして、マークのついたものを消去しました」

「かなりの量の足仕事ね」マイラはそう言った。

「警官に足があるのはそのためですから。コンピューター、ロークが作った二つめのリストの不動産にハイライトして。範囲を広げたんです」イヴは説明した。「ひとり住まい、でも所有もしくは居住しているのは――記録上では――女性、カップル、または家族、もしくはグループか会社。さらなる戸別訪問も始めています」

「ここが狩場であることはわたしも完全に賛成だわ。犯人はそこで暮らしているか働いている、おそらくは両方」

「思うに――」イヴはナディーンが入ってきたので言葉を切った。彼女のティーンエイジャーのインターン、クゥイラも一緒だ。

「ナディーン、いま助言をもらってるさいちゅうなのよ」

「ブルペンできいたらそう言われたわ」ナディーンはなめらかでメッシュの入った髪を後ろへはらった。「そこに加えられるものが手に入ったの」

イヴはその得意げな笑みに気づく程度には、ナディーンをよく知っていた。クゥイラについてはしばらく迷ったが、このままにしておくことにした。

「身元不明の容疑者(アンサブ)の母親について何かつかんだのね」

「彼女をつかんだの」ナディーンは例によって巨大なバッグに手を入れ、一枚のディスクを出した。

「すごいじゃない。ピーボディ」

ピーボディがいそいでディスクを受け取った。

「コーヒーをいただけるわよね、ブルペンの泥じゃないのを」ナディーンはイヴに言った。

「それと、わたしの若き弟子はコークのほうが好み」

「ちょっと待ってなさい」

そう言ったとき、ジェイミーがふんぞり返って歩き――ほかに言いようがなかった――会議室に入ってきた。「やったよ！　ヘイ、ドクター・マイラ」

「何をやったの？」

「タトゥーの入ったママがわかったんだ」彼はディスクを持ち上げた。

「どうなってるの。ピーボディ」

「はい、はい。同時再生にして、スクリーンを分割します。ちょっと待ってください。あ あもう」ピーボディは言った。

「ハイ、ナディーン・ファーストだよね？　あなたの本、すごく好きだよ。映画も最高だった」ジェイミーは一気にまくしたてた。

「ありがとう。クウィラ、こちらはジェイミー・リングストローム。フィーニー警部の名づけ子よ」

「ヘイ」ジェイミーが答えて言った。「髪がいかしてるね」

クゥイラは手を持ち上げて、前髪と頭頂部がキャンディピンクになっているオークブラウンの髪を指ですいた。「ありがとう、あたしは、ええと、ナディーンのインターンよ」

「そうなんだ？　それもいかしてるね。僕はＥＤＤでインターン勤務中」

「さっきのコーヒーだけど」

「いいから待って！」イヴがぴしゃりと言った。「わたしのオートシェフからここのにどうやって持ってくるかやり方を知らないし、ピーボディは手がふさがってるんだから」

「僕がやれるよ。何？　ダラスの高級なやつが飲みたいの？」

「ええ、お願い、クリームを少しで」ナディーンはジェイミーに言った。「それと、クゥイラにはコークを」

「いま来るよ」

「どうやって彼女を見つけたの？」ナディーンが彼にきいた。

「ええと……」

イヴはジェイミーが口をすべらせず、こちらを見て指示を求めたことでプラス点をつけた。

「話していいわよ。ナディーンのほうも見つけたの」

「そうなの？　よくできたね。あんな乏しいデータしかないんで、引っぱり出すのにちょっと時間がかかっちゃってさ。一九九四年までさかのぼらなきゃならなかった」

「テネシー州アーケイディアで、十六歳のとき売春勧誘で逮捕。裁判所の命じたカウンセリングとコミュニティ奉仕を終了したのち、記録は抹消・封印」

クウィラがデータを読み上げているあいだに、ジェイミーは彼女にコークを渡してにやりと笑った。

「そのときにはもうあのタトゥーを入れてた」と彼は続けた。「そしてその小さなサイテーの町は、本当にそんな昔の記録を保存してた」

「どうやってそのデータを手に入れたの?」イヴはきいた。

「カンが働いたんだ——いつ、どこでってことは——それから彼女の写真——運転免許証を掘り当てたときに——彼女の外見も。それで、検索をして、そこの判事を見つけて事情を説明した。今朝までは決心してくれなくてさ——当時のファイルを見直したりとかしたがったんだ——でも記録の封印を解いてくれて、そしたらバーン。町はそのタトゥーを身分識別マークとして登録していた」

「あなたのほうは?」イヴはナディーンにきいた。

クウィラが話そうとしたとき、ナディーンがその腕に手を置いた。「そんなようなことよ」そう言ってまつげをパタパタさせた。

「じゃあそれ以上言わないで。ピーボディったら、早くしてよ」イヴは声を強めた。

「いまできます。このユニットは二重奏をするのに時間がかかるんですよ」

「僕がやるよ」ジェイミーが歩いていって、いくつかコマンドを入力した。スクリーンに分割された画面が――まったく同じものが――あらわれた。

警察の記録写真にうつっているのは、うつろな目の、細い顔をしたブロンドの若い女だった。つけていたマスカラやら何やらが落ちてしまい、目の下に大きな隈を残していた。横顔の写真では耳に複数のピアスをしているのがわかった。

「さあお出ましだ、リーサ・マキーニー。ここでは僕らの考えていた年齢範囲より若いけど、うん、犯人がさらってるタイプに一致するよね。身長、体重、髪や肌の色。ほかに何がわかってるのか？」

ジェイミーは話そうとしかけて、すぐにナディーンに合図した。「ここはあなたがどうぞ」

「やさしいのね。じつを言うと、これについてはリサーチチームの一員として、クゥィラから報告することがあるの」

「あたしが先にやる、そうしたらあなたが続きをやって」クゥィラはジェイミーに言った。

「いいよ」

「オーケイ、リーサ・エヴァンジェリン・マキーニー、一九七八年九月八日、アラバマ州ビグズビーで、ビューフォード・マキーニーとティファニー・ボズウェル・マキーニーのもとに生まれる――どちらも十八歳、とんでもないよね。そのティファニーはアーケイデイア出身だけど、子どもの頃にビグズビーに移住した。それで二人は一九八四年に離婚した、なんたる驚き（ケル・シュプリーズ）、じゃない？　ともあれ、二人とももう亡くなってる。でもどちらも再婚して——彼女は二度——そして彼は二人めの妻とのあいだに二人の子どもを持った」

クゥィラはちょっと間を置いてコークを飲んだ。

「ティファニーは一九九一年にアーケイディアに戻り——リーサを連れて——そこで九三年に夫三号と結婚した。その夫は九五年に逮捕されたけど、そのあいだ、リーサは学校に来るのは飛び飛びで、何度か家出をして、警察につかまっている。ハイスクールは——かろうじて——卒業していくつもの仕事をしたけれど、どれも数か月以上は続かなかった。それから一九九八年に……」

彼女は話すのをやめ、ジェイミーを見た。「ここはあなたがやって」

「ありがとう。彼女が子どもを持ったのはそのときなんだ」ジェイミーは続けた。「男の子だった。名前はない、父親も記録されていない。車の事故はつかんだ？」

「何？　ううん」クゥィラはピンクの前髪をいらだたしげに吹いた。「あたしたちは何を見逃してた？」

「リーサは九九年に交通事故にあった。彼女が運転していたんじゃないけど、ドライバー——マーシャル・リグズとかいうやつ——は酔っ払い運転で告発された。彼女は脳震盪（のうしんとう）、肩の脱臼、手首の捻挫、肋骨（ろっこつ）二本の骨折だった。彼女が住んでいたのは——母方の祖母の住所で――二〇〇〇年まではアーケイディアにいたけど、そのあとは放浪生活を始めたらしい。僕が見つけた雇用記録は――やっぱり飛び飛びで――バーの仕事、カクテルウェイトレス、いくらかストリップもしてた。二〇〇二年以降は、住所も雇用先も見つけられなかった。でも彼女は自分の名前で登録された車を持っていた――オンボロだろうけど」

「彼女かその子どもについて、児童保護サーヴィスから何かなかったの？」イヴはきいた。

「ソーシャルサーヴィスは？」

「僕は見つけられなかった。それに、二〇〇二年以降は何にもないんだ、ダラス。ふっと消えたみたいに。この写真は見つけた――二〇〇二年、ナッシュヴィルのストリップクラブの広告用だよ。コンピューター、マキーニーの資料、３‐Ａを映して」

作業中です。表示しました。

彼女は頭をのけぞらせて、片腕をポールに巻きつけていた。身につけているのはＧストリング、乳首隠し、そして疲れているようにイヴにはみえた。

「顔を拡大して」

ジェイミーがそうすると、イヴはじっくり見てみた。「そうよ、似ている、同じタイプ、短い髪だといっそうはっきりするわね。彼女、何か使ってるわ。常用者なのがわかる。彼女はええと――計算って大嫌い」

「二十四くらいよ」クゥィラが言った。

「そう、それくらい、三歳か四歳の子どもがいて、ポールにまたがって、児童保護サーヴィスにつかまらないように社会に頼らず暮らし、ひとところに長くとどまらない。彼女は十六で自分を売ろうとした、だからたぶんそういうこともあったでしょう。でも放浪生活に出たときには子どもを連れていったか、あるいは定期的にその子のもとを訪れていた」

マイラがうなずいた。「犯人が不在の母親により強迫観念を持ち、幻想を作り出すようになったのかもしれないいっぽうで、彼の再生の試みには細かい点が多すぎる。トラウマは彼女がアーケイディアを出ていったのちのどこかで生じた。二人には絆があった。それに、彼女は彼女なりに、息子を愛していたんだと思うわ。逃げ出して、息子を祖母のところに残していくほうが、はるかに簡単だったもの」

「彼女がそうしなかったのをたしかめましょう」

ナディーンがコーヒーのマグを横に置いた。「リーサの異母弟によれば――まだビグズビーに住んでるんだけど、彼女はそうしていないわ。今朝いちばんに彼に連絡をとってみた。彼はリーサが姿を消して子どもを連れていったときに、彼女の母親が父親に連絡してきたのをおぼえているの。子どもの名前はおぼえていないそうよ――ろくに知りもしない片親違いの姉の息子なんて、彼の人生には関係なかったから。でも両親がそのことで言い争うのを聞いたのはおぼえている、母親がその状況にひどく動揺したから」

「もっとつかんでるんでしょ。彼はほかに何を知ってるの？」

「彼の母親は、夫が実の娘と縁を切ってしまったことをよく思わなかった。そして父親は、妻からその娘と連絡をとるよう言われつづけるのをよく思わなかった――リーサと、それから自分の孫息子と、ってことね。父親はリーサをジャンキーの娼婦だと言い、もう縁を切ったと言った。彼はそのことをはっきりおぼえているの、父親はそういう言葉を使わない人だったから。だからあなたの言うとおりなんでしょうね、それにジェイミーの写真では彼女は何か使っているし。

彼の妹の連絡先もきいてあるわ、でもオレゴンに住んでいるし、まだ朝早すぎるから連絡はしていない」

「その情報はディスクに入ってる？」

「入っている」

「あとはわたしたちが引き受けるわ。これはよくやってくれた、みんな」

「それでわたしの一対一は？」

「わたしたちはここで人の命を救おうとしてるのよ。あの命を」イヴはボードとコヴィーノをさした。「彼女を見つける前にこの情報をおおやけにしたら、犯人は彼女を殺すわ。一対一はいずれやる、もしわたしがあなただったら、これが解決したときに、若き二人のインターンたちがいかに事件の突破口をつくり、命を救い、殺人犯を見つける助けになったかっていう番組を作るでしょうね」

ナディーンはほほえんだ。「もうわたしの予定表に入ってるわ。クゥィラとオンエアで話をしてくれるでしょう、ジェイミー、あなたたち二人が逮捕につながった情報を見つけるのにどうやって貢献したかを？」

「僕は——ええ、たぶん」ジェイミーは驚いたのと、喜んでいるのと、とまどっているのをなんとか同時に表現した。「ええ。サイコーでしょうね。警部から許可をもらわないと」

「あたしが彼にインタビューしたらどうかな」クゥィラが提案した。「思うんだけど、たぶん、ジャーナリストとして、あたしは記事に載らないほうがいいよね、それに、あたしたちがやったリサーチについて話すのは、情報源を明かすことになりかねないでしょ。ある意味」

「ねえ、まさにわたしが聞きたかったことを言ってくれてるわ。えらのない魚は何に似ている、クゥィラ？」

「誠実さのないジャーナリスト。どちらも水槽の底まで沈む——でもジャーナリストには選択権があった」

ナディーンはクゥィラの肩に腕をまわした。「それでこそうちの娘(マイ・ガール)よ。わたしたちはジャーナリストになりましょう。一対一よ」彼女はイヴに言った。それから「インターンのインタビューも」とジェイミーに。そして「悪党をつかまえて」と部屋全体に言い、クゥィラを連れて出ていった。

クゥィラは肩ごしにジェイミーを振り返った。「会えてよかった、いろいろ」

「僕も。さて戻らなきゃ。これからも僕を仲間にしておいてくれるよね？」

「もう仲間よ。すごくいい仕事をしてくれたわ、ジェイミー。さあもう行って」

「行くって」彼は得意げに出ていった。

「クゥィラはジェイミーに流し目をくれてましたね」ピーボディが言い、マイラが噴き出した。

「ええ、わたしも見た。まだほんの子どもなのに」

「彼女は聡明で、健康なティーンエイジャーの女の子よ」マイラが訂正した。「わたしが聡明で、健康なティーンエイジャーの女の子だったら、やっぱりジェイミーに流し目をくれたでしょうね。彼はすてきですもの。とはいえ」

マイラは立ち上がって、ボードのところにイヴと並んだ。「悲しい人生ね。リーサ・マキーニー、これは悲しい人生だわ。両親は結婚した、データによれば、彼女が生まれる六か月前に。そんなに若くて、そういう状況にあっても、成功し、しっかりした生活を築く人もいる。でもたいていは違う。母親は子どもを連れて州外へ出た、そこに親権争いの記録はない。あればあの二人が見つけたでしょう」

「ええ、見つけてくれたはずです」

「父親には別の妻と、ほかの子どもたちがいた。理由は何であれ、彼はいちばん上の娘に門戸を閉ざした。彼女が悪い選択ばかりをするのは、そういう人たちのパターンよ。彼女の依存症は？　もしかしたら、十中八九かもしれないけれど、その車の事故のあとに始まったか、エスカレートした。痛み止めよ、あの時代からすると、まずオキシコドンが考えられる」

マイラはイヴを見た。「ストリートに出回っているブリスと同じようなものと言っていいわ。いずれにしても、リーサの母親は男から男へと渡り歩き――リーサは祖母と住んでいたから――親子の絆は強いものではなかったし、健全なものでもなかったでしょう。不登校、家出、それから妊娠の記録。不幸な若い女性ね」

「でも彼女は中絶しませんでした」

「誰か――彼女のもので――彼女を愛してくれる相手ですよ」

イヴはピーボディに目を向けた。

「続けて」

「こちらでつかんでいる情報からみると、リーサは自分のものになるから子どもをほしがったのかもしれないと思えるんです。子どもは彼女を愛してくれる。父親は愛してくれなかった――もしくはじゅうぶんにではなかった。母親、そこにも何かがあります。子どもというものは、すねて一度は家出することがあるけれど、彼女は何度もそうした。それに自分の小さな町で、売春で逮捕されてるんですよ」

「逮捕されたかったのね」イヴは判断した。

「助けを求める叫び。そうだったのかもしれない」マイラも同意した。「そして彼女は――よかれあしかれ――その叫びにこたえはなかったと感じた。彼女と子どもはたがいに愛し合っていたと思うわ、彼らなりに。でも彼女は問題を抱えた女性で、依存症で、身内とも疎遠だったようにみえる。母子二人きり。

例のトラウマは二〇〇二年よりあとに起きた、息子がまだ彼女に頼りきって、結びついていたときに。母子二人きり」マイラはそう繰り返した。

「もし彼女がドラッグを過剰摂取したなら、死亡の記録があるはずです。彼女は亡くなって捨てられ、遺体は見つからなかったか、身元がわからなかった、その可能性はありますね。あるいは、依存症だったなら、彼女はわが子よりお気に入りのドラッグのほうを選び、息子を捨てた」

「もしそのどれかだったら、彼が――彼の名前が――システムに入れられた記録があるはずよ。わたしたちにわかっていることからすると、親戚には引きとられていないし」

「それを確認します。犯人は幼すぎて母親の名前を知らなかったのかも。彼女はただの〝ママ〟、あるいはトラウマが彼の記憶から名前を消してしまったか。でももう掘るためのものはじゅうぶん揃ってます。彼の年もわかっている――この十一月で六十三歳になりますね。ヤンシーがもうひとつ予想画を作れるかどうかきいてみましょう、母親の顔が手に入りましたから。

これからポートランドにいる異母妹に連絡して、何か補足してもらえるかどうかやってみます。ピーボディ、ノーマンに連絡して最新状況を知らせて、爪の件で実店舗にあたってみて――それからドーバーに詳細をいそぐよう言って」

イヴはマイラを振り向いた。「ありがとうございます。これと、あなたのおかげで、全体像がよりはっきりしてきました」

「わたしもよ。この件では精神的な病の歴史を見つけることになると思うわ、それからおそらくそれが治療されなかったことも。何かが犯人の暴力的な面の引き金を引いたの」

「わたしが止めれば治療を受けられますよ」

必ず止める、とイヴは思った。犯人がまた被害者を出す前に。

まっすぐ自分のオフィスへ行き、ヤンシーに連絡した。

「これから警察の記録写真を送るわ――十六歳のよ――容疑者の母親の。それに年をとらせられる？　たとえば、三十五歳、五十五歳、八十五歳に」

「とりかかれますよ、もちろん」

「できあがったら何でも送って――全部できるまで待たないで。こっちで検索にかけるから」

「ほかのやつには当たりがなかったんですか?」

「ないわ、でもあなたならはっきり違いがあるってわかる。みんなタイプは同じだけどね、せいぜい従姉妹（いとこ）ってところかも」

「送ってください。午前中はあき時間がありますから」

「ありがとう。恩に着る」

イヴはファイルを送り、それからリーサ・マキーニーの異母妹に関する情報を集めた。

アイリーン・ジャスパー、年齢七十四、フィリップ・ジャスパーと結婚、子ども二人。

フリーランスのカメラマン。

アイリーンは二つめのベルで応答した。鋭い顔だちの女性で、栗色の髪のてっぺんがくしゃくしゃになっていた。「警察って」彼女はかすれた声の、母音を伸ばす言い方（南部特有の話し方）で言った。「ニューヨーク。リーサと彼女の息子のことなんでしょうね」

「ええ、マァム」

「弟から聞いたところよ。わたしが早起きでよかった、でもお役に立てるかどうかわからないわ。リーサに会ったのは一度きりよ。うちの母がみんなでテネシーへ行くんだと言い張ったの、ハリーとわたしが——弟はたしか三歳だった——母親違いの姉に会えるように。たくさんの怒鳴り声以外はあまりおぼえてないわ、わたしがあの当時はよく知らなかった言葉を耳にしたこと以外は」

アイリーンは少し笑った。「プール付きのモーテルに泊まったのはおぼえている――わたしにとっては贅沢のきわみよ。それから母がその夜、ハリーとわたしが眠ったと思って、泣いていたこと。弟は眠っていたけど、わたしは違った」

「彼女とはもう連絡をとらなかったんですね？」

「とらなかったわ、ええ。母はあとになってそうするようときどき勧めていた、リーサが子どもを生んだときに、でも父は譲らなかった。それに、正直に言って、わたしもそのほうがよかったの」

「彼女の息子の名前を知っていますか？」

「知らないわ。知っていたとしても、ずっと昔のことよ。父は十年前に死んで、母もこの冬に亡くなったの。両親なら知っていたかもしれないし、知っていたと思うけれど、もう尋ねることもできない。断言できるのはね、これははっきりしているということ――成長するにつれわたしが耳にしたことや、わたしが育った小さな町でのおきまりのゴシップからすると――父の最初の奥さんは奔放な人だった。学校の問題児、刹那的な楽しみの時間や、刹那的な男の子たちが好きで、手に入るときには入るだけの酒を飲んでドラッグを使った。うちの母とほぼ正反対ね。ママはルールを守る人で、これ以上ないほど心のやさしい人だった。パパがリーサと疎遠になっていることで、そのやさしい心を悩ませていた」

「リーサがそれを利用しようとしたことはありますか？」

アイリーンは唇をすぼめた。「まあ、それもひとつの考えね、それに簡単にやれただろうと思うわ。でもやったとは思わない。ママが話してくれたはずだから。わたしが小さい頃は話さなかったでしょうけど、あとになってならね。さて、リーサが生まれる前に彼女のおばあさんがおじいさんと離婚したことは知っているわ。おじいさんは酒が好きで、女性を追いかけるのが好きだった、結婚指輪をしていてもしていなくても。誰かを殴って刑務所にいたこともあった――これは、おじいさんが一度ならずおばあさんを同じ目に合わせたあとの話よ」

アイリーンは何かの入ったあざやかな赤のマグを持ち上げ、飲みながら頭を傾けて、昔を思い出していた。

「ビッグ・ボウ・ボズウェルの噂はさんざん耳にしたわ、彼が二度めのムショ送りになったとき――いやがる女性に手をかけたから――刑務所で殴り殺されてしまったこととか。リーサは赤ん坊だったんじゃないかしら、おばあさんが再婚して、テネシーに戻ったときには。だからパパがリーサの母親と離婚したとき――彼女はすぐにまた結婚して離婚したけどね――一緒にそこへ移ったのよ。ハイヒールで小さな町のビグズビーを蹴り捨てて。再婚したって聞いたわ、うまくいかなかったとも。リーサが奔放になったのも不思議じゃないわよね」

アイリーンはひと息ついた。「あなた方はリーサの息子が奔放どころじゃないと考えているんでしょう」

息子は、とイヴは思った。六十年以上もの経験を積んでいる。「彼は二件の殺人と、少なくとも三件の誘拐の容疑者です」

「それは残念だわ。パパの血をひく人がそんなにも道をあやまっただなんて残念よ。パパはいい人だった、いい父親だった。面白くて働き者で。厳しかったかもしれないけど、やさしくもあった。最初の結婚でひどい思いをしたことは知っているわ、パパは決して話さなかったけど——でも小さい町には地獄耳やおしゃべりがいるものなの。だから言うけれど、リーサが生まれたときはパパの子なのか、違うんじゃないのかなんて噂されていた。彼女は奔放だったの、リーサの母親はね。だからたくさんの車のバックシートを楽しんでいた、って言われてた。でもパパは彼女と結婚して、二人が出ていってしまうまではリーサの父親だった。

パパの最初の奥さんは三十年かもっと前に亡くなったと思うわ。薬にお酒、噂ではね」

「リーサと息子の写真があるかどうか知りませんか?」

「見たこともないわ。事実はね、彼女がどんな外見だったかわたしには言えないってこと、あのとき一度だけ会っていても。あのプール、それにママがあの晩泣いていたのもおぼえている、でもあの子の顔は思い出せない」

「ほかの親戚のことは知っていますか？　おばやおじ、いとこは？」

「ほかの親戚はひとりも知らないの、だから写真やほかのものがどうなったか知らないわ。最後に知ったのは、リーサが息子を連れて出ていったこと。その子はせいぜい三、四歳だったんじゃないかしら。ずっと昔のことよ。リーサはわたしより十歳上だった、ダラス警部補。そして彼女の名前が出ると、わが家の上には暗雲が垂れこめたわ」

今度はため息をついた。「告白するわね。パパが病気になって、長くはもたないとわかったとき、ママはリーサを探し出そうとしたの。私立探偵とかそういうものを雇うことまで口にした。わたしはパパの味方についた——というか、ママが何を考えているかパパが知ったら、パパの側になるだろうってほうに。ママにやめてと言ったわ。はっきり言った。ひどいことも言った。だからママはやめてしまった。そのことを申し訳なく思うべきなのかもしれない、でも思っていないわ」

「わたしでも思わないでしょうね。もし何かほかに思い出したことがあれば、どんなささいなことでもかまいませんので、知らせてください」

「必ずそうするわ。これ以上知っていることがなくてごめんなさいね。彼が、リーサの息子が見つかるよう願っているわ、また誰かに害をおよぼす前に」

「ありがとう」

イヴはいまの通信の要点を書きあげた。

それからアイリーンが教えてくれた関係者全員のデータを見てみた。

母方の曽祖父——酒飲み、女たらし。DV夫、ペテン師、刑務所で死亡——二度めの刑期。

母方の祖母。いろいろな相手と寝ていた、酒を飲んだり違法ドラッグを使うのが好きだった、逮捕の罪状は器物損壊、未成年での飲酒、ドラッグ所持、静穏妨害、治安紊乱。六十一歳で死亡、睡眠薬をウォッカに混ぜての過剰摂取。

母親。未成年時に売春勧誘で逮捕、二十歳で男の子を生んだ——父親は記録されていない——おそらく痛み止めの依存症、不安定な雇用及び居住歴。二〇〇二年以後の記録なし。記録に残らないところで働いていたのかもしれない、とイヴは思った。路上で仕事をしていた。あちらからこちらへと流れていたのかも。

子どもは捨てたのかもしれない。ただし公式のルートではない、そうなら記録が残っているはずだから。子どもを売った、捨てた、子どもの目の前で死んだ。

でも彼女は出ていくとき、祖母のところに息子を置いていかなかった、だったらなぜあとになって捨てるだろう？　連れて帰ればいいではないか？

もう一度、覚え書をじっくり読んだ。そこには無情なＤＮＡがあった。暗くて無情な血の流れ。

暴力と依存症と自己破壊。

しかし殺人は選択だ。それはいつだって選択なのだ。
そして犯人は選んだのだ。

17

ジェンキンソンに状況を聞いたあと——外回りでは当たりなし——イヴはピーボディを呼んでおおまかなところを伝えようとした。そのとき、例のカウガールブーツが近づいてくる足音が聞こえた。

「ネイルキットはまだ当たりがありません」ピーボディはそう報告した。「でもラボのドーバーと話をしました。少しの遅れ、コンピューターの不調、でも彼は作業に戻ってます。三十分以内にサンプルを分析して特定してくれるはずです」

「ヤンシーに年齢ごとの予想スケッチを描いてもらってる、それからマキーニーの異母妹と話をしたわ。マキーニーの母方にはアルコールとドラッグ乱用、暴力の歴史があって、精神疾患に関するドクター・マイラの推測を補強しそうな徴候もあった。覚え書のコピーをあなたとドクター・マイラに送る。でもひとつ問題がある」

イヴは椅子にもたれ、ピーボディが二人ぶんコーヒーをいれられるように、オートシェフのほうをさした。

「その異母妹はオレゴンに住んでいるんだけど、調べたところではテネシーより北に移住した身内は彼女しかいない。リーサ・マキーニーの息子はどういう経緯で、なぜニューヨークにやってきたのか？　リーサが連れてきたのか——何代にもわたって住みついていた習性を破って？」

「可能性はあります」ピーボディは考えこんだ。「リーサ・マキーニーは放浪者として通っています——とくに仕事のスキルや野望はなく、家族との絆もない。〝あたしはもうこの土地に用はない。必要なのは行動、まぶしい光なのよ〟ってやつかも」

「可能性はあるわね」イヴは同意した。「でもそういう劇的な変化をするには度胸がいる。小さいか、やや小さい南部の町から北部の大都市へ。それに資金。ニューヨークで暮らすのはよりお金がかかる、まして子どもを連れていれば。恵まれない人たちだって見慣れたところにしがみつくものよ」

立ち上がり、イヴはコーヒーを持って歩きまわった。「マキーニーがニューヨークを、あるいは北部をめざしたことを示すものはない。彼女は家出をした、ティーンエイジャーのときに複数回。でもバスに乗ったりヒッチハイクをしたりして大都市へ向かったり、その——一般的にいって——なじみのある地域の外へ出たりはしなかった。毎回、家から半径八十キロ以内で見つかっている」

「でも犯人はここにいます」

「ええ、彼はいる。彼女は息子を捨てたか死んだ、わたしにはそうみえる。捨てたのは彼女がもうそれ以上耐えられなくなったときか、もしくはドラッグを過剰摂取したか、ひどい最期を迎えたか、みずから命を絶ったかしたときよ」

ボードのそばで立ち止まり、若きリーサ・マキーニーの目をのぞきこんだ。怒りを抱え、反抗的だ。

「彼女は息子を売ったのかも——だとしたらこっちにとっては最悪ね、これまでシステムの中に彼を見つけられていないんだから、それに未成年者、四歳から六歳の男の子の遺体を南東部で見つけられる見こみはもう少ない——それに何かの食い違いや計算ミスをカバーするために前後一年を加える必要がある」

「もし彼女が息子を置き去りにしたか死んだとしても、彼は警察や、ソーシャルワーカーに、自分の名前を言ったんじゃありませんか」

「自分でも知らなかったら言えないでしょ。ファーストネームなら、言えた可能性は高い——マキーニーは何らかの言葉で息子に呼びかけていた、たとえそれが〝くそったれ〟だとしても。でもラストネームは？　わたしはもっと年が上だったけど、自分のは知らなかった。単にトラウマのせいじゃなかった」イヴは付け加えた。「あの人たちはわたしに名前をつけなかったし、わたしはラストネームとファーストネームの区別すら知らなかったの。だからこの子は、たとえば七歳未満としましょう。ことわざにあるようにどこかの戸口に流れついたか、母親が死んだか帰ってこなかったときに誰かに拾われた」

イヴはまた腰をおろした。「それがわれわれの見解。いま二〇〇二年から二〇〇六年までの、未成年の身元不明者で、該当年齢範囲の男子で、システムに入れられたのを八つの州で検索しているところ。前はもっと幅広い検索でやって当たりが出なかったけど、狭めることで運が向いてくるかもしれない」

「勝ち目はありますよ」ピーボディは同意した。「当時の記録はいやになるほどあてになりません。でも焦点を絞れば、勝ち目はあります」

イヴのコンピューターが受信のシグナルを鳴らしたので、二人はそちらを向いた。

「ドーバーが三十分を突破したんですか？」

「いいえ、ヤンシーよ。彼のひとつめの絵が来た。リーサ・マキーニー、年齢三十五」

「うわ、よくできてる！」ピーボディはもっと近くへかがみこんだ。「ヤンシーがどんなふうに彼女に年をとらせたかわかりますね、ヘアスタイルも合わせていくらか変えてますよ、たぶん、当時はやっていたものに」

「よくできてるわ」イヴはその顔を見つめた。目や口のまわりの、十年という時間のかすかなあらわれ。「アンサブはこんなふうに複製できなかった。わたしたちも被害者たちをもとにしていたら、まったく当たりはつかめなかったでしょう。彼女たちは本物じゃない、単に犯人につくれる最善のものというだけ。

コンピューター、映されている画像で顔認識プログラムを開始、二〇一二年から二〇二二年のあいだで一致するものを探して」

コマンドを了解しました。検索します……

「狭めつづけるのよ」イヴはつぶやいた。「ヤンシーが出してくる画像を十年ごとのスパンで検索し続けましょう。何かが当たるはず。彼女がとっくに死んでいるのでないかぎり」

「補助サーチをしましょうか？　同じ画像を使って、二〇二三年まで飛んで、そうですね、さらに五年やってみるんです」

「そうね、やってみて。それからもしドーバーが三十分以内に連絡してこなかったら、もう一度せかして」

ピーボディが出ていくと、イヴは立ち上がって残りのコーヒーを手に窓のところへ行った。

犯人はそこにいる、と彼女は思った。路上に、どこかのオフィスに、家に、マーケットに、人との集まりに。イヴがいましているようにコーヒーを飲んでいるかもしれない、でもそこにいる。

そして自分たちは近くへ迫っている。それが感じられた。いろいろなピースがはまっていくのを感じる。これまでずっと母親が鍵だった。

いまでは彼女の名前、顔、生まれ故郷もわかった。

「リーサ・マキーニー、どこへ行ったの？　何をしたの？」

イヴは自分自身を思い浮かべた。まだ子どもで、ダラスの路上をさまよい歩き、血を流し、骨を折り、心に負った傷が大きすぎて、最後にレイプされたときのことも、殴られたことも、その前にあったこともすべて忘れていた。

「でもあんたはそうじゃなかったわよね」彼女はつぶやいた。「そう、そういうんじゃない。もしそういうことだったのなら、ママを取り戻したくなかったでしょう。ママはあんたを殴らなかった、殴っていたらあんたも代用品を殴っていたはず。ママはあんたに食事を与え、服を着せてくれた――だからあんたも彼女に同じことをする、あんたにとっての彼女の投影であるように」

リーサは息子を捨てた、売った、あるいは死んだ、とイヴはもう一度思った。そしてそれは、彼にしてみれば全部同じで、置いていかれたということだった。彼を見捨てていった。〝だめなママ〟はちっちゃな息子を置いていった。

イヴは作業中のコンピューターをもう一度見た。犯人の幼児期に彼女が死んだのなら、リーサ・マキーニーの検索で出てくるものはないだろう。

死亡記録がないというのは、遺体が見つかっていないか、遺体の身元がわからなかったということだ。でも彼女は二〇〇二年には車と免許証を持っていた、だから……。それでも人が死んで、発見されずにいる、もしくは身元不明のままになる理由はたくさんある。

コンピューターがまたもや受信のシグナルを鳴らし、イヴは飛びついた。

「オーケイ、ドーバー、そっちまで行って、あなたのケツを蹴ってギアを入れてやるまでもなかったわね」イヴは——彼女にとっては——意味のわからない科学関係の箇所をすっとばし、一直線に要点へ進んだ。

「〈アドーラ〉の〝ネイル・イット〟、サロングレード、プロ専用。〝カラー・オン・アームーンリット・シー〟——誰がこんなもの思いつくのよ? 〝アクリリック・モノマー(リキッド)〟、〝クリスタル・アクリリック・パウダー〟、〝ウルトラ・ネイル・プレップ〟と〝ウルトラ・ボンド〟、〝アドーラ・トータル・マックス・ネイル・グルー〟。その他もろもろ」としめくくった。

ピーボディが急ぎ足で戻ってきた。

「ドーバーからコピーが送られてきた」イヴは言った。

「それをサーチにかけました。トップブランドのひとつですよ、それに高級なキットです。卸値で四百を超えます」

「この爪用のものだけで？　誰が爪にあんなベタベタを塗りたがるのよ？」

「サロンでサーヴィスを受けるにはその倍かかりますね。犯人はこのカラーだけは別に買ったはずですよ、キットには入っていませんから」

「四百ドル払っても、その馬鹿みたいなマニキュアを手に入れられないのね？」

「それに、キット用に作られた〈アドーラ〉製品を使わなきゃなりません。その件は最初にサーチを準備したときにトリーナに確認しました。だからキットとそのカラーをサーチに加えました。もし犯人がキャッシュで払ったとしても――たぶんそうでしょうが――店のほうで記録をつけているでしょう。これはうまくいきそうですよ」

「すべて彼女が爪を噛んでいたおかげね。販売者を何人か選び出して、対面での聞きこみをしましょう」

「当たりが出たらわたしに通知が来るようセットしておきます」ピーボディが言ったところで、イヴのコンピューターがまた鳴った。

検索での初回合致、確率九八・二パーセント。

「メインスクリーンに映して」イヴは命じた。「大当たり！　彼女よ。名前を変えてる、でもあれは彼女。ヴァイオレット・ブランク・フレッチャー、システムに入ってる、運転免許証、パスポート、社会保障まで。年齢は二〇一四年に三十四と記録されている。ジョゼフ・フレッチャー医学博士(MD)と結婚——子どもが三人、娘ひとり、息子二人。でもわれらが犯人とは年齢が違う。若すぎるし、リーサが消えたあとに生まれている。ルイジアナ州シルヴァンに突然あらわれてるわ。コンピューター、ルイジアナの地図を映して、シルヴァンをハイライトして」

「うわ、うわ、見てください！ ニューオーリンズから遠くないですよ。わたしたち、ニューオーリンズに行きます？」

「落ち着いてよ、ピーボディ。コンピューター、ヴァイオレット・ブランク・フレッチャーに関するデータをすべてスクリーンに」

了解しました。

「二〇〇四年五月にドクターと結婚。出生地も、両親も、雇用歴も記載されてないわ——ドクターとの三人の子ども以前にいた子どもも」

「なぜならヴァイオレット・フレッチャーにはいなかったから」ピーボディが結論を出した。

「いなかったでしょうね。それに死亡日も載ってる、この前の九月。睡眠薬の偶発的な過剰搾取。あてずっぽうだけどこれは違うわね、彼女の経歴、家族の歴史を考えたら、事故じゃない。それに彼女の死が犯人の引き金になったのよ」

「犯人は記載されていませんね、ヴァイオレットの結婚以前の子どもはひとりも記録されていません」

目を凝らし、狩の本能を血の中でたぎらせながら、イヴはうなずいた。「さぞむかつくでしょうね。医者と結婚し、新たな家庭を持ち、なのに自分はそこに入っていないんだから。なぜなのか、どうしてそうなったのかを突き止めましょう。リーサ・マキーニーは息子を手放し、名前を変えたのよ」

「地理的なことも警部補の言ったとおりでしたね。彼女は南部を離れなかったんです」

「ここにあるほかのデータを見て、ピーボディ。ただの医者じゃない――夫は大物のERドクターになり、一族の財産もある。甘く積み重なった代々の資産。彼女は死んだときには金持ちだった、ものすごく金持ちだった。彼、つまり夫は、彼女より先に死んでる、ほんの六か月前に」

イヴはスクリーンを分割するよう命じてジョゼフ・フレッチャーのデータを映した。

「オーケイ、そうとうな継承資産ですね」ピーボディはみてとった。「それと彼は酔っ払ったドライバーによって亡くなっています」

「ヤンシーに彼女を見つけたと伝えて、あとで詳しく知らせると」イヴはヴァイオレット・フレッチャーの子どもたちのデータを呼び出した。

「これを見て」イヴはヤンシーに連絡しているピーボディに言った。「娘は外科部長よ、パパがERを率いていた病院の。上の息子は作家——成功しているようね」

「チェイセン・Q・フレッチャー？　かなりですよ。彼の本は何冊も読んでいます。本当にすばらしいんですよ」

「下の息子は法律に進んで、いまはルイジアナ州の上院議員。三人とも結婚していて——それぞれ一度ずつ——子どもが複数いて、州の同じエリアに住みつづけている——作家とその家族は、三人が育った家に住んでるわ」

ＩＤ写真を凝視した。

「ピーボディ、ちょっとおしゃべりをしなきゃならないわよ」

「ですね。実際にニューオーリンズでそのおしゃべりをすることはなさそうですが」

「ないわ。爪のやつの検索を続けて、それからそのおしゃべりをしたあとは外回りに出る、でもアンサブの異父きょうだいたちが何を知っているか調べましょう。作家から始めて。わたしは娘から始める。政治家のほうは、母親の昔の生活について知っていることには何であれ、ほかの二人よりのらりくらりとかわすでしょうし。でもいずれ彼にも連絡する」

「やっと動きだしましたね」ピーボディは小走りに部屋を出ていくときに言った。「やっと本当に動きだしました」

単刀直入に、とイヴは考え、ドクター・ジョエラ・フレッチャーの診療室に連絡した。予想どおり、言い訳をされてつないでもらえなかったが、手加減するつもりはなかった。

「ドクター・フレッチャーはそちらで人命を救っているのかもしれないけど」イヴは三番めにつながれた相手に言った。「わたしもこちらでひとりの命を救おうとしているの。ドクターにきいてちょうだい、メアリー・ケイト・コヴィーノ、二十五歳の殺害の責任を負いたいですか、ドクターがクソ忙しくてリンクに出る暇もなかったせいで、ってね」

スクリーンに映っている女性はほほえみ、砂糖のように甘ったるい南部の口調で答えた。

「礼儀を欠く必要はないでしょう、マァム」

「メアリー・ケイトにそう言ってみなさい――それから警部補よ、マァムじゃない。ドクターはいますぐわたしと話してちょうだい、さもないとシャトルに乗って、そっちへ乗りこむわ。それから彼女を司法妨害で告発する」

ほほえみが消えた。「お待ちください」

スクリーンがブルーになり、退屈な保留の音楽が流れた。しかし今度はドクター本人があらわれた。

「いったいどういうことなんです？　大事なミーティングを出てこなきゃならなかったじゃ――」

「知ったことじゃありません。いま二件の殺人、三件の誘拐を捜査中なんです」

しゃれた赤いスーツを着ているらしい女は、リーサ・マキーニーの目でイヴをにらみ返した。「わたしがニューヨークにいないことはおわかりなんでしょう?」

「あなたの父親違いの兄はいます、彼はわたしの最有力容疑者です」

ジョエラ・フレッチャーは細い顔――母親とそっくり――のまわりに完璧にスタイリングした赤褐色の髪をはらい、天をあおいだ。「わたしに父親違いの兄はいません。弟は二人いますが、どちらもニューヨークにはいません。いいですか、警部補――」

「あなたのお母さんはヴァイオレット・フレッチャーですね?」

「そうです」

「彼女はヴァイオレット・フレッチャー、もしくはヴァイオレット・ブランクになる前は、リーサ・マキーニーでした、一九七八年アラバマ州ビグズビーに生まれ、一九九八年に男の子を生んでいます」

「そんな馬鹿な」

「事実です」

「警部補、わたしの母は、ヴァイオレット・ブランク・フレッチャーは、テネシー生まれでした。母の両親は定住せず、あちこちへ移動しては、家事や芝生の手入れといった仕事をしていたんです。何でも屋のようなことを。二人ともハリケーン・オーパルで亡くなりました」

「彼女の両親はビューフォード・マキーニーとティファニーです。ヴァイオレット・ブランクは二〇〇四年以前には存在していません。お母さんはご両親の名前は何だと言っていましたか？」

イヴにはジョエラの爪がいらだたしげにデスクを叩く音が本当に聞こえてきた。「母は言っていませんでした、わたしの記憶では」

「お母さんはどこの学校に通っていたんですか？」

「知りません。ちゃんと行っていたかどうかも知りません、母の両親が転々としていたからです。母はそのことを話したがりませんでした。自分の人生が本当に始まったのは、父と出会ったときだとよく言っていました」

「そうでしょうね。それで、お二人はどういうふうに出会ったんですか？」

「父は家のこと、庭のことを手伝ってもらうよう母を雇ったんです。古い家族経営の大規模農場の家で、父が祖父母から受け継いだものです。二人は恋に落ち、結婚し、そこで家庭を築きました。幸せな家庭で、ニューヨークでの殺人とは何の関係もありません」

「お母さんは去年の秋に薬の過剰摂取で亡くなったんでしたね」

「事故です」ジョエラは噛みつくように言った。「母は夫を、父をなくして悲しみに暮れていたんです。父の死はあまりにも突然で、あまりにもつらかった。いまでもつらいです。母は眠れず、見当識を失うようになって、薬を飲みすぎたんです」

「ドクター、これまではあなたが自分で真実だと思っていることを話してくれたのだと思います。それは真実ではない、でもあなたはそうだと言われていた、だったら疑問に思うはずがありませんよね。けれどもたったいま、あなたはわたしに嘘をつきました。そしてそのことは、お母さんが自分で命を絶ったと教えてくれています」

「これ以上お話しすることはありません」

「お母さんはその人に、自分の最初の子どもに連絡をとったんでしょう、おそらくは何らかのかたちで償いをしようとして。そしてその接触が精神的崩壊を引き起こした。うちには、東海岸でとは言いませんが、ニューヨーク市で最高のプロファイラー兼精神科医がいますし、それを裏づけしてくれるでしょう。彼は二人の女性を殺したんです、あなたのお母さんがその年齢だった頃の姿にそっくりな。

あなたは科学者でしょう。お母さんの過去には空白がたくさんあったはずです――お父さんと出会う前に。お母さんの選んだ名前も含めて。空白（ブランク）。それをきいてみたことはないんですか?」

「母は不幸な子ども時代を送ったんです、だからそのことは忘れたがっていました」

「お母さんはたしかに不幸な子ども時代を送りました、お母さんがあなた方のために築いてくれたようなものではなかった。そして今日わかったことによれば、お母さんは新しい人生を、それも良い人生をつくりだし、よき母、よき妻だった。お母さんはあなた方を愛していた。薬を飲む前に、あなたに手紙を残していきましたね」

「あれは事故だったんです」

「ドクター・フレッチャー、あなたはお母さんの思い出を救い、自殺の影をなくそうとすることで、殺人犯を見つけだして止めるためのわずかな手がかりを遮断しているんですよ。これを見てください」

イヴは体をまわしてエルダーの現場写真を出した。「彼女の名前はローレン・エルダー。彼女を愛する男性がいて、彼女を愛する家族もいました。これが犯人が彼女にしたことです、なぜなら彼女があなたのお母さんに似ていたから」

「わたしの——わたしの母はそんな格好をしたことなどありません。一度も」

「背中に蝶のタトゥーがありましたね、羽を広げた。背中の下側に」

「ティーンエイジャーのときに入れたんです。わたしには何の——」

「待って」イヴはエルダーの背中の写真に替えた。「これは犯人がローレン・エルダーに、それから二番めの被害者のアンナ・ホープに入れたタトゥーです。同じでしょう？」

ジョエラの顔からいくらか血の気が引くのがわかった。「蝶のタトゥーを入れる女性なんてたくさんいますよ」

「まったく同じものでしょう？」

「ええ。ええ。どういうことなの」

「こちらはメアリー・ケイト・コヴィーノです。彼女は生きています、監禁されているけれど、生きているんです。犯人はもう彼女にこのタトゥーを入れたでしょう。あなたは医者です。彼女の命を救うのを手伝ってください」

「わたしに何ができるの」

「お母さんはあなたに手紙を残したでしょう。その手紙に何かありませんでしたか、わたしがもうひとり子どもがいたとお話ししたことを踏まえたうえで、あてはまることを何か言っていませんでしたか？」

「力にはなれないわ」

「拒否するなら、お母さんの死を調べさせますよ。あなたはその件で医師免許を失うかもしれない、そのことはご存じでしょう。上院議員の弟さんも大きなスキャンダルを抱えることになりますね。手を貸してください、そしてお母さんを安らかに眠らせてあげましょう」

「あなたは脅迫――」

いいかげんにして、とイヴは思った。「メアリー・ケイト・コヴィーノは監禁され、動物のように枷（かせ）をつけられているんですよ、もう一週間近くも。犯人が彼女の喉をかき切るときはどんどん迫ってきている。あなたに真実を語ってもらわなければならないんです。だから言いますが、このまま嘘をつきつづけるなら、わたしがやるのは脅迫ではありません。現実になります。お母さんはあなたに手紙を残していきましたね」

ジョエラは唇を結んだ。「わたしたちそれぞれに手紙を残していったわ。わたしと弟たちそれぞれに。わたしたちは手紙のことは当局に伝えず、事故による過剰摂取で押しとおすことにしたの」

「そのことはどうでもいいんです、それが記録に載るべき理由もあるとは思いません。わたしが関心があるのは、お母さんがあなた方に言ったか、あるいは書いたかもしれないことです」

「母には空白があったわ、それははっきりしていた、でもわたしは思った――わたしたち全員が思っていた――それは母の子ども時代がつらかったからだと。わたしはたぶん虐待だろうと思った。母はそれを乗り越えたんだと」

「わたしもそうだと思いますよ」

「母は楽しくて、積極的で、寛大な人だった。ときどき眠れなくて困っていたわ。父が亡くなったとき、母はたくさんの喜びを失ってしまった。夢遊病になって――慢性の――頭痛や、無気力になった。それからよくなったように、少しよくなったようにみえたの。ヒルトン・ヘッドにある別荘に一週間行っていたの。ビーチを歩きたい、それに少しひとりの時間がほしいと言っていた」

「ひとりで行ったんですか？」

「ええ、母が譲らなかったの。でも毎日話していたし、ほんの数日のことだったし、よくなったようにみえたのよ。母が戻ってきてから何週間後かに、家族で盛大なディナーをした。母は以前よりよくなって、安定したようにみえたの。幸せそうにね」

ジョエラは間を置いて自分を立て直した。「わたしは思った、みんな思ったのよ、母は落ち着いたと。夫とわたしはその晩泊まった、そして翌朝、わたしが母を見つけたの。母とあの手紙を。母はわたしへの手紙で、ごめんなさいと言っていた。わたしが悲しむのはわかっているけれど、いまはパパと一緒だと。パパがいなければ生きていけない、パパと出会う前のことには向き合えない。子どもたちみんなに最善をつくした。子どもたちみんなを愛していた、許してほしい。理解してほしい。母は父に助けられた夜に人生が始まった、だからいまは父と一緒で安らかなのだと信じてほしいと言っていたわ」

「お母さんは具体的に〝子どもたちみんな〟と言っていたんですね。たとえば、最善をつくしてあなたと弟さんたちを愛していた、ではなくて？」

「ええ、母は〝子どもたちみんな〟と書いていた。ああ。なんてこと」

「そしてお母さんは、あなたのお父さんに助けられた夜のことを書いていた」

「ええ、わたしは母が混乱したのだと思った。父は母を雇って庭や家の掃除を頼んで、そして……」

「このことが耐え難いのはわかります、でも非常に助けになるんです。もしお父さんが困っていたり、苦しんでいたりする人に、あるいは何らかの助けを必要としている人に出会ったら、どうしたと思いますか？」

「助けたでしょうね」あの目、母親にそっくりな目が、涙の光の向こうできらめいた。「助けるために自分にできることは何でもしたでしょう。父はただの医者じゃなかった。人を癒す人だった。人を助け、癒すことに人生を捧げたの。警部補、もし母がわたしたちより前に子どもを生んでいたなら、父はその子を受け入れ、自分の子として育てたでしょう。決して見捨てたりしなかったはずよ」

「お父さんは知らなかったのかもしれません」

「いいえ――そんなはずがないわ。二人がどんなに固く結ばれていたかあなたにも理解してもらわないと。何の秘密もなかった。二人でひとつだったの。それに母は？　母にとって子どもたちは最大の喜びだった。母がわが子と縁を切ったなんて信じられない。何かの間違い、別の説明があるはず」

「もしあるなら、わたしが突き止めます。あと二つお願いがあります。ひとつめは、わたしのパートナーがいまあなたの弟さんと話をしているはずです。もしことがスムーズになるのでしたら、あなたから末の弟さんに連絡して、わたしに正直に話をするよう説得してもらえませんか。それから二つめは、お母さんがあなたに残した手紙のコピーを送っていただけないでしょうか。事件ファイルには記録しません。約束します」

「わたしは答えを知りたいわ。真実を知りたい」

「答えがわかったときにはお知らせします」

イヴはいまの会話を文書にし、コピーをマイラに送った。それからデスクを離れ、ブルペンに向かおうとした。そこでピーボディがやってくるのが聞こえたので、待つことにした。

「作家と話したんでしょ」

「すごく協力的でした。まだかなり悲しみが残っていましたけれど——一年のうちに親を二人とも失ったんですから——それが彼の心を開くのに役立ったのかもしれません。母親にもうひとり子どもがいたこと、名前を変えたことは何も知らなかったそうです、いっさい。わたしは信じますね」

「長女も同じだった、わたしもそう思う。彼は母親の自殺を認めて、遺した手紙について話してくれた？」

「話してくれました、それに自分のぶんのコピーを送ってくれるそうです。ダラス、彼が母親のことを話してくれたとき、リーサ・マキーニーはまったく存在していませんでしたよ。トラウマなし、依存症なし、奔放さもなし。岩みたいにしっかりした家庭です、幸せな」

「わたしもそう思った」イヴは続けようとして、ふとやめた。「あなたの意見はどう？」

「彼らは知らなかったんでしょう。彼女はヴァイオレット・フレッチャーだった。ママだった。チェイセンの話してくれたことからすると、彼女は夫に話していたはずだという気がしました。でも彼の話してくれたことからすると、彼女が息子とはぐれたか捨てたかしたのだとしたら、夫妻がその息子を手元におかなかった、あるいは取り戻さなかったのはおかしいと思います。だからそこが引っかかるんですよね、でも彼女が自分自身をつくりなおし、しっかりした結婚をして、愛情あふれる家族を持ち、いい家庭を築いて、いろいろいい仕事をしたことはきわめてはっきりしています」

イヴはひと呼吸置いた。「それで？」

「オーケイ、まあ、チェイセン・フレッチャーの話や、母親が残した手紙について教えてくれたことからすると、彼女の世界、彼女の人生は、夫のジョーとともに始まって、彼が亡くなったときに終わったかのようなんです。六十年続けるというのは、幻想を維持するには長い時間ですよ、でももしそれが彼女にとって現実だったのなら、夫の死が魔法を解いてしまったのかもしれません。ジョーの死から自殺までの六か月間に、彼女がアンサブに、最初の子どもに接触していたとしたら？　リーサ・マキーニーの息子に」

「そして」イヴは先を続けた。「事情はどうあれ、自分を捨てた母親が、ほぼ六十年も幸せで――おまけに裕福に暮らして――しかもほかに三人も子どもを持っていたことを知る。彼女は子どもたちを毎晩ベッドに入れた、でも自分にはしてくれなかった。彼女は子どもたちの宿題を手伝ってやった、でも自分にはしてくれなかった。子どもたちは彼女の愛情と気配りをもらって、庭に花のある大きな家で、誕生日のキャンドルを吹き消し、クリスマスのプレゼントをあけた。さぞかしむかつくんじゃない?」

「犯人は母親が自分のものだったときの姿にしているんですね」

「そして殺しているの。彼のママは〝だめなママ〟だから。彼女を鎖でつなぎ——今度は逃がさない。彼は母親がこの年月、ほかの子どもたちに与えていたものを求めている」

「彼はきょうだいたちを狙い、殺したがるんじゃないかと思えてきますが」

イヴは首を振った。「彼にも猶予をやりなさい。でも最初に生まれたのは彼だった。ママは自分のもの。何よりもママが大事。愛と怒りが戦っている。あなたのほうの覚え書をドクター・マイラに送っておいて、書き上げるのは戻ってきたときでいいから」

「爪ですか?」

「爪よ」イヴはうなずいた。「あなたが運転して」

ピーボディは床に落ちた顎を戻すと、イヴのあとを小走りに追った。「わたしが運転していいんですか」

「わたしは三番めのきょうだいを片づける、でも合衆国上院議員をせっつくにはちょっと手間がかかるかもしれない。だからあなたが運転するの」

エレベーターは完璧に無視してグライドへ向かった。「ブルックリンから始めるわよ。

もしわたしがイカレたマザコン殺人者で、高級な付け爪キットを買った形跡を隠したかったら、橋を渡ってそうする」

「わたし、ブルックリンへ運転するんですね！」イヴがわずかに先に行っていたので、ピーボディは危険を冒してお尻をくねくねさせた。

「見たわよ」

「あなたに見えたはずありません。頭の後ろに比喩的な意味での目がついているのは母親だけです」

「母親は単に子ども相手の警官ってことよ」

ピーボディは反論しようとしたが、考え直した。「ふむ。そうかもしれないですね。リーサとヴァイオレットにとってはどんなふうだったんでしょう。もうひとつの人生のことを考えたことがあったんでしょうか？　そのもうひとつの人生で持った子どもの消息は追っていたんでしょうか？　本当にその全部を消し去ることができたんでしょうか？」

「できないわけがある？　シニカルな見かたもできるわよ。彼女は無一文で、腹を立てていて、子どもを引っぱりまわし、フェラチオをして、ストリップで稼いでいた。もう自分のことだけを考えるしおどきだと決める、子どもを捨てる、それでいろいろ楽になる、でもいまの生活から逃れる方法を見つけなくちゃならない。そこへ若くてハンサムで、金持ちの医者が登場。彼の生活に入りこむ方法を見つける、彼の家を掃除する、雑草を抜く、等々。自分自身をつくりかえる、何であれ彼をつかまえるのに必要なものに。昔ながらの、苦しみを抱えた乙女って手を使ったかも。彼は医者で、娘によれば人を癒す人。彼が癒したくなるように仕向けるってわけ」

「そんなふうには聞こえませんでしたよ」ピーボディはグライドから階段へ移り、駐車場階への階段へ向かうときに言った。「ロマンティックに、甘い話に聞こえました」

「そうだったかもしれない。シニカルに始まったものが、リアルになったのかも。ゲームだったとしたら、彼が単なる獲物だったとしたら、彼女はできるだけ金を引き出してさっさと逃げたでしょう。でもそうはしなかった」

イヴは助手席に乗り、ピーボディは運転席にお尻をねじこんだ。

「彼女はずっと放浪者で、ひどい生活をしていた。自分が望むか、強制されたのでないかぎり、三人もの子どもを成功した大人に育てあげ、同じ男と何十年も連れ添ったりしない。それに強制を示すものは何もない。彼女はその暮らしを、夫を、その子どもたちを望んだ。そしてすべて自分のものにした。愛を偽装することはできない、五十年も。

犯人はそれを知っている」イヴは付け加えた。「息子一号はそのことを知っている。彼女がほかの子どもたちに愛情を与え、自分には与えてくれなかったことを知っている」

イヴがリンクを出したとき、ピーボディはこれから行く道順と立ち寄る場所をプログラミングしおわった。「冷たいものを飲みましょう!」

そう言いながら、缶入りドリンクを二つプログラムした。ダイエットとレギュラー。

「ドライブだー！」

イヴはただ車の天井に目をやった。「まだ駐車場を出てもいないけど、わたしはもう後悔してる」

18

イヴは上院議員の姉が話を通しておいてくれたのだと推測した。三人のスタッフをかきわけただけで本人にたどり着いたからだ。

彼は、ある部分については姉よりはぐらかそうとしたり、さほど断定的ではなかったりしたが、まわりくどい会話はきょうだいたちが述べたことをすべて裏づけしていた。彼はのんびりした子ども時代、にぎやかな家族の夕食、キッチンで両親がキスしているのを見たこと、老犬のセシルがキッチンカウンターから焼いたハムをまるごと引きずりおろしたのを見た母親が悲鳴をあげ、やがて大笑いしたことを話してくれた。

「わが家はいつも友人たちや親族に扉を開いていた。中心だったんだ」彼は言い添えた。「母はそのまた中心だった。いつもそこにいた。父は仕事でときどき留守にしなければならなかったが、父のところへ行けなくても、母のところへ行けばいいとわたしたちはわかっていた」

彼はひとつ息をした。「二人は本当にお似合いだった。おたがいへの献身と敬意が揺らいだことはない。ときどきは意見が違うことや、言い争いもあったかって？　もちろんだ、でも恨みが残ったことはない。父は母のヒーローだった。母はわたしに一度ならずそう言ったよ。

父は頑固すぎる、厳しすぎる、多くを期待しすぎる、わたしがそう感じたときはいつも――それにティーンエイジャーのときには、そう感じることが多かった――母は、あなたをとても愛しているから多くを期待しているんだと言った。父こそわたしのめざすべき存在だと。善良な人間で、思いやりがあり、ほかの人を助けるために手をさしのべなかったことはない。母は父が、いまのわたしたちの礎(いしずえ)だと言っていた、父が母にとってそうだったように」

「いまのお母さんの礎？」

「あなたも知ってのとおり、母は困難の多い子ども時代を送った。家族がそれを話題にすることはなかった、めったに。ひどく遠いことに思えたんだ。わたしはずっと感じていた、母はそれを忘れられたのは父のおかげだと思っている、と」

イヴが通話を終えたとき、ピーボディは――イヴのみたところでは、一年おきの視力調整の期限をすぎた老女のように運転している――最初の目的地に車を停めた。

三つめの目的地に着くまで、イヴは上院議員との話を文書にする時間ができたので、新たな推理を考えはじめた。

時間があったのでそれを頭の中でころがし、ライネケに連絡して——まだ当たりはない——それから帰りの道中で、さらに二箇所に寄りながら、送られてきたラボの報告書をじっくり読んだ。

「犯人はキットをオンラインで注文したのかもしれませんよ」ピーボディが車列の後方でゆっくりエンジン音を立てながら言った。「まだ行きますか？　マンハッタンにはまだありますし、ブロンクスに一軒、クイーンズにももっと、それから——」

「あなたの運転だと、火曜までにはブロンクスに着くわね」

「ということはノーですね」

「セントラルに戻って。もうじきシフトも終わるし、小売店の多くはもうすぐ閉店時間。リンクでもう少し当たってみましょう」

頭の中で、イヴは前にいるATVをすばやくまわりこみ、小型車をすれすれで追い抜いて、ラピッド・キャブとセダンのあいだを抜けていくところを思いえがいた。

「わたしが今日いちにち、家の話をしてないことに気づいてます？」ピーボディがきいた。

「一度もですよ」

「ということは、いまからそうするつもりと聞こえる」

「ちょっとだけです。乾式壁がすごく速くできあがってきてるんです、まるで魔法ですよ、それにわたしたちのキッチンキャビネットが週末までに入るんです。わたしのきれいな明るい赤のキャビネット」

「赤？　あなたはたしか――ソフトブルーって言ってたでしょう。でなければグリーン。ソフトなんとか」

「聞いてたんですね！　あなたが聞いていたのか知りたかったんです、そうしたら聞いてくれてた！　わたしの可愛いソフトブルーのキャビネットはもうこっちに向かってます。メイヴィスのはもう何日かかかるんです、だから彼女たちはスタジオ機材を設置しはじめているんですよ」

まるで一分しか持ち時間がないかのように、ピーボディは運転するよりずっと速くしゃべった。

「ロークはメイヴィスが来週にもそれを試せるって言ってました。もし彼女が何かを変えたいと思った場合のためのテストで。それに、レオナルドは自分の屋根裏の大きなスタジオにも、あのむきだしの梁をつけておきたいので、設置にとりかかるそうですよ。それからマクナブとわたしは今夜、パウダールームとゲストバスルームのタイルについて絶対断然決定します。

指きりしたんです」

「ならいいじゃない。あなたが岩を一トンも注文したってロークが言ってたけど」

「ああ、石ですね、滝の形をつくるのに」

「あれはしっかりした設計だと言ってたわよ」

「本当ですか?」ピーボディの顔はキャンドルのように輝いたが、まだATVを追い越せずにいた。「わたしにもそう言ってくれたんですよ、でも単なる社交辞令かもしれないと思っていたんです、ねえ? でもあなたに言ったのなら、本心なんですね。あれはすてきにしたいんです。メイヴィスがほしがっているのを知っているんです、ほら、妖精の国とか、花とか野菜とか、木とかそういう全部を。わたし、心から彼女にそれをあげるのを手伝いたいんです。彼女とレオナルドは本当によくしてくれていますから。わたしたちは家と庭、菜園、広い場所、自分たちで手に入れるには何年もかかったはずのものを手にしようとしているんです、だから――」

「ストップ。ええ、彼らはあなたたちにたくさんのことをしてくれている。あなたたちもたくさんのことをしてあげているのよ。あなたたちは彼らに安全を与えているの。それは、あそこにいれば安全ということ。あなたたちは彼らに友人づきあいも提供している。それは、どういうわけかあなたたちみんなが常に必要としているものでしょう。メイヴィスはあなたと会う前、生まれてこのかた何かを植えたことなんてなかった。なのにいまはそれに夢中。もうじき二人めの子どもが生まれるし、そこで彼らが手に入れ、同じ家にいてもらうことにしたのは? あの一家が心から信頼していて、ベラがクッキーを探して走りまわっても気にしない人間二人でしょ」

「これからずっとクッキーを置いておきます。ありがとう」ピーボディは目がうるんできたのをまばたきで押し戻した。「わたしはときどきちょっと――かなり――こういうこと全部に胸がいっぱいになってしまうんです。いろんなことが浮かんで胸がいっぱいになって涙ぐんで、全部がいっぺんにきて。マクナブに参っちゃったときみたいに。こう思ってばっかりなんです。これって本当に起きていること？　本当にこれがわたしのものになるの？　って」

「あなたのものになったみたいだし、マクナブのやせっぽちのお尻にぞっこんなんでしょう」

「ゆうべベッドで――」

「うわやめて。だめよ」顔をしかめ、イヴはジャケットをめくって、武器ハーネスに手をかけた。「武器を抜いて、あなたの眉間にくっつけて撃つからね。あなたの運転ペースじゃ、わたしたちが完全に止まっても誰も気にとめやしないわ」

「その部分じゃありません――話したいのはそのあとの部分です。マクナブが言ったんですよ、ランプをこすったら精霊（ジーニー）が三つの願いをかなえてくれたみたいな気がするって。ひとつめはいまの仕事です。彼はわたしと出会う前にそれは手に入れていたから。そしてわたしが二つめの願いなんですって、それも最高の。三つめはいまかなおうとしている。あの家と、わたしたちがおたがいのために作ろうとしている家庭で」

ピーボディは大きくため息をついた。「そういうことを言ってくれるから、あのやせっぽちのお尻を愛してるんですよねえ」

ようやく、やっとのことで駐車場に入った。ピーボディは細心の注意をはらって車を停め、イヴに顔を向けて、にっこり笑った。

「それからまたセックスしました。ゆっくりした、おいしいセックス」

彼女はイヴがさっきの脅しを実行する前に車から飛び出した。

「いずれにしても」ピーボディはもう一度笑おうとした。「気持ちが分裂してます。警部補と供給販売者をあたって、それから悪党をつかまえて、コヴィーノを救い、犯人を聴取室でフライにして、とってもいい日だったと言おうと、本気で思ってたんです。でもまだ気持ちがうきうきしてます、マクナブと散歩がてらあの家へ行って、はかどり具合を見るので」

「販売者にはあたりにいってるじゃない。あなたはどこかへ行く前に、あと何軒か連絡して――わたしもやるわ――彼らが営業を終える前に。犯人がオンラインでやったとは思えない。それだとキャッシュで払えないし、より大きな足跡を残すことになる。もしオンラインで買ったなら、その経路で彼を見つける。今夜は実店舗が閉店したあとに、そのあたりを押してみましょう」

二人はエレベーターに乗った。

「犯人は付け爪キットが手元になかった、だからここ数日のうちに買うか注文しなければならなかった。あの特定のブランド、あの特定の色も。彼は母親が爪に色を塗るのが好きだったのをおぼえている。ピンクとか赤とか透明とかじゃない。もっとはっきりした、もっと変わったもの。彼はたくさんのことをおぼえている。母親が脳裏に焼きついているのよ――彼の人生の特定の時期におけるひとつの面影ね、消すことのできない」

「五歳でしたね。面影を抱き、記憶を固めるにはじゅうぶんな年。わたしもおぼえていますよ――たしか五歳くらいでした――泣いていたんです、ジークにわたしの持っていた小さな青いトラックの車輪を壊されて。弟はわざとしたんじゃないんですけど。父はわたしを肩にのせて、わたしが笑いだすまで肩をはずませてくれました――あの手はいつも効いたんです。

父の髪はおがくずみたいなにおいがして、長く伸ばしてありました。わたしが手綱みたいにその髪をつかむと、父は馬の鳴き声をまねして庭をギャロップしてまわってくれて、そのあいだに母がトラックを直してくれたんです」

また警官たちが乗りこんできたので、ピーボディは場所をずれた。「いまでもあのときみんながどんな様子だったか、はっきり目に浮かびますし、日ざしが暑くて、母が古いジーンズを切り落としたショートパンツをはいていたのを思い出せます」

エレベーターがまた停まると、イヴはピーボディを連れて逃げ出した。「わたしは五歳だった記憶がないわ」

「そんなつもりじゃ――」

「違う」イヴはピーボディとグライドに乗りながらさえぎった。「そういう意味じゃない。あなたはしっかりした記憶を持っている――たくさん――そしてそれを引っぱり出すのが好き。すてきなひととき、すてきな家族。大人になったマキーニーの子どもたち三人からも同じことを感じたわ。いいことは、いろいろなものを記憶に刻みつける、そしてトラウマ的なことも同じ。トラウマ的なことはいろいろなものを消すこともできる。あるいはブロックすることも」

「たしかに。いとこのジャニスが七歳くらいのとき、木から落ちたんですよ。腕を折って、気絶しちゃって。彼女は木にのぼったことも、ましてや落ちたことも思い出せないんです」

「どっちがありそうかしらね？　ひとりの女が六十年あまりも偽の名前、生活、家庭を、われわれの知るかぎりでは、何のつまずきもなく維持することか、あるいはその女が以前の生活を思い出さないことか？」

「記憶喪失ですか？　たしかにそこまでは考えませんでした。それって、ほら、今週のおすすめ映画みたいでしょう」

「その線を考えてるの」なぜなら今週のおすすめ映画であろうがなかろうが、イヴ自身がその経験者だったから。「トラウマ。どこかの男にひどく殴られる、ドラッグを過剰摂取して命をとりとめる、車で事故を起こす、子どもを――何かを売る。自殺を試みたのかもしれないわね――最後にはそうして死んだわけだし。以前にもやったことがあったのかも。いずれにしても、彼女はからっぽ(ブランク)だった――自分でつけた名前と同じに。何て言うんだっけ――白紙状態(タビュラ・ラーサ)よ。そしてそれは彼女にとってこの上なく都合がよかったのかも。それを二度めのチャンスとみるだけの記憶は残っていたのかもしれない」

またグライドを乗り換え、イヴはピーボディのほうを向いた。「さてあなたは医者をひっかけた――ERのドクターを――誰にきいても思いやりがあり、献身的だという人物を。彼はマキーニーの力になろうとする。彼女の持っていたような偽のIDは大金がなきゃ手に入れられない。彼女は子どもを売ってそれを買ったのかも。それならつじつまが合う。あるいは彼女に恋した裕福な若きドクターが金を出したのかも」

「ことのしだいが目に浮かんできそうです」

「マキーニーの経歴には、確実なペテンをやれると思わせるものは何ひとつないわ――ドクターをだまして結婚し、金を出させるような。彼女は失敗者、放浪者、依存症だった。でもそれが全部なくなったら、もしそれを思い出さなければ、自分自身をつくりなおせるかもしれない」

二人は殺人課のある階で降り、イヴは指をさした。「会議室。いまのを全部並べて、ひとつの大きな絵にして見てみたい。彼女は幸せな人生を送る」イヴは続けた。「いい人生を。彼女はいまはヴァイオレット・フレッチャー。マキーニーのこと、子どものことはときおり思い浮かんだかもしれない。思い浮かんではくる、でも長くはない。夜に眠れなくなったり、つらい夢と冷たい汗をもたらすこともある、でもそれは横へ押しやって、自分の生活を続ける。なぜなら引き返す覚悟はないし、そうするつもりもないから」

会議室に入ると、ピーボディは咳払いをした。「コーヒーは飲みますか？」

「まだいいわ、それと心配するのはやめなさい。個人的な体験があるのは役に立つし、わたしがいまの線を考えているのは、そのしくみを知っているからなの。彼女のＩＤ写真をプリントアウトして――マキーニーの運転免許のを。ヴァイオレット・フレッチャーの最初と最後のＩＤ写真も一緒に。ボードに貼りたいの」

イヴは歩きまわりはじめた。「誰もマキーニーを探してない――探す理由がある？　彼女は子連れで一年か二年も放浪していた。子どものことは誰も知らない。息子にはマキーニーしかない」

「マイラに来てくれるよう頼んだほうがいいんじゃありませんか」

「まだいい」イヴはもう一度言った。「わたしは抜け出そうとしなかった、だってドアの向こう側のほうがもっと悪くないものだって、どうしてわかるの？　まして、まわりにそう言われつづけていたとしたら。マキーニーは抜け出そうとしたのかもしれない。あるいはもしかしたら、もしかしたらだけど、彼女にはその勇気があった、子どもの面倒をみようと最善をつくしたのかも。息子を愛していて、息子もそれを感じていたのかもしれない。愛されていないときにはわかるように、愛されているときにもわかるものでしょ？」

「ええ。そうですね、わかると思います」

「母親は彼を置いていった、そしてその愛をほかの子どもたちにそそいだ。息子を置いていって、戻ってこなかった。路上やストリップで働いていたときは置いていっていたのかもしれない。眠らせるためにちょっと何かを与えたか、ほかのストリッパーにお金を払って何時間か見ていてもらったのかも。でも必ず戻ってきた。そうじゃなくなるときまでは」

イヴはボードに近づき、写真を叩いた。「彼女はここからここへ行き、最後はここにたどり着いた」そう言って、かなり年配の女が幸せそうな目をして、屈託のない笑みを浮かべているＩＤ写真を叩いた。

「トラウマよ。マキーニーが半世紀以上愛した男、彼女がヴァイオレットになるのを助け、家庭と、家族を与え――ジーニーのランプにあった願いを全部――かなえた人間がいなくなった。そして彼女の足もとの土台は崩れ、世界は砕ける。ブロックしていたものも。彼女は思い出す、すべてを思い出す。置き去りにしてきた息子を」

「彼女はヒルトン・ヘッドに行きました――一家の別荘に一週間ほど。毎日連絡をしていたそうです。それでわたしも追ってみたんです。彼女はニューオーリンズからヒルトン・ヘッド行きのシャトルを予約していました」

「短い旅行ね。わたしもあなたがセントラルへこっそり戻っているあいだに、あそこからのを調べた。彼女はそこからニューヨーク行きの別のシャトルを予約し、ヒルトン・ヘッドに着いた夜に出発しているの。戻ってきたのは三日後の夜。彼女はニューヨークに三日間いたわけよ」

「彼女はニューヨークに来たんですか」イヴの推理がピーボディにもわかりはじめた。「そこを探すことは思いつきませんでした」

「だからわたしは上司なの。ホテルを調べましょう、だけど問題は、彼女は息子に会って、話をしたのか？ってこと。最低限でも、息子を見つけてどんな暮らしをしているのか、どんな姿になっているのか調べたでしょう。母親だもの、少なくとも息子を見たはずよ、大人になった姿を」

イヴは結局コーヒーがほしくなり、オートシェフをさした。「わたしのぶんはまだある？」

「ええ、わたしたちがこの部屋を使っているあいだ用に、ジェイミーがプログラムしてくれました。二人ぶんいれましょう」

「子どもたちの証言によれば、彼女は戻ってきたときよくなっているようにみえた。息子かつかつの暮らしをしているとか、あるいはやっぱり依存症に、敗残者になっていたとかだったら、それはないでしょう」

「彼女は息子に会う、息子は大人になって、うまくやっている。母親がいなくてもちゃんとやっていた」ピーボディはイヴにコーヒーを渡した。「彼女がそのときに息子に連絡して、会いにいき、何があったのかを本人話したと思うんですか？　謝罪したと？」

「わからないわ、でも彼女は薬を飲んですべてを終わらせる前にそうしたのよ。そうせずにはいられなかった。最初の子どもに何らかのつぐないをするまでは、終わりにできなかった、安らかに眠ることはできなかったの。そしてそれが犯人の引き金になった。彼女が何を話したにせよ、母親の名前がわかったとたん、彼はほかのことすべてを、自分のいないところで母親が送ってきた生活を知ることができた。そしてそれは彼になぐさめを与え、心を落ち着かせるどころか、怒りを目ざめさせた。怒りはずっと存在していたけれど、いまや母親は行ってしまった――彼の手の届かないところへ」

「彼は母親をつくりなおさなければならない」

「そのとおり。彼女の爪にいたるまでね。いまならそこを押す時間が少しある。リンクであたりましょう。閉店まぎわの店を全部」イヴは会議室を出ながら続けた。「彼らが帰らずに記録を調べるよううるさく言ってやるの。でなければ、家からオンラインの線を掘る」

「ジェンキンソンとライネケはまだ当たりをつかんでませんが、これからもそうだとはかぎりませんよ」

「家でなければ、会社かもしれない。犯人が所有していて、他人を入れないでおけるエリアがある会社。倉庫とか、保管施設」

可能性が多すぎる、とイヴは思った。そして時間はコヴィーノの味方ではない。

「わたしは残っている最初の三つを引き受ける、あなたはその次をやって。全部やりおえる頃には閉店後になっているでしょうね、前ではなく」

自分のオフィスに入ると、イヴはリストを呼び出し、作業にかかった。

三店舗めにかかったときには閉店時刻にぶつかってしまい、不運な店員をぎゅうぎゅう絞った。

それも骨折り損に終わった。

「ご協力ありがとう。こちらの連絡先はおわかりですね。もし何か見つけるか、思い出したら、連絡してください」

通信を切ったとき、ロークが入ってきた。

「どうしてここにいるの？　わたしたち、何か予定があったっけ？」

「たくさんあるよ」彼はイヴのそばへ来て、顎を持ち上げ、キスをした。「ほらこれがひとつ。でもこのエリアでミーティングがあったから、家まできみを乗せていけるか賭けてみたんだ。でもこの状況と、ピーボディがデスクにいるのをみると、まだ仕事が終わってないようだね」

「わたしは終わった。爪について大きな突破口をつかんだと思ったの。付け爪よ。でもだめだったみたい」

「だめだったにしては、ボードの中身がずいぶん増えているじゃないか」彼は近づいて見た。「彼女を見つけたんだね」

「ええ、リーサ・マキーニー、彼女はヴァイオレット・ブランク――ハハハ――になり、金持ちの医者と結婚してヴァイオレット・フレッチャーになったの。最後の六十年はヴァイオレットとして暮らし、ニューオーリンズの郊外にある大きな古い家に住んで、家庭を築いた――息子のひとりはルイジアナ州上院議員のエドワード・フレッチャー。残りはあとで話してあげるけど、彼女はもう死んだ――薬を飲んだの――去年の秋、夫が車の事故で亡くなってから六か月後に。もうひとりの息子は――医者になった娘もいるのよ――作家で、いまは自分の家族とその大きな古い家に住んでる」

「チェイセン・Q・フレッチャーかい？　彼はすばらしいよ」

「そう、よかったわね」憤懣（ふんまん）を抱え、イヴは座ったまま椅子を前へ後ろへと回した。「彼女は最初の子に連絡したはずよ、したはず。わたしが思うに、彼女は以前の生活を封じこめてしまったんじゃないかな――何かが起きた、大きなトラウマが、だからそれを封じこめ、最初の子どものことを忘れた。理由はいろいろ思い当たる、あとで調べるわ。でも彼女はそうしたはず。それでいまわたしはただ考えてるの、大きな古い家を。半世紀以上も同じ場所に住む。それをやりとげるにはいろいろあるでしょう、いろいろなことが。つながる何かがそこにあるかもしれない。彼女は三人の子どもたちに手紙を書いた——さっき言った医者との子どもよ。最初の子どもにも書いたかもしれない。コピーがあるかも。あるいは話をしたか。彼らはまだ母親のリンクを持っているかもしれない」

イヴはいらだちの息を吐き、立ち上がり、歩きまわった。「時間をかけたくない——コヴィーノにはもう時間がない——でも結局、ニューオーリンズに行くべきなのかも」

「〝流れにまかせて楽しもう（レッセ・レ・ボン・タン・ルーレ）〟」

彼女は足を止め、ぽかんとした。「何？」

ロークはほほえんだ。「近いうちにマルディ・グラ（謝肉祭の最終日の祭り）に行かなければならないだろうね」

「ええ、まさにそうしなきゃならないわ。酔っ払いたちや路上強盗たちとパーティーに行って、半分裸の連中があれに乗ってるの——何とかっていうやつ」

「フロートだ。シャトルを手配したほうがいいかな？」

イヴは目をこすった。「ああもう。これは石よ、だからそれをひっくり返さなきゃならない。下に薄気味悪い虫しかいないような気がしてしょうがないの」

「蟻はよく働くし有益だよ」

「ううん、それじゃなくて。ああいう小さくて白いくねくねする――気にしないで」彼女がそう言ったとき、リンクが鳴った。「ダラスです」

「あ、へイ、ええと、ダラス警部補、〈サロン・プロ〉のダーシーです。ピーボディ捜査官と午後にいらしたでしょう。あたし、すっかり舞い上がっちゃって、『ジ・アイコーヴ』の映画にはすごく感動したから」

「おぼえてますよ」イヴは完璧に髪をととのえて化粧をした二十代のアシスタントマネージャーが、とほうもなく大きな、ステロイドを打ったようなエメラルド色の目でキャーと叫んだのを思い出した。「ネイルキットについて何かわかったんですか？」

「いえ。つまり、あたしは違うってことです。また舞い上がっちゃいそう！〝オン・ア・ムーンリット・シー〟ネイルの入った〝アドーラ・ネイル・イット〟デラックスを売った記録はないんです、でも友達のキャリーと――今月の売り上げ最優秀店員なんですよ――そのことをしゃべってたんです、彼女もあの映画にすごく感動してたから。それで彼女、あなたとピーボディ捜査官が来たときに休憩だったから会えなくて、すごく残念がって、それで――」

「ダーシー」自分の正気を保つため、イヴは割って入った。「何か情報があるんですか？」

「オーケイ、ええとそうなの、それが問題で。あたしたちおしゃべりしてたんです、キャリーとあたしですよ、今日お店を閉めているときにね。それであたしが話をしてたら、彼女が、それはすごく変だ、自分は年配の男性にそれを売ったんだからって言うんです。年配の紳士ってことですよ。〝ラヴェル・プロ・デラックス・フォー・ネイル〟キットを選べる特典つきで——ふつうの〈ラヴェル〉カラーをひとつもらえるか、〝スーパー〟が値引きになるんです——それでその人は〝スーパー・イン・ミッドナイト・マッドネス〟をもらっていった、って」

イヴはロークを指でつつき、「ピーボディ」と言った。

「キャリーが言うには、その人が店に来たときは、勘弁してよと思ったんですって、もう閉店間際だったから。でもその人は買うものが決まっていたんです。ブランドも、カラーも、だからめっちゃ楽だったたって、ね？　あなた方の言っていたキットやカラーじゃないですけど、肝心なのは」ダーシーは続けた。「商品に大きな違いはないってことなんです。つまりね、その、類似品なんですよ、だからブランドが間違っていたんじゃないかなって思って」

「ありえますね」コンピューターの不調、とイヴは思い出した。

都合のいいことに。

「その人が店に来たのはいつですか、そのキットを買ったのは？」

「あら、ついきのうです、キャリーが言ってました。それであたし、レシートを調べてみたんです。現金での購入でした、ええと、四時五十八分。プロの許可証や何かを持ってましたよ」

ピーボディが走ってきて、ロークとマクナブもその後ろにいた。イヴは片手を上げた。

「そちらには店内に防犯カメラがありますよね」彼女はそのカメラを見ていた。

「あら、ええ、もちろん。カメラはなきゃ」

「その人が入ってきたときの、きのうの映像はありますか？」

「ええ」

イヴは二つの音節がこんなに喜びをもたらしてくれたことはあっただろうかと思った。

「四十八時間ごとに上書きするんです、だから――」

「その映像を見せてください、ダーシー。あなたのところまで行く時間がないので、映像を送ってください」

「あら、そのう、うちのボスは何でも協力しなさいと言うんでしょうけど、あたし、やり方を知らないんです。いまはキャリーとあたししかいなくて、だから――」

二人めの女がダーシーの顔に顔をくっつけ、頭がおかしくなったように手を振った。

「彼女がキャリーです、あたしたちはどうすればそれができるのか知らないんです」

イヴが自分の髪を引っこぬく前に、ロークが彼女の手からリンクをとった。「ハロー、ダーシー、警部補が望んでいることをどうやればいいのか、僕が順々に説明していこうか？」

「うわー！　やだ！　どうしよう！」キャーという声がステレオで続き、こうしたことに対する妻の限界を知っているロークは、廊下へ出ていった。

「彼はちょうど合う年齢よね。ドーバーを調べて、ピーボディ」

「あなたが考えているのは──まさか。ドーバー──フルネームって聞いてましたっけ？」

「くそっ」イヴはぎゅっと目をつぶり、頭の中でラボへ戻り、ハーヴォのところへ、ドーバーのエリアへ歩いていったときへさかのぼった。「アンディよ。アンドリューでやってみて。ドーバー、アンドリュー。彼が養子になったか、里親システムに入っていたか調べて」

「ダラス、あなたのデスクユニットを使わせてもらえれば、ロークが彼女たちに送らせるもののセットアップは俺がしますよ」

「まかせた」イヴはマクナブに言った。「クソ野郎、あの野郎かもしれない。わたしのすぐ鼻先で。警官のために仕事をして。法医学化学者。何をすればいいか、どうやればいいか熟知している。遺体に自分の痕跡を残さない方法も、ほぼあとをたどれない製品や服を選ぶ方法も。

あのネイルは違った」イヴはオフィスにほかにも二人の人間がいる状況でできるかぎり

歩きまわった。「完璧なもの、ぴったりなものでなければならなかった。しかも、それをうまく隠す時間がなかった。ブルックリンまで行ったけど、それだけじゃ足りなかった。わたしたちに間違ったデータを渡し、そこで一日無駄にさせた、でもそれだけじゃ足りなくしてやる」

イヴはぱっとマクナブを振り返った。「どれくらいかかりそう？」

「もうセットしました、それに向こう側のはそれほど複雑じゃないんです、でも彼女たちはもうロックで締め出されてるし、システムを知らないんですよ。だから送ってもらうには数分かかりそうです」

イヴは時間を見た。「彼はもうラボを退出してるでしょうね。いまはコヴィーノのところにいるか、帰る途中。わたしにはわからなかった。まともに彼を見て、思ったのよ。あなたならぴったり合うわね、って。ぴったりの年齢範囲、もの静かなタイプ、完璧主義者、人にまぎれて目につかないタイプ。

クソ野郎」

「ダラス、彼はルイジアナ州バトンルージュで、二〇〇三年にジョン・チャーチとして里親システムに入っていました。年齢は五歳、記録に両親や保護者はなく、教会の庭をひとりでふらふらしているところを発見されています。二〇〇五年にイリースおよびロイド・ドーバーにより養子に。彼の教育歴を見つけました、医学、犯罪学――それにざっと見たところではとくに何もありません。二〇一六年にニューヨークに出てきて、コロンビア大に行き、法医学化学で修士号を取得、二〇二五年からNYPSDのラボで働いています」

「住所は」

「ええ、ロウアー・ウェストです。歩いてラボに行けますよ」

「どんな建物？」

「ちょっと待ってください」

ロークがまだイヴのリンクでしゃべりながら戻ってきた。彼が合図すると、マクナブはうなずいた。「本当にとてもよくやってくれたね。映像はいまきみたちのスクリーンに映っているだろう、さっき話し合ったとおりに準備して」

「ええ、ええ。これってすごくわくわくします。あなたのアクセントに悩殺されそう」

「きみとキャリーのおかげで本当に助かったよ。受信用に警部補のマシンのコードがそこの隅っこにあるだろう、だからもう〝送信〟をクリックするだけでいい」

「いきますよ！　うまくいった？　うまくいった？」

「うまくいったとも、どうもありがとう。警部補はまだしばらく忙しくなりそうだが、彼女からあした連絡がいくと思うよ」

「面白かったわ！」

イヴはロークが話を終わらせにまた外へ出ていくのにはかまわず、映像をじっと見た。

「クソ野郎」アンドリュー・ドーバーが画面に入ってくると、またもやそう言った。

彼はあの丸顔、アイロンのきいたカーキ色のズボン、はにかんだ智天使（ケルビム）のほほえみで、無害にみえた。まっすぐネイル製品のところへ行く――ぶらぶら歩きなし、気が散ることもなし。イヴはキャリーが――今月の売り上げ最優秀店員が――彼のところへ行くのを見守った。

何かお探しですか？　イヴは思った。何かお見せしましょうか？

短い、親しげな会話、そしてキャリーは彼の求めるカラーを見つけた。彼女は何かの身ぶりをした、たぶん売り上げを増やそうとしたのだろう、しかし彼はただほほえみ、首を振った。

セールスカウンターに戻り、彼の許可証をチェックして――おしゃべり、彼女がしゃべり、彼はほほえむ――現金を受け取り、おつりを出し――商品を包装する。

「入って出るまで四分足らず。彼は時間を無駄にしない。親しげに、でも記憶に残らないように。だけどキャリーはじゅうぶんおぼえていた」

「アパートメントですよ、ダラス。複数の部屋があり、デリとコンビニが地上階に入ってます。彼は五階に住んでます。どうやって三人の女性を連れてきて、閉じこめているんでしょうか」

「地下室よ、たぶん彼は地下室に入れるの。そこを借りておけば、ほかの人を締め出せる」

しかしどうもしっくりこなかった。

コミュニケーターを引っぱり出し、ジェンキンソンに連絡した。

彼が応答した。「よっ」

「犯人の身元がわかった。アンドリュー・ドーバー、住まいは——ピーボディ！」

ピーボディがあわてて住所を読み上げた。

「ヘイ、ラボのオタクのアンディ・ドーバーじゃないだろうな？」

「いいえ、彼よ」

「ええっ、クソ野郎が！　俺はあのクソ野郎を知ってるんだぞ。俺と同じくらい長く警察で働いてるんだ。もっと長いかもしれない。あいつをつかまえろってことか、ボス？」

「違う。わたしたちが彼のアパートメントを調べるときに、応援についてほしいの。ひとつの可能性として、彼は地下室を自分の牢獄にしてる。女性たちを連れてきたり連れ出したり、三人の女性をそこに閉じこめたりする必要があるんでしょう」

「なんだかぴんとこないな」

「ええ、でも調べてみるわ。いまどこにいるの？」

「〈ブルー・ライン〉。ハンバーガーを注文したところなんだ。それは保留にしておくよ、向こうで合流しよう」

「十分後に」イヴは通信を切った。「マクナブ、装備を身につけて、それからそのついでに、民間人に防弾ベストを持ってきて」イヴはしばらく考え、それからフィーニーに連絡した。

彼も言った。「よっ」

「お試し仕事で、あるIDがつかめたの――わたしがジェイミーにやらせた調査でよ」

「うちの子はうまくやったな」

「それ以上よ。バンが一台いる。eマンが二人同行する。探知機と無線機も複数ほしい。住所はわかってるけど、なんだかしっくりこないのよ。そこを監視する必要がある」

「一台出してやるよ。ホシは誰だ？」

「ドーバー、ラボのアンドリュー・ドーバーよ」

「アンディ？　冗談だろ？」なんてこった。十分後に駐車場のバンで合流するよ」

「ロークとマクナブがいるの。あなたは来なくても――」

「僕はあのクソ野郎を知ってるんだぞ」

フィーニーが憤慨したあとスクリーンが空白になり、イヴは肩をすくめた。「オーケイ、eマンが三人になった。十分後」彼女はつぶやき、それからマイラに連絡した。

彼女が応答した。「イヴ、どうしたの？」

「身元をつかんだんです――たしかです。これからチームを率いて十分後に犯人の住居へ向かいます――そこはアパートメントで、彼は五階に住んでいるんです」

「専用の出入口や、じゅうぶんなスペースはあるの？」

「五階ですから、疑わしいですね、でも調べてみます。犯人はアンドリュー・ドーバーです」

「何となく聞きおぼえがあるようなんだけど？」

「法医学化学者で、ＮＹＰＳＤの職員です」

「まあ、そうよ、数え切れないくらいの報告書で彼の名前を見ていたもの。法医学化学者とはね。緻密で、集中力があって、チームでも働いているけれど、基本的にはひとりで仕事をしている。彼なら自分につながるような痕跡を遺体から消す方法も知っているでしょう。いま家に車を停めるところなの。戻ったほうがいい？」

「われわれが彼をとらえてからで。今夜になると思います。もし彼がこちらの手を逃れたら、朝にラボに来たところをつかまえます。今夜になることを願ってます」

「わたしもそう願うわ、それと、あなたたちが彼をつかまえるときにはその場にいます。コヴィーノは、疑問の余地なく、カウンセリングを必要としているでしょうから。あなたとチームに幸運がありますように」

「必ず幸運をつかみますよ。さあ行きましょう」イヴは通信を切るとそう言った。ロークに目を向ける。「あなたを家まで送らせる前に、ちょっとまわり道をしていって」

19

駐車場へ行く途中で地方検事補のシェール・レオに連絡した。

「令状が必要なの、家宅捜索と逮捕で」

「エルダーとホープ？」

「そう。犯人の身元を突き止めた、いま記録にある住所に向かうところ」

「どれくらいしっかりした話なの？」

「岩なみよ。あなたに送った報告書に付け加えることもある。彼は五歳のとき、捨てられているところを発見されたの、母親はそこから数キロ離れた場所で残りの人生を生きた。彼はプロファイルに完全に一致する。それに、きのうブルックリンの業者から、偽の許可証で例のネイルキットとカラーを買っている防犯カメラ映像も手に入れた。彼がわたしたちに付け爪の間違ったデータをよこしたあとに」

「彼がそのデータをよこしたってどういう意味？」

「ラボの法医学化学者なの」

「クソ野郎！」

「本日の標語ね」イヴはエレベーターにどどっと乗ってきた警官たちを無視しようとつとめながら同意した。「アンドリュー・ドーバーよ」

「ドーバー？　マジ？　うちは数えきれないくらい彼の証言を使ってきたのに——それもわたしが就任してからずっと。彼は非の打ちどころのない専門家証人なのよ！　ああもう、これから山のような被告弁護人たちが、彼の証言を除外しろって訴えてくるわ」

「それはもっとあとの問題でしょ」

「ああ、そうね、本当に。令状はとるわ。ドーバーのやつ」

イヴはスクリーンが空白になると、リンクにうなずいた。「レオは不満そうね。ちくしょう、ホイットニーにあらましを伝えなきゃ」ちらりとピーボディのほうを見ると、相手はすぐさま肩を耳まで持ち上げ、子犬のような目をして、頭を振った。

「わたしがやるわよ、わたしがやる」とはいえ、イヴはまずふーっと息を吐き、それから吸った。そしてもう一度吐いてから連絡をした。

すぐにわかったが、部長はどこかの高級なバーにいた。後方のほかの客たちのざわめきや、テーブルのまわりの笑い声が聞こえた。

ホイットニーはリラックスしているようにみえたかもしれないが、それでも司令を出す者の威圧感を発散していた。

「警部補。失礼するよ」ホイットニーは連れの人々に言い、乗り出して妻の頬にキスした（彼女も不満げだった）。「すぐ戻る」

彼は立ち上がり、バーの中を歩きはじめた。広い肩、褐色の髪は短く刈り、白髪がまじっている大きな男。

「晩のお邪魔をしてすみません、部長」

「それだけのわけがあるんだろう」

「はい」イヴは部長がレストランのバーエリアを通り抜けるまで待った。店内は誰もがエレガントで、タキシードの男が外へ通じるドアを開くと、そこでもエレガントな人々が座って泡の立つ飲み物を飲んでいた。

ホイットニーは彼らから遠ざかった。

「それで？」

「エルダーとホーブの誘拐および殺害と、コヴィーノ誘拐の容疑者を特定しました。チームを行かせる準備はできています、それから地方検事補のレオが正式な令状を手配してくれています。特定に結びついた追加証拠に関して、部長宛ての報告書を更新します」

ホイットニーはうなずいた。「たいへんけっこう。ティブル本部長にこの件を伝えよう。これから一緒に一杯やるんだ、というかそうなるだろう。この件をわたしに、この時点で知らせなければならない理由はあったのか？」

「はい」ようやく、イヴはエレベーターを降りて駐車場に入った。「容疑者がアンドリュー・ドーバーだという重要な、そして決定的だと思われる証拠を入手しました」

「何だって？」

「ドーバーです、サー。うちのラボの法医学化学者。そして今回の捜査で証拠分析を担っていた人物です」

ホイットニーは言った、「クソ野郎！」

ロークはイヴが通信を終え、彼女の車の後ろに停まったバンのところに来るまで待った。そしてその肩を短くさすった。「じゅうぶんうまく行ったじゃないか」

イヴは両肩をまわし、首をまわした。「オーケイ、もう片づいた」

そして、いつものだぼっとした茶色のスーツと、つけたばかりのしみのある曲がったネクタイ、猟犬のような顔に爆発した赤毛のフィーニーを見た。

それからその横にいる明るいネオンライトのようなジェイミーを。

「本気なの？」

フィーニーはにんまりしているジェイミーのほうへ親指を向けてみせた。「それだけのことはやってくれたよ」

「それだけのことはやってくれたわ」イヴは同意した。「それじゃ頭のおかしな、ママにとり憑かれた科学者ひとりをつかまえるのに、四人のｅマンと四人の警官が集まったわけね」

「あとの二人はどこだ?」フィーニーがきいた。

「たぶんもうアパートメントの張りこみをしてる。ジェンキンソンとライネケよ。みんな揃ったわね、さあ動きましょう。彼女たちはあそこにいないと思う」イヴはバンに乗りこみながら言った。「つじつまが合わないもの。ただし……」

フィーニーがハンドルを握り、ジェイミーがその横に乗って、ほかの面々がバックシートに乗ると、イヴは頭を振った。マクナブとロークは電子機器についた。

「だめ、待って。ジェイミー、こっちへ戻ってきてマクナブと電子作業をやって。ローク、不動産について別の検索を始めて。あの建物と基本条件は同じだけれど、いまから言う名前かその派生語を加えて。リーサ・マキーニー、ヴァイオレット・ブランク、ヴァイオレット・フレッチャー、ジョン・チャーチ、アンドリュー・ドーバー。地名も使ってるかも。ビグズビー、アーケイディア、テネシー、アラバマ、ルイジアナ。ピーボディ、彼女がドーバーを置いていった教会の名前を調べて、それもやってみましょう。ドーバーはアンドリュー・マキーニーを使っているかもしれない、あるいはリーサ・チャーチ、あらゆる組み合わせで。オーケイ?」

「わかった。すぐセットアップする」

「この建物内の熱源を探したいわ。地下室があればそこに集中して、この地域にはありそうだし。ドーバーの部屋にも焦点を合わせてみて。もし当たりが出たら、探知機と無線機が必要になる。彼をコヴィーノから引き離す必要があるわね――というか、彼がこれまでにさらっているかもしれないほかの女性全員から。民間人を確保して、容疑者を確保する」

「車ですぐだ」フィーニーが言った。「熱源を探せるぎりぎりまで離れたところに停めるぞ。やつならeバンがわかるだろう、というか、向こうに気づかれたかどうかしっかり見張れよ。

おまえがやれ、ジェイミー。操作してみろ」

「やったあ！」

「きみんとこの捜査官たちが荷物搬入ドアのところに来るぞ、おちびさん」

フィーニーの注意に、イヴは立ち上がり、ドアをあけた。「入って」

「部屋の窓に動きはないよ」ジェンキンソンがベンチシートに座りながら言った。「俺たちがここに来たのは五分くらい前だ。あいつだっていうのはたしかなんだろうな」

「絶対にたしかよ」

ジェンキンソンは頭を振った。「人のことってわかったつもりになるもんだよなあ」

彼のネクタイ――ド派手な色のガムドロップがまぶしいほどの白に散っている――で目が痛くなったので、イヴはジェイミーに目を向けた。

「何かあった？」

「地下室が出た、北東の角に熱源がひとつある。動きまわっていて……歩いている――何かを片腕で運んでいる――西へ、それから上へ」

「ランドリーか保管エリア」ライネケが言った。「あるいは両方だ。きっと」

「熱源を追ってる、まっすぐ上へ向かっている。今度はエレベーターじゃないかな。降りた、三階、北へ向かう、曲がる、ほかに三つの熱源があるスペースに入った。うち二つは大きさからするとたぶん子ども」

「そんな出入りのあるエリアに、枷をつけた女性たちを置いておくわけがないわ。ドーバーのアパートメントに移って」

「五階だ」ジェンキンソンがジェイミーに言った。「正面側、デリのまっすぐ上、二つめと三つめの窓」

「スキャンを変更。そこには誰もいない」

「令状が来たわ。ピーボディ、同行して。ジェンキンソン、あなたとライネケは外のドアを受け持って、万一のために。フィーニー、ドーバーが家へ向かっているのを見つけたら、わたしのコミュニケーターを二度鳴らして」

「そうする」

イヴは後ろから出て、それからジェイミーに指を向けた。「あなた、レコーダーをつけなさい。〈シール・イット〉の缶をひとつ持ってきて」

彼の目が丸くなった。「僕も中に入るの？　ワォ！」

「これを冒険みたいなものだと思ってるなら、そのコート剤をよこして、バンにいなさい」

ジェイミーのクリスマスの朝みたいな目がすぐに真面目になった。「了解です。サー」

ターゲットは建物にいない、とイヴは結論した。つまり別の巣穴があるのだ――もっと大きな巣穴、秘密の巣穴が。それなら、この正式に認可された立ち入りと捜索で実地トレーニングができる。

「レコーダー稼動。われわれはアンドリュー・ドーバーを逮捕し、彼の住居に入り、捜索する令状を持っている――彼のラボスペースに行ったときにはそこも。入口にはパスコード式のロックと防犯カメラがある。あとでその映像がほしいわ」

イヴはマスターでロックを解除し、狭くてきちんとしたロビーにあるエレベーターには目もくれず、階段へ向かった。

「熱源スキャンではドーバーのアパートメントに滞在者は出なかった。熱源スキャンはコミュニティのエリアであることを示していた。したがって誘拐した人々を隠して監禁しておくのにはむかない。判断は？」

「僕？」ジェイミーは目をぱちくりした。「オーケイ、僕なら、容疑者はここにいない、そして彼は別の不動産に出入りすることができて、そこにコヴィーノを閉じこめており、エルダーとホープを閉じこめていたと判断する」

被害者たちの名前を使った、とイヴは二階に着き、そのまま上へ向かいながら思った。いいわ。

「犯人がここにいないのなら、なぜわたしたちは中に入るの？」

「ドーバーの住居を、その暮らしぶりを見るため。それから、もっと重要なのは、誘拐、殺人の証拠を探すこと。いちばん重要なのは、彼がいまコヴィーノを閉じこめている場所につながるものを見つけること。彼女を見つけ、安全を確保することが最優先（ヌメロ・ウーノ）」

「そのとおり」

五階に出ると、イヴはジェイミーを振り返った。「ノックをして、われわれが誰か知らせる。それから容疑者が中にいた場合とまったく同じように入口から入る。つまりピーボディとわたしがドアをあけ、あなたはわたしたちの後ろから入る」

「インターンは武器を持つことが許されていないから」

「そのとおり。わたしたちがアパートメントの安全をたしかめるあいだ、ピーボディの後ろにいること」

ドアのところに行くと、イヴは片手を武器にかけたまま、もう片方の手でノックをした。通路向かいのドアが開き、飛び出した目ととんがった耳のむくむくした子犬を連れた女が出てきた。

犬は一度キャンと鳴き、短いしっぽを振った。

「この子はハローって言ってるだけなんですよ」女の後ろの開いた戸口から、甲高い声――子どもたちの声――が激しく言い争っているのが聞こえた。「うちの息子たちです、いつもの夜の喧嘩中で。パグズとわたしはパパに戦場を任せて逃げるところなんです。いずれにしても、ジーナとジャンは留守ですよ。お友達とディナーに出かけましたから」

「アンドリュー・ドーバーを探しにきたんですが」

「ミスター・ドーバーを？」

ジェイミーはあてがはずれてがっくりし、しゃがみこんで、ぴょんぴょん駆け寄って彼の靴のにおいをかいでいた犬を撫でた。

「もう何か月も前に引越しましたよ。やさしい方でね、もの静かで、うちの双子が騒いでも一度も文句を言ったことがありませんでした。それにいつもパグズのためにごちそうを持っていてくれて」

「彼はもうここには住んでいないんですね？」

「いつからだったかしら……」彼女はモップのようなぼさぼさの茶色の髪をかきやった。「ええと、感謝祭の前でしたよ、とにかく」

「引っ越し先をご存じですか？　連絡先を残していきました？」

「いいえ」遅ればせながら、彼女は後ろのドアを閉め、眉根を寄せた。「どうしてです？」

イヴはバッジを出した。「NYPSDです。ミスター・ドーバーとお話がしたいんです」

「ええと、あの人は警察で働いているんですよね？　科学関係で」

「ええ、そうです。ここが彼の記録上の住所なんです」

「あら。きっと変更しなかったんですね。おかしいわねえ、あんなにきちんとしているふうなのに。ごめんなさいね、わたしはあの人が引っ越したことしか知らないんです――ほら、いま振り返ってみると、あれはハロウィーンの前だったわ。そうよ、それはたしか。ジーナとジャンが上から下まで仮装してパーティーに行く前に、キャンディをくれたから」

「彼がこの建物から引っ越したあとは、会ったり話をしたりしていないんですね？」

「ええ――わたし……話はしていないけれど、歩いているところは見かけたわ、たぶん仕事帰りね。あの人はこの近所を散歩してまわるのが好きだったから。でも通りの向こうにいたの、だから話しかけなかった」

「彼は車を持っていますか？」

「あの人がトラブルにあっているなんて言わないでくださいよ。本当にいい人なんですから」

犬は、いまやうっとりとあおむけになり、ジェイミーにがしがしと腹をかいてもらっていた。

「マァム？」

「シェリーです、シェリー・ウォジンスキー」

「ミズ・ウォジンスキー、早急にミスター・ドーバーの居場所を見つけることが重要なんです。彼は車を持っていましたか？」

「いいえ。少なくともわたしは運転しているのを見たことはありません。なぜ車を持つのか理由がわかりませんよ、だって職場には徒歩二分で行けるし、それに、散歩したり、マーケットに行ったりする以外はほとんど外出してなかったですし」

「訪ねてくる人はありましたか？」

「ええと――いいえ、全然。ミスター・ドーバー以外の誰かが家に出入りしていたのを見たおぼえはありません。あの人が何をしたと思っているんですか？　あの人が法律に違反することをするなんて想像できませんよ」

「彼はこのアパートメントや、ご近所で、あなたの知っている誰かと親しかったですか？彼の新しい住所を知っていそうな人は？」

「いいえ、全然。あの人はもの静かなタイプで、人付き合いもあまりなかったし、それに……」彼女の全身が困惑からパニック状態に変わった。「やだ、これって斧を使う殺人鬼に近所の人間が言うことですよね」

「双子のお父さんと少し話をさせてもらえますか、何か情報を持っているかもしれませんから」

「ええ、もちろん。持っているとは思えませんけど……」彼女はポケットから鍵を出し、ドアのロックをあけ、部屋の中に頭を入れた。

喧嘩はヒステリックな笑い声に変わっていた。ウォジンスキーはそれに負けないよう声をはりあげた。「ブラッド、ちょっとこっちに来てもらえる?」

イヴは同じ手順を繰り返し、基本的には同じ答えを受け取った。

「母親は九月に亡くなった」イヴはピーボディと階段を降りはじめて言った。「裕福な母親、罪のある母親、自殺願望のある母親。彼女はきっとヴァイオレットとして持った子どもたち三人に、じゅうぶんな資産を残していったでしょう。最初の子どもにも同じようにしたはず」

「家を一軒買えるくらい――人目につかないのを」ピーボディは言った。「地下室か屋根裏か、牢獄として使えるエリアのあるのを」

「それで検索が狭められるわ。ドーバーはハロウィーン前に引っ越した、そして母親が死んだのは九月十八日。今度はそれが探す期間よ」

イヴはジェンキンソンに合図してバンに引き返した。歩道に出て、みんなに概要を伝える前に考えていると、ローク、フィーニー、マクナブが出てきて合流した。

「ドーバーはハロウィーン前に引っ越してた。隣人たちはどこへ行ったか知らないけど、通路向かいの女性が歩いている彼を見かけているの。彼女は仕事へ行くところじゃないかと思っていた、引っ越したあとのことよ。彼はあまり近くには越さなかった、でなければ隣人たちが一度ならず見かけていたでしょう。ドーバーが散歩好きだと言っていたし、彼らは犬を飼っていて、散歩をするし」

イヴはそのブロックにある建物を左右に見ていった。「元の家に近すぎないところでしょうね、でもその気になればやはり徒歩で出勤できるくらい近いところ――そしてなじみのあるところよ――ロウアー・ウェストはなじみがある。ドーバーが家を――個人住宅を――持ったのは九月十八日から十月末のあいだ」

「ママが金を残したんだな」フィーニーが合いの手を入れた。

「きっとそう。彼は自分で家を見つける。倉庫か、保管施設もありうる、でも理由は？　なぜ住み心地がよくちゃいけない？　家はまだリストの上位でいいけど、検索は九月からの所有にする」

「僕が調整するよ」ロークが言った。

「今夜何か当たりがあったら、お役ご免にしてあげる」

「自宅から仕事をするんですか？」ピーボディがきいた。

「さしあたってはセントラル。やらないと――」

「セントラルだよ」ジェンキンソンが指を突き出した。「ボス、あんたがその作業をするなら、俺たちもする。あの娘はもう一週間も閉じこめられてるんだ。今夜彼女を見つけるチャンスがあるんだろう？　俺はそれに賭けたい」

「自分のハンバーガーを買いにいきなさい、連絡網には入れておくから」

ジェンキンソンが腕を組み、〝俺の考えを変えてみろよ〟という顔をすると、ロークが割って入った。

「たまたま僕は、そこのブロックを行って角を曲がったところにパブを持っていてね。まだ誰も食事をしていないんだろう、そこに行けば僕はいまのサーチに取り組めて、警部補はしなければならないことをやれて、みんなが食事をとれる。一緒に」ロークはイヴを見て付け加えた。「彼の居場所を突き止めたときに時間の節約にもなる」

フィーニーがロークの肩をパンチした。「〈ダブリナー〉か？　あそこはきみのものなのか？　どうしてそういうことを教えてくれないんだよ？」彼はイヴに言った。「料理は最高、酒も最高。理にかなってるじゃないか、おちびさん。有益な時間管理だ」

「いいわ。車はここに置いていきましょう——〝公務中〟で。ドーバーはこのブロックにはいない。もしその最高の料理を食べおわったときまでに当たりがなかったら、みんな家に帰るのよ」

「ヘイ。もしドーバーがまだラボにいたら？」

イヴはピーボディに一瞥をくれた。「彼は一六四三時に退勤している。外に出る前に保安部にチェックした」

「あ。そうですか。なるほど」

「それじゃ。俺たちは得したな」ジェンキンソンはロークを振り返った。「その店には、本物の牝牛の肉はないよな」

「あるさ」フィーニーのほうが先に答えた。「とんでもない値段がするが、ちゃんとある。最高のフィッシュ&チップスもある」

「僕のパブだ、おごるよ」全員が歩きだすとロークは言った。

「作戦のときはもっとたびたび来てくれ」ジェンキンソンが言った。

「そうねえ、この人はほかにするべきこともないしねえ。全員でテーブルがひとついるわ、料理が来たらあちこちまわせるように。それにわたしは更新しなきゃならない――」

「居心地のいい広い個室(スナッグ)もあるよ」ロークはイヴが止めるより早く彼女の手をつかんだ。

「心配しなくていい」

「〝広い〟と〝こぢんまり(スナッグ)〟は反対語じゃないのかな(スナッグは主に英国で〝個室〟の意味で使われる)」

フィーニーはジェイミーに頭を振ってみせた。「それで、僕はお酒を飲めるの?」

一行は角を曲がった。「まだまだ勉強することがあるな、坊や」

「だめ」イヴとフィーニーは同時に言った。

「おまえは未成年だろう。若すぎる」フィーニーが言った。「自分でも知ってるくせに」

「仕事をするなら、誰も飲んじゃだめ」

イヴの主張に、フィーニーはため息をついた。「なんたることだ」

外のテーブルは満席で、中もにぎわっていた。スピーカーから流れてきた音楽に、フィーニーが笑みを浮かべた。そして最高の料理のにおいがした。

あざやかな赤毛を編んで、顔いっぱいにそばかすのあるウェイトレスが、パイントグラスののったトレーを腰のところで持って足を止めた。

「こんばんは！　個室はすっかりご用意できていますよ、サー。このビールをお出ししたらすぐ戻ってきてご案内しますね」

「行き方はわかっているよ、ありがとう」

「それでしたら、パパッと戻ってきてご注文をおうかがいします」

「あのアクセントは本物なの？」ロークがテーブルのあいだをぬい、にぎわっている長いバーカウンターをまわっていくときに、イヴがきいてみた。

「そうだと思うよ、うん。彼女はコーク（アイルランド南西部の県）出身なんだ。僕の記憶が正しければ」

彼はドアをあけ、一行を入れて閉めた。

騒がしさのレベルが半分に静まった。

たしかに広い個室で、小さめのテーブルを三つくっつけてひとつにしたようなものがあった。室内にはひとり用のワークステーション、壁面スクリーン、ウィングチェア一脚、低いソファがあり――こうささやいているかのようだった、〝ここでお休みなさい〟テーブルにはすでに二枚のボードが置かれ、切り分けた黒パン、バターののった皿、水の入った大きなボトル三本、くし形のレモンとライムがあった。

「オーケイ、広いのはわかった」ジェイミーはすぐさまパンに襲いかかった。「ここがスナッグっていうのはどうして？」

「居心地のよい場所ってことさ」ロークが説明した。「そして秘密のね。ずっと昔は、パイントグラスを持ち上げているところを見られたくない人々が酒を飲める場所のことだった。古い伝統で、いまはもうほとんど忘れられているけれど、僕はここをそういう感じにしたかったんだ」

「カッコいいね」ジェイミーはパンにバターをたっぷり塗り、がつがつ食べ、それから名付け親ににんまり笑った。「最高」

イヴは腰をおろし、PPCを出して、仕事にかかった。

「それならわたしが書きますよ」

イヴはピーボディに頭を振った。「わたしの仕事だから」

「それじゃ五分休憩して、マクナブとタイルの相談をしてもいいですか。彼と発注をして、聖なるピンク色の誓いを破らなくてすむように」

顔も上げずに、イヴは五本の指を持ち上げてみせ、ほかの警官たち――とインターン――はメニューの相談をしていた。

ウェイトレスがはずむように入ってきた。「モラといいます。ジャック――もうじき来ます――とわたしが今晩皆さんの給仕をします。さて、すてきな警察官の皆さん、今夜は何をお飲みになりますか？」

「コーヒー、ブラックで」イヴはまたしても目を上げずに言った。

注文が一周し、モラが特別メニューについて長々とおしゃべりしはじめると、ジェイミーがイヴの横の椅子に来た。

「それで、クウィラってどういう子なの？」

「どうして？」

「どうなのかなって思って」

今度はイヴも顔を上げた。「彼女にあなたは年上すぎるわよ」

「ちょっとぉ。ビールを飲むには若すぎて、キュートな女の子には年上すぎるって？」

「そう。あっちへ行って。仕事中なんだから」

報告書を書き上げ、マイラと部長とレオに最新版を送る頃には、ウェイトレスたちはコーヒーだけでなく、簡単におかわりできるようコーヒーセット一式を持ってきていた。そして忙しくオーダーを受けていた。

「それで今夜は何になさいますか、警部補？」

イヴはまだ考えても、メニューを見てもいなかった。「ハンバーガーがいい。バーガーとフライドポテトで。よろしく。ドーバーは最高のセキュリティをつけたかったはずよね」フィーニーに言った。「どこであれ、今回の女性たちを閉じこめておくのに使うつもりだった場所、そこは防犯設備をととのえておく必要があったでしょう。新しいシステムを入れたかもしれない、もしくは追加したか」

「それなら調べられるよ。ジェイミー、許認可を探しにかかってくれ、九月十八日以降に出されたもので、防犯システムに関するものだ。最新鋭のラインから始めて、下げていけ。あの区画に絞って、それから広げていくんだ」

イヴがテーブルの先のロークを見ると、ライネケと警察の仕事ではなさそうなことを熱心に話し合っていた。

「さっきの検索は」

「いまやっている。前菜のハマグリのフライを食べてごらん」ロークがアドバイスしてきた。「おいしいよ」

イヴはほぼ空になった三枚の皿を見て、ハマグリが揚げられる前にはどんなだったか考えた。

「いらない。配管の線もあるわよね」

ロークは自分用に水をつぎ足した。「僕が自分の痕跡を隠し、できるだけ役所とかかわらず、しかも新しい防犯設備や配管その他が必要になったら——おまけに警察と四十年近く仕事をしてきた人間の知識や経験を持っていたら——正規のチャンネルは通さないだろうね。自分でその作業ができないなら、許認可とかそういうものをうるさく言わない人間を雇うだろうな」

ジェンキンソンはハマグリのフライを振って同意を示してから、口にほうりこんだ。

「そこがポイントだな」

「くそっ。いいポイントだわ」

本当にいい、とイヴは立ち上がって歩きまわらずにいられなくなった。

「そうよ、そう、ドーバーは痕跡を残さないやり方を心得ている——あるいは痕跡を隠し、見つけにくくする方法を。それにそう、彼は警官と働き、警官を観察してきたし、捜査の過程を知っている。でも警官じゃない。それに殺人者になったのはまったくはじめて。付け爪のことではしくじった、それでやむなく陣を立て直してわたしたちを間違った方向へ誘導しようとした」

イヴは自分のカップを持って、コーヒーをつぎ足そうとステーションから歩いていった。

「やつはいっぺんしくじった」ジェンキンソンが言った。「どこかほかでもしくじってるよ。俺たちがまだ見つけてないだけだ」

「まさにそうよ。ドーバーは習慣の生きもので、完璧主義者で、妄執にとりつかれている。彼は次から次へと計画を立てて——念入りに——でもその計画は妄執にぴったり合わなきゃならない。彼は今回の女性たちを目にしていた、日々の習慣や行動パターンがあったおかげで。彼は散歩をするのが好き。コヴィーノが彼のアパートメントや仕事場と関連する場所に住んでいたとしたら、数え切れないほど彼女の姿を目にしていたでしょう。ほかの二人は、やはりロウアー・ウェストだけど、もっと長く東へ歩く。彼は引っ越してはじめて彼女たちを見つけたのかもしれない」

「新しい隠れ家はラボからもっと遠くへ離したんだな」フィーニーが言った。

「彼は散歩をするのが好きだった、九月以降、精神が崩壊したあとはなおさらそうする理由がある。いまは狩りをしているのよ」

イヴはマップを呼び出してもう一度見られるように、壁面スクリーンのスイッチを入れてくれとロークに頼もうとした。そこで料理が来た。

このままにしておきなさい、と自分に命じた。何か別のものが出てくるまでは、頭の中でその考えが進んでいくままにしておきなさい。

ウェイトレスたちが給仕してくれた数分のあいだ、個室は広いほうのパブのようににぎやかになった。そしてイヴも認めざるをえなかったが、食べ物の——最高の料理のにおいは——彼女のからっぽの胃で幸福のベルをありったけ打ち鳴らした。

イヴはもう一度座り、自分のぶんの料理にたっぷり塩を振ってから、バーガーにかぶりついた。フィッシュ&チップスをがつがつ食べているフィーニーに指をさす。「あなたはドーバーを知ってるんでしょ——仕事で彼のことがわかるでしょ。彼を表現するのに最初に浮かぶ言葉は」

フィーニーはフォークに刺したフィッシュフライをタルタルソースの中で回した。

「〝軟弱っぽい（ネビッシー）〟——その言葉だな」

「そうなの?」

「ええと、ほら、オタクっぽい感じにおどおどしてて。きみがきいたんだぞ」

「たしかに。同じ質問よ、ジェンキンソン」

「〝頼りになる〟。いつもいい結果を出してくれた。軟弱（ネビッシュ）っていうのはわかるよ、でもそれは優柔不断とかぎこちないって意味にもなるイディッシュ語だろ。ぎこちないっていうのはなかなか言いえてるよ、でも優柔不断は違うな。おどおどしてる、ぎこちないは合ってる、それに頼りになる」

「オーケイ」イヴはフライドポテトをひとつ食べ、これはジャガイモの奇跡だと思い、もうひとつ食べた。「あなたはどう、ライネケ?」

「最初の二つはもう挙げられましたから、俺は〝厳格〟にしますよ。やつをいそがせるのは無理でした、でもやり終えたときには、すべてがはっきりしているんです」

「それにレオは彼が法廷ですぐれた証人だと言っていたわね。ピーボディは？」

ピーボディはフィッシュ&チップスの上で手を止めた。「わたしはあの二回しか会ったことがないんです、でも〝ものやわらか〟ですかね」

「ものやわらか？」

「ものやわらかな目、ものやわらかな笑顔、ものやわらかな声、ものやわらかな態度。それに訛りがありません。南部の出身ですよね、でもその痕跡がまったくないんです」

「訛りがあったらうまくとけこめないものね」

「でしょうね。警部補は何が浮かびます？」

「〝ひとりきり〟。ハーヴォがいかにも彼女らしくドーバーのスペースに入っていったときの、いらついた様子。彼はひとりでいることに慣れている。だから……ものやわらかで、軟弱っぽくて、緻密で、頼りになる、ひとりが好きなやつ」

「彼は女性たちを隔離したスペースに入れておかなきゃならない」ジェイミーはカンザス州くらいあるハンバーガーをほぼたいらげ、山のようなフライドポテトをかなり減らしていた。「あなたが前にやったみたいに、その言葉を全部まとめてみると？ 彼は女性たちを自分のスペースに置いておけない――自分だけのスペースが必要だから。たぶん彼女たちに合わせて考えた生活パターンがあるんじゃないかな。食事を出す時間とか何とか。彼女たちと時間を過ごすことも必要だよね、そうでなきゃ何の意味がある？　でも彼女たちは彼のスペース、彼のエリアにはいない。

地下室っていうのがやっぱりいちばん確率が高いね」

フィーニーはチップスを食べながら誇らしげに笑った。

「賛成だな。地下室といいセキュリティのある家だ」

ロークがテーブルに置いていたＰＰＣをとり、じっと見た。「僕もそうだと思うな、うん。それに見こみのあるのがひとつ出た」

「彼を見つけたのね」

「見つけた。あんなにも妄執に憑かれた人間なら、母親の名前かその派生語を使わずにいられないだろうというきみの判断には賛成した、でもそこでは何も見つからなかった。それで思いついたんだ」ロークは続け、スクリーンをセットアップしに立ち上がった。「彼のような人物、きみたちがいま描写したような人物なら、それを隠すくらい利口なんじゃないかと。アナグラムだよ。彼の母親の本名のアナグラムで検索してみたんだ」

「アナグラム？　言葉を混ぜ合わせて、別の言葉を作るやつ？」

「そうしたらリーサ・マキーニー（Lisa McKinney）はカミ（Cami）とケン・スナイリー（Ken Snily）になった――つまりカップルだ、シングルではなく」ロークは地図を呼び出した。「カミとケン・スナイリーは記録上の所有者だ、この不動産がその両名の手に渡ったのは九月二十五日、とある信託からで、持ち主だったのは法律事務所――ハハハ――〈マキーニーと息子〉だ」

「ドーバーはアナグラムをやった、そしてそのひとつが法律事務所の名前になった――それも彼らしいわね」イヴは地図に目を凝らした。「ほかのエリアにハイライトをして――現場、住居。マキーニーは息子につぐないをしたかった、なんらかのかたちで。彼女はニューヨークへ来て、息子のために家を買い、書類を送ってから薬を飲んだ。カミとケンにはたっぷり蓄えのある銀行口座があって、同じ時期に開設されたことは賭けてもいい。彼女は家を維持し、これまでの歳月の埋め合わせをするための金も息子にあげたかったのね」

「それももう探してるよ」フィーニーが言った。「息子に相続税を払わせたくはなかっただろうな」彼は作業しながら続けた。「というか、遺産の手続きが片づくまで家の所有権を申し立てるのを待たせたくはなかった。僕はそう思う」

「それにほかの子どもたちに知られたくなかった」イヴはしめくくった。「そのことには向き合えなかった、たとえ最期のときでも。図面を出せる?」

ロークはいじめられたかのような目をライネケに向けた。「みんなでこんなに楽しい食事をしたあとなのに、彼女がどんなふうに僕を見下したか聞いてくれよ」

「許認可は申請されてないよ」ジェイミーが言った。「その不動産については。ロークはたぶんあれを当ててる。やつが許認可をすり抜けたんだ」

しばらくすると、図面がスクリーンに映った。

「すごいわ、あの地下の広さを見てよ！　図面の日付けはどうなってる？」

「去年の三月、改修のためにこの図面が作られたときだな。売り家になったんだろう、たぶん。それで市場に出ていて、あとでわかると思うが、ちょうど母親がこれを買うのに間に合った。地下階に小さなキッチンがあるね、それから二つのフル装備のバスルームと、二つのハーフバスルームも。バスルームのひとつはマスターズ・スイートに続いている。窓があるのは、そのスイートエリアのこの最東端の壁だけだ――規則上ないとだめなんだろう。火災時の出口になるんだ、たとえば――それにきみたちが入っていくところにもなるんじゃないか」

「ドーバーはそこをふさいでしまったかもしれない、あるいはコヴィーノには届かない、たどりつけないところなのよ。ふさがれているわね、たぶん、プライヴァシースクリーンは絶対にある。誰かが興味を持ってのぞいたりしたら困るもの。階段が上につづいている、大きな地下のほぼ真ん中。地上階には複数のドア、正面、裏、両横、二階にはポーチみたいな場所に出るドア、デッキみたいなもの、壁で仕切られた小さな庭みたいなものへ階段が降りている」

「ああ、とてもすてきな不動産だ」

「オーケイ、オーケイ、ドーバーはカメラを、しっかりしたセキュリティをつけるでしょう。頭はイカレてるけど、彼は馬鹿じゃない」

イヴはしばしたたずみ、ポケットに両手を入れて、図面を見つめ、頭の中で考えた。

「よし、いまからアンドリュー・ドーバーをつかまえる方法を話すわ」

20

過去

彼女は眠れなかった。ベッドの横がこんなにがらんどうでは眠れない。

彼女は医師の妻だった、だからジョーが仕事で夜遅くなったときには、ひとりで眠ることもたびたびあった。

でも夫は必ず帰ってきた、そして彼女も必ず目をさました、少なくとも彼のほうへ体をまわし、手を探るくらいには。

ジョーは必ず帰ってきた。

あの恐ろしい夜までは。

彼がもう二度と帰ってこないとわかっていて、どうして眠れるだろう?

ジョーに出会う前は、自分にまつわるすべてが間違っていた、いま彼女はそのことに気がついた。すべての間違い、すべての悪いこと、すべての失敗——あまりにも多い、多すぎる——がどっとよみがえってきた。そのどれもがひどくなまなましく、ひどくリアルで、自分の命を絶とうとして失敗した、あの湖の水のように押し寄せてきた。

息子を置き去りにしてしまった。それどころかあの子を殺すことも、一緒にあの暗闇へ連れていくことすら考えた。ああ神様、神様、なぜあんなことをしてしまったのだろう？あの可愛い、きかん気のベイビー・ダーリンを、いろいろな意味で見捨ててしまった。いいえ、すべての意味でよ、とまたしても思いながら、ジョーが、やがて子どもたちも一緒に、こんなにも長いこと世話をしてきた庭を、寝室の窓から見た。

花々の中の、スパニッシュモスの下の、この美しく古い家での長い年月。キッチンでの朝食。さあ学校へ行ってらっしゃい、今日もお勉強するのよ！

ベランダでの甘いお茶、芝生でのピクニック。

子どもたちが眠っているときに、ジョーと愛し合った静かな夜。

誕生日やすりむいた膝、ささいな喧嘩に、寝る前のお話。

卒業に結婚、彼女のベイビーたちの可愛いベイビーたち。

なのに彼女は息子をひとり置き去りにした。

小便臭く暑いガソリンスタンドのトイレで息子の顔や手を洗っていた。なぜならモーテルの部屋ではなく、薬ほしさに体を売っていたから。

あの子は怒っていて、ぐずっていたから、頭が割れそうだった。

怒ってあたりまえだ、お風呂とベッドではなく、車で走りつづけられるように、オキシーとガソリン代のほうを選んだのだから。ただ走りつづけられるように。

どうしてあの子を愛して——愛していた、ええ愛していたわ——いながら、あんなひどい母親でいられたんだろう？

なぜなら、自分にまつわるすべてが間違っていたから。

それに気づき、ようやくそれを認め、それを終わらせようと決心したのだ。

でも息子を道連れにはしなかった。あの子はあの教会に置いていった。希望はあった。

わたしはあのベイビーを殺さなかった。

置き去りにしただけ、そして忘れた。まるでいっさいなかったことのように忘れた、リーサ・マキーニーなんていなかったみたいに。

そして生まれかわった、ジョーと一緒に。ジョーのおかげで、ジョーのために。

なのに彼は逝ってしまった。ならば、彼女がよき妻、よき母、よき人間で、思いやりがあって愛情に満ち、創造的な女性だったこの歳月、この長い年月は？　彼と一緒に行ってしまったのだ。

ヴァイオレットは皮をはぎとられてリーサになった。リーサは喜びと心地よさと愛の年月を得る資格がない。自分勝手で、愚かで、向こうみずで、わが子を捨てたあの女は、何も得る資格がない。

そして残ったヴァイオレットは、それを抱えて生きることができない。子どもたちに、ジョーとの子どもたちに、自分は嘘の上にあなたたちの人生を築いたのだなどと、どうして言えるだろう?

もしかしたら、もしかしたら、ジョーがまだ生きていたときにすべてを思い出していれば、二人で道を見つけただろう。彼は必ず道を見つけてくれるのだ。でも、彼はもういない。彼女の北極星は光を失い、もはや道を見つけることができなかった。

部屋の中を歩き、二人の写真や思い出の品物に触れていった。ジョーの祖母のものだったろうそく立て——強く、誇り高い女性で、結婚式の日には彼女に古いもの(サムシング・オールド)としてダイヤモンドのティアドロップ形イヤリングをくれた。

ハネムーンのときにヴェネツィアで見つけた花瓶、安物の小箱——すばらしく派手派手しい——ずっとずっと昔、子どもたちが母の日にくれたものだ。

大切なものたち、彼女が生きてきた人生のかけらたち。ヴァイオレットの人生。でもヴァイオレットは存在できない、全然できない、ジョーがいなければ。

彼女は子どもたちがディナーに来る前に家の中を歩いていた。最後の晩餐(ばんさん)、と彼女は思った。もうそれもできない、ジョエラが泊まっていては。ジョエラが足音を聞きつけたら、あの子はなぐさめようとするだろうし、心配するだろう。

でも彼女はすでに家を、庭を歩き、さよならを告げた。子どもたちには食事をふるまった、たっぷりとした、幸せな食事を。そして子どもたちを抱きしめた。みんな悲しむだろうとわかっていた。

いま、子どもたちひとりひとりに書いた手紙を置いた。あの子たちの人生は続いていく。いつかは許してくれるだろう。ママを許して。そしてあの子たちの人生は続いていく。

彼女はそれを誇りに思い、自分の中に強くてよいものがあったことを誇りに思った。ジョーが見出してくれた、こんなにすばらしい子どもたちを育てさせてくれたもの。

あの子たちの中にリーサはいっさいない、と彼女は思った。あるのはジョーとヴァイオレットだけ。

彼女は息子に、最初の子どもに、見捨ててしまった坊やにも手紙を書いた。大人になった息子を、白髪の息子を目にするのはとても不思議で、とても奇妙で、とてもまごつくことだった。

科学者だなんて！

息子のところへ行き、彼と話し、じかにすべてを打ち明けようかと思った。しかしその勇気が出なかった。

それでもあの子に何か遺さなければ。この失われた年月の、あの子が教会の階段でひとり目覚めたときに感じたはずの恐怖のつぐないをしなければ、気がすまなかった。

そしてあの家を買った――ほかの子どもたちが育った家ほど大きくはないけれど。それでもすてきな古い家、しっかりした家で、あの子の仕事先にも近い。

彼の銀行口座を開き、彼がただあの家に引っ越せばいい――あるいは気に入らなければ売ればすむように手配をした。

すべての書類は今朝送ったばかりだった、告白の、説明の――もしくはそうしようとした手紙と一緒に。

許してくれるだろうか？　たぶんいつかは。

でも、ヴァイオレットはリーサのベイビー・ダーリンにしてあげられることはすべてした、と彼女は感じた。

彼女は医師の妻で、いくつ薬を飲めばいいのか知っていた。ベッドに、ジョーと生涯をともにしていたベッドに入り、薬を飲みはじめた。一度にひとつずつ、それぞれちゃんと飲みこんで。

眠くなってくると、さらに飲んだ。じゅうぶんな量になると、ガラスのコップを横に置いた。

もうこれでいいと思い、彼女は横たわり、ジョーがいた側に手を伸ばして、彼がその手をとってくれるのを思いえがいた。

彼女は一度だけため息をつき、言った。「ジョー」そしてようやく眠りについた。

現在

メアリー・ケイトは頭上の足音を聞きつけた。あいつが戻ってきた。

かなり慎重に読書椅子に座り、本を一冊とった。アンナがいなくなったことはもう受け入れた。あいつがどこかへ移したか、殺してしまったのだ。

いずれは自分も同じ目にあうだろう。外へ出る方法を見つけないかぎり——その点ではまだ成功していなかった——あるいは誰かに見つけてもらえるくらい長く、あの男に判断を先延ばしさせないかぎり。

判断を先送りさせるとは、あの男の怒りを静め、操り、役割を演じること。それならちゃんとうまくやってみせる。

もし方法を見つけたら、あの男を殺すか動けないようにして、あいつがこの鎖の鍵か、助けを呼べるリンクを持っていることを祈ろう。

食べ物はある、水もある、まともなバスルームもある。

そしてわたしには、とたえず自分に思い出させた。頭脳と気骨がある。

だからフレンチスリーブのピンクのTシャツとクロップドパンツ姿で座っていた。彼女のスタイルではないし、少々金持ちの奥様のようだが、着心地はよかった。白いスキッズもはいている——紐はなし。

紐があれば、それを結び合わせて、あいつの首を絞めようとやってみるのに。向こうもそれは考えたのだろう。

あいつにも頭脳がある、でもそれはどこかが本当におかしかった。あの男は南部育ちだ——彼女にはそれがわかった。大人のほうには訛りがないが、子どもに戻ったときには訛りが出た。鼻にかかった訛り——不機嫌で鼻にかかっている。

それが使えるかもしれない。もしかしたら。

メアリー・ケイトが使える、使ってみようと考えたのは、自分の母親だった。母親が彼女やきょうだいたちを扱ったやり方。

がまん強く、断固として、少しユーモアをまじえ、何度も何度もこう言った。〝しつこくしないの、おちびちゃん、さもないとつけが回ってくるわよ〟

錠があけられる音がすると、彼女はぎゅっと本を握り、深呼吸をした。笑みを浮かべる。

男は不機嫌そうな顔をしていたが、彼女は明るい笑顔を保った。

「ハイ！　お帰りなさい。今日はどんな一日だった？」

男はじっとこちらを見て、さらに不機嫌そうになった。「ひどい一日だったよ」

「まあ、残念だったわね」彼と話をする以上にしたいことなどないかのように、本を横へ置いた。「その話を聞かせて」

「どうして気になるんだ？」

「もちろん気になるわ、ベイビー・ダーリン。あなたには何が必要かわかる？　あなたに必要なのは軽い食べ物よ。いまわたしが用意してあげる……」

彼女は立ち上がろうとして、言葉を切り、それからまた座った。自分を叱るような笑い声を添えて。

「ごめんなさい。こうしましょうよ。あなたが二人ぶんの食べ物を作ってくれない？　そうしたら不機嫌になった出来事をわたしに話してもらえるでしょう」彼女は自由なほうの手を持ち上げ、指を振った。「甘いものはだめよ、もうじき夕食なんだから」

男は彼女を見つめつづけていたが、その目に興味が――かすかな茶目っ気が浮かぶのを見た気がした。「クッキーが食べたい」

彼女は大きくため息をついた。「本当にそんなにひどい一日だったの？」

「うん」

彼女はもう一度指を立てた。「クッキー一枚だけよ」

不機嫌な表情が消えた。

男はキッチンに入り、キャビネットのひとつをあけた。彼女の角度から、男がそこにスナックを――子どもの食べ物をたくさん入れてあるのが見えた。

クッキー、ポテトチップス、キャンディバーの袋がいくつも。男はクッキーの袋を出した。

「一緒に冷たいミルクを一杯というのはどう?」

そう提案すると、男の顔が険しくなった——そして詫りが忍びこんできた。「ソーダが飲みたいんだよ!」

恐怖が腹に爪を立てたが、自分の母親になりきり、冷たい目で彼をにらんだ。「ひどい一日だったのはわかるわ、でも口のきき方に気をつけなさい、お坊ちゃん」

男が目を丸くすると、メアリー・ケイトは母親がやるように頭を傾けた。「さあ謝りなさい、それからちゃんと頼むの」

「いやだ」

「だったらもう話は終わりよ」心臓が肋骨にぶつかりそうにどきどきしていたが、本を取って、文字がぼやけていても読んでいるふりをした。

沈黙のなか、男の早い呼吸が聞こえ、それが続いていたので彼女は顔を上げないようにこらえた。

「ごめんなさい、ママ」

見ると、男は頭を垂れていた。こらしめられて。

「ソーダを飲んでいい? お願い、お願いだから」

彼女は喉が動かなかったので、しばらく間をとった。

「今回だけよ、あなたはひどい一日だったから」

「やったぁ！」

男は小型冷蔵庫のところへ行った。何かのジュース、と彼女は見てとった。豆乳の容器がひとつ、それにソフトドリンクがたくさん。

「わたしにも持ってきてくれる？」

男は子どものようにつまさきではずんだ。「どんなのがいい、ママ？　何でもあるよ！」

「うーん」首をかしげ、彼女は顎を指で叩いた。男を見つめ、動きと表情を逐一観察する。「そうね、わたしたちはこれからささやかな夕食前のパーティーをするんだから、いちばん好きなのを飲まなきゃ」

「チェリー・コークだ！　ママはそれがいちばん好きなんだよね」

大嫌いよ。「もちろん」彼女は立ち上がり、ベッドのところへ行った。そして自分の横の場所をぽんぽんと叩いた。「さあ、おいしい軽食を用意してくれたら、ここへきてひどかった一日のことを聞かせて」

「オーケイ。ひどかったよ、それにあいつらが次から次へと質問してきて。すべてうまくやったけれど」

「もちろんそうでしょう」

大人のほうが戻ってきて、メアリー・ケイトは自分が大人のほうをずっと恐れていることに気がついた。

「すべて完璧にやった。なぜあいつらは爪のことを気にするんだろう？　すべて完璧にやったのに、なぜ気づいたんだろう？　完璧だったはずだ、正しかったはずだ。わたしは自分の仕事にプライドを持っている」

「もちろんそうよ」いまのはどういう意味だろう？　話を続けさせるのよ。「あなたは本当に優秀だもの。最高の人材よ」

男はぎらぎらした目で彼女を見た。「どうしてわかる？　あんたは逃げたじゃないか。わたしを置いていったじゃないか」

「本当にごめんなさい、ベイビー・ダーリン。逃げてしまったことは本当に悪いと思っている、でもいまはここにいるでしょう」

「あんたはわたしを置いていった、わたしはあんたを見つけられなかった」男はこぶしでカウンターを叩きはじめた。「わたしを忘れたんだ。一度も探そうとしなかった」

「本当に恥ずかしく思ってるわ」空涙を浮かべるのはむずかしくなかった。「わたしは一生自分を許さない。許せるわけないわよね？　わたしにできるのは、あなたにつぐなおうとすることだけ。いいママになってあなたの面倒をみて、ここにいて、あなたがひどい一日だったときには話を聞こうとするだけよ」

「わたしは失敗したふりをしなきゃならなかったんだ。失敗なんかしないのに」

「でもただのふりだったんでしょう。ふりをするのはかまわないのよ」

「わたしは失敗なんかしない」男は繰り返した。「だからやつらには見つけられない、わたしの言ったことを信じるから」

「絶対にそうよ」

「やつらが知ったら、わたしに意地悪するだろうな。でもほかの人たちは、あの女たちは違ったんだ。あの女たちは失敗した、だから違うってわかったんだ」男は顕微鏡のスライドについたよごれのようにこちらを見た。「あんたも間違いなのかもしれないな。ほかにもいるんだ。今夜、彼女をうちに連れてくるよ。彼女が正解なのかもしれない」

メアリー・ケイトは直感に従い、いちかばちかやってみた。「何てことを言うの！　わたしはごめんなさいと言ったでしょう、つぐないをしようともしている。それなのにあなたは結局、わたしの気持ちを傷つけようとするのね。わたしこそ、その唯一の人なのよ」

彼女はこぶしで涙をぬぐった。「わたしはひどい失敗をしたわ、でも一生懸命努力しているじゃない」

「泣かないで、ママ」

「わたしはただ——また二人で幸せになりたいの、あなたに信じてもらいたいの、だからあなたが帰ってきたときに軽食を用意させて」男を見た。「おたがいに怒るのはやめましょう。パーティーをしましょうよ。ひどい一日のことは話さなくてもいいわ、わたしたちにはこれからいい日が来るんだから。あなたとわたしには」

「約束してくれる?」

メアリー・ケイトはもう一度ベッドを叩いた。「パーティーなんだからここへいらっしゃい。ゲームをしましょうよ!」

「ゲーム?」

「そうね、どんなゲームをすればいいかしら?」

クッキーとソーダをいそいで持ってきたときには少年が戻っていた。いったいどれほど異常な戦いが本人の頭の中で起きて、彼をあっちこっちへ振り回しているのだろう。けれど彼女は思った――願った――少年のほうなら操縦できる。男が横にすり寄ってきて、肌がぞわぞわしたけれど、クッキーをかじった。

「〈それが見える〉にしようよ。僕たちが車で走って、走って、〈シー・イット〉で遊んだときをおぼえてる? 赤い車が見える! 旗ざおが見える!って」

「あれは楽しいゲームよね」彼女はまたクッキーをかじった。「この部屋にあるものを使えるわ、それに……あっ、ゲームを思いついたわ! 記憶のゲームよ」

子どもらしく、男はがつがつとクッキーを食べた。「記憶のゲーム」

「面白いわよ。わたしの能力のテスト」メアリー・ケイトは眉毛を上下させて笑った。

「わたしは目を閉じるの、そうしたらあなたはポケットの中のものを全部出して、そこの、椅子のそばのテーブルに並べる。それからわたしは三秒間目をあける――あなたが数えてね。それからもう一度目を閉じて、あなたが置いたものを全部言わなくちゃいけないの」

「賞品は何！　賞品は何！」

「そうね……オーケイ、もしわたしが全部を思い出せなかったら、あなたは……もう一枚クッキーを食べられる！」嫌悪を押し隠し、男の脇腹を指でつついた。

「ママが思い出せたら？」

「そうしたらわたしがクッキーをもう一枚よ、もちろん」

「僕、クッキー食べたい！」

「それじゃゲームをしなきゃ」

「僕が勝つよ！　目を閉じて。ずるはなしだよ！」

「ずるなんてしないわ」そう約束し、短く祈りを唱えながら、目を閉じた。

防犯カメラの範囲からずっと離れたバンの中では、マクナブが熱源探知をしているかたわらで、イヴがスクリーンを見つめていた。

「二人、地下室。ほぼ真ん中。家全体を調べてみて」彼女はマクナブに言った。「でもきっとそれがドーバーとコヴィーノね。彼がもうひとりつかまえているなら、あそこのどこかにいるはずだもの。ローク？」

「セキュリティシステムの分析がもうじき終わる、でもイエスだ、ダウンさせられるよ」

「ドーバーも何かがダウンしたり、不具合が起きたら、ここかリンクか何かのデバイスに警報が来るようにしておくくらいには賢いでしょう。彼がコヴィーノと一緒のときにその危険を冒すわけにはいかない。ちょっと、見たところだと彼女の膝にのってるも同然じゃないの」

「座ってますね」マクナブが確認した、「腰と腰をつけて。地下にほかの熱源はありません、一階にもなしです。上を見てみます」

「ジェンキンソン、ライネケ。位置についてる？」

「裏の塀、カメラに映らないところだけど、家はなかなかよく見えるよ」ジェンキンソンが答えた。

「突入までそこにいて。ドーバーを上の階に行かせて、彼女から離したい。それからセキュリティシステムをダウンさせる。コヴィーノが最優先よ。あなたたち、塀を乗り越えられる？」

「塀くらいよじ登れる」ジェンキンソンの馬鹿にしたような様子が、その口調からはっきりとわかった。

「コヴィーノはいま地下室の真ん中にいる。何か変化があれば、新しい位置を連絡する。わたしがゴーサインを出したら、塀を乗り越えて、中に入って、彼女のところへ行って」

「家の中に危険はないよ、ダラス。あそこには二人しかいない。やつが動いている。ほんの何歩かだけど」

「ジェイミー？　ちょっとでもおかしいと思ったら、そう言って」

「ドーバーはあなたを見る、観察する。平静を保つこと。あなたが彼をドアへ引きつける、わたしたちがセキュリティをシャットダウンする、踏みこむ。そうしたらあなたは横にどいて」

「了解」

「ジェイミーが行くわ」

ジェイミーは自分たちでデザインし、印刷したチラシの束をとった。バンから降りると、歩道を歩いていってカメラの範囲に入り、それから家のほうへ曲がった。

「フィーニー――」

「あいつはうまくやるよ。僕らのなかでドーバーが見知っていないのはあいつだけなんだ。まだ警官にもみえないしな。体の中に警官はいる、でもまだ姿をあらわしてない」

「全員待機せよ」

地下室では、メアリー・ケイトがテーブルの上の品物をざっと見ていた。リンク、古い形の鍵の束、スワイプキー、IDカード、それにちくしょう、小型のテーザー銃。折りたたみナイフ、小銭、財布、白いハンカチ。

「三秒！　目を閉じて。目を閉じるんだよ、ママ」

彼女は自由なほうの手で目をふさいだ。

「オーケイ。坊や、三秒って長くないのね」ひとつ残らずおぼえていたが、ゆっくり言っていった。「ええと……リンク、お財布、ハンカチ、鍵束、スワイプキー……ああ、もっとあったわよね。待って、待って……ああ。もう！」

「僕の勝ちだ！　勝ったよ！」

少々腹の出た大人の男がくるくる踊って回るのを見ること以上に奇妙なものがあるとしても、彼女はまだ見たことがなかった。男はキッチンへ賞品をとりに走っていった。

あのリンクをとらなければ。鍵も。テーザー銃、ナイフも。あいつを忙しくさせておかなければ。

「もう一度やりましょう。今度はあなたの能力テストをする番よ」

何かが大きくビーッと鳴って、彼女はぎくっとした。

「あれは何？　びっくりしたわ。とにかく――」

「誰かが玄関に来たんだ」その声は平静になっていた。

希望で手が震え、彼女は両手を脚の下に入れなければならなかった。「あら、あなたのお友達？　お友達も遊びたいんじゃないかしら」

「友達なんていない」

「あなたにふさわしくない人たちなのね。さあ上へ行ってらっしゃい」またブザーが鳴ったので、彼女はそう言った。「その人たちに帰るように言って。わたしたちには必要ないんだもの、ね？」

「そのうちいなくなるよ。わたしは出ないから」男は歩いていって、小型スクリーンを稼動した。「どこかの男の子だ。そのうちいなくなる」

しかし三度めのブザーが鳴った。

「ベイビー・ダーリン、上へ行って、わたしたちは忙しいのって言ってちょうだい。さあ行ってきて、そうすればあなたの番の用意をしておくから」

「あいつを追い払ってやる！」ドーバーは足音を荒く階段へ行き、のぼっていった。ドアが閉まった瞬間、メアリー・ケイトはリンクに飛びついた。

セキュリティロックがかかっている。彼女はリンクをほうりだし、鍵束をつかんだ。このどれかで枷がはずれるはずだ、鍵を使えるくらいの時間、震えを止めることさえできたら。

「ドーバーが上がってくるわよ、ジェイミー。用意して。ローク、彼がドアをあけた瞬間に」

「まかせてくれ」

ジェイミーの耳にロックがまわされる音が聞こえた。ドアがほんの少しだけ開いた。

「帰れ！」

「おじさん、おじさん！」ジェイミーは自分の役どころにそって、南部ふうのゆっくりした話し方をした。「遅くにお邪魔してごめんなさい、でも、ペッパーがいなくなっちゃったんです。僕の犬の。とっても小さな犬で」チラシを見せ、南部の少年の声が涙で震えるようにした。「今日引っ越してきたばかりなんです、うちはこの先なんですけど」手ぶりで示した。

「わたしは興味ない――」

「サウスカロライナ州から引っ越してきて」ジェイミーはドーバーの言葉にかぶせて、早口で続け、まっすぐに彼の目を見た。「なのにあの子は迷子になってしまったんです。自分がどこにいるかわからないんですよ。何かあったんじゃないかと……お願いです、ミスター、チラシを受け取っていただけませんか？　ペッパーは、あの子はまだほんの子犬なんです、あの子が逃げ出してしまったのは僕のせいなんです。お願いします」

「きみの犬は見かけていないよ」そう言いながらも、ドーバーはチラシを受け取ろうと少しドアをあけた。

「ありがとうございます。本当にありがとうございます」

そこでイヴがドアを蹴って大きくあけた。「警察よ。両手を上げなさい、ドーバー」

ドーバーは金切り声をあげた。そして薄暗い、何もないホワイエを走っていった。

イヴは手にした武器で麻痺（まひ）させることもできたが、少しだけ追いかけることにした――彼はけっこう速かった。

ドーバーは左へ走り、誰もいない広い部屋へ入って、横のドアへ向かった。イヴの猛烈なタックルで、彼はほこりの積もった床をすべった。

「ママ！　来てよママ！」彼はこぶしを振りまわし、足を蹴り、叫んだ声はよく半径十キロ以内のガラスが割れなかったものだと思うほどだった。「おまえなんかママにボコボコにされるんだからな」

「へえ？　それはどうかしら」イヴは彼の両腕を後ろへ引っぱり、拘束具をはめた。「アンドリュー・ドーバー、あなたはローレン・エルダーならびにアンナ・ホーブ殺害、両名とメアリー・ケイト・コヴィーノ誘拐で逮捕されました」

「おまえなんか嫌いだ。おまえは悪い女（バッド・ガール）だ」

「わたしがワルなのはたしかね」立ち上がり、イヴは泣きじゃくって手足をばたばたさせているドーバーを見おろした。「こいつを押さえた、ピーボディ？」

「ええ、押さえました」

「ジェンキンソン、ターゲットは確保した。そっちへ行くわ」

「了解。窓を割らなきゃならなかったが、俺たちも中へ入った。メアリー・ケイト！　メアリー・コヴィーノ。警察です！　われわれは警察です」

メアリー・ケイトは立っていた、床には枷、片手に鍵束を、もう片方の手には小さなテーザー銃を握って。

そしていまにも銃を使いそうだった。

ジェンキンソンは自分の武器をホルスターに入れ、パートナーがやったようにバッジを持ち上げてみせた。「もう大丈夫です、メアリー・ケイト」ジェンキンソンは声をやわらげた。「われわれは警察です。もう大丈夫。あなたはもう安全です」

メアリー・ケイトの息遣いが激しくなり、それからテーザー銃を落とした。彼女はよろよろとジェンキンソンに駆けより、抱きついた。

「お願い、ここから連れ出して。連れ出して」

「いまそうするところですよ。心配しないで」

イヴが階段へ行くと、ジェンキンソンが彼の肩で泣いているコヴィーノの髪を撫でているところだった。

「彼女をこっちへ連れてきて。もう安全だから」

まだジェンキンソンにすがりついたまま、メアリー・ケイトがさっとイヴのほうへ頭を向けた。「あいつをつかまえた？　見つけた？　あいつは正気じゃないわ」

「彼はつかまえてあります」イヴは彼女に請け合った。「身柄は確保しました。これからあなたを病院へ運びます、それから――」

「いやよ、お願い、お願いだからやめて。病院へは行きたくない。わたしは……ああ、ママに会いたい。わたしは……」彼女はまたジェンキンソンの肩に顔をうずめた。

「メアリー・ケイト」イヴはいくつか階段を降りた。「コップ・セントラルなら遠くありませんよ」

「そうなの？　いったいわたしがいるのはどこ？」

「あなたの家から六ブロックほどのところです。われわれがあなたをセントラルへ連れていき、それからわたしがお母さんや、ご家族、ルームメイト、あなたの希望する方たち全員に連絡するというのはどうですか。あそこなら医者にも診てもらえますし」

「お願い。オーケイ、お願い。ここから連れ出してくれるのよね？」

「ジェンキンソン、メアリー・ケイトをセントラルへ連れていって、付き添っていて。おっと、会議室のボードはおおって、あそこを使いなさい。ライネケ、さしあたってあなたはここの捜索に残っていてもらいたいの。二階から始めて」

「あなたは一緒にいてくれるんでしょう？」

「もちろん。足首が痛いだろう。さあ俺によっかかって」

すすり泣きをため息で終わらせ、メアリー・ケイトはジェンキンソンによりかかった。

そしてイヴを見た。

「ここにもうひとり女の人がいたの。少なくともひとり。名前はアンナ、それしか聞けなかった。あいつが殺したんだと思う。あいつがやったんじゃないかと思う」

「そのことはあとで話しましょう」

二人は上へあがっていき、イヴは下へ降りていった。数分してロークも降りてきたとき、彼女は小部屋のひとつに立っていた。「ルイーズに連絡するわ——コヴィーノを診察してもらうのに、ドクター・マイラより彼女のほうが近い。ドクター・マイラにはほかのことをやってもらう、でもコヴィーノの手首と足首はひどそうだった。小部屋が三つ。こんなのがあと二つも」

イヴは手で示してみせた。「それにドーバーは、ベッドルーム・スイートみたいな部屋のバスを使って女性たちを洗っていた。そこに作業スペースを作っていたの——長いテーブル、ヘアケア製品、化粧品、タトゥーのキット、その他もろもろ全部。クローゼットにはワードローブ。

メアリー・ケイトは犯人から鍵を奪った。どうやって彼に手放させたのかきいてみなくちゃ。あの鍵や、おそらく凶器と思われるナイフ、テーザー銃——小型で、たいして威力はないけど、それでもね。いったいどうやってドーバーにあれを全部、自分の手の届くところに置きっぱなしにさせたのか？」

「きっととても頭のまわる女性なんだろうね。頭脳で彼を出し抜いたんだ。きみもだよ」

「こっちのほうは、有能なる警察仕事。彼女のほうは？　あれはガッツよ。知恵はたしかにある、ええ、でもガッツよ。セントラルで彼女と話さなきゃ。ドーバーのほうは今夜はパスしようかな、あとで考えましょう。いずれにしてもしばらくかかりそうだし」

イヴはレコーダーを稼動させており、ロークは彼女の規範を承知していたので、彼女には触れなかった。「僕も一緒に行くことはわかってるんだろうね」

「そう思ってた、でもいまのを全部言っておきたかったの」

「ダラス？」ピーボディが階段の上から呼んだ。「ドーバーは二階に仕事部屋を作っていましたよ。ほかにもターゲットをリストアップしています。これを見たほうがいいんじゃないですか」

「いま行く」イヴはもう一度、狭い寝台と壁に取りつけられた枷をそなえた、窓のない部屋を見た。

「ガッツね」もう一度そう言った。

21

地下階から二階へ歩いていくときに、イヴはルイーズ・ディマットに連絡した。

「ヘイ」ブロンドの髪をたらして波打たせているルイーズがスクリーンに映ると、イヴは言った。「頼みがあるの」

「いまとってもいい気分なの、だからきいてあげようかな」

「どこにいるの？」歩きながら、イヴは観察した。街のざわめき。

「セクシーな夫とのすてきなディナーから、ゆっくり歩いて帰るのを楽しんでいるところ」

ルイーズは自分のリンクをまわして持ち上げ、チャールズがスクリーンに映るようにした。「ヘイ、可愛い（シュガー）警部補さん」

まわりじゅうがいい雰囲気なのね、とイヴは判断した。医師と、セックスセラピストに転身した元公認コンパニオン（LC）にとっては。

「医療バッグを持って、セントラルへ寄り道するっていうのはどう？」

ルイーズがリンクの角度を戻すと、彼女のグレーの目から夢見るような光は消えた。

「誰が怪我をしたの？」

「女性の被害者よ、メアリー・ケイト・コヴィーノ。身体的な軽傷が複数ある、おもに手首と足首の打撲傷と裂傷。医療員（MT）を呼んでもいいんだけど、あなたのほうが彼女の気持ちが落ち着くと思う」

「殺害された二人の女性とつながりがあるの？」

「彼女は三人めになるところだった。犯人は押さえたわ」

「よかった。もうじきうちに着くの。バッグをとってくる」

「ありがとう。彼女はわたしの階の会議室に通しておく、ジェンキンソンが一緒よ。あなたがまっすぐ彼女のところへ行けるよう、ピーボディに許可をとっておいてもらうわ。犯人は彼女を一週間監禁していたのよ、ルイーズ」

「わかった。マイラは――」

「彼女にも来てくれるよう連絡する」

「それもよかった。それじゃあとで会いましょう」

「ピーボディ、彼女たちを通す許可をとっておいて」と、通信を切って指示した。

バスルーム付きの広い部屋へ入った。大きな二重窓があり、プライヴァシースクリーンを稼動させていたが、通りに面していた。

自分ならここを仕事部屋とは言わない、司令本部だ。

ドーバーは被害者ひとりにつき一枚ずつ、ボードを設置していた。仕事中の、路上の、買い物中の、友達と飲んでいるときの彼女たちの写真。時間表がある、とイヴは気づき、一枚ずつじっくり見ていった。それぞれの女性の行動パターン、仕事のスケジュール、昼間や夜の休みが記録されている。家族、友人、同僚、よく行く店やレストランのリスト。ものすごく徹底している、とイヴは思った。

ドーバーは彼女たちが監禁されてから眠っている姿や、自分で複製したタトゥーの写真を撮っていた――あの蝶の正確な寸法、使用されたインクの色も含めて。

彼女たちが何を、いつ食べ、どのドラッグをいつ与えたかも書き留めていた。

そして彼女たちを殺し、清潔にし、服を着せ、髪や顔をととのえたあとにも写真を撮っていた。それぞれに使った製品や、選んだワードローブのリストもあった。

「警官は〝フルボッコにする〟なんて言葉を避けなきゃいけません」ピーボディが言った。

「それでも」

イヴはただうなずいた。「名前のかわりに番号になってる。ドーバーは三人ずつのグループに分けて作業していたようね。四、五、六番まで並べられている」もっと近づいてみた。「そして四番の準備はもうできていた。これを見て？　リサーチを終えて、四番に対する計画を立てていた。今夜彼女をさらうつもりだったのよ」

イヴは部屋を歩き、とりあえずワークステーションや電子機器をよけて、リーサ・マキーニー／ヴァイオレット・フレッチャー専用のボードに行った。

「彼女の警察記録写真、ストリッパーの広告も手に入れている。生年月日、親族関係も全部。彼女が消えた日。ジョゼフと結婚したときの記事、それから長年のあいだのほかの写真もたくさん。チャリティの仕事、ガーデンクラブ。誕生広告――それにヴァイオレットの三人の子どもたちの長年にわたる記録をつくったのがわかるでしょう。いずれ彼らを狙ったでしょうね」

イヴは被害者のボードに向き直った。「もしこの誰かがドーバーの気に入れば、あるいはそこそこ合ったら、うまくいったら、母親のほかの子どもたちに狙いを移したかもしれない。母親はその子どもたちを持つべきじゃなかった。彼らは母親を、あの大きな家を、幸せな人生を手に入れていた」

イヴが部屋をもう一周するあいだ、ロークは彼女の顔を見つめていた。

「警部補さんは自分流のフルボッコを別のやり方でやろうと考えているんだね」

「ええ、そうよ。これを見て――それからバクスターに連絡して、ピーボディ、彼とトゥルーハートに、ライネケとeチームを手伝いにこっちに来てほしいの。ここをセンチ刻みで徹底的に調べる。でもこれを見て。この緻密さ、詳細、集中力、技術。時間表。パトロールや、ドーバーが狩りをしていたエリアの担当警邏（けいら）警官まで調べてある。きっと買ったものも全部——服、化粧品、全部——あのコンピューターに記録されているに違いないわ。すべての品物を買った場所、価格、買った日付けも」

イヴはロークに顔を向けた。「ラボからドーバーの電子機器を持ってこさせるわ、この家のあらゆるデバイスも。あなたはその件でフィーニーを手伝いたいんじゃない？」

「そうだね、イエスだ。僕にとっても楽しい夜になりそうだよ」

「ええ、オタクのパーティーね」

「すみません、ボス」ライネケが入ってきた。「ここの奥の寝室に金庫があるんです、ドーバーが使っていたやつです。フィーニーは自分よりロークのほうが早くあけられるんじゃないかと言っているんですが」

「楽しみが増えたよ」

「もうひとつ。やつはスパイダーマンのパジャマを持っていました。スパイダーマンのパジャマが四組です」

「スパイダーマン？」

「ほら、警部補（ルー）、『アメイジング・スパイダーマン』ですよ。気さくなご近所さんのスパイダーマン」

「誰かは知ってるわよ、だって——」イヴは親指をくいっとロークに向けた。「子どもサイズ？」

「いえ。自分用です」

「警察の報告書によれば、昔彼が発見されたとき着ていたのがそれらしいわ」

「とことんイカレてますね」ライネケはそう言ってまた出ていった。

ロークはイヴの肩を軽くさすった。「僕は自分のお楽しみを味わってくるよ」

「そうして。わたしはコヴィーノのところに行って、彼女を家に送っていけるよう、供述をとってきたい」

「出るときには知らせてくれ。僕はフィーニーやお仲間と一緒にいるから」

イヴがうわのそらでうなずいているあいだに、ロークは部屋を出ていった。

「ドーバーに今夜一ラウンドやってみようかな。この件ではドクター・マイラに観察室にいてもらいたいわ。レオも近くにいてもらいましょう、すぐに彼女が必要になるとは思わないけど」

「というのは?」ピーボディがきいた。

「ドーバーは弁護士を呼ぶつもりか?　いずれわかるわ。でも彼がどれくらい頭がいいか――頭がいいと本人が思っているか、見てごらんなさい。どんなに慎重で、どんなに細部まで気を配っているか。コンピューターに接近計画があるはずよ。プランAが失敗したとする――でも自分がヘマをしたせいじゃない、そうではない、なぜなら彼の失敗というのはありえないから――ターゲットが狙っていた日の何かの要素を変えたの。彼は必ずその原因をとことんつきつめる」

「オーケイ」

「まったく、ピーボディったら、はっきり言いなさい」イヴは部屋をぐるりと手で示した。「たしかにドーバーはイカレてる、そして彼の中には敵意を持つ小さな五歳の悪魔がいる。だけどこの全部を見て、善悪の区別がつかないなんて言えやしない。責任無能力抗弁、それは法律上の取引でしょ、だからわたしたちはこの全部を使って、それをずたずたに切り裂いてやるのよ。彼は自分が何をしているのか、どうやってやるつもりなのか、ちゃんとわかっていた。六人の――いまのところは――女性たちをターゲットにしていた、そして彼女たちが基準に合わなくなれば、排除していた。

そうした理由？　ええ、それはイカレていたから。でもそれだけじゃ足りない、たとえ精神科医や法廷が彼を精神疾患と判断したとしても、わたしたちは絶対にドーバーに責任を負わせるの。五年から十年の治療やセラピーなんかじゃない、それに彼は必ずまたやるわ」

イヴは見通しをつけ、いくつかの手段を思い浮かべた。「コヴィーノと話をしにいきましょう」

二人が外へ出ると、ジェイミーが証拠品袋を持って走ってきた。

「びっくりしたよ、ロークが刀みたいにあの金庫を突破しちゃったんだ。ただスワイプして、さっと手をはらっただけで。どうやるのか僕もおぼえようっと」

元泥棒の技に感服しているインターンにはかまわず、イヴは袋を指さした。「それはわたしに？」

「ライネケになる早で持っていけって言われたんだ。ドーバーの生物学的ママからの手紙で、彼女が自分で命を絶ったより二日前の日付になってる。書類や記録もたくさんあるんだ。この家の証書や、銀行口座、税がらみのものも。ライネケはあとで署に持っていくけど、まず警部補が見たいだろうって言ってた」

「そのとおりよ」イヴは証拠品袋と、その中の手紙を受け取った。

「さっきのは警部補も見るべきだったよ。つまりさ、まるでロークは頭の中に組み合わせが入ってたみたいなんだ」

「でしょうね。ライネケに遺留物採取班を呼ぶよう伝えて、それからバクスターとトゥルーハートが捜索を手伝いに来ることも。わたしがセントラルへ行ったら、ジェンキンソンをまたこっちへ戻すわ。電子機器はすべて持っていって、それからフィーニーが誰かを――カレンダーがいいわ――ラボからドーバーの作業用電子機器を押収するよう行かせてほしいって」

「イエス、サー。了解しました。今夜はあっちこっち大騒ぎだね」

ジェイミーが走って行ってしまうと、イヴは証拠品袋をピーボディに渡した。

「手紙を出して、到着まで読み上げて。〝ママ〟が何を言わなきゃならなかったのか見てみましょう」

「家の中をざっと歩いてまわってみたんです」ピーボディが言った。「ドーバーは地下室のキッチンを使っていたみたいでした、一階の本当にすごいキッチンではなく。それに寝室二つしか使っていません――ひとつは仕事部屋用に、もうひとつは眠る用に。家のほとんどはからっぽです」

「別のことが頭にあったのよ。内装や、この場所に本当に住むことに使う時間も興味もなかった。読んで」

〝ベイビー・ダーリン〟ピーボディは読みはじめた。〝あなたをそう呼んでいたことをおぼえているでしょうか。そもそもわたしのことをおぼえているでしょうか。あなたがおぼえていないことを、とうの昔にわたしを、わたしのしたことすべてを、してあげられなかったことすべてを忘れてくれていることを、心のどこかで思っています。あなたが愛情に満ちた家族、思いやりのある友人たちと、幸せな暮らしをしていることを心の底から願っています。

あなたが科学者なのを知りました。法医学の化学者だなんて！　あなたは昔から頭がよくて、質問ばかりして、答えをもらわないと承知しませんでしたね。そしてあなたに答えてあげられない問題がたくさんありました。いまは自分がひどく傷つき、欠点だらけで、自分勝手で、向こうみずな女だったとわかっています。どんなにあなたを愛していても、本当にあなたを愛し、あなただけを愛したけれど、あなたのいい母親にはなれなかった。あなたは本当に幼かったからわからなかったでしょう、わたしがどんなに薬を求めていたか、その欲求のせいでさらに欠点の多い、自分勝手で、向こうみずな人間になっていたか。

そして本当に、本当に不幸だったことを。

わたしはいつも、次の町では、次に車を停めたところでは、次の日には、もっとあなたにとっていい母親になると自分に言い聞かせていました。家を見つけ、まともな仕事を見つけ、薬をやめ、これまで自分がしてきた、あなたにもさせてきた暮らしをやめると。でもわたしはあまりに弱かった、そして〝次〟は、わたしがすべてを失うまでずっと変わりませんでした。車の中で暮らし、あなたがバックシートで眠っているあいだに、わたしは体を売って、薬か、薬を買うためのお金を稼ぎました。何度も何度も。

それでもあなたにしがみついていた。あなたに幸せな暮らしをさせるために手をつくさず、わたしの暮らしにあなたを縛りつけ、すべてを失ってしまいました。わたしの健康も、理性も、心も。でもなくしてしまったいちばん大切なものはあなたでした。

最後の日の朝、わたしは小さなガソリンスタンドのトイレであなたの体をきれいにしようとしなければなりませんでした。あなたはとても怒っていてわたしと喧嘩をし、わたしをぶちました。だめなママ、あなたはそう言いました、そのとおりでした。

わたしはチップスやキャンディ、そのほか何でも、あなたをバックシートで機嫌よくさせておけそうなものを買い、どこまでもどこまでも車を走らせました。お金がなくなりかけ、薬もなくなりかけて、すっかり正気を失ってしまったのです。

わたしは壊れていました、わたしのベイビー・ダーリン。そしてそれを終わらせる以外に抜け出す方法はないと思いました。神様お許しください、わたしにはできなかったんです、それでもあなたにしがみつき、あなたを道連れにしようと思いました。いまでもあなたの姿が浮かびます。あのバックシートで、あなたを喜ばせようとして盗んだスパイダーマンのパジャマを着ている姿を。あなたはとても喉がかわいていて、とても不機嫌で、わたしは本当に頭が痛かったので、車を停めました、そのときのあなたの姿が浮かびます。わたしはスーパーに入って――空気がとんでもなく熱くてどんよりしていて――ソーダを買い、あなたが眠るように最後の薬をひとつ、その中に入れました。そうすればあなたはただ眠り、二人とも目をさましたらもっといい場所にいるだろうと。

あなたが眠ってしまい、運転して――半分気がおかしくなって――二人の命を終わらせようと考えていたときに、光が見えたのです。教会が。わたしは車を停め、泣きながら、あなたを入口へ運びました。眠っているあなたをそこへ置いていきました。

誰かがあなたを見つけ、わたしにはあげられなかった充実した幸せな暮らしを与えてくれるだろうと。

　わたしはあなたを置いていきました。わたしの宝物を、暗闇の中のたったひとつの明かりの下に。それからまたどんどん車を走らせていくと、やがて湖が見えました。わたしはためらわず、まっすぐそこへ突っこんでいきました。

　車から出ようともがいたことはおぼえていません——ただ、押し寄せてくる水や、それを飲みこむことの漠然とした恐怖だけ。水からあがったこともはっきりとはおぼえていません。あの日々——たぶん少なくとも二日——沼地をさまよった熱とさむけと恐怖の日々も。

　何も思い出せませんでした、自分に起きたことも、自分の名前も、あなたのことも。すべて消えました、ただ消えてしまったんです。わたしはひとりぼっちで——何者でもなく——病気で、傷ついて、おびえていました。

　ジョーがわたしを見つけてくれました。家に連れていってくれました。彼は医師で、わたしの看護をしてくれました。わたしが警察に知らせたり、病院に連れていったりしないでと頼んだときにも聞き入れてくれました。それ以前のことでわたしがおぼえているのは恐怖だけでした。

　彼はわたしに名前をくれ、わたしと恋に落ちると、いまではわたしには値しなかったとわかる人生を与えてくれました。わたしたちは三人の子どもを持ちました。あなたには妹がひとり、弟が二人、姪や甥もいるんですよ。でもわたしはそのすべてを盗んで手に入れたんです。ジョーがあなたにも与えてくれたはずの人生を。わたしがあの教会の階段の、ひとつきりの明かりの下にあなたを置いていったときに。

わたしは忘れていました。そしてこれまでの年月を、美しい家ですばらしい家族と暮らしてきました。

ジョーは亡くなりました、酔っ払ったドライバーがわたしたちから彼を奪ったのです。そしてわたしはいま、薬でハイになりながらバックシートにあなたを乗せて運転していたときのことを思い浮かべます。もしかしたらわたしも、自分の向こうみずさゆえに、どこかの善良な男性を、その人を愛する家族から奪っていたかもしれません。

そして悲しみの、恐ろしいほどの悲しみの中で、すべてがどっとよみがえってきました、まるであの湖の水のように。あのすべて、わたしがしたすべて。わたしが捨てて忘れてしまった子ども。

いまではあなたが保護され、いい方たちの養子になり、よい家庭、よい人生を持ったことを知っていますが、わたしを許してほしいなどとは言えませんし、言うつもりもありません。わたしはこの世を去る決心をほぼ固めていました。こんな記憶を抱え、かたわらにジョーのいないこの世では生きていけない。この手紙も書かず、あなたに伝えることもせずに去っていこうと。

でもそれは、またしても、臆病者の道をとってしまうような気がします。あなたには知る資格があります。

だからと言って、わたしがしたことや、この年月のつぐないができないことはわかっていますが、あるものを、ジョーがわたしにくれたもののいくらかをあなたにあげたいのです。あなたの街にある家の証書と書類一式を同封します、それからあなたの名前で銀行口座も開設してあります。こうするのはあなたに、わたしの息子に、あなたの生涯を通じてあげるべきだったものをあげるためです。

ごめんなさい、わたしのベイビー・ダーリン。わたしが以前のことをすべて思い出したとき、最初に思い浮かんだのはあなただということを知っておいてください。この世ではわたしは弱い存在です。リーサでありすぎ、ヴァイオレットにはなりきれないのです。だからジョーのところに行かなければなりません。

愛しています、

ママ〟

ピーボディが少々涙ぐんで読み終えたところで、二人は殺人課の階でエレベーターを降りた。

「大半は警部補が予測していた出来事でしたね。彼女はそれをすべて封印していた、もしくはトラウマがそうさせていた」

「沼地をさまよい、時間の感覚を失い、熱、さむけ、薬を絶ったための症状。きついわね。でも、その後大当たりを引いた」

「彼女はそんなふうに思っていなかったようでしたけど」

「彼女じゃないわ、ピーボディ。ドーバーよ。彼がそのことを、彼女のことをどう考えているか。母親は自分を捨てて、薔薇(ばら)のベッドにおさまった。いまさら金で自分を買えると思っているのか？　家一軒と多少の金で、自分を捨てたように、あんたの罪悪感も捨てられると？　それからあんたはあの世へ行くだって？　彼女はつぐなわなかったし、これからもつぐなうことはない」

「だからそうさせるために、彼女をつくり直すんですね？」

「そういうわけで、彼を動かすのはその手でいくわ。わたしはコヴィーノを引き受ける。あなたは様子を見て、彼が弁護士を呼ぼうとするかどうかきいて。呼ばないなら、今夜彼の気が変わる前に一ラウンドやってみましょう。呼ぶとなったら、レオに連絡して、そこから始めるわ」

イヴはそのまま会議室へ向かい、ピーボディはブルペンへ入っていった。

ドアの外にチャールズが立っていた。

「僕は入らないほうがいいと思って」彼は言った。「ドクターの指示で、きみのオフィスのオートシェフをあさったよ。自販機よりずっといいものが見つかるだろうって言われてね、それに彼女はメアリー・ケイトに何か食べさせたかったんだ」

「かまわないわ。あなたもここで待っていいわよ、でなければブルペンで。二人とも、こんなにすぐ来てくれて助かった」

「礼にはおよばないよ。これがルイーズの仕事だから。彼女に伝えてくれないか、僕はきみのオフィスにいて、きみのすばらしいコーヒーを味わっているって」

イヴが中へ入ると、メアリー・ケイトの横にはルームメイトが座っていて、反対側にはジェンキンソンが座っていた。ルイーズは目と同じ色の高級なレースのワンピース姿で、彼らの向かいに座っていた。

メアリー・ケイトは清潔な白い包帯を手首と足首に巻かれ、頬は血色がよく、チキンスープのようなにおいのものをスプーンで飲んでいた。

「これ、天国みたいな味がするわ。あいつが持ってきたものじゃないからってだけでなく、これが天国みたいな味だから」彼女はイヴに気づくと、スプーンを置いた。

「そのまま食べてて。ジェンキンソン、現場であなたにやれることがあるんじゃない」

彼はイヴにうなずいたものの、メアリー・ケイトに顔を向けた。「もう大丈夫だな」

メアリー・ケイトに顔を両手ではさまれ、彼が驚いて目をぱちぱちするのをイヴは見守った。そして、彼女にキスをされたジェンキンソンのうなじがかすかに赤くなるのも見えた。

「ありがとう。あなたがしてくれたことは全部、絶対に忘れない。絶対に」

ジェンキンソンはぎこちなく彼女をぽんぽんと叩いた。「きみは強くて、賢い女性だよ」

彼は立ち上がり、もう一度イヴにうなずいて、部屋を出ていった。

「彼はあなたがボスだと言ってました。言わせてもらえば、彼みたいな人がチームにいて、ラッキーですね」

イヴは腰をおろした。「まったくそのとおりです」

「オーケイ」メアリー・ケイトは長く息を吐いた。「いずれにしても、病院へ連れていかないでくれてありがとう、クリオをこんなにすぐここへ連れてきてくれたことも。ルイーズはわたしがすこぶる健康だと言ってました。ただ……ほら、枷のせいで。タトゥーやピアスからの感染症はなし。これは本当にすぐ取ってしまいたい——」彼女は腹を指さした。

「それにこのピアスも、でも彼女は——ルイーズは——あなたを待つべきだと言ったの。これを取ってもらってもいい？」

「ええ、でもまず記録に残しておく必要があります」

メアリー・ケイトは立ち上がり、背中を向け、シャツをまくりあげてあの蝶を見せた。

「これを消すのにどれくらいかかるかしらね。まだ考えてないけど」

「M・Kのご家族がこちらに向かっています」クリオがイヴに言った。「でもまずあなたに感謝します。あなたは彼女を救い出してくれた。安全に救い出してくれた」

「それがわたしの仕事です、でも、聞いたところだと、彼女は自分で脱出するところだったんですよ。タトゥーは記録しました、体をまわしてもらえます？」

メアリー・ケイトは向き直ったが、まだシャツを上げていた。「もうひとりの捜査官――ライネケ――あの人にももう一度お礼が言いたいわ。わたし、ジェンキンソン捜査官に抱きついて泣きっぱなしで。彼のおかげで本当に安心したんです」

「ライネケはまだ捜査に出ていますが、伝えておきますよ」イヴは二つの小さな証拠品袋を出した。「手はコートしてある、ルイーズ？」

「してあるわ、もちろん」

「それじゃそのリングをはずして、袋に入れて」

ルイーズがそうすると、メアリー・ケイトはもう一度座り、泣きだした。「ごめんなさい。ちょっとだけ」そして体をまわし、ルームメイトの腕に抱きしめられた。

「もう大丈夫よ」クリオがなだめているあいだに、イヴはコート剤をつけ、証拠品にラベルを貼り、見えないところに置いた。

「わかってる。わかってる。オーケイ」メアリー・ケイトは体を引き、涙をぬぐい、それからイヴを見た。「次は何？」

「あなたの供述が必要です、記録のうえで、できるかぎり細かいところまで。誘拐される以前に、アンドリュー・ドーバーを知っていたか、もしくは接触したことがあるかわかりますか？」

「それがあいつの名前なの？　わたしにはベイビー・ダーリンって呼ぶようにと言ってたわ。胸くそ悪かったけど、そのとおりにした。いいえ、あいつのことは知らなかった。前に見たこともないと思うけど、絶対にそうだとも言えない。あいつが最初にあのおぞましい小部屋に入ってきたとき、わたしはちょっと気持ちが悪くてふらふらしていたの、だから見おぼえがあるような気がした。でも知らないわ、さっき言った名前も知らない」

「オーケイ。それじゃ……」マイラが入ってきたので、イヴは言葉を切った。いつものファッショナブルなスーツではなく、スリムな黒いパンツ、流れるような白いトップスの上に、黒いリネンのジャケットを着ていた。「メアリー・ケイト、こちらはドクター・マイラです」

「二人もお医者さんがつくの？」

「お会いできてとてもうれしいわ、メアリー・ケイト」マイラは手をさしだした。「わたしはNYPSDと仕事をしているの」

「分析医です。精神分析医」

「ああ。オーケイ」

「ドクター・マイラのプロファイルのおかげで、ドーバーの身元を突き止めて逮捕することができたんです」

マイラはイヴの言葉を手ではらいながら座った。「たいへんな目にあったのね」

「ちょっとふらふらしてますけど、おおかたのところはただもう心底から腹が立ってます」

「健全だと思うわ」

「メアリー・ケイト、ことのおこりから始めて、最後まで話してもらえますか。細かい点もできるだけたくさん」イヴは彼女に念押しした。

「わかりました。わたしは馬鹿みたいに夢中になってたあのろくでなしのチンピラ犬と、ロマンティックな旅行に出る計画でした」

彼女は細かい点まで気がつくいい頭を持っている。イヴは、メアリー・ケイトが話をしながら、スープを飲み終えるあいだにそう判断した。

ドーバーがどんな様子だったか、どんなふうにしゃべったか、何を着ていたか。彼の外出、あるいは帰宅を知らせるガラガラという音。ガレージのドアだ、とイヴは思った。

一同が休憩をとっているときに、ピーボディが彼女の家族を案内してきた。イヴは涙と抱擁から遠ざかり、彼らに必要なだけのスペースを譲った。

「ドーバーはまだ弁護士を要求していません」ピーボディが言った。「でもママを呼んだり泣いたりするのはようやくやめましたよ。いまはただ房で静かに座っています」

「わかった。もうじきコヴィーノを解放するから、そうしたら彼を連れてきましょう」

「家宅捜索でバンの中に鍵のかかった注射器のケースがひとつ見つかりました──中身の入ったやつです。結束バンド、スタナー一挺──警察仕様のです──車輪付きの担架、スロープも。それから、ドーバーはあの家の三階に自分のラボをつくっていました──たぶん注射器の中身や、彼女たちの食事に入れていたドラッグをつくるためでしょう。マクナブの話では、そこでもばっちり記録をつけていたそうです」

「でしょうね。そうせずにいられないのよ。ディックヘッドに連絡して」

「サイアク」

「ええそう。彼はこの件で頭がおかしくなるでしょう──ドーバーは彼の下で働いていたんだから。ディックヘッドを黙らせて、ラボに来て注射器の中身を特定するよう言ってちょうだい、犯人の自宅ラボから彼に送るものも。何かごねるようだったら、部長と本部長はすでに知らせを受けて介入していると言いなさい──だから彼が非協力的なことは喜んで二人に伝えます、ってね」

「それはたしかに楽しそうです」

「楽しめるところで楽しまなきゃ。まず聴取室をひとつ予約して、ドーバーを連れてきて。わたしたちがこっちを終えるあいだに彼が座っていられるように」

イヴは部屋の中へ戻った。

「お邪魔をしてすみませんが、メアリー・ケイトを解放できるように、供述の残りをとってしまいたいのですが」

メアリー・ケイトの母親が飛び上がり、イヴに両腕をまわして、息もできなくなるぐらい抱きしめた。

「うちの娘を、大事な娘を救ってくれて。あなたは天使よ。女神よ！」

「わたしはただの警官です、ミズ・コヴィーノ。もしよければ――」

ミズ・コヴィーノは体を引き、娘にそっくりな目はまわりが赤くなっていたが、怒りに満ちていた。「うちの娘をさらった男をやっつけてやってください」

「わかりました、でもわれわれは警察です。容疑者に身体的危害を加えることは許可されていませんので」

ミズ・コヴィーノは今度はイヴをつついた。「あの映画は見てますよ。二度も！」

「ママったら。ダラス警部補に仕事を終わらせてあげて」

「あいつを終わりにしてね」ミズ・コヴィーノはイヴの耳元でささやき、それから戻っていって近衛兵のように娘の後ろに立った。

「それじゃ、メアリー・ケイト、あなたの話では、今夜ドーバーがあなたを押しこめた新しい場所に来たときには、機嫌が悪かったけれど、彼をなだめることができたそうですね」

「そのとおりです。誰かがわたしを見つけてくれるまで、でなければ自分で脱出する方法を見つけるまで、あいつの目をあざむいておけるよう、できることは何でもやると決めていたの。あいつはいつもの小さな子どもモードで入ってきて――さっき話したあの訛りでってことよ？　わたしに怒ったの。だからこの人を引っぱり出した」

メアリー・ケイトは母親の手をとった。「〝口のきき方に気をつけなさい、おちびさん〟って母親っぽい口調を使って、それから無視したの。わたしたちに効いたのとまったく同じようにあいつにも効いたわ。それですねて、しばらくしたら協力的になった」

「どうやって彼に鍵や、リンクや、そのほかのものを出させて、あなたの手の届くところへ置きっぱなしにさせたんですか？」

「一緒にゲームをしようと言ったの。あいつはまだキモい子どもモードだったから、飛びついてきたわ。記憶力ゲームよ――わたしはとても記憶力がいいの」

「気づいてました」

「わたしが目を閉じると、あいつはポケットの中のものを全部出して、ボルト付けしてあるあの小さなテーブルに置く。わたしはそれを、ええと、三秒見て、それからもし全部を言えなかったら、向こうがクッキーを一枚もらえる」

「クッキー？」

「うまくいったわ。わたしは向こうが何を持っているのか、自分の手が届いたら何を使えるか見たかった。それでわざと負けたの。そうしたらあいつはクッキーをとりに走っていった。そのときブザーが——玄関のベルが——鳴った」

彼女は枷をはずし、テーザー銃をつかんで、警察が入ってくるまでのことを話した。

「それでジェンキンソン捜査官に抱きついて泣いて、あなたが来て、みんながわたしを連れ出してくれた。ライネケ捜査官がティッシュを見つけてくれたわ」

イヴは椅子にもたれた。「あなたはマーケティングの仕事をしているんでしたね？」

「ええ」

「もしキャリアを変更して警官になろうと思うことがあったら、わたしがアカデミーに入れてうちの課に引っぱりますよ」

メアリー・ケイトは涙まじりの笑い声をあげた。「たぶんこのままマーケティングをつづけると思うわ」

「あした追加の質問があるかもしれませんが、もう家に帰って、少し休んだほうがいいでしょう。送っていく手配もできますが」

「車はあります」ミズ・コヴィーノが娘の肩をさすった。「今夜はもう家に帰りましょう、みんな。あなたもよ、クリオ。みんなで山ほどワインを飲むの」

「またじきに話をしましょう、メアリー・ケイト」

彼女はマイラにうなずいた。「ええ、ありがとう。あなたもありがとう」とルイーズに言った。

「力になれてうれしいわ。渡した薬を使って、朝になったら包帯を交換してね。ピアスの穴はいずれふさがるわ、でも何か問題があったらわたしか、かかりつけ医に連絡して」

「そうします」立ち上がり、メアリー・ケイトは手を伸ばして、イヴの両手をとった。

「あの小僧にだまされないで。大人の男と同じくらい腹黒いから」

「わかっています。あなたも体に気をつけて（テイク・ケア・オヴ・ユアセルフ）と言いたいところですが、もうそのやり方を知っていることは証明ずみでしたね（テイク・ケア・オヴ・～セルフには〝自分の面倒は自分でみる〟の意もある）」

一行が出ていくと、イヴは腰をおろした。「ルイーズ、彼女は見ためと同じくらい、身体的にも大丈夫なの？」

「十二時間の自然で深い睡眠と、たぶんあと何度かのいい食事が必要ね――ワインもあればいいんじゃないかしら。薬と包帯交換をきちんとやれば、傷跡はまったく残らないか、残っても最小限ですむでしょう」

「彼女はやるでしょうね。ドクター・マイラ？」

「意志の強い人よ。これからつらくなるときもあるでしょう――でも家族や友人たちのサポートが力になってくれるわ。それに本人もカウンセリングにとても前向きだし」

「この事件が法廷に行ったら、彼女は法廷で証言することに対処できますか？」

「その点は疑っていないわ。意志の強い人ですもの」マイラはもう一度そう言った。

「わかりました。ルイーズ、もう解放してあげる」

「喜んで解放されるわ」

「チャールズはたぶんわたしのオフィスにいるわよ、あなたを待ってる」

「探しにいくわ。みんなでコヴィーノ家の例にならって、近いうちにたっぷりワインを飲みましょう」

ルイーズが出ていくと、イヴは立ち上がり、ボードのおおいをとった。

「あなたにはとても長い一日だったわね」マイラが指摘した。

「ドーバーを片づければそれも終わらせられると思います。ミズ・コヴィーノがやりたがりそうな、何発か殴るのじゃなく、聴取室の中で、法の範囲内で。とどめを刺してやりますよ。彼のどちらの面にも。あなたの協力があると助かるんですが」

「もちろん協力するわ。どうやろうと思っているの？」

「ここにピーボディを呼ばせてください、それから三人で詳しく話し合いましょう」

22

ドーバーを連れてこさせたあと、イヴは四十分ほど彼を聴取室でじりじりさせておき、そのあいだにマイラとピーボディ、リモートでレオも入れて話し合った。

取引の可能性はきっぱり拒否し、地方検事補からもこれといった反論はなかった。コヴィーノは細部をしっかり把握した証人であり、山脈まるごとぐらいの証拠も手に入れていた。

障害になるのは、そしていずれなりそうなのは、ドーバーが精神的に自分の罪を理解できると証明されるかどうか、その責任を負うことができるかどうかだった。

彼の家の捜索から次々に入ってくる情報や、ＥＤＤからの彼の電子機器に関する最新情報を考え合わせ、イヴは〝イエスにきまってる〟で断固進めていった。

自分のオフィスで、聴取室へ持っていく分厚いファイルを何冊も集めた。ピーボディも彼の住居から慎重に選んで持ってきた証拠を、聴取室へ持ってきてくれるだろう。それにマイラも専門家の精神科医として参加し、ドーバーの精神状態を鑑定してくれることになっていた。

マイラだけでは終わらないだろう、とイヴにはわかっていた。もしドーバーが〝弁護士〟と言いだせば、有能な被告弁護士なら誰だって、外部の精神科医の鑑定を手配するだろう。

もし弁護士を呼ばなかったとしても、別の鑑定はおこなわれる。だからイヴたちはこの事件をきっちり押さえ、ドーバーを押さえなければならないのだ。

用意ができ、ドアに向かおうとしたとき、ちょうどロークが入ってきた。

「ほかの人の足音はみんな聞こえるし、十回に九回は足音で誰が来るのかわかるのよ。でもあなたは足が地面にさわらないみたいにするする動きまわるのね」

「ダーリン、きみのそばにいるときは宙を歩いているんだ」

イヴが鼻を鳴らすと、彼はそばへ来て、手を彼女の顎に添え、親指でそのくぼみを撫でた。「疲れているはずなのに、そうじゃないね」

「ええ、疲れてはいない。エンジンがかかってるの。殺人課の警官は、生きている被害者が——メアリー・ケイト・コヴィーノのようにタフで、頭のいい被害者が——家族と一緒にワインをがぶ飲みしにいくのを見ることなんてめったにないでしょ。ドーバーは二人を殺した、だからその報いは受けさせてやる。でも彼女は逃げおおせたわ」

「その報いの割合について、僕に手助けできそうなものがあるんだ」ロークはファイルとディスクをイヴに渡した。「きみが紙のコピーのほうが好みなのは知っているから、これをつくったよ。聴取室でスクリーンに映したかったら、そのディスクがあるから」

イヴは持っていたファイルを置いて、その新しいファイルを開いた。

「うわ、あいつはターゲットを全員、名前で記録してたのね。これは黄金よ。彼の狩りとストーキング期間、日付、時間、結論が、去年の十月まで細かく記録されている」

「彼がリサーチ中に、ほかに候補者二人を落としたのがわかるよ。ひとりは空手で黒帯を持っているのがわかり、もうひとりは父親が警官と判明したんだ」

「くそっ、これって特殊事件捜査課のレッドマンじゃないの。彼のことはちょっと知ってる」

「彼の娘は二十四歳、ニューヨーク大学(NYU)の大学院生で、ドーバーの狩り場に住んでいる、それにやはりよくバーで夜に働いているんだ」

「彼女たちはリストから消してあるわね。ひとりめは、彼女の反応時間、闘争本能や技を計算に入れなければならなかった――リスクを冒す価値はない。二人め、警官の子どもをさらう？　これも危険が大きすぎる。それからこのファイルが黄金なのは、事前に熟慮したことが示されているからよ。そしてこうした記入事項とともに、あの入念な計画に反映されている」

「もうひとつ、きみが役に立つと思いそうなことがあるんだが？　ドーバーが父親違いのきょうだいたち、彼らの配偶者たち、子どもたち、その他についてかなり調べているのがわかるよ。若い世代のひとりで、祖母の名をもらった女性は、やはり驚くほど祖母に似ているんだ。彼はその女性にとくに興味を持っていた」

イヴはページをめくっていってそのデータを見つけた――ID写真と一緒に。「オーケイ、そうね、彼女はドーバーが殺したりさらったりしていた女性たちより、リーサもしくはヴァイオレットに似てる。それに年齢範囲もぴったり。独身で、以前は祖父が働いていて、いまはおばが働いている病院でインターン。ドーバーは彼女を入念に調べたみたいね」

「ドーバーの記録ノートにも彼女のことが載っているよ、去年の十二月、彼女を見るためにした旅行も含めて。彼はいつ休暇を申請し、旅行を予約し、その三日間どこに滞在し――何をどこで食べたかも、ノートに記している。でも、もっと多いのは、彼女の日常の行動パターンだ」

「ええ、ええ、そうね。ドーバーがほかにも休みを申請していたか突き止めるわ」

「フィーニーがそれを予測して、もう掘りはじめているよ。でもきみがこれをすぐ見たいだろうと思ったんだ」

「ええ、そのとおり。彼はいまや大金を持っている、ママのおかげで」考えながら、ロークを見た。「ねえ、彼が向こうで不動産を検討したかどうか調べたら面白いんじゃない。

購入か賃貸、個人住宅。ドーバーは彼女を殺したかっただけかもしれないけど、パターンからいうと、まずはしばらく彼女と遊びたかったんじゃないかしら」

ロークはほほえみ、イヴの頭を指で軽く叩いた。「いつも考えているんだね。それにいまのは面白そうだ。僕が調べてみるよ」

「よかった。わたしはこれにかからなきゃならないけど、カレンダーは電子機器の作業を始めた?」

「始めたよ、それにいまのところ、ドーバーの仕事用ユニットには公的な仕事しか出てきてない。やはりすべて非常に緻密で、今回の計画での彼の個人的記録にそっくりだ。ジェイミーはほかのデバイスにかかっている。ドーバーは自分のリンクを使ってターゲットの写真を撮っていた——彼の姪も含めて。それからその写真を自宅のラボにあるコンピューターに移し、リンクから消していたんだ。でももちろん、ジェイミーが掘り出した」

「それもよかった。またさっきの事前の熟慮ね。わたしたちは聴取室Aに入る。何かほかに重要なことが出たら、マクナブからピーボディにメールで送らせて。彼女が聴取室を出ても大丈夫と思ったときに取りにいくから」

ロークはもう一度彼女の顎に手を添え、今度は軽いキスをした。「これが終わったら、一緒に家へ帰って、ワインのボトルをあけて、それを飲んで、月明かりの中を散歩して池のほとりに座ろうじゃないか?」

「いいわね。すごくよさそう」

「それじゃデートだ」

一緒に外へ出ると、ロークはそのまま歩きつづけ、イヴはピーボディのデスクで足を止めた。「またつかんだわよ」

「マクナブがざっくりした概要を送ってくれました。マイラにもまわしておきましたよ」

イヴがマイラを見ると、彼女はジェンキンソンのあいているデスクで、いままで作業していたPPCをジャケットのポケットに入れた。

「これで説得力が増すわ」イヴは言った。「ピーボディ、同じように説得力が増すものがもっとつかめたら、マクナブからあなたにメールしてもらって。あなたは時間をみて外へ出て、その情報を受け取って、持ち帰ってきて」

誰かがどすどすと殺人課に近づいてくるのが聞こえ、顔を向けると、ディック・ベレンスキーがすごい勢いで入ってきた。

「どうなってるんだ、ダラス！　ドーバーを何かの馬鹿げた罪でここへ引っぱってきたとピーボディから伝えさせるなんて。おまけにあんたのところの突撃隊員どもをよこして、あいつのラボを総ざらいさせやがって。そのうえ俺は、ラボの警備員から連絡があるまで、突撃隊員どものことはこれっぽっちも知らなかったんだぞ。どうなってるんだ！」

「どうなってるか教えてあげる。アンドリュー・ドーバーは誘拐三件、本人の意思に反する監禁三件、規制薬物を強制的に注射もしくは別の方法での誘導で摂取させた複数件、および第一級殺人二件で告発されたの」

ベレンスキーはこぶしにした両手を腰に打ちつけた。「こんな馬鹿げたたわごとがあるか！　アンディと会ったことがあるのか？」

「ええ、それに最後に会ったときは、逃げ出そうとしたドーバーにわたしがタックルしてるあいだに、うちの捜査官二人が彼の家の地下室に無理やり監禁されて拘束され、薬を与えられていた女性の安全を確保していたわ。だから彼のバンで見つかった注射器の中身と、自宅のラボにあったものを分析してもらいたいの、それもいますぐ」

「ラボの作業には別のやつをつけた。そんなふうに俺を脅せると思ってるのか？」

ベレンスキーが鼻先まで迫ってきたので、イヴは彼の冷笑を浮かべた唇の上にある、貧相な毛虫みたいなひげにパンチを食らわせたくなった。

「全部くそ食らえだ。それにこのでたらめもくそ食らえ。アンディは家なんか持っていない。ラボからすぐそこのアパートメントに住んでるんだ」

「九月からは住んでない、ドーバーの生物学的母親が三階建ての褐色砂岩（ブラウンストーン）の高級住宅を遺したの——地上階と同じ広さの地下室付きよ——それに銀行に預けた六百万ドルも。これがでたらめだなんてわたしに言わないで」イヴはベレンスキーが続ける前にぴしゃりと言った。「こっちは死体を二つ抱えて、彼が監禁していた三人めの女性からの供述もとってある。彼自身の記録、自宅のラボから出た証拠、彼のバンにあった中身入りの注射器に結束バンドもある」

「あいつは……バンなんか持っちゃいない」

「前はね」

ベレンスキーは卵型の頭にぺったり張りついた髪を手でかきやった。「アンディとは二十年以上のつきあいなんだ。たしかに少し変わったやつかもしれないが、でも……」彼はマイラのほうを見た。「あなたも彼女と同じ意見ですか？」

「ええ、それに警察はイヴが話した以上のものをつかんでいるの。とても残念よ、でも彼の有罪に疑いの余地はないわ」

「あいつと話をさせてくれ」

「だめ」

イヴの断固とした拒絶に、ベレンスキーはぱっと振り返った。「あいつの話を聞きたいんだ。頼むから。あいつは俺の部下なんだ。あんただってこんなことが自分の部下に起きたらどんな気持ちになる？」

「腹が立って気分が悪いでしょうね、だからおたくをここから出ていかせるかわりに、ピーボディに観察室に入れてもらうようにする。いま彼と話をさせるわけにはいかないの。話をするのはわたしたちの仕事。どこか途中で手配はできるけど、これを片づけるまではだめ。ピーボディ」

ピーボディは立ち上がり、戸口へ行った。

「あんたらは間違った人間をつかまえてるよ」ベレンスキーはピーボディについて部屋を出ながら言った。「あんたのせいだぞ。あんたらは間違った人間をつかまえたんだ」

「つらいわね」マイラが立ち上がり、イヴのところへ歩いてきた。「残酷なものよ、あんなに長い年月、一緒に働いてきた人が、自分の信じていたような素性でも人となりでもなかったとわかるのは」

「ええ、だから大目にみてやってるんです。そのことと、彼が自分の部下に味方するためにここへきたこと。それは大きいですから」

「お偉方の中には、ラボの主任がなぜ部下にサイコパスがいたことに気づかなかったのか、知りたがる人もいるでしょう」

「うわ」イヴはまだそこまで考えていなかったが、いまでは考えなければならなくなった。「そんな連中がいたら、こっちはディックヘッドの味方にならなきゃなりませんよ」

「わたしもなるわ」

ピーボディが戻ってきた。「彼もこれは間違いじゃないってことでショックを受けはじめていますよ。それにかなり気分が悪そうです」

「これからもっとショックを受けるわ。それじゃアンディとおしゃべりをしにいきましょう」

ドーバーはおとなしく座り、目の前のテーブルの上で両手を組んでいた。イヴは彼が自分の両手首と両足首に枷をつけられてどんな気持ちでいるのだろうと思った。

「記録開始。ダラス、警部補イヴ。ピーボディ、捜査官ディリア。マイラ、ドクター・シャーロット、聴取室に入り、ドーバー、アンドリューと同席」

全員が席につくと、彼女は事件番号を読み上げた。

「ミスター・ドーバー、あなたは逮捕時に権利を読まれました。この記録のためにもう一度あなたにお知らせしておきます」

改訂版ミランダ準則を暗誦（あんしょう）した。

「いまの権利と義務を理解しましたか？」

「ええ、ええ、もちろん。でもひどく混乱していてね。きっと何か間違いがあったんだろう」

「ええ、あなたはいくつも間違いを犯しました。メアリー・ケイト・コヴィーノを見くびったのが最大の間違いですね」

「すまないが。それは誰のことかな」心配げな目をして、ドーバーはあの曖昧な笑みを浮かべようとした。

「あなたが物色し、つけまわし、誘拐し、自宅の地下に鎖でつないでいた三人の女性のひとりです。まだ生きているひとりです。「まさかそんな！　わたしは決してしない――決してできないよ。どこの地下室だって？　何かひどい手違いがあったんだろう」

嘘つき、とイヴは思った。抜け目ない嘘つきだ。

「あなたのブラウンストーンの地下室です」

「ブラウンストーン」彼は小さく噴き出した。「ダラス警部補、わたしの給料でどうやったらブラウンストーンが買えるんだね？　わたしはつましく暮らしているよ、でも――」

「去年の九月、証書にして譲渡されています」イヴがファイルから記録のコピーを出し、テーブルの上で押しやると、ドーバーはかがみこんで、額に皺を寄せた。

「これはわたしの名前じゃない。それは――」

「あなたを生んだお母さんの名前のアナグラム。リーサ・マキーニー、彼女はあなたのためにその家を買い、あなたに書類を送り、あなた用の仲介手数料口座に六百万ドルを預け、そのことを知らせる手紙を送った直後、自分で命を絶った」

「いいや、そんなことはありえない。わたしはこんなもの、どれも見たことがないよ。実母には何十年も会っていないんだ。ほとんどおぼえていない。わたしは……」

ドーバーが顔を上げると、その顔が崩れた。「ママに会いたい！」鼻にかかった甲高い声が部屋に響く。「あんたは意地悪で醜いから嫌いだ。早くママに会わせて」

「やめなさい」イヴはきっぱり言った。

「ママがあんたをぶつよ！」

「もう死んだわ。お母さんがそうするのはむずかしいでしょうね」

「違う、違う、違う！」彼は手錠をはめられた手でテーブルを叩き、枷のついた足をばたばたさせ、赤くなった顔を涙が流れ落ちた。

「あなたは何歳なのかしら、アンディ？」

マイラの質問、彼女の静かで感じのいい声に、彼は歯をむいた。「僕はアンディじゃない。アンディは馬鹿だ。僕はベイビー・ダーリン、ママに会いたい」

「ママはどこにいるの？」

「僕を待ってるんだ」

「どこで？」

ドーバーがずる賢い顔になった。「言わないよ。ソーダが飲みたい！」

「どんなのがいい？」今度はピーボディがやさしく言った。「お行儀よく頼んだら、持ってきてあげる」

「喉がかわいたんだ。いますぐ持ってきて！」

「あなたのママは〝お願い〟と〝ありがとう〟ってどう言えばいいのか、教えてくれたでしょう」

彼は下唇を突き出した。六十すぎの男にしては奇妙な表情だった。「そうかもね。オレンジソーダをお願いします」

「いいわ」

「ピーボディは聴取室を退席」イヴは記録のために言った。「あなたが住んでいるのはどこ?」

「車の中。僕たちは冒険をするから、ほかの人は誰もいらないの。僕たち、歌を歌ったり、ゲームをしたりして、それに僕はほしくなったらキャンディを食べられるんだ。キャンディがほしい」

「だめ。それからもう一度でもまた叫ぼうとしてごらんなさい、ソーダはなしよ」イヴは体を乗り出した。「あなたは五歳じゃないし、誰のベイビー・ダーリンでもない」

彼はイヴに飛びかかろうとした。イヴはぴくりともしなかった。

「あんたなんか嫌いだ、嫌いだ、嫌いだ!」

「ええ、胸が痛むわ」

「お母さんはあなたに怒ったとき、あなたを何と呼んでいたの?」マイラがきいた。

「ジョニー、いますぐやめなさい!」そして彼はくくっと笑った。「でも僕はベイビー・ダーリンで、ママは僕だけを愛してるんだ。僕だけ。早くママに会わせてよ!」

イヴはエルダーの現場写真をテーブルの向こうへすべらせた。

「それはママじゃない」

「ええ、だからあなたは彼女を殺さなければならなかった。彼女が何をしたせいであなたはこんなに怒り、彼女の喉をかき切ったの？」

「あんたに言う必要はない」今度は歌っているような声になった。「あんたに言う必要はない」

「ピーボディが聴取室に再入室。こいつが馬鹿なまねをやめるまで、それはあげないで」

「あんたは悪い言葉を言った、あんたは悪い子だからだ」

「でもあなたはいい子よね」マイラが言った。「とってもいい子になろうとしている」

「僕はいちばんいい子なんだ。ママが言ってるよ、それに僕たちはいつか大きな家に住んで、一日じゅうアイスクリームを食べるんだ。アイスクリームがすぐ食べたいよ！」

マイラは彼にほほえんだ。「ソーダを飲んでいいわよ、それにわたしたちがアンディとお話できたら、アイスクリームももらえるかも」

「チョコレートアイスクリーム！」

「ボウルいっぱいね」

明かりのスイッチのように、ドーバーの顔が変わった。彼はまばたきした。「申し訳ない、わたしは何を言っていた？」

マイラはイヴを見た。「あなたの言ったとおりね」それから手を組み、ドーバーに向かって話した。「さっきのはだいぶいそぎすぎていたわ。科学者同士よ？　多重人格障害はかなり稀なものであることは知っているはずね」

「何のことかわから――」

「静かに」イヴは命じた。「彼女に最後まで話をさせて」

「症例は複数あるわ、もちろん」マイラは続けた。「記録もよく残っているし、綿密に研究されている。それにこれは確信しているけれど、ミスター・ドーバー、綿密に研究すれば、育児放棄された不幸な子どもだった昔のあなたが、いまのあなたである大人の男に大きな影響力を持っていることがわかるでしょう。あなたもその子どものようにふるまったり、成熟した規律ある男性ならできない、あるいはこの前の秋まではしようとしなかったことを、その子どもに言わせたりやらせたりすることに、感情的な解放を見出しているのかもしれないわね」

「あなたが何の話をしているのかわかりませんよ。ドクター・マイラ、あなたのすばらしい名声は知っていますが」

　そのおとなしげな様子も効果を発揮できたかもしれない、とイヴは思った。でも彼はそれを厚く重ねすぎた。必死なのだ――それにイヴにはその必死さが見てとれた――への埋め合わせをしようと。

「わたしが思うに――じつはこの何か月かに、いろいろなことがあったんだ。記憶に空白があって、でも……」

「あなたはアパートメントを出て、十月一日にさっき言ったブラウンストーンに引っ越しました」イヴは繰り返した。「説明してください」

「引っ越しはしていない。わたしは……わからない」

イヴは記録を、彼自身のログを突き出した。彼の旅行、ニューオーリンズでのホテルの詳細を記したものを。「これを説明して。去年の十二月にあなたがルイジアナ州へ行った旅と、それからこの女性の、写真も含めた情報を説明して。あなたの姪の」

「姪はいない。わたしはひとりっ子なんだ。ルイジアナなんて行っていないよ。あのあたりにはとてもいやな思い出があるんだ。わたしはあそこで発見されたんだ、五歳のとき。捨て子だった、それで里親システムに入れられて、やがて養子になった」

またもや失敗、とイヴは思った。五歳の悪ガキは旅行を手配したり、旅行をしたり、それを全部記録に残したりできない。

「あなたには父親違いのきょうだいが三人いますね。あなたのお母さんはあなたを捨てたあと、金持ちの医者をひっかけて、子どもを三人持ち、そちらは育てることにした」

まるでイヴに平手打ちされたかのように、ドーバーは頭をさっと後ろに引いたが、目に燃えている怒りはまったく隠せていなかった。

「その言い方はあんまりだろう。きみはひどい人だ。母には何かあったんだよ、それしか説明のしようがない。母は選べるものなら、わたしを置いていったりしなかったはずだ」

「それは怪しいわねえ」イヴは言った。彼の両手が震えだしていたからだ。「お母さんはあなたがいらなかった、背中にしがみつく機嫌の悪いガキを捨てたくてたまらなかった。だからあなたを捨てて車で逃げたのよ。あなたのことなんて二度と考えなかった」

「そんなのは嘘だ！」

そら来た、とイヴは思った。怒りが、いまや全開になって、彼の目に燃えさかっていた。

「純然たる真実よ。わがままな子が癇癪（かんしゃく）をおこしたり、キャンディやアイスクリームを要求するのを聞いていたい人間がいる？　あなたを捨てたのは、本物の自由を求めたお母さんの最善の行動だった。そういうわけで彼女は逃げた、それにたぶん、なぜもっと前にそうしなかったのかと思ったでしょうよ」

「嘘だ！　嘘だ！　母はわたしを愛していた。母は若くて弱く、依存症だった、でも愛していたのはわたしだけだ。わたしを救うために置いていったんだ。母は間違った、間違った、間違った。母はわたしにつぐなえると思っていた——これまでの歳月を——家ひとつで、金である。母はわたしはわたしのやり方で母を取り戻せる。わたしにはその資格がある。母はわたしのもとにとどまり、わたしの面倒をみるべきだったんだ、だからそうしなければならないようにさせるんだ。わたしは自分の母親にいてもらっていいはずだ」

ピーボディはイヴをちらりと見て、それから立ち上がった。

「ピーボディは聴取室を退出」イヴはソーダの缶をドーバーのほうへ押しやった。「かなりのショックだったでしょうね、あの手紙を受け取ったのは」

彼は缶をあけ、喉がからからになっているかのように飲んだ。それから笑顔になったが、計算が透けてみえた。「何の手紙かな？」

「お母さんが薬を大量に飲む前に、自分の後ろめたい良心をなだめようとしてあなたに書いたあの嘘だらけの手紙よ。お母さんは自分で命を絶った、ドーバー、あなたのためじゃなく、本当の子どもたちの父親のために」

彼はイヴに缶を投げつけた。イヴはそれを空中でつかんだ。「弱い腕ねえ。お母さんがあなたを捨てたのも無理ないわ」

「わたしは母の息子だ。わたしだけが。ほかのやつは偽物で嘘っぱちだ」

「お母さんはその子たちを溺愛した、あなたじゃなく。あなたのことより、いい暮らしをするほうが大事だった、あなたより新しい人生を生きるほうが大事だったのよ」

「ママに会いたい」またしても男の子を引っぱり出して、ドーバーは頭をテーブルにつけて泣きだした。「アイスクリームが食べたい、ママに会いたい」

「ピーボディが聴取室に再入室」

イヴはピーボディが渡したファイルを受け取り、ピーボディがかがんで耳元にささやくあいだ、話を聞いていた。

「マクナブがこれを掘り出さなければならなかったと言っていました。こいつはそれを消去していましたが、掘るのにじゅうぶんなマーカーが残っていたそうです」

うなずき、イヴはファイルを開いた。ざっと見て、要点をつかんでから、マイラにまわした。

「あなたは何にももらえそうにないわよ。このゲームを続けたいなら、それでけっこう。ローレン・エルダーは何をしてあなたにあわててナイフを取り出させ、喉を切られることになったの？　だいたいのところはもうわかってる。彼女はあなたの気に入らなかった。どうやって調子を合わせればいいのかわからなかった。彼女はただ逃がしてくれるよう頼みつづけて、それであなたは頭にきた。悪ガキを怒らせてしまったのよ、そして科学者のほうはこの実験が失敗だったと判断した。あと二人いるし、そちらのほうが見こみがありそうだった。

あなたは何か月もかけて準備をし、ワードローブや化粧品、香水、その全部を揃えた。自分自身のラボをつくり、司令本部をつくり、警備に金をつぎこんだ」

「あんたは嫌いだ」ドーバーは目を閉じてつぶやいた。「あんたは意地悪でむかつく」

「あなたは予測していた──科学者で、緻密なタイプの人間だものね──何度かは失敗はあるだろうと。でも彼女たちの誰かはうまくいくはずだ。誰かがあなたの母親に、奴隷になってくれるだろう。誰かがリーサ・マキーニーがしたことのつぐないを、何年も何年もしてくれるだろう。決してあなたを置いていかず、あの地下室を離れないで。いつもあそこにいて。あなたが男の子になりたいときは、一緒に遊んだり歌をうたったり、何でもしてくれる。そうでないときは、あなたは彼女を見て、母親がつぐない続けているとわかっていられる」

疲れた様子で、ドーバーは頭を上げた。「きみが何を言っているのかわからないよ。たぶん――残念ながら――わたしはどこかおかしいんだろう。自分ではなかったんだ」

彼はマイラにうったえた。「職場では、そうあるべきですから仕事にかかりきりになります。でも職場を離れると、わたしは……はっきり思い出せないんです。もう一度仕事にかかるまでは。まるで自分自身から踏み出して、何か別のものに入っていくようなんです。すべてがぼやけていて。助けてほしい。助けてもらえますか?」

マイラはやわらかなブルーの目でじっと彼を見た。「もちろんやってみるわ。いまの話が少しでも本当だったら。あなたが多重人格障害(MPD)についてかなりの、そして徹底的なリサーチをしていたことがここでみてとれる。記録されたケース、偽りをあばかれたケース。そしてあなたは自分自身の覚え書も書きこんでいるわね」

「あなたほど長く警官と仕事をしてきた人なら」ピーボディが言った。「EDDに何ができるか知っているはずでしょう。自分のほうが頭がいいと思っていたんですね。実際は違うのに」

「調べたのは自分の精神的健康に不安があったからだ」

「かもね」イヴは椅子にもたれた。「そこに一抹の真実はあるのかもしれない。でもあなたがやったことはそれについて知識を増やし、自分がいまいる場所に来てしまった場合にそれをどう利用するか計算することだった。あなたは三人の女性を選び、つけまわし、誘拐し、鎖につなぎ、感情的に虐待して、そのうち二人を殺した。あなたは冷酷で、明晰な頭でそれをやった。彼女たちを殺し、母親そっくりの装いをさせた、なぜならずっとあなたが罰しなければならなかったのは母親だったから。

〝だめなママ〟よ」

「母はそうだった」

イヴはうなずいた。「お母さんが失敗したこと、愚かだったことは間違いない。どうやら依存症の傾向があったようね、母親の母親や、祖父のように。あなたのように」

「わたしは依存症じゃない」

「いいえ、そうよ。リーサ・マキーニーがあなたの依存症。ずっとそうだったの？　あなたを育ててくれた母親はどうなの？」

ドーバーは顔をそむけて壁を見つめた。「彼女はわたしの母じゃない。母だったことなど一度もない」

「なぜ？　彼女がヴァギナからあなたを押し出さなかったから？」

「彼女はわたしの母じゃなかったんだ！」

怒りが戻ってきた、イヴはそれを後押しする頃合だと考えた。

「彼女はあなたをぶったの、飢えさせたの？」

「わたしは子どもだった、おびえた男の子だった、なのにあいつらはわたしを他人に押しつけたんだ。それがどんなものか知っているか？　里親施設ではソーシャルワーカーがうるさくつきまとったあげく、ぽいっと誰かにくれてやるんだ。偽物の家族に。それに彼らは年寄りだった！　もう四十代後半で、自分たちの子どもはつくれなかったから、代用品としてわたしを引き取ったんだ。彼らはわたしの名前を変え、お次はこうだ。夕食の前に甘いものはだめよ、アンディ。手を洗いなさい、アンディ。学校へ行く時間、ベッドに入る時間。ルール、ルール、またルールだ」

「あなたはそのルールに従った」マイラが言った。「あなたは言われたことをやり、一生懸命勉強して、期待に応えた。その家族を愛してはいなかったけれど、彼らが必要だった。もうひとりにされたくはなかった」

「彼らは平凡だった。わたしの母は平凡じゃなかった。彼らはわたしを平凡にしようとした。母はわたしが特別であることを知っていた。わたしは成年に達するとすぐ、彼らから逃げた。何か月も何か月も母を探した。でも見つけられなかった。誰にも見つけられなかった。なのに母はずっとすぐそこにいたんだ」

「すぐそこに」イヴは繰り返した。「お母さんが大きな家に住み、大家族になって、それまでずっとあなたなしで幸せな人生を送っていたことを知って、あなたは激怒した」

「母はわたしを置いていった、だからわたしは母を探した、なのに母はすぐそこにいた」鎖をがちゃがちゃ鳴らし、彼はまたこぶしを叩きつけた。

「わたしは大学で勉強した、本当に必死に、そして休暇のたびに母を探した。ルイジアナにも戻ってみたが、母がどこにいるかは誰も知らなかった。誰も気にかけていなかった」

「あなたは気にかけていたのよね、それも深く」

マイラを見た彼の目は熱くなっていた。「母はわたしを気にかけなかった。わたしを置き去りにして、わたしの面倒をみるより自殺しようとした。おまけにそれすらまともにできなかった。なのに母は褒美を受け取り、わたしは他人と一緒にいるだって? あげくの果てに、母は自殺した。わたしを自分の人生に受け入れるより、みずからその人生を終わらせてしまったんだ。母が罰を受けるいわれはないなんて言わないでくれ」

「ローレン・エルダー、アンナ・ホープ、メアリー・ケイト・コヴィーノ」イヴは彼がこちらへ視線を向けるまで待った。「彼女たちには、あなたがしたようなことをされるいわれはなかったわ」

「慎重に選んだ。慎重に彼女たちを選んだんだ。彼女たちはただ基準を満たせばよかった、そうすれば住むところも、着るものも、食べ物も与えられたのに」

「あなたはお母さんがしていたタトゥー、同じボディピアスを彼女たちにした」

ドーバーは疲れたようにため息をついた。「当然だ。あれがなければ彼女たちは母になれなかった」

「なぜローレン・エルダーを殺したの？」

「彼女は基準を満たさなかったんだ。わたしを平手で叩いたんだぞ！　協力を拒んだんだ。わたしに怒鳴り、ひどい名前で呼んだ。わたしは激怒した。わたしの時間を、すぐれた仕事を無駄にした。でもそのときだって、彼女をきれいにしてやった。風呂に入れ、服を着せて、髪や化粧やネイルをととのえた。彼女を完璧にしたんだ。母親たちが子どもたちを連れていくところへ連れていった」

「彼女にカードを残していったわね。〝だめなママ〟。なぜ？」

彼はまたため息をついた。「彼女は基準を満たさなかったんだ」ともう一度言った。「わたしを置いていった母はだめな母親だった。子どものそばにいる母親がいい母親なんだ」

「オーケイ、引き返しましょう。どうやってローレン・エルダーを選んだのか教えて」

彼の目がきらっと光った。「もう疲れすぎて、喉がかわきすぎている気がする」

「また房に戻してもいいのよ。ひとりぼっちでね、たぶん。自殺防止の監視は？」イヴはマイラを見た。

「ええ、そうしたほうがいいわ」

「でなければもう一本ソーダをあげてもいい、そうしたら最後まで話してちょうだい」

「今度はグレープ味がいいな。それからアイスクリームも。チョコレートの」

「いいわ。ピーボディ、やってもらえる？　ピーボディは聴取室を退出。さて、ローレン・エルダーのことを話して」

彼は細部と正確さが何よりも大事な男だった、そしてその細部をすっかり話すには長い時間がかかった――ソーダをさらに二本だけでなく、アイスクリーム、グミ、ポテトチップスひと袋まで。

彼は何度か供述を変え、さっきのような子どもの鼻にかかった声に戻ったりしたが、イヴたちはあらゆる細部を記録にとった。完全な自白を。

ドーバーを房に戻す手配をしたとき、彼がずるそうな目を向けてきたのをイヴは見逃さなかった。

「ドーバーは正気を失っているのを認めて、何年か減刑してもらって――十年かも――最小限の警備の施設に入ろうともくろんでいるんですよ、セラピーや定期的な鑑定、そういうのがあるところに。彼はイカレてます」イヴはマイラに言った。「この取調べが始まったとき、彼が考えている線にそって計算してみました――それでも最も厳重な警備施設で二十年から二十五年ですが」

「いまはそう思っていないでしょう」

「専門家としての意見で、あなたも思っていないと言ってくれることを願っていますよ」

「ドーバーはサイコパスね。もし母親が実際にやったように彼を置き去りにしなかったら、自分のサイコパス性をもっとずっと早く受け入れて成長していたでしょう。けれど、彼はそれを隠した——主として捨てられる恐怖から——そして自分を科学、ルール、論理の世界に縛りつけた。でもわたしたちがわかっているように、彼は友人関係や、人とのつながりをつくったり、保ったりしたことがない。もし人とのつながりができれば、見捨てられたり、失望したりするリスクを冒すことになる。それは耐えられないの。

彼はサイコパスで、強迫的・衝動的傾向をともなっていて、悪意を持ったナルシシズムもあり、それを子どもの頃の自分のペルソナを通して解放している。正気ではないけれど、いずれ別の、もっと踏みこんだ鑑定をすれば、法律上の狂気の閾値（しきいち）には届かないと思うわ」

「ドーバーはチャンスがあれば、探して、選んで、もう一度母親を殺すでしょうね」

「疑いの余地はないわ、だから報告書にもそう書くつもりよ。うまく彼を扱ったわね、あなたもよ、ピーボディ」

「彼はわたしたちを操ったと思っています。見てわかりました」ピーボディは疲れた肩をまわした。「実際は違いましたが」

「家に帰って、ちょっと寝てきなさい。わたしはいまの報告書を書き上げてしまうから」

「いえ、わたしが書きます。警部補は相手をしないと……」ピーボディはもう少しでぐず（ディックヘッド）と言いそうになり、自分たちがまだ聴取室にいることを思い出した。「ベレンスキーの」

「そうね。じゃああなたが書いて。来てくださって助かりました、ドクター・マイラ、ずっと同席してくださったことも」

「わたしには面白い聴取だったわ。初期鑑定を書いておくわね。彼はこのゲームで勝てなかったと気づいたらすぐ、弁護士を呼ぶんじゃないかしら」

「ええ、でもたいしたことじゃありません。ドーバーは精神科病棟は手に入れるでしょう、でも最厳重警備の中で、三回ぶんの終身刑ですよ――もしくは少なくとも二回と、コヴィーノのぶんとしてたっぷり二十年。大事なのはそこです」

イヴは立ち上がった。「レオが朝になったら自分のほうの法律仕事をやれるように、彼女にメールしておきます。みんな、よくやってくれたわ」

聴取室を出て観察室へ歩いた。ロークがベレンスキーと一緒にいるのを見て驚いたが、すぐに考えれば当然だと気づいた。

二人は何かを飲みながら座っていて、においから本物のコーヒーとわかった。そしてベレンスキーは疲れきっているようにみえた。

ロークが立ち上がった。「きみたち二人にしてあげるよ」彼はイヴの腕をさっと撫でて出ていった。

「金持ちの悪党にしては親切な野郎だ」すぐにベレンスキーは手を振った。「すまん」

「たしかに親切だし、金持ちだもの。それになりたいときには口の悪い悪党にもなれるの」

ベレンスキーは短く笑ってから、手で顔をこすった。「アンディとは人生の半分近くも付き合ってきた。俺はあいつの中にあるものが見えなかった、あんたがあいつをずたずたにしたとき、あの部屋で見えたものが見えていなかった。アンディ・ドーバーがハエ一匹殺せないことに、最高級のケンタッキーバーボンひとケースだって賭けただろうな」

「彼は壊れたのよ。母親が最後になって正しいと思ったことをやろうとしなかったら、それはそのままだったでしょう。彼は健全な人間じゃなかった、一度も健全だったことはなかった。母親が教会に置いていく前も、健全だったとは思わない。そして彼はただもう、それを抑えておけなくなったのよ」

「あいつがしたことは……弁護士が必要になるだろうな」

「だめ。やめなさい」イヴはベレンスキーが言い出す前に言った。「あなたは彼が自分の部下だと思っている、でも違う。もうそうじゃない。あなたはいやなやつよ、ディック、半分以上の時間はね、でもわたしが見てきたあらゆることから考えて、あなたはいい上司。

それだけじゃない、今回のことであなたに責任はない。ハーヴォは彼にいちゃついていたでしょう、彼女みたいな人が、おじいちゃんになれるくらいの年の男といちゃつくときのように。彼女に責任はないわ、ドーバーと一緒に仕事をしていたほかの誰にも」

「あんたは俺に多少の責任はあると言うこともできただろう」

「そう？」イヴは首をかしげた。「そうしたい気持ちはあるわね。でもいいえ、それはできなかった、なぜなら今度のことはあなたにいっさい関係ないから。原因は彼よ。もう帰りなさい。あしたは部下たちに話さなきゃならないんでしょう」

「ああ、そうだな」ベレンスキーはマグを横に置いて、立ち上がった。「でもいまはラボに行くよ。あんたの必要な分析結果が出たようだが、ダブルチェックしておきたいんだ」

「助かるわ」

「ああ、ああ。なあ、今度俺んとこで最優先に扱ってほしいものが出たら、さっきのコーヒーを持ってきてくれよ」

「とっとと消えて」

ベレンスキーは大声で笑った。彼はドアのところで立ち止まった。「ありがとな」振り向きはしなかった。「ほんとにありがとう」そして出ていった。

ブルペンではピーボディが作業をしていて、マクナブが彼女のデスクの隅に腰をかけているのが見えた。

イヴのオフィスでは、ロークが彼女のデスクに同じことをしていた。

「よくやったね、警部補。本当によくやったよ」

「みんながね、われらが民間人の専門コンサルタントも含めて。ピーボディが報告書を書いてくれてるの、でもわたしはまだ片づけなきゃならないことがいくつかあって」

「わかった」

「ねえ……ディックヘッドと一緒にいてくれてありがとう」

「そうしたほうがよさそうだったんだ。聴取の後半四十五分くらいは見たよ。ドーバーはかなり屈折したやつだね」

「ええ」イヴは腰をおろした。「でも、ドクター・マイラの意見では、狂気に対する法律的な閾値に合うほどには狂っていないそうよ。だからすっごくいい気分でこの件を終わらせられそう。誰かがコーヒーをいれてくれたら、もっといい気分なんだけど」

「僕がやろう。EDDでは炭酸ばかりだったんだ。ラージサイズの炭酸がたくさん」彼はイヴの肘のあたりにマグを置いた。「それに今夜の冒険で、ジェイミーをEDDから引っぱり出すのは無理だと納得したよ。あの子は骨の髄まで警官だ」

イヴはにんまり笑いを隠さなかった。「言ってあげてもよかったんだけど」

「自分でたしかめるのが最善だよ」彼はイヴの頭のてっぺんにキスをした。「僕は負けて、きみは勝った。どこか場所を見つけてきみを待つよ」

「ローク？」イヴは手を伸ばして、彼が行ってしまう前に手をつかんだ。「もう遅い時間よね、わかってるけど、家に帰ったらワインと、散歩と、池をやる気はまだある？」

「あるよ、きみが一緒なら」

「よかった、三つともやりたいわ。それにあなたも」

「待っているよ」

イヴは仕事に戻ろうとしたが、少し間を置いた。

自分たちはそれくらいやってもいいだろう、と思った。長い一日を終わらせるのにいい方法だ――あるいは次の日を始めるための、か。時刻を考えれば。

彼女はボードを、死者と生者を見た。

「最善はつくしたわ」とつぶやいた。

そして仕事を終わらせにかかった。

訳者あとがき

イヴ&ローク・シリーズの第五十五作をお届けしました。今回も楽しんでいただけたでしょうか?

本シリーズが日本で刊行されたのが二〇〇二年十二月ですので、ついに二十年を越える長寿シリーズとなりました。これも読者のみなさんの熱い支援のおかげと感謝しております。これからもどうぞよろしくお願いいたします。

前作からほとんど一週間もたっていないと思われる六月のニューヨークで、またもや奇妙な殺人事件が起こります。若い女性の遺体が子ども用の遊び場のベンチで発見されるのですが、頭のてっぺんからつまさきまで完璧にメイクされ、スタイリングされたその遺体のファッションは、どうみても数十年前のもの。そして遺体の手の下にはさまれていた紙には〝だめなママ〟という言葉がありました。完璧なスタイリングと、それと矛盾する子どものような言葉。これはいったい何を意味するのか。そして遺体が置かれていた遊び場は、メイヴィスやピーボディたちの新居のすぐ近くであり、イヴは殺人犯への怒りと、親友の身を案じる気持ちを抱えながら捜査にのぞみます。やがて犯人が若い女性を誘拐し、監禁していることがわかり……。

今回は作者ロブの執筆スタイルには珍しく、ある人物の過去をえがいたセクションが現在の物語に何度もはさまれる形式になっています。いわゆる本格ミステリーでは、近年定番になっているスタイルですが、たえず新しいことに挑戦するロブらしい試みが、今回の作品ではいっそう効果をあげていると思います。その過去の物語がしだいに時を経て、やがて現在とまじわったとき、すべての真相とイヴの推理がスパークのようにぶつかり、事件は嵐のようなクライマックスに向かいます。その大波の中へ飛びこんでいく、イヴと彼女のチームの勇気と奮闘にエールをいただければうれしいです。

毎回、イヴとロークの親しい人々、いわば〝ファミリー〟のメンバーが物語に彩りを添えてくれるのも本シリーズの楽しみですが、今回はフィーニーの名づけ子にして、IT界の若き天才ジェイミーが再登場します。彼は本シリーズの第五作『魔女が目覚める夕べ』ではじめて登場し、当時はまだ少年でした。姉を殺された彼は、犯人をつかまえるためにイヴに会おうと、ローク邸のセキュリティを突破するという快挙（?）をなしとげたのですが、事件が解決すると警察官をめざす決心をします。以来、本シリーズにはたびたび登場して、成長ぶりを見せてくれており、今回はいよいよ正式に捜査に加わります。そして業務のかたわら、ある女性キャラクターと出会い、なにやらいい感じになりそうな気配も……。〝ファミリー〟の中でまた新たなカップルが誕生するのでしょうか？　今後を楽しみに見守りましょう。

最後に、作者J・D・ロブの近況もお伝えしておきますね。昨年九月に本シリーズ第五十六作の〝*Desperation in Death*〟を、今年の二月には〝*Encore in Death*〟をリリースしました。前者の〝*Desperation in Death*〟は誘拐され性産業に落とされた少女たちの脱走を機に事件が起こり、イヴがその担当となります。みずからの幼少時の体験から、少女たちを食い物にする犯人に激しい怒りを燃やし、正義を求めるイヴですが、いっぽうでロークは彼女の傷を知っているだけに、イヴのことを案じて……。というストーリーのようです。後者の〝*Encore*〟のほうは雰囲気を一転させて、ハリウッドとブロードウェイのスター同士のカップルをめぐる毒殺事件。華やかな世界に隠された闇をイヴがあばいていきます。

いささかワーカホリック気味ではと心配になる仕事ぶりの作者ですが、今年一月のブログでは、家族や友人たちと休暇旅行にスパへ行ったことが書かれていました。一週間ほど宿泊して、本人いわく、〝仕事なし！　料理なし！　本のサインもなし！〟の休日を満喫したようです。仕事とは関係ない本を読んだり、ネイルをしたり、お孫さんと遊んでいる写真もたくさんアップされていました。そしてたっぷり休んだあとには、ちゃんと仕事に戻り、〝またデスクの前に戻ってきてうれしい〟と、仕事好きの作者らしい記述もありました。興味のある方はぜひご覧になってみてください。

それでは、次回のイヴ&ロークの活躍をお楽しみに。

二〇二三年四月

訳者紹介　青木悦子

東京都生まれ。英米文学翻訳家。おもな訳書にJ・D・ロブ〈イヴ&ローク〉シリーズをはじめ、クイーム・マクドネル『平凡すぎて殺される』、ポール・アダム『ヴァイオリン職人の探求と推理』『ヴァイオリン職人と天才演奏家の秘密』『ヴァイオリン職人と消えた北欧楽器』(以上東京創元社)ほか多数。

幼(おさな)き者(もの)の殺人(さつじん)　イヴ&ローク55

2023年4月15日発行　第1刷

著　者　J・D・ロブ

訳　者　青木悦子(あおきえつこ)

発行人　鈴木幸辰

発行所　株式会社ハーパーコリンズ・ジャパン
東京都千代田区大手町1-5-1
03-6269-2883(営業)
0570-008091(読者サービス係)

印刷・製本　中央精版印刷株式会社

ISBN978-4-596-77059-2

mirabooks

囚われのイヴ
アイリス・ジョハンセン
矢沢聖子 訳

死者の骨から生前の姿を蘇らせる復顔彫刻家イヴ・ダンカン。ある青年の死に秘められた真実が、新たな事件を呼びよせ…。著者の代表的シリーズ、新章開幕！

慟哭のイヴ
アイリス・ジョハンセン
矢沢聖子 訳

殺人鬼だった息子の顔を取り戻そうとする男に追われ、極寒の冬山に逃げ込んだ復顔彫刻家イヴ。満身創痍の彼女に手を差し伸べたのは、思いもよらぬ人物で…。

弔いのイヴ
アイリス・ジョハンセン
矢沢聖子 訳

殺人鬼だった息子の顔を取り戻すためイヴを拉致した男は、ついに最後の計画を開始した。決死の覚悟で挑む闘いの行方は…？　イヴ・ダンカン三部作、完結篇！

あどけない復讐
アイリス・ジョハンセン
矢沢聖子 訳

復顔彫刻家イヴ・ダンカンのもとに届いた、少女の頭蓋骨。8年前に殺された少女の無念が、闇に葬られた真実と新たな陰謀、運命の出会いを呼び寄せる…。

死線のヴィーナス
アイリス・ジョハンセン
矢沢聖子 訳

任務のためには手段を選ばない孤高のCIA局員アリサ。モロッコで起きた女学生集団誘拐事件を追い、手がかりを求め大富豪コーガンに接触を図るが…。

野生に生まれた天使
アイリス・ジョハンセン
矢沢聖子 訳

動物の声を聞ける力を持ったがため、数々の試練にさらされてきたマーガレット。平穏な日々も束の間、謎の男によって過去の傷に向き合うことになり…。